金砖国家崛起系列之一

中国

腾跃的东方巨龙

李放　卜凡鹏◎主编

RISING OF THE DRAGON COUNTRY CHINA

民主与建设出版社

图书在版编目(CIP)数据

中国:腾跃的东方巨龙/李放,卜凡鹏主编. —北京:

民主与建设出版社,2013.2

(金砖国家崛起系列;1)

ISBN 978 - 7 - 5139 - 0257 - 1

Ⅰ.①中… Ⅱ.①李… ②卜… Ⅲ.中国—概况 Ⅳ.①K92

中国版本图书馆 CIP 数据核字(2013)第 017890 号

责任编辑	李保华
封面设计	美信书装
出版发行	民主与建设出版社
电　话	(010)85698040　85698062
社　址	北京市朝阳区朝外大街吉祥里 208 号
邮　编	100020
印　刷	北京明月印务有限责任公司
成品尺寸	170mm×240mm
印　张	20.25
字　数	274.7 千字
版　次	2013 年 3 月第 1 版　2013 年 3 月第 1 次印刷
书　号	ISBN 978 - 7 - 5139 - 0257 - 1
定　价	49.80 元

注:如有印、装质量问题,请与出版社联系。

目　录

第二章 伟大转折：改革开放的新长征

第三章 外资潮造就中国"世界工厂"

绪 论

一、"金砖四国"合作机制的诞生

如今，在经济全球化的时代中，一个名词正在变得日益响亮，这就是"金砖国家"。在全球忙于应对金融危机的背景下，作为新兴经济体的代表，"金砖国家"已成为国际舞台上一支表现抢眼的"生力军"。那么，"金砖国家"究竟指的是哪些国家，其含义又是什么呢？

2001 年，美国高盛公司首席经济学家吉姆·奥尼尔首次提出"金砖四国"（BRICs）的概念，囊括了全球最大的四个新兴市场国家。"BRICs"一词取自巴西（Brazil）、俄罗斯（Russia）、印度（India）和中国（China）的第一个英文字母，由于该词与英文中的砖（Brick）类似，因此被称为"金砖四国"。

"金砖四国"提出以后的相当长一段时间，这个名词只是国际经济学家的谈资。巴西、俄罗斯、印度和中国四国之间并未形成固定的合作与对话机制。2008 年金融危机爆发后，西方发达国家经济严重衰退，拖累了整个世界经济。而中国、印度等新兴国家却表现不俗，成为带动世界经济增长的新引擎。与此同时，金融危机凸显了国际经济、金融秩序由西方国

家片面主导的弊端。"金砖四国"认识到有必要联合起来，改革国际经济金融秩序，获得与自己实力与贡献相匹配的话语权，以助推世界经济走出阴影。在此背景下，第一次"金砖四国"领导人会晤于2009年6月在俄罗斯举行。

2009年6月16日，俄罗斯总统梅德韦杰夫、中国国家主席胡锦涛、巴西总统卢拉和印度总理辛格四国领导人在俄罗斯叶卡捷琳堡举行首次金砖国家领导人会晤，就如何应对国际金融危机、国际金融机构改革、粮食安全、能源安全、气候变化以及金砖国家对话未来发展等问题交换了看法。会后四国领导人发表了《联合声明》。

2010年4月15日，金砖国家领导人第二次会晤在巴西首都巴西利亚举行。巴西总统卢拉、中国国家主席胡锦涛、俄罗斯总统梅德韦杰夫和印度总理辛格出席。与会领导人就后国际金融危机时期抓住机遇、应对挑战、推动改革、推动发展进行了深入磋商。会后四国领导人发表《联合声明》，就世界经济形势等问题阐述了看法和立场，并商定推动"金砖四国"合作与协调的具体措施。

至此，"金砖国家"合作机制初步形成。这是时隔10个月之后，"金砖四国"再次举行最高级别会晤。2009年6月，四国领导人在俄罗斯叶卡捷琳堡首次聚首。如果说那次会晤标志着"金砖四国"作为一股新政治力量正式登上国际舞台的话，那么这次会晤则表明，四国合作在机制化方面已经固定下来。这意味着，一个代表新兴经济体的跨区域联盟，将在栉次鳞比的国际合作机制中，发出自己独特的声音。

毫无疑问，四国的合作可分为"内务"和"外交"两部分。前者是指四国间的内部合作，后者是指四国在全球问题上协调立场，发出一致声音。就前者而言，四国的自然禀赋与产业结构，决定了合作将具有广阔的战略空间。巴西被称为"世界原料基地"，俄罗斯有"世界加油站"之称，印度的"世界办公室"享誉全球，中国则有"世界工厂"的美誉。这意味着，俄巴两国的第一产业（石油、采矿、农业）得天独厚，中国的第二产业（加工制造业）执世界牛耳，印度的第三产业（服务业）则是世界新秀。这样的产业结构，意味着四国在经贸合作方面具有无与伦比的优势。事实上，四国间相互贸易地位的不断刷新也证明了这一点：2008 年，中国成为印度的最大贸易伙伴；2009 年，中国取代美国成为巴西最大的贸易伙伴；目前中国也是俄罗斯的第二大贸易伙伴。

当然，四国合作也存在着一些问题。政治上，中印、中俄之间的互信还有待进一步增强。中印与中俄都有过兵戎相见的历史记录，现实中也存在着明显的地缘竞争，中印间的领土争端还悬而未决。所有这些，都制约了相互合作的层次和水平。中俄印与巴西虽没有历史争端与地缘竞争，但隔着浩瀚的太平洋，互相之间缺乏了解，合作也不够全面、深入。四国如何跨越地缘、政治、文明上的间隔，将合作进一步往前推进，确是四国峰会下一步要探讨的问题。

就四国在"外交"上的合作而言，近年来四国在全球事务中发出越来越强的声音，并已开始奏效。不管是国际货币基金组织，还是世界银行，都扩大了发展中国家特别是中印两国的投票权重；而在哥本哈根峰会前，四国在北京召开了立场协调会，后来证明，这次协调会对增强四国在哥本哈根峰会上的声音，起到了重要作用。当然，这样的成效还只是初步的。目前，西方国家在主要国际金融机构中的权重依然过大，正因为此，巴西总统卢拉表示，本次会晤将再次提出改革国际金融机构的主张。毫无疑问，四国在合作的深度与广度方面，都还有很大的拓展空间。

传统上，多边国际合作机制大都基于地缘、种族、文化、宗教等自然或先天因素，欧盟、阿盟、非盟、东盟、北美自贸区等，莫不如此。但随着全球化时代的到来，人流、物流、信息流在速度和数量上都在迅猛增加，上述自然或先天因素对多边国际合作机制的阻隔作用也越来越低。后天形成的在政治、经济等方面的共同利益，在促进共同体的形成过程中作用越来越大。"金砖四国"就是一个很好的典型。如今，"金砖四国"已从一个经济学术概念，发展成为一种新兴大国的新型合作机制，并成为不同

地域、不同制度、不同模式、不同文明牵手合作的范例。

二、从"金砖四国"变成"金砖五国"

从机制上说，作为发展中国家的代言人，"金砖四国"在代表性方面还有明显不足，特别是没有非洲成员参加。关于这一点，四国已经开始着手解决。2010 年 4 月 14 日，俄罗斯总统梅德韦杰夫表示，如果"金砖四国"成员都同意的话，那么四国机制完全有可能扩大。至于扩大的对象，一些细节或许有指征意义：这次四国峰会的前一天，巴西举办了由印度、巴西和南非三国参加的"准联盟"峰会；据说，巴西总统卢拉举行的欢迎"金砖四国"领导人的国宴上，也将有南非领导人的身影。考虑到哥本哈根气候大会上曾出现过"基础四国"（巴西、南非、印度和中国），那么四国机制如果扩容的话，南非获得新成员资格似乎没有多少悬念。

2010 年 11 月，二十国集团会议在首尔举行，南非在此次会议上申请加入"金砖四国"。2010 年 12 月，中国作为"金砖国家"合作机制的轮值主席国，与俄罗斯、印度、巴西一致商定，吸收南非作为正式成员加入"金砖国家"合作机制，"金砖四国"变成"金砖五国"，并更名为"金砖国家"（BRICS）。

2011 年 4 月 14 日，金砖国家领导人第三次会晤在中国海南三亚举行。中国国家主席胡锦涛主持了会晤。巴西总统罗塞夫、俄罗斯总统梅德韦杰夫、印度总理辛格和南非总统祖马应邀与会。南非领导人作为新成员首次参加会晤。会晤以"展望未来、共享繁荣"为主题，就国际形势、国际经济金融问题、发展问题以及金砖国家合作等深入交换了意见，达成了广泛共识。会后五国领导人发表了《三亚宣言》。

举办金砖国家峰会标志着中国在多边外交领域的又一重大新进展。金砖国家的兴起，改变了国际格局和力量对比。此外，金砖国家这一多边外交机制，有利于中国凭借这一平台运筹大国关系，推行建设和谐世界的理念。

如今，一个力量日趋均衡的新的世界格局雏形已经出现，西方发达国家工业革命二三百年来主宰世界政治经济的局面即将成为历史。金砖国家多年来经济快速发展，在国际经济体系中展示了强大的活力。尤其是在全球经济危机中保持了较高增速，为推动全球经济复苏发挥了重要作用。

金砖国家人口占世界总人口的42%，国土总面积约占世界的30%，国内生产总值占全球总量的18%，贸易额占全球贸易额的15%，外汇储备目前占全球的75%，对世界经济增长的贡献已超过50%。其在国际事务中的影响与日俱增，不仅是发展中国家合作的重要平台，而且已经成为发达国家和发展中国家之间沟通和交流的重要桥梁。

金砖国家是群体崛起的发展中国家自发组建的、协调解决全球问题的机制，已经成为国际政治和经济变革与发展的重要力量。本次以"展望未来，共享繁荣"为主题的三亚峰会的召开，将为金砖国家在摆脱世界经济危机、加快世界经济复苏中继续发挥火车头作用，在实现世界和平、合作、发展的目标中扮演更加重要角色进一步夯实基础，成为金砖国家团结合作进程中的里程碑。

和往届金砖国家峰会不同的是，本次金砖五国峰会有了更多实质性的进展。在金砖国家银联体年会上，来自中国国家开发银行、巴西开发银行、俄罗斯开发与对外经济活动银行、印度进出口银行和南非南部非洲开发银行的金融家们透露，他们将努力推动金砖国家本币结算的进程，这一决策立即成为各界关注的焦点。分析人士认为，这是金砖国家的合作迈出了实质性的一步。

在目前通用的国际贸易中，一般都是以美元为结算单位的，而美元汇率近期一直在下跌。金砖国家一旦在相互贸易中实行贸易本币结算，能有效避免汇率波动，减少风险。分析人士指出，金砖国家只有加强合作的机

制性建设，才能有利于其在国际舞台上发挥更大作用。

金砖国家合作机制刚刚走过3个年头，合作经验还不很丰富，合作机制还有改进空间。此外，金砖国家内部由于历史或现实利益的因素，尚存在一些误解和分歧。这些都需要成员国之间加强对话与交流，真正做到相互尊重、相互理解、增进互信，并在此基础之上达到互利合作的目的。

南非加入金砖四国，扩大了"金砖五国"的发言权。南非共和国成为新兴经济大国俱乐部的一员，"金砖四国"（BRICs）变成"金砖五国（BRICS）"。南非加入后，"金砖五国"在国际舞台上的发言权有望进一步加强。

南非和原来的金砖国家相比实力较弱。从人口来看，南非只有4900万，而中国（13.6亿）、印度（12亿）、巴西（1.91亿）、俄罗斯（1.42亿）都是人口众多。从国内生产总值（GDP）来看，南非2010年GDP为2870亿美元，仅为原来四国中规模最小的俄罗斯的四分之一。

但是，南非是世界公认的非洲代表性国家。南非的GDP在撒哈拉沙漠以南的非洲地区占三分之一。在二十国集团（G20）中，代表非洲的国家也是南非。现任高盛集团资产管理部主席的吉姆·奥尼尔评价称："南非经济规模较小，加入金砖国家对我来说没有什么意义，但对于代表非洲大陆的南非来说，则另当别论。"

南非媒体纷纷表示，这是南非成为世界上最重要新兴经济体之一的重要标志。南非贸易部长戴维斯表示：虽然南非并不是一个人口大国，但其在一定程度上代表了整个撒哈拉以南的非洲。南非还是非洲地区最重要的黄金、铂和铜生产国，其市场规模也是非常可观的。因此，无论从经济规模还是从影响力上看，南非无疑都是非洲大陆最重要的国家。

南非加入金砖国家后，原有金砖四国会更加容易地打入非洲市场并获得石油、矿物资源。特别是，南非2011年将和印度、巴西一起成为联合国安理会两年任期的非常任理事国。金砖五国2014年在全球经济中所占比重预计将达到61%。

南非的经济总量位列非洲之首，吸纳南非加入，有利于增强亚非拉国家在全世界的经济总量份额和外交上的话语权。这标志着亚非拉新兴经济体的崛起，并有可能在 2050 年前后超过由美、英等组成的七国集团，成为世界经济的主导力量。

三、"金砖五国"代表新兴国家崛起

金砖国家的第四次峰会于 2012 年 3 月 28 日在印度首都新德里举行。自 2001 年美国高盛公司的吉姆·奥尼尔首次提出"金砖四国"概念以来，这个最初只是纯粹从人口、资源、市场潜力以及经济增长程度等经济指标，来向跨国公司指明哪些为最具成长性和吸引力的新兴市场的一个商业概念，却随着近十多年来发展中国家整体发展实力的上升和南南合作趋势的加强，逐渐发展成为一个新兴市场国家间的多边磋商与合作机制。

2010 年，非洲最大的经济体南非的加入，不仅使"金砖四国"扩容为"金砖国家"（BRICS），从而使其成为覆盖亚洲、欧洲、美洲和非洲的一个南南合作机制，进一步加强了与整个非洲合作的重要通道，而且"金砖国家"的概念也已逐渐超出了其最初的经济范畴，向更广阔的领域延伸。

如 2011 年 4 月第三次金砖国家峰会通过的《三亚宣言》就有共 32 项内容，议题涵盖国际货币和金融体系改革、经济贸易领域合作、全球气候变化、大宗商品金融市场监管、粮食安全、核能安全利用国际合作等各个方面，初步显现出这一年轻的机制正在成为新兴发展中大国在各领域进行全面对话和合作的平台。

从在世界政治与经济格局中所占的权重来看，"金砖国家"的成色有足够分量。在政治层面，不仅俄罗斯和中国为安理会的常任理事国，巴

西、印度和南非则为非常任理事国；在经济层面，五国国内生产总值（GDP）约占世界总量的20%，贸易额占世界的15%以上，外汇储备占全球的75%，对世界经济增长的贡献已超过50%。如果再加上占世界领土总面积的近30%以及占世界总人口的约43%这两个硬件指标，金砖国家的广泛代表性和影响力自不待言。

"金砖五国"2012年3月28日在新德里举行峰会，西方传媒表面上轻视，实际上很关切，因为它代表着新兴国家崛起将与西方强势世界平分秋色。

3月29日，五国领导人（中国国家主席胡锦涛、俄罗斯总统梅德韦杰夫、巴西总统罗塞夫、印度总理曼莫汉·辛格、南非总统祖马）第四次正式会晤，会后发表的《德里宣言》宣称："BRICS是在一个多极、互相依靠以及日益复杂的全球化世界中代表世界人口43%的国家的对话平台。"

"金砖五国"旨在全球金融机制中"形成一极"。经贸部长会议决定以世界上五个最大的发展中经济体的财力建立一个"金砖国家开发银行"（BRICS Bank），《德里宣言》称之为"进出口贸易/发展银行"，又叫"南南银行"。

胡锦涛在峰会前对代表五国的五家报纸（《巴西商报》、《俄罗斯报》、《印度教徒报》、《人民日报》、南非《商业日报》）发表了书面谈话，回答它们提出的问题。他说："中国同金砖国家其他成员国都是战略伙伴。发展同金砖国家成员国的关系是中国外交政策的优先领域之一。"从他的回答中看出中俄关系最为"优先"。他形容"中俄互为最大邻国和全面战略协作伙伴"，透露中俄对未来发展有"一系列重要合作共识和协议"。

中国和俄罗斯无疑是世界上最重要的两块金砖，百年来发展道路相同，又受共同"规律制约"与"掣肘"，更有"类似的成就、经验和教训"。俄国东部与中国西部待开发"恰恰为两国发展提供了互补的极大可能性"，在"美国力图构建单极世界"时的最佳选择就是"中俄的联手，尤其是经济发展上的联手"。

此外，拥有 25 亿人口并且已经是世界第二与第四大经济体的中国和印度是"金砖五国"的坚强核心，中印两国团结得越紧，"金砖五国"的声音就越响亮。

印度在与巴西和南非沟通中起着枢纽作用。2003 年建立了"印度－巴西－南非对话论坛"，已经举行过 6 次峰会，还设立了"印－巴－南基金"（IBSA Fund）。

在印度首都新德里举行的金砖五国峰会，正呈现出与西方发达国家分庭抗礼的态势。印度、中国、俄罗斯、巴西和南非五国首脑在会议结束后所发表的《德里宣言》，虽然没有就设立挑战世界银行功能的"共同开发银行"做出明确的决定，却同意就彼此的贸易用本币取代美元，以降低交易成本。

金砖五国代表了全球 40% 的人口，25% 的经济总量（13.5 万亿美元）和 25% 的土地面积。五国之间的贸易额约 2.3 万亿美元，占全球贸易总额约 15%。更为关键的是，相对于深陷危机与困境之中的欧美经济体，五国的经济几乎都呈现出欣欣向荣的势头。经济力量上的此消彼长，自然意味着代表了全球新兴经济体的五国，要求在国际问题上有更大的发言权，在国际组织里有更大的代表权，在制定新国际游戏规则上有更大的决定权。

无论如何，"金砖五国"峰会的持续举行，表明了西方已经不再是唯一的国际主导力量。五国的经济发展势头虽然在近期有所减缓，但与依然无法自拔的欧美经济相比，还是略胜一筹。金砖时代或许还没有真正到来，但国际大秩序的改变，无疑已经在悄悄进行了。

四、"金砖国家"强化合作才能共赢

金砖国家领导人第四次会晤举行之际，国际社会对新兴市场力量再次

予以了高度关注，"金砖国家"这一概念的创始人吉姆·奥尼尔也对金砖国家在当前国际经济格局中的地位予以充分肯定。

2001年，美国高盛公司首席经济学家吉姆·奥尼尔首次提出了"金砖四国"的概念。2003年，一份由奥尼尔及其团队撰写的《与"金砖四国"一起梦想》的研究报告使"金砖四国"这一概念风靡全球。报告预测到2050年，世界经济格局将重新洗牌，"金砖四国"将超越包括英国、法国、意大利、德国在内的西方发达国家，与美国、日本一起跻身全球新的六大经济体。2011年，奥尼尔在其新书《增长蓝图——金砖国家及其他新兴经济体的经济机遇》中再度预言，金砖的光芒将继续闪耀。

金砖概念的出现改变了全球投资格局，而且经受住了时间的考验。奥尼尔说，2001年到2010年的十年间，金砖国家的GDP总量增长比我当时的最理想预期还要强劲。此外，金砖国家民众的收入水平也呈现同样可观的增长，成千上万的人脱离了贫困。金砖国家在世界贸易中也扮演着日益重要的角色。金砖国家之间的贸易量持续增长，巴西和俄罗斯对于中国和印度产品的需求量不断增大，这种发展模式在未来十年间仍将维持。

"中国，从金砖国家诞生起就是其中的领头羊，将来还将是引领金砖国家经济跨越的发动机。我估计世界经济今年预期增速将达到4%～4.5%，而中国的经济增速仍可能保持在7.5%～8%左右。我并不同意所谓中国经济'硬着陆'的说法，在我看来，经过'十二五'规划的调整，中国经济在朝着正确的轨道运行。"奥尼尔认为，"巴西作为金砖国家的第二大经济体，经济增长同样令人惊讶，2010年已取代意大利成为世界第七大经济体，GDP达2.1万亿美元。我一开始确实没有预料到巴西能够成长得如此之快。俄罗斯和印度的数据和实际增长同样超越了我的想象。"

2010年，南非正式被吸纳为金砖国家合作机制成员。在此基础上，奥尼尔在其新书中提出了"新兴11国"的概念。"并不是说这些国家的影响会和最初的金砖四国相匹敌，但这些国家也是不容忽视的正在兴起的经济力量"。新兴11国包括孟加拉、埃及、印尼、伊朗、墨西哥、尼日利亚、巴基斯坦、菲律宾、韩国、土耳其和越南。"也许这些国家目前并没有十分耀眼的光芒，但在未来十年将有潜力成为投资者的宝藏"。

中国和其他金砖国家的成熟仍有一段很长的路。目前金砖国家面临的主要挑战是这些新兴经济体内部的合作与协调。新的联盟和合作机制带来的共赢机遇是无法估量的。奥尼尔说，以亚洲为中心的新兴力量的崛起将深刻影响未来世界的政经格局。中国、印度这两个人口大国很有可能在20年内成为世界第一和第三大经济体。此外，新兴11国中的6个国家也都位于亚洲。因此，亚洲国家健康、和平的经济、货币和社会关系等将对其未来内部发展产生深远影响。

金砖国家内部合作的发展潜力很大，而这种潜力目前由于多种因素受到限制。奥尼尔说，金砖国家各自发展水平不均衡，政治和社会的意识形态方面也有较大差距，因此实现全面互信与合作具有一定复杂性。奥尼尔对金砖国家未来的合作机制提出了几点建议：第一，加强货币合作以促进贸易发展。不少学者建议亚洲国家应该像欧元区一样使用统一货币，但是亚洲国家之间的差异性给这个问题增添了极大的危险性和复杂性。奥尼尔建议，减少对美元依赖，加强金砖国家之间双边贸易和货币合作意义重大，强化宏观经济政策和更灵活的外汇制度将使金砖国家互惠；第二，更紧密的领导人合作机制。金砖国家领导人定期会晤有利于在世界银行和国际货币基金组织中形成统一声音，打破欧美在两大组织中的话语权垄断；第三，发展能源合作以应对气候变化。替代能源和清洁能源是未来世界经济的新增长点，金砖国家加强能源合作潜力巨大，有助实现共赢。

2012年3月28日，就在金砖国家领导人第四次会晤在印度首都新德里开幕之际，中国社会科学院《新兴经济体蓝皮书：金砖国家发展报告（2012）》（以下简称《蓝皮书》）发布暨金砖国家合作与崛起研讨会在京召开。与会的专家学者以及南非、巴西、印度驻华使馆官员均认为，随着世界经济格局的不断演变，金砖国家正在全球经济中扮演着重要角色。

《蓝皮书》指出，2011年金砖国家经济总体上继续保持了较快增长速度，在全球经济复苏受阻、欧债危机深重难返的背景下，金砖国家作为一个整体依然保持了两倍于全球的平均增长速度和四倍于发达国家的平均增长速度，这凸显了金砖国家作为全球经济增长引擎的地位继续得以保持。《蓝皮书》还预计，在2012年全球经济放缓的大背景下，金砖国家还将继续执掌全球经济发展牛耳。金砖国家作为一个整体，必定会继续充当全球经济火车头，并实现进一步的崛起。

"十年是人类发展的一小步，却是金砖国家崛起的一大步。"虽然作为新兴经济体的一个国家群体，金砖国家从被冠以名称到主动走到一起的时间还不长，但金砖崛起、金砖合作却已给21世纪头十年变幻剧烈的世界经济社会与国际关系刻下了深深的印记，正在对全球发展、全球治理变革产生着日益广泛和深刻的影响。

除了聚焦金砖国家整体之外，《蓝皮书》还从国别入手对金砖五国的经济发展情况、特点以及发展展望等给予专门介绍和论述。如《蓝皮书》指出，恢复经济增长仍将是2012年巴西经济政策的首要目标，尽管工业部门在2011年底及2012年初逐渐有所恢复，但巴西经济在2012年上半年很可能仍将维持较慢的增速；南非在2011年取得了近3年来最好的发展成就，但国际大宗商品价格走势，特别是石油价格波动等因素仍是影响南非经济活力的重要因素；近两年来的货币紧缩、通胀和外国投资流入减少对印度经济增长造成了很大压力，外部市场的不确定性将是2012年印度经济面临的主要风险之一；俄罗斯过去几年的快速发展与其在世界经济中的角色变化有关，俄罗斯正成为原料国，需制定和实施有效的进入市场经济的政策和措施等；中国在大步迈向城市化的道路上发展速度很快，但迫在眉睫的是要避免印度、巴西和非洲的一些国家和地区在城市化过程中所经历的陷阱。值得注意的是，中国的城市化有相当一部分属于"部分城市化"或者"半城市化"，需在配套设施上以及制度设计上使得我国城市化的质量进一步提高和完善。

金砖国家的经济各有长短，都有可资对方借鉴的成功经验并存在需要进一步完善的软肋。因此在分析和比较金砖各国经济发展潜力时，不应过分迷恋于现实状态，而应更为看重未来的演变趋势。面对当前急剧变化的国际形势，金砖国家只有超越分歧、加强协调、强化合作才能共同应对纷繁复杂的未来挑战。

人们现在经常讨论 21 世纪到底是一个什么样的世纪。有人说 21 世纪应该还继续是美国的世纪，有人说可能是中国世纪，有人说是印度世纪，还有人说应当是亚太世纪，甚至有人说是非洲世纪。这个世纪起码应当是一个多极化的世纪。在这个多极化的世纪里，金砖国家应该发挥作用，在推进新兴市场和发展中国家合作中发挥作用，在全球治理和经济治理中发挥影响。

当然，五个金砖国家历史背景不同，文化传统、风俗习惯、意识形态、社会制度各方面都有差异。我们要面对分歧，用相互理解、相互包容来求同存异，在重大立场上找出共同点，这一点是非常重要的。

从未来发展前景来看，随着中国产业结构的转型和升级，有一些产业也会逐渐地转移到金砖国家，比如像南非、印度这些国家去。随着这种产业转移会带动金砖国家之间的贸易的深化和发展。其他金砖国家希望中国能够在他们国家兴建经济特区或者加工制造区，传播中国的经验。这些金砖国家希望我们能够把这些经验带给他们，并且带动我们的投资。如果这样的投资和贸易不断深化的话，以后金砖国家之间，特别是中国和金砖国家之间的贸易会上一个新的台阶，贸易规模会快速扩大。

本世纪初美国高盛公司首次提出"金砖国家"称谓时，"金砖"还仅仅是个投资概念。今天，人们看到的是金砖国家在国际舞台上日益活跃，合作不断加强。无论是应对金融危机、推动国际金融机构改革，还是应对气候变化、粮食安全等全球性挑战，都离不开金砖国家的参与。对于金砖现象，可以从以下三个层面进行观察。

首先，应当用历史的眼光看待金砖国家的发展。金砖国家快速发展不

过是近十来年的事，这与全球化深入发展，新兴市场国家积极调整自身发展战略、融入世界经济体系密不可分。2008年金融危机爆发以来，金砖国家更是巩固了其在国际经济格局中的上升趋势，成为推动世界经济持续复苏与增长的重要引擎。同时，金砖国家的发展仍处于量变积累阶段，其进一步发展仍面临增长模式转变、经济转型、资源环境制约、快速城市化、人口老龄化等种种制约和挑战。如应对不当，还可能陷入"中等收入陷阱"或"转型陷阱"，中断高速增长的势头。

其次，要用辩证的眼光看待金砖国家发展。既要看到金砖国家快速增长的经济总量，也要看到金砖国家相对落后的人均水平。过去十年，中国、巴西、俄罗斯、印度跃居世界前十大经济体。按照目前的平均发展速度，金砖国家的经济总量将很快与七国集团持平。然而从人均收入水平看，金砖国家却远远落后于发达国家。据高盛公司统计，2010年发达国家人均年收入为39500美元，而金砖国家中，巴西为10700美元，俄罗斯为10400美元，南非为6090美元。中国为4400美元，印度为1400美元。按照世界银行划分各国贫富的标准，金砖国家均属于中等收入国家，低于高收入国家人均年收入12276美元的标准。

第三，要用发展的眼光看待金砖国家参与国际事务。金砖国家经济实力的上升，给它们参与国际事务奠定了物质基础，同时也给国际体系改革和国际关系民主化带来了契机。金砖国家悉数进入二十国集团，积极参与全球经济金融治理，合力推进世界银行和国际货币基金组织的改革，提高了新兴市场和发展中国家的代表性。从2009年起，金砖国家还每年举行一次独立的首脑峰会并发表一份联合公报，就重大国际问题向世界阐明金砖国家的观点。金砖国家从投资概念走入国际政治现实，彼此协调立场，加强合作，这是历史的进步。虽然与发达国家相比，金砖国家参与国际事务的经验还不够丰富，彼此互信的建立和合作的深化尚需长时间磨合和摸索，但是随着金砖国家经济实力的持续增长和彼此合作的不断深化，它们参与国际事务的意愿和能力必将不断增强。

五、"金砖国家"助"中国模式"崛起

金砖国家中最引人注目的是中国的优势地位：中国是"金砖四国"里唯一已经跃升为超级经济大国的国家，而且它还在继续强劲发展。2011年，"金砖四国"一半以上经济增长归功于中国。2012年，中国的国内生产总值预计将增长7.7%。虽然这样一来中国的经济增长率10年来首次低于8%，但这是高水平上的经济增速放缓。

眼下中国正积极推动国内经济增长，并通过大规模收购国外企业使自己的经济多元化。中国2012年的通货膨胀率预计保持在3%以下，这为降息提供了空间。因此，我们坚信中国的经济增长故事仍将继续下去。

金砖国家的发展和崛起说明"中国模式"并不是当今世界的一种特殊发展模式，相反它表明了"中国模式"和金砖国家的发展有着一种共性，它们都是经济全球化的结果，反映了经济全球化时代全球资本和技术的流动性和偏好选择。

首先，由于经济全球化，资本和技术从美国和西方发达国家向发展中国家转移，导致了金砖国家的快速增长并使它们成为世界经济的发展中心。金砖国家经由经济全球化崛起，也转而成为目前经济全球化的支持和推动者。冷战后，美国和西方国家主导的政治全球化打开了经济全球化这个"潘多拉盒子"，饥渴的资本纷纷从美国和西方涌向地球的另一半，因为那里有巨大的市场和充足的廉价劳动力以及丰富的资源储备、优惠的投资政策。

在全球一体化的时代，资本超越了国界，把全球融为一体，对资源加以整合配置以求资源的最有效利用和利润的最大化，从而改变了以往以国家为主体的全球产业分工和贸易模型，以及全球经济运行机制和全球经济

中心的转移。随着资本和技术从美国和西方国家的溢出和转移，直接推动了金砖国家经济的发展和崛起，使它们成为全球投资中心，加工制造中心，贸易出口和财富积累中心，潜在消费市场中心，成为全球经济引擎和最有活力的区域。其中特别是中国，1978年以来中国共获得了5000亿美元的外来投资，成为仅次于美国的第二大世界投资中心。其它金砖国家也以不同规模和速率从中获益。

目前从规模上看，金砖国家人口占世界的43%，GDP占全球产出的17.5%，外汇储备达到3.9万亿美元。从优势来看，各方自然资源丰富，消费市场庞大，劳动力资源充足。预计到2015年，金砖国家中的核心金砖四国经济总量占世界份额将达到22%，四国GDP占世界总量的三分之一，其中尤以中国和印度发展得最快。

其次，金砖国家均面临相同的国内问题：

首要问题是经济和生产方式的转型。金砖国家无疑使发展中国家找到了一条快速现代化崛起的模式，但它们的崛起没有自己的核心技术，主要是全球化促成，而不是通过自身内在资本积累和科技创新发展的结果。它们受制于全球经济体系，主要是以美国和西方为主导的跨国公司和全球公司，服务于它们，成为它们在全球资源配置链条结构中的一个廉价生产基地，以至于能源被过度消耗，环境被极度破坏，劳动力被廉价剥削。

目前由于金融危机持续，全球需求下降，金砖国家以廉价劳动力优势为基础，以消耗能源和污染环境为代价，以加工出口、依赖外需为导向的外向型发展模式已难以为继。所以下一步金砖国家必须改变自身的经济和生产方式，经济发展从外需转为内需拉动，在全球产业链中，加速从低端向中高端发展，抢占下一轮科技革命和产业革命的先机。

金砖国家第二方面的问题是社会结构的改革：一是经济发展与社会财富分配不平等的问题，经济发展并没有惠及社会所有阶层，而是财富越来越集中于少数人手中，这势必引发社会矛盾，影响经济的进一步发展。二是政治结构方面的改革，主要涉及到如何让政治更民主、透明和公正。因为金砖国家发展和崛起主要是通过外生而不是内生因素推动和促成的，所以无论在社会政治制度和结构方面，还是在国民素质方面都存在不成熟和不完善的问题，对这些问题的如何解决将决定它们的下一步发展。

其三，金砖国家在国际问题上有着共同的诉求。一方面，金砖国家的迅速发展和崛起，主要是由于融入以美国和西方为主导的国际经济体系，并成为现有国际分工体系一部分的结果，所以它们是现有全球治理体系的得益者和搭便车者。但是，随着金砖国家的发展，它们要求改变现有国际体系的某些部分，因为毕竟现有国际治理体系是由美国和西方国家制定，主要代表西方的利益和价值观，并服务于西方。新崛起的金砖国家在当前世界体系中仍是少数派，没有足够的话语权，自然要求在国际政治舞台上有更多的发言权、投票权，修改相应的游戏规则，使其符合自己的利益；这包括对全球贸易结构和规则的修正，全球货币与汇率的改革等等。

金砖国家是经济全球化的受益者，没有全球化就不可能有金砖国家的发展和崛起，所以在金融危机爆发，美国和西方趋于反全球化，退回到贸易保护主义的时候，它们成为了当今世界经济全球化的主要支持者和推动者，但这并不意味着它们将成为现有国际体系的革命者，充其量只是修正者而已，因为一没有必要，二没有实力。

当今世界根据经济发展水平、价值观可以划分为三个层次：美国和西方国家为"第一世界"，它们是现有治理体系的制定者，非洲和南美落后国家为"第三世界"，而金砖国家共同组成了当今世界的第二层即"第二世界"。

如前述，金砖国家有着相同的发展和崛起模式，有着相同的国内问题，有着相同的国际诉求，由此使它们走到了一起。在当今世界经济结构中，随着美国和西方自身发展的饱和，资本和技术正在从美国和西方的第一世界转向第二世界的金砖国家，由此金砖国家正成为全球经济发展的引擎。

而且随着资本与技术的不断溢出，更多的发展中国家和第三世界国家

17

将成为"金砖国家"，"金砖国家"将由目前的金砖五国增加至金砖八国，由此导致"第一世界"和"第三世界"的萎缩，"第二世界"的不断壮大。在这一过程中，全球资本利润将趋于更加平均化，世界将趋于更加扁平化，国际社会结构将趋于中间膨胀、两头缩小的橄榄型，国际政治将趋于更加民主化。

第一章　历史坐标下的辉煌中华文明

　　中华文明与古代埃及、印度和巴比伦文明并称为世界四大文明。在距今1万年前的新石器时代，人们学会了栽培谷物与驯养牲畜，开始了农耕生活。农业的起源，使人类不再单纯依靠采集与渔猎谋生，这些生产性经济活动的产生，标志着人类历史实现了第一次伟大的经济变革。

　　考古材料证明，中国是世界农业最早的起源地之一。粟类旱地作物起源于黄河流域，人工栽培的水稻起源于长江中下游地区。稻作农业和旱地农业同时出现、南北并立的局面，是中国早期农业的一大特点。除了粟、黍、水稻之外，起源于中国的粮食作物还有稷和大豆等。历史悠久的农业，对中华民族的生存发展和文明创造产生了深远的影响。

　　在距今5000~4000年前，中华文明的起源已如漫天星斗，八方雄起。其中，黄河流域的中原地区是部族迁徙、分合、冲突最为集中的区域，也是中华文明融合、诞生的核心地区。在华夏民族形成和发展的过程中，有关炎帝、黄帝的传说，在春秋战国以来的历史文献中占有突出的地位。近代以来，中国人开始普遍以炎黄子孙自称。

一、"百家争鸣"开中华文明之先河

　　"百家争鸣"是指先秦时代的春秋（公元前770~前476年）战国

（公元前 475 ~ 前 221 年）时期知识分子中不同学派的涌现及各流派争芳斗艳的局面。《汉书·艺文志》将战国主要思想学派分为十家——儒、墨、道、法、阴阳、名、纵横、杂、兵、小说。西汉人刘歆在《七略·诸子略》中将小说家去掉，称为"九流"。俗称"十家九流"就是从这里来的。

春秋战国时期，是由封建领主制向封建地主制过渡的时期，新旧阶级之间，各阶级、阶层之间的斗争复杂而又激烈。代表各阶级、各阶层，各派政治力量的学者或思想家，都企图按照本阶级（层）或本集团的利益和要求，对宇宙对社会对万事万物作出解释，或提出主张。他们著书立说，广收门徒，高谈阔论，互相辩难，于是出现了一个思想领域里"百家争鸣"的局面。

"百家争鸣"现象的出现反映了当时社会激烈和复杂的政治斗争，主要是新兴地主阶级和没落奴隶主之间的阶级斗争。这个时期的文化思想，奠定了整个封建时代文化的基础，对中国古代文化的形成和流传有着非常深刻的影响。

所谓"诸子百家"，主要有儒家、墨家、道家和法家，其次有阴阳家、杂家、名家、纵横家、兵家、小说家等等。后人把小说家以外的九家，又称为"九流"。俗称"十家九流"。

"诸子百家"的十大学派如下：

1. 儒家，代表人物：孔子、孟子、荀子。作品：《孔子》、《孟子》、《荀子》。

2. 道家，代表人物：老子、庄子。作品：《道德经》、《庄子》。

3. 墨家，代表人物：墨子。作品：《墨子》。

4. 法家，代表人物：韩非、李斯。作品：《韩非子》。

5. 名家，代表人物：邓析、惠施、公孙龙、慎到和桓团。作品：《公孙龙子》。

6. 阴阳家，代表人物：邹衍。

7. 纵横家，代表人物：苏秦、张仪。主要言论传于《战国策》。

8. 杂家，代表人物：吕不韦。作品：《吕氏春秋》。

9. 农家，代表人物：许行。

10. 小说家。

儒家是战国时期重要的学派之一，它以春秋时代孔子为师，以六艺为法，崇尚"礼乐"和"仁义"，提倡"忠恕"和不偏不倚的"中庸"之道，主张"德治"和"仁政"，是重视道德伦理教育和人的自身修养的一个学术派别。

儒家强调教育的功能，认为重教化、轻刑罚是国家安定、人民富裕幸福的必由之路。主张"有教无类"，对统治者和被统治者都应该进行教育，使全国上下都成为道德高尚的人。

在政治上，还主张以礼治国，以德服人，呼吁恢复"周礼"，并认为"周礼"是实现理想政治的理想大道。至战国时，儒家分有八派，重要的有孟子和荀子两派。

儒家的创始人是孔子。孔子姓孔名丘，字仲尼，春秋末期，鲁国陬邑（现在山东曲阜）人，被后人尊称为"万世师表"。他的理论的核心是"仁"，他认为仁就是要爱人，要求人与人之间要相互爱护，融洽相处；实现'仁'要做到待人宽容，"己所不欲，勿施于人"。而体现"仁"的制度或行为的准则是"克己复礼"。孔子首创私人教学，主张"有教无类"，认为不分贫富，人人都有受教育的权利。同时也打破了贵族垄断文化教育的局面。孔子主张"为政以德"，"节用而爱人"，使百姓"足食"，国家"足兵"，取得"民信"。这种思想包含了民本思想，也是他所提倡的道德观和伦理观。孔子重视道德教育，特别是个人修养，强调关爱别人，用社会规范约束自己的行为。

儒家学派在孔子以后发生分裂，至战国中期孟子成为代表人物。孟子名轲，字子舆，战国时期邹国人，是孔子的嫡孙子思（名孔伋）的弟子，有"亚圣"之称。孟子主张"仁政"，进一步提出"民为贵，社稷次之；君为轻"。他的伦理观是"性本善"。

儒家的代表人物还有荀子。荀子名况，时人尊他为荀卿。在政治方面，他主张"仁义"和"王道"，"以德服人"，并提出"君者舟庶人者水也。水则载舟，亦则覆舟"。在哲学方面坚持"天行有常"，"制天命而用之"。荀子认为人生来就是有感官上的要求，饿了要吃饭，冷了要穿衣，这就形成了人们"好利"、"好声色"的本性需求。但是，通过学习礼仪，通过法治，可以使小人变为君子，普通人变为圣人。荀子的这种主张，被称为"性恶论"。荀子改造儒家思想，综合了法家和道家思想的积极合理成分，使儒家思想更能适应社会的需要。

孟子、荀子对儒家思想加以总结和改造，又吸收了一些其他学派的积极合理的成分，使儒学体系更加的完整，儒家的思想更能适应社会的需要。战国后期的儒学发展成为诸子百家中的蔚然大宗。

道家是战国时期重要学派之一，又称"道德家"。这一学派以春秋末年老子关于"道"的学说作为理论基础，以"道"说明宇宙万物的本质、本源、构成和变化。认为天道无为，万物自然化生，否认上帝鬼神主宰一切，主张道法自然，顺其自然，提倡清静无为，守雌守柔，以柔克刚。政治理想是"小国寡民"、"无为而治"。老子以后，道家内部分化为不同派别，著名的有四大派：庄子学派、杨朱学派、宋尹学派和黄老学派。

道家学派的创始人是老子。老子姓李名耳字聃，楚国人，约与孔子同时，出身于没落贵族家庭。反映其思想的书为《老子》，又名《道德经》，大约是战国人编纂的。老子把"道"抽象化，概括为普遍的无所不包的最高哲学概念。在他看来，"道"是凌驾于天之上的天地万物的本原。他还提出"天法道，道法自然"的思想，摒除利"天命"的绝对权威。老子的哲学里包含着丰富的辩证法思想。他指出，任何事物都有矛盾对立的两个方面；矛盾两方可以互相转化，转化的途径是"守静"。政治上提倡"无为而治"，无为是指不妄为，不胡作非为，为所欲为。

道家在战国时期的代表人物是庄周。庄周是宋人，出身于没落贵族家庭，曾做过宋国漆园吏的小官，后来厌恶官职，"终身不仕"。《庄子》一书，是由他和门人编成的，又名《逍遥游》，是与《道德经》齐名的道家经典。庄子的思想是以老子为学说为基础而发展的。《庄子》一书更像是以故事的形式对道家学说加以解说。其中的语言形式对中国的古代小说和传奇的文本表达有重大的影响。道家思想讲究一切讲究自然，不可强求，与儒家思想截然相反。

墨家是战国时期重要学派之一，创始人为墨翟。这一学派以"兼相爱，交相利"作为学说的基础：兼，视人如己；兼爱，即爱人如己。"天下兼相爱"，就可达到"交相利"的目的。政治上主张尚贤、尚同和非攻；经济上主张强本节用；思想上提出尊天事鬼。同时，又提出"非命"的主张，强调靠自身的强力从事。

墨家有严密的组织，成员多来自社会下层，相传皆能赴火蹈刀，以自苦励志。其徒属从事谈辩者，称"墨辩"；从事武侠者，称"墨侠"；领袖称"巨（钜）子"。其纪律严明，相传"墨者之法，杀人者死，伤人者刑"，墨翟死后，分裂为三派。至战国后期，汇合成二支：一支注重认识论、逻辑学、数学、光学、力学等学科的研究，是谓"墨家后学"（亦称"后期墨家"），另一支则转化为秦汉社会的游侠。

法家是战国时期的重要学派之一，因主张"以法治国，不别亲疏，不殊贵贱，一断于法"，故称之为法家。春秋时期，管仲、子产即是法家的先驱。战国初期，李悝、商鞅、申不害、慎到等开创了法家学派。至战国末期，韩非综合商鞅的"法"、慎到的"势"和申不害的"术"，以集法家思想学说之大成。

这一学派，经济上主张废井田，重农抑商、奖励耕战；政治上主张废分封，设郡县，君主专制，仗势用术，以严刑峻法来进行统治；思想和教育方面，则主张禁断诸子百家学说，以法为教，以吏为师。其学说为君主专制的大一统王朝的建立，提供了理论根据和行动方略，《汉书·艺文志》著录法家著作有二百十七篇，今存近半，其中最重要的是《商君书》和《韩非子》。

名家是战国时期的重要学派之一，因从事论辩名（名称、概念）实（事实、实在）为主要学术活动而被后人称为名家。当时人则称为"辩者"、"察士"或"刑（形）名家"。代表人物为惠施和公孙龙。

阴阳家是战国时期重要学派之一，因提倡阴阳五行学说，并用它来解释社会人事而得名。这一学派，当源于上古执掌天文历数的统治阶层，代表人物为战国时齐人邹衍。

阴阳学说认为阴阳是事物本身具有的正反两种对立和转化的力量，可用以说明事物发展变化的规律。五行学说认为万物皆由木、火、土、金、水五种原素组成，其间有相生和相胜（尅）两大定律，可用以说明宇宙万物的起源和变化。邹衍综合二者，根据五行相生相胜说，把五行的属性释为"五德"，创"五德终始说"，并以之作为历代王朝兴废的规律，为新兴的大一统王朝的建立提供理论根据。《汉书·艺文志》著录此派著作二十一种，已全部散佚。成于战国后期的《礼记·月令》，有人说是阴阳家的作品。《管子》中有些篇亦属阴阳家之作，《吕氏春秋·应同》、《淮南子·齐俗训》、《史记·秦始皇本纪》中保留了一些阴阳家的材料。

纵横家是中国战国时以纵横捭阖之策游说诸侯，从事政治、外交活动的谋士。列为诸子百家之一。主要代表人物是苏秦、张仪等。

战国时南与北合为纵，西与东连为横，苏秦力主燕、赵、韩、魏、齐、楚合纵以拒秦，张仪则力破合纵，连横六国分别事秦，纵横家由此得名。他们的活动对于战国时政治、军事格局的变化有重要的影响。《战国策》对其活动有大量记载。据《汉书·艺文志》记载，纵横家曾有著作"十六家百七篇"。

杂家是战国末期的综合学派。因"兼儒墨、合名法"，"于百家之道无不贯综"而得名。秦相吕不韦聚集门客编着的《吕氏春秋》，是一部典型的杂家著作集。

农家是战国时期重要学派之一。因注重农业生产而得名。此派出自上古管理农业生产的官吏。他们认为农业是衣食之本，应放在一切工作的首位。《孟子·滕文公上》记有许行其人，"为神农之言"，提出贤者应"与民并耕而食，饔飧而治"，表现了农家的社会政治理想。此派对农业生产技术和经验也注意记录和总结。《吕氏春秋》中的〈上农〉、〈任地〉、〈辩土〉、〈审时〉等篇，被认为是研究先秦农家的重要资料。

小说家，先秦九流十家之一，乃采集民间传说议论，借以考察民情风俗。《汉书·艺文志》云："小说家者流，盖出于稗官。街谈巷语，道听涂说者之所造也。"

百家合流是百家争鸣的一个不可缺少的环节。百家争鸣在前期和中期，主要表现为争鸣，后期则主要表现为合流。如战国后期两个官办学术中心，齐国的"稷下"与秦国的"吕不韦门客集团"，他们的学术活动，搞的基本都是百家合流。稷下学派的代表作是《管子》，其中既有德家思想，也有礼家思想，还有法家思想等，但是以"礼治"为主；吕不韦门客集团的代表作是《吕氏春秋》，其中包含的学术思想更杂：德、礼、法、术、孝、义等均有，以致有人将其误为杂家。其实，这是对其占主导地位的思想缺乏认识的缘故，杂家根本就不存在。《吕氏春秋》占主导地位的思想是"德"，其余均起辅助作用。

百家合流的形式，一是理论上的合流，二是实践上的合流。理论上的合流，礼、德、术等三家做得比较好。礼家，如前引《荀子》、《管子》；德家，如前引《吕氏春秋》；术家，如前引《公羊春秋》、《春秋繁露》等。儒家做得较差，但儒家将《五经》及各《传》都纳入到了其经典之中，这样内容也较丰富，基本上也包括了礼、德、术、义等思想。实践上的合流，主要指当时的统治者们出于自身的需要，同时立几种思想不同的著作为经，作为治国的主导以及辅助思想。如汉初的"黄老之治"，曾立法家的《经法》、《称》、《道原》、《十大经》和老子的《德道经》等为经；武帝时期，置《五经》博士，合《论语》、《孝经》为《七经》等，这些都是在实践上的百家合流。

另外，百家争鸣的终点应是汉武帝采纳主父偃的"推恩令"。因为汉

自田蚡"绌抑黄老，崇尚儒学"后，汉武帝尊又采纳了主父偃的"推恩令"，顺利地实现了中国古代分封制向郡县制的过渡，使中国封建统一的中央集权制进入了稳定态，成功地解决了百家争鸣要解决的现实问题，从而给百家争鸣画上了一个圆满的句号。

那么，百家争鸣的历史意义又何在？其历史意义主要有以下三点：

首先，"百家争鸣"是中国学术文化、思想道德发展的一个重要阶段，奠定了中国整个封建时代文化的基础。

其次，在"百家争鸣"的过程中，各家学派相互取长补短，形成了中国传统文化体系，也形成了中国思想文化兼容并包和宽容开放的特点。儒家思想就是在吸收融合各家之长的过程中形成发展起来的，并在日后成为中国传统文化的主流思想。

最后，"百家争鸣"是中国历史上第一次思想解放运动，对当时和后来社会历史的发展，起到了巨大的推动作用。

二、穿越古老漫长的"丝绸之路"

"丝绸之路"，概括地讲，是自古以来，从东亚开始，经中亚、西亚进而联结欧洲及北非的这条东西方交通线路的总称。"丝绸之路"在世界史上有重大的意义。这是亚欧大陆的交通动脉，是中国、印度、希腊三种主要文化的交汇的桥梁。

"丝绸之路"，简称丝路，是指西汉（公元前202年～公元8年）时，由张骞出使西域开辟的以长安（今西安）为起点，经甘肃、新疆，到中亚、西亚，并联结地中海各国的陆上通道（这条道路也被称为"西北丝绸之路"以区别于日后另外两条冠以"丝绸之路"名称的交通路线）。因为由这条路西运的货物中以丝绸制品的影响最大，故得此名。其基本走向定于两汉时期，包括南道、中道、北道三条路线。

西汉时张骞出使西域开辟的丝绸之路以西安为起点，往西一直延伸到罗马。在通过这条漫漫长路进行贸易的货物中，中国的丝绸最具代表性，"丝绸之路"因此得名。"丝绸之路"不仅是古代亚欧互通有无的商贸大道，还是促进亚欧各国和中国的友好往来、沟通东西方文化的友谊之路。历史上一些著名人物，如，出使西域的张骞，投笔从戎的班超，西天取经的玄奘，他们的一些故事都与这条路有关。

自从张骞通西域以后，中国和中亚及欧洲的商业往来迅速增加。通过这条贯穿亚欧的大道，中国的丝、绸、绫、缎、绢等丝制品，源源不断地运向中亚和欧洲，因此，希腊、罗马人称中国为赛里斯国，称中国人为赛里斯人。所谓"赛里斯"即"丝绸"之意。19 世纪末，德国地质学家李希霍芬将张骞开辟行走的这条东西大道誉为"丝绸之路"。不过他所指的是"从公元前 114 年到公元 127 年，中国于河间地区以及中国与印度之间，以丝绸贸易为媒介的这条西域交通路线"。所谓西域则泛指古玉门关和古阳关以西至地中海沿岸的广大地区。

后来，史学家把沟通中西方的商路统称"丝绸之路"。因其上下跨越历史 2000 多年，涉及陆路与海路，所以按历史划分为先秦、汉唐、宋元、明清 4 个时期，按线路有陆上丝路与海上丝路之别。陆上丝路因地理走向不一，又分为"北方丝路"与"南方丝路"。陆上丝路所经地区的地理景观差异很大，人们又把它细分为"草原森林丝路"、"高山峡谷丝路"和"沙漠绿洲丝路"。

丝绸是古代中国沿商路输出的代表性商品，而作为交换的主要回头商品，也被用作丝路的别称，如"皮毛之路"、"玉石之路"、"珠宝之路"和"香料之路"。隋唐年代（589 年—896 年）丝路空前繁荣，胡商云集京师长安，定居者数以万计。唐中叶战乱非常频繁，丝路被阻，规模远不如前，海上丝路逐渐取而代之。

北方陆上丝路指由黄河中下游通达西域的商路，包括草原森林丝路、沙漠绿洲丝路。前者存在于先秦时期，后者繁荣于汉唐。沙漠绿洲丝路延续千余年，沿线文物遗存多，是丝路的主干道。其起点其实是随朝代更替政治中心转移而变化。长安（今西安）和洛阳、平城（今大同）、汴梁（今开封）、大都北京曾先后为丝路起点。草原森林丝路从黄河中游北上，穿蒙古高原，越西伯利亚平原南部至中亚分两支，一支西南行达波斯转西行，另一支西行翻拉尔山越伏尔加河抵黑海滨。两路在西亚辐合抵地中海沿岸国家。沙漠绿洲丝路是北方丝路的主干道，全长7000多公里，分东、中、西3段。东段。自长安至敦煌。较之中西段相对稳定，但长安以西又分3线：

1. 北线由长安沿渭河至虢县（今宝鸡），过汧县（今陇县），越六盘山，沿祖厉河，在靖远渡黄河至姑臧（今武威），路程较短，沿途供给条件差，是早期的路线。

2. 南线由长安沿渭河过陇关、上邽（今天水）、狄道（今临洮）、枹罕（今河州），由永靖渡黄河，穿西宁，越大斗拔谷（今偏都口）至张掖。

3. 中线与南线在上邽分道，过陇山，至金城郡（今兰州），渡黄河，溯庄浪河，翻乌鞘岭至姑臧。南线补给条件虽好，但绕道较长，因此中线后来成为主要干线。

南北中三线会合后，由张掖经酒泉、瓜州至敦煌。中段。敦煌至葱岭（今帕米尔）或怛罗斯（今江布尔）。

早在远古时期，虽然人类面对着难以想象的天然艰险的挑战，但是欧亚大陆东西之间并非像许多人想象中那样地隔绝。在尼罗河流域、两河流域、印度河流域和黄河流域之北的草原上，存在着一条由许多不连贯的小规模贸易路线大体衔接而成的草原之路。这一点已经被沿路诸多的考古发现所证实。这条路就是最早的"丝绸之路"的雏形。

早期的"丝绸之路"上并不是以丝绸为主要交易物资，在公元前15世纪左右，中国商人就已经出入塔克拉玛干沙漠边缘，购买产自现新疆地区的和田玉石，同时出售海贝等沿海特产，同中亚地区进行小规模贸易往来。而良种马及其他适合长距离运输的动物也开始不断被人们所使用，令大规模的贸易文化交流成为可能。比如阿拉伯地区经常使用，耐渴、耐旱、耐饿的单峰骆驼，在公元前 11 世纪便用于商旅运输。而分散在亚欧大陆的游牧民族据传在公元前 41 世纪左右即开始饲养马。双峰骆驼则在不久后也被运用在商贸旅行中。另外，欧亚大陆腹地是广阔的草原和肥沃的土地，对于游牧民族和商队运输的牲畜而言可以随时随地安定下来，就近补给水、食物和燃料。这样一来一支商队、旅行队或军队可以在沿线各强国没有注意到他们的存在或激发敌意的情况下，进行长期，持久而路途遥远的旅行。

公元前 2 世纪，中国的西汉王朝经过文景之治后国力日渐强盛。第四代皇帝汉武帝刘彻为打击匈奴，计划策动西域诸国与汉朝联合，于是派遣张骞前往此前被冒顿单于逐出故土的大月氏。建元二年（前 139 年），张骞带一百多随从从长安出发，日夜兼程西行。张骞一行在途中被匈奴俘虏，遭到长达十余年的软禁。他们逃脱后历尽艰辛又继续西行，先后到达大宛国、大月氏、大夏。在大夏市场上，张骞看到了大月氏的毛毡、大秦国的海西布，尤其是汉朝四川的邓竹杖和蜀布。他由此推知从蜀地有路可通身毒、大夏。前 126 年张骞几经周折返回长安，出发时的一百多人仅剩张骞和一名堂邑父了。史书上把张骞的首次西行誉为"凿空"即空前的探险。这是历史上中国政府派往西域的第一个使团。

公元前 119 年，张骞时任中郎将，又第二次出使西域。经四年时间他和他的副使先后到达乌孙国、大宛、康居、大月氏、大夏、安息、身毒等国。自从张骞第一次出使西域各国，向汉武帝报告关于西域的详细形势后，汉朝对控制西域的目的由最早的制御匈奴，变成了"广地万里，重九译，威德遍于四海"的强烈愿望。为了促进西域与长安的交流，汉武帝招募了大量身份低微的商人，利用政府配给的货物，到西域各国经商。这些具有冒险精神的商人中大部分成为富商巨贾，从而吸引了更多人从事丝绸之路上的贸易活动，极大地推动了中原与西域之间的物质文化交流，同时

汉朝在收取关税方面取得了巨大利润。出于对匈奴不断骚扰与丝路上强盗横行的状况考虑，加强对西域的控制，汉宣帝神爵二年（公元前60年），设立了汉朝对西域的直接管辖机构——西域都护府。以汉朝在西域设立官员为标志，丝绸之路这条东西方交流之路开始进入繁荣的时代。

当罗马人在公元前30年征服埃及后，加之张骞第一次出使西域各国后远东中国倾国力向西拓展的机遇，通过丝路的交流与贸易在印度、东南亚、斯里兰卡、中国、中东、非洲和欧洲之间迅速发展。无数新奇的商品、技术与思想来自源源不断的欧亚非三洲的各个国家。大陆之间的贸易沟通变得规则、有序。罗马人很快就加入到这条商道中，从公元1世纪起罗马人开始狂热的迷恋着从帕提亚人手中转手取得的中国丝绸——即便当时的罗马人相信丝绸是从树上摘下来的。"赛利斯人们（中国人）以从他们的树林中获取这种毛织品而闻名于世。他们将从树上摘下的丝绸浸泡在水中，再将白色的树叶一一梳落。（丝绸的）生产需要如此多的劳役，而它们又来自于地球的彼方，这令罗马的少女们可以身着半透明的丝衣在大街上炫耀。"

那时，丝绸成为罗马人狂热追求的对象。古罗马的市场上丝绸的价格曾上扬至每磅约12两黄金的天价。造成罗马帝国黄金大量外流。这迫使元老院断然制定法令禁止人们穿着丝衣，而理由除了黄金外流以外则是丝织品被认为是不道德的"我所看到的丝绸衣服，如果它的材质不能遮掩人的躯体，也不能令人显得庄重，这也能叫做衣服？……少女们没有注意到她们放浪的举止，以至于成年人们可以透过她身上轻薄的丝衣看到她的身躯，丈夫、亲朋好友们对女性身体的了解深知不多于那些外国人所知道的。"

不仅仅是罗马人对来自东方的神奇玩意儿感兴趣。埃及历史上著名的艳后克利奥帕特拉也曾经被记载穿着丝绸外衣接见使节，并酷爱丝绸制品。

公元97年，东汉将军班超在重新建立起汉朝在中亚地区的主导地位后，派甘英携带大量丝织品到达条支（可能是今日土耳其的安条克），而当时安条克以南正是埃及和安息争夺的国土。因而中国与埃及最早的官方沟通应当就是在这一时期。而记载中的中国和其他大国的官方沟通似乎不止于此。《后汉书》记载了公元166年罗马使节通过丝绸之路来到中国，并在中国建立了大使馆的纪录。

正如"丝绸之路"的名称，在这条逾7000公里的长路上，丝绸与同样原产中国的瓷器一样，成为当时一个东亚强盛文明的象征。丝绸不仅是丝路上重要的奢侈消费品，也是中国历朝政府的一种有效的政治工具：中国的友好使节出使西域乃至更远的国家时，往往将丝绸作为表示两国友好的有效手段。并且丝绸的西传也少许改变了西方各国对中国的印象，由于西传至君士坦丁堡的丝绸和瓷器价格奇高，令相当多的人认为中国乃至东亚是一个物产丰盈的富裕地区。各国元首及贵族曾一度以穿着用腓尼基红染过的中国丝绸，家中使用瓷器为富有荣耀的象征。此外，阿富汗的青金石也随着商队的行进不断流入欧亚各地。这种远早于丝绸的贸易品在欧亚大陆的广泛传播为带动欧亚贸易交流做出了贡献。这种珍贵的商品曾是两河流域各国财富的象征。当青金石流传到印度后，被那里的佛教徒供奉为佛教七宝之一，令青金石增添了悠远的宗教色彩。而葡萄、核桃、胡萝卜、胡椒、胡豆、波菜（又称为波斯菜）、黄瓜（汉时称胡瓜）、石榴等的传播为东亚人的日常饮食增添了更多的选择。西域特产的葡萄酒经过历史的发展融入到中国的传统酒文化当中。商队从中国主要运出铁器、金器、银器、镜子和其他豪华制品。运往中国的是稀有动物和鸟类、植物、皮货、药材、香料、珠宝首饰。

目前已知最古老的印刷品—唐代的《金刚经》就发现于敦煌。造纸术曾经为中国古代科技领先于世界作出了巨大的贡献，然而这种技术似乎只有东亚及南亚部分国家才有发达的造纸工业。随着丝绸之路的开辟，纸制品开始在西域以及更远的地方出现。人们已在在楼兰遗迹的考古发现了2世纪的古纸。而中亚地区虽然也是用纸，但没有发现造纸工业的证据。很

多人认为造纸术的西传为欧洲及中亚带来了一次巨大的变革，而最初这场变革却是残酷的：唐朝与新兴的阿巴斯王朝在中亚的势力摩擦不断。在对中亚政治格局具有强大影响力的怛罗斯战役中，阿拉伯人将中国战俘沿着丝绸之路带回撒马尔罕，而这些战俘中就有长于造纸术的中国工匠。最终造纸术就这样传播到了世界各地。

中国古代印刷术也是沿着丝路逐渐西传的技术之一。在敦煌、吐鲁番等地，已经发现了用于雕版印刷的木刻板和部分纸制品。其中唐代的《金刚经》雕版残本如今仍保存于英国。这说明印刷术在唐代至少已传播至中亚了。13 世纪时期，不少欧洲旅行者沿丝绸之路来到中国，并将这种技术带回欧洲。15 世纪时，欧洲人谷腾堡利用印刷术印出了一部《圣经》。1466 年，第一个印刷厂在意大利出现，令这种便于文化传播的技术很快传遍了整个欧洲。

从西方到东方丝路在元朝之后逐渐不受注意后，间接刺激了欧洲海权兴起，马可·波罗的中国游记刊行后，中国及亚洲成为许多欧洲人向往的一片繁荣富裕的文明国度。西班牙、葡萄牙国家开始企图绕过被意大利和土耳其控制的地中海航线与旧有的丝绸之路，要经由海路接通中国，并希望能从中获得比丝路贸易更大的利润。一些国家也希望将该国所信仰的宗教传至东方。

1492 年，哥伦布远航的一个目标就是最终能到达中国，并开创另一条比丝路更好的贸易要道，但他却在失望中带领欧洲发现了美洲这一块新大陆。于是哥伦布之后的探险家在美洲开启了新世界的殖民地时代，17 世纪之后，荷兰与英国也陆续在非洲、美洲、南太平洋扩展他们的势力。19 世纪初期，尽管欧洲强权已在海上遍布，中国依然被西方认为是向往之地，是最兴旺与古老的文明，学者多认为这是丝路在中西交流史上所带来的精神性影响，也造成西方在近代 200 年期间，认为与中国交易能获得巨大利润的印象。

"丝绸之路"的开辟是人类文明史上的一个伟大创举，也是古代东西方最长的国际交通路线，它是丝路沿线多民族的共同创造，所以又称之为友谊之路。在丝路上起居间和转运作用的大宛国、康居国、印度人、安息国、阿拉伯国、西突厥国、身毒国等对中国丝绸的西运作出了重大贡献，但也为争夺丝路贸易权发生多次争斗，尤以波斯与东罗马之间的斗争最激烈。

"丝绸之路"的开辟，有力地促进了东西方的经济文化交流，对促成汉朝的兴盛产生了积极的作用。这条丝绸之路，至今仍是中西交往的一条重要通道。在工业化到来的时刻，丝绸之路完成了它的使命。它已被东起连云港，西至荷兰鹿特丹的 10900 公里长的新亚欧大陆桥所取代。但是，它仍有可开发的新价值。在中国当今的对外经济交流中，它仍然发挥着重大作用，我们应该很好地加以利用。

三、探寻"海上丝绸之路"的足迹

"丝绸之路"是当时对中国与西方所有来往通道的统称，实际上并不是只有一条路。除了陆上交通以外，还有一条经过海路到达西方的路线，这就是所谓的"海上丝绸之路"。其实在陆上"丝绸之路"之前，已有了"海上丝绸之路"。所谓"海上丝绸之路"是相对陆上"丝绸之路"而言的，由日本学者三杉隆敏在他 1967 年出版的《探索海上丝绸之路》的专著中初次提及，这个概念如今已被学术界所普遍接受。

"海上丝绸之路"是陆上"丝绸之路"的延伸，形成主因是因为中国东南沿海山多平原少，且内部往来不易，因此自古许多人便积极向海上发展。这条航线由于运输货物的不同，又有许多别称。随着阿拉伯半岛及东南亚香料的输入，这条航线又被称为"香料之路"。海上丝绸之路不仅仅运输丝绸，而且也运输瓷器、糖、五金等出口货物，和香料、药材、宝石

等进口货物。

"海上丝绸之路"（陶瓷之路）是古代中国与外国交通贸易和文化交往的海上通道，它主要有东海起航线和南海起航线，形成于秦汉时期，发展于三国隋朝时期，繁荣于唐宋时期，转变于明清时期，是已知的最为古老的海上航线。"海上丝绸之路"的主港，历代有所变迁。起点包括徐闻、合浦、临海、广州和泉州等等。汉代"海上丝绸之路"始发港——徐闻古港，从公元 3 世纪 30 年代起，广州取代徐闻、合浦成为海丝主港，宋末至元代时，泉州超越广州，并与埃及的亚历山大港并称为"世界第一大港"。

"海上丝绸之路"是古代海道交通大动脉。自汉朝开始，中国与马来半岛就已有接触，尤其是唐代之后，来往更加密切，作为往来的途径，最方便的当然是航海，而中西贸易也利用此航道作交易之道，这就是我们称为的"海上丝绸之路"。海上通道在隋唐时运送的主要大宗货物是丝绸，所以大家都把这条连接东西方的海道叫作"海上丝绸之路"。到了宋元时期，瓷器的出口渐渐成为主要货物，因此，人们也把它叫作"海上陶瓷之路"。同时，还由于输入的商品历来主要是香料，因此也把它称作"海上香料之路"。

历代海上丝路，亦可分三大航线：

1. 东洋航线由中国沿海港至朝鲜、日本。

2. 南洋航线由中国沿海港至东南亚诸国。

3. 西洋航线由中国沿海港至南亚、阿拉伯和东非沿海诸国。

"海上丝绸之路"航线东海起航线始自周王朝（公元前 1112 年）建立之初，武王派遣箕子到朝鲜传授田蚕织作技术。箕子于是从山东半岛的渤海湾海港出发，走水路抵达朝鲜。这样，中国的养蚕、缫丝、织绸技术通过黄海最先传到了朝鲜。秦始皇（公元前 221 年）兵吞六国时，齐、燕、赵等国人民为逃避苦役而携带蚕种和随身养蚕技术不断泛海赴朝，更加速了丝织业在朝鲜的传播。

据日本古史记载，西汉哀帝年间（公元前 6 年），中国的罗织物和罗织技术已传到日本。公元 3 世纪，中国丝织提花技术和刻版印花技术传入日本。隋代，中国的镂空版印花技术再次传到了日本。隋唐时期，日本使节和僧侣往来中国频繁，他们在浙江台州获得青色绫，带回日本作样板，仿制彩色锦、绫、夹缬等，日本至今仍沿用中国唐代的名称，如：绞缬、腊缬、罗、绸、绫、羽等。

唐代，江浙出产的丝绸直接从海上运往日本，丝织品已开始由礼物转为正式的商品。奈良是当时日本的首都，可以说是中国丝绸之路的终点，正仓院则是贮藏官府文物的场所。此后，正仓院已逐渐成为日本保存中国唐代丝织品的宝库，其中的很多丝织品即使在大陆也很难见到，诸如彩色印花锦缎、狮子唐草奏乐纹锦、莲花大纹锦、狩猎纹锦、鹿唐草纹锦、莲花纹锦等，还有不少中国工匠当时在日本制作的、兼具唐代风格与日本民族特色的丝织品。

宋代也有很多的中国丝绸被运往日本。元代，政府在宁波、泉州、广州、上海、澉浦、温州、杭州设置市舶司，多口岸向日本出口龙缎、苏杭五色缎、花宣缎、杂色绢、丹山锦、水绫丝布等。明代则是日本大量进口中国丝绸的时期，这一时期日本从中国输入的生丝、绢、缎、金锦等不计其数。

清初（1644 年），统治者担心国内人民出海与明末抗清志士勾结，于是采取海禁政策，后由于国内外的强烈反对而陆续开放。此时，日本仍继续大量进口中国生丝。1633 ~ 1672 年间，日本每年进口的中国丝仍在 20 万斤以上，这是由于日本人民服用丝绸十分普遍，而当时的日本国战乱连连、蚕业衰退，国内生产的生丝数量锐减、品质不良的缘故。此时还有山东、陕西、安徽、浙江等地的商人直接从事海上贸易活动，远航至日本等国，以中国的绸绫等换取椒、檀、铜、藤等货物。乾隆二十五年（1760 年），中国政府为了换取日本出产的铜，允许中日官方往来，进行丝绸贸易。此后，中国的丝绸更源源不断地被运往日本。

日本在大量进口中国丝绸的同时，积极引进中国的桑种、蚕种和先进

技术，并于1868年前后确立了振兴蚕丝业的基本国策，积极学习欧洲的蚕丝实验科学，订立奖励专利政策，兴办科教机构，蚕丝业从此欣欣向荣。

作为中国古代对外贸易的重要通道，"海上丝绸之路"将中国生产的丝绸、陶瓷、香料、茶叶等物产运往欧洲和亚非其他国家，而欧洲商人则通过此路将毛织品、象牙等带到中国。

"海上丝绸之路"的开辟，使中国当时的对外贸易兴盛一时。广西少数民族先民的足迹远渡重洋，最远到达了美洲大陆，比哥伦布宣布发现美洲早了2500多年。元朝时的意大利人马可·波罗就是由陆上"丝绸之路"来到中国，又由"海上丝路"返回本国的，他的游记里记载了沿途南洋和印度洋海上的许多"香料之岛"。

当时通过"海上丝绸之路"往外输出的商品主要有丝绸、瓷器、茶叶和铜铁器四大宗，往国内运的主要是香料、花草及一些供宫廷赏玩的奇珍异宝，于是海上丝绸之路又有海上陶瓷之路、海上香药之路之称。明初郑和下西洋时，"海上丝绸之路"发展到巅峰。郑和之后的明清两代，由于实施海禁政策，中国的航海业开始衰败，这条曾为东西方交往做出巨大贡献的"海上丝绸之路"也逐渐消亡了。

由于时代的变迁，"海上丝绸之路"自1842年鸦片战争开始后就走到了尽头，留给后人的则是一个又一个谜团。一些研究学者普遍认为，郑和下西洋使中国和世界各国的"海上丝绸之路"得到了更为彻底的贯通，也是证明历史上存在"海上丝绸之路"的重要依据之一。

中国"海上丝绸之路"的历史演变过程：

（一）先秦南和越国时期：为"海上丝绸之路"的形成奠定了基础

先秦南和越国时期岭南地区海上交往为"海上丝绸之路"的形成奠定了基础。

1. 早在距今6000年左右，岭南先民已经利用独木舟在近海活动。

2. 距今5000—3000年期间，东江北岸近百公里的惠阳平原，已经形成以陶瓷为纽带的贸易交往圈，并通过水路将其影响扩大到沿海和海外岛屿。

3. 通过对海船和出土陶器以及有肩有段石器、铜鼓和铜钺的分布区域的研究得知，先秦时期的岭南先民已经穿梭于南中国海乃至南太平洋沿岸及其岛屿，其文化间接影响到印度洋沿岸及其岛屿。

4. 根据出土遗物以及结合古文献的研究表明，南越国已能制造25～30顿的木楼船，并与海外有了相当的交往。

5. 南越国的输出品主要是：漆器、丝织品、陶器和青铜器。输入品正如古文献所列举的"珠玑、犀（牛）、玳瑁、果、布之凑。"主要的贸易港口有番禺（今广州）和徐闻（今徐闻）。

（二）西汉中晚期和东汉："海上丝绸之路"的形成和发展

1.《汉书·地理志》记载"自日南障塞、徐闻、合浦船行……有译长，属黄门，与应募者俱入海市明珠、璧琉璃、奇石异物，赍黄金杂缯而。……"说明"海上丝绸之路"兴起于汉武帝灭南越国之后。东汉（特别是后期）航船已使用风帆；大秦（罗马帝国）已第一次由海路到达广州进行贸易；中国带有官方性质的商人也到达了罗马。这标志着横贯亚、非、欧三大洲的、真正意义的海上丝绸之路的形成。

2. 随着汉代种桑养蚕和纺织业的发展，丝织品成为这一时期的主要输出品。乳香（薰炉）和家内奴仆（托灯俑）乃以往输入品中所未见。

由于两汉版图扩张到今东南亚的部分地区，政府加强了海上丝绸之路沿海港市的管理，例如在今徐闻"置左右候官，在县南七里，积货物于此，备其所求，与交易"。也出现了一些比较重要的商业城市，例如番禺、

徐闻、合浦（今合浦附近）、龙编（今越南河内）、广信（今梧州）、布山（今贵港）和桂林（今桂林）等。

3. 特别值得注意的是，岭南与内地的水路和陆路交通也由此显得重要而得到修治。

（三）魏晋南北朝时期的"海上丝绸之路"

1. 孙吴政权黄武五年（226 年）置广州（郡治今广州市），加强了南方海上贸易。

2. 有史料可稽，东晋时期广州成为海上丝绸之路的起点。

3. 对外贸易涉及达 15 个国家和地区，不仅包括东南亚诸国，而且西到印度和欧洲的大秦。经营方式一是中国政府派使团出访，一是外国政府遣使来中国朝贡。

4. 丝绸是主要的输出品。输入品有珍珠、香药、象牙、犀角、玳瑁、珊瑚、翡翠、孔雀、金银宝器、犀象、吉贝（棉布）、斑布、金刚石、琉璃、珠玑、槟榔、兜銮等。

5. 广州海上丝绸之路易的发展，致使对外贸易收入成为南朝各政权的财政依赖。

（四）隋唐"海上丝绸之路"的繁盛

1. 隋统一后，加强了对南海的经营，南海、交趾为隋朝著名商业都会和外贸中心；义安（今潮州市）、合浦也是占有一定地位的对外交往港口。

2. 唐朝经济发展，政治理念开放兼容，外贸管理体系较完善，法令规则配套，有利于海上丝绸之路的拓展和畅通。

3. 唐朝海上交通北通高丽、新罗、日本，南通东南亚、印度、波斯诸国。特别是出发于广州往西南航行的海上丝绸之路，经历 90 多个国家和地区，航期 89 天（不计沿途停留时间），全程共约 14000 公里，是 8～9 世纪世界最长的远洋航线。此外，广州可能也开辟直航菲律宾岛屿的航线。

4. 自唐玄宗开元二年（714 年）设市舶使后，市舶使（一般由岭南帅臣兼任）几乎包揽了全部的南海贸易，注重经济效益，为地方和中央开辟了可观的财政来源。另外地方豪族和地方官乃至平民也直接经营海外贸易，促使社会生活发生变化。

5. 出口商品仍以丝织品和陶瓷为大宗。此外还有铁、宝剑。马鞍、绥勒宾节（Silbinj，意为围巾、斗篷、披风）、貂皮、麝香、沉香、肉桂、高良姜等。进口商品除了象牙、犀角、珠玑、香料等占相当比重外，还有林林总总的各国特产。特别要提到的是"昆仑奴"的贩进。

6. 海上丝绸之路的繁盛，对唐代社会的变革以及中外文化交流的发展起到了相当的作用。

（五）宋代"海上丝绸之路"的持续发展

1. 宋朝一系列对外贸易政策力图达到的目的：一是保证市舶司掌握的舶货源源不断地向京师输送；二是尽可能扩大市舶司直接掌握的海外进口商品的数量和价值。

2. 宋朝与东南沿海国家绝大多数时间保持着友好关系，广州成为海外贸易第一大港。南宋末海盗活动特别猖獗时则另当别论。

3. 由大食国（指阿拉伯半岛以东的波斯湾和以西的红海沿岸国家）经故临国（今印度半岛西南端的奎隆），又经三佛齐国（印度尼西亚苏门答腊岛东部），达上下竺与交洋（即今奥尔岛与暹罗湾、越南东海岸一带海域），"乃至中国之境。其欲至广（广州）者，入自屯门（今香港屯门）；欲至泉州者，入自甲子门（今陆丰甲子港）。"这就是当时著名的中西航线。这条主干道的航线除了向更远伸展之外，还有许多支线。

4. 市舶司制度至宋代已逐渐完备。其职能为：第一，对出口商船的管理与服务。包括发放中国商船出口许可证；检查有无夹带违禁物品；设宴饯行即将出海的中国外商船；护送商船到珠江口；给前往国内其他港口的中国商船以"防船兵仗"等。第二，对进口商船的管理与服务。包括船只到达之前的祈风祭神；检查进口船只有无夹带违禁物品、进口货物的抽解、博买；接待外商、贡使等。第三，其他与外贸有关的事宜。例如向朝廷报告贡船到岸消息，向汴京、行在纲运舶货，出卖舶货等。其根本目的是保证中央有效操纵市舶使以控制外贸。

5. "元丰市舶条"在加强朝廷对外贸的管理方面影响深远，标志着中国古代外贸管理制度又一个发展阶段的开始。

6. 流动于海上丝绸之路的商品有：（1）中国政府允许出口者：丝织品、陶瓷器、漆器、酒、糖、茶、米等；允许进口者主要有：香药、象犀、珊瑚、琉璃、珠钏、宾铁、鳖皮、玳瑁、车渠、水晶、蕃布、乌樠、苏木等。其中香药种类繁多，数量甚大，价值也高。（2）中国政府时许时禁者：金银、铜器、铜钱。中国政府不允许者：兵器及可造兵器之物、一部分书籍。还严禁外国货币进口，以防"紊中国之法"。

7. 宋代海上丝绸之路的持续发展，大大增加了朝廷和港市的财政深收入，一定程度上促进了经济发展和城市化生活，也为中外文化交流提供了便利条件。

（六）元代的"海上丝绸之路"

1. 元代与中国交往的海外国家和地区，见于文献的就有 220 个左右，数量上是南宋《诸蕃志》的 4 倍多。元人还对中国以南海域作了"西洋"和"东洋"的划分。这是海外地理知识的进步。

2. 元政府制定了"至元法则"和"延佑法则"，相对于"元丰市舶条"来说，前者是全国一律的系统规定，侧重于商船管理、商品管理和征税、中外商人使者管理与限制等方方面面。堪称中国历史上第一部系统性较强的外贸管理法则。

3.《大德南海志》记载元代主要进口商品是：包括象牙、犀角等在内的宝物，各种布匹，沉香、檀香等香货，不同种类的珍贵药物，木材，皮货，牛蹄角，杂物，共八大类。

（七）明代"海上丝绸之路"的高度发展

1. 明初实行"有贡舶即有互市，非入贡即不许其互市"，以及"不得擅出海与外国互市"的政策。但对广东则特殊：一是准许非朝贡国家船舶入广东贸易，二是惟存广东市舶司对外贸易，三是允许葡萄牙人进入和租居澳门。

2. 明代海上丝绸之路航线已扩展至全球：（1）向西航行的郑和七下西洋（1405～1431 年）：这是明朝政府组织的大规模航海活动，曾到达亚洲、非洲 39 个国家和地区，最远到达南纬 8°55" 的麻林地（今坦桑尼亚的基尔瓦.基西瓦尼）。但李约瑟认为明代已有大帆船到过非洲南端的厄加勒斯角而进入大西洋水域。这对后来达.伽马绕过非洲南端的好望角，开辟欧洲到印度的地方航线以及对麦哲伦的环球航行，都具有先导作用。向东航行的"广州—拉丁美洲航线"（1575 年）：由广州启航，经澳门出海，向东南航行至菲律宾马尼拉港。继而，穿圣贝纳迪诺海峡基进入太平洋，东行到达墨西哥西海岸的阿卡普尔科和秘鲁的利马港。这样，开始于汉代的海上丝绸之路，经唐、宋、元日趋发达，迄于明代，达到高峰。

3. 隆庆以前主要实行的贡舶贸易，是合法的官府经营方式。皇帝朝见并赏赐完贡使后，便准许贡使将携来的非贡货物在会同馆开市贸易三五天。实质上是一种变相的贸易。其目的是保证海禁政策的顺利实行，并把对外贸易置于朝廷的严格控制之下。私商经营的市舶贸易在隆庆之前被视

为走私贸易。之后，海禁开放，贡舶贸易衰落，市舶贸易成为合法的和主要的经营方式。

4. 根据《万历明会典》，进口商品主要有七大类：（1）香料类，如胡椒、薰衣香和龙脑等。（2）珍禽异兽类，鹦鹉、孔雀、黑熊、红猴等等。（3）奇珍类，珊瑚、玳瑁、象牙、玛瑙等。（4）药材类。（5）军事用品类。（6）手工业原料，主要有锡、红铜、石青、硫磺、碗石、牛皮、磨刀石、番红土、西洋铁、回回青。（7）手工业制品类则多见各种布匹。出口商品主要是瓷器、铁器、棉布、铜钱、麝香、书籍等，其中尤以生丝、丝绸和棉布为最大量。

5. 唐宋的市舶制度旨在增加财政收入"以助国用"；明初则冀藉之执行海禁又能"怀柔远人"；明后期又以增加财政收入的经济目的为己任，截然有别。但明后期私人海商贸易日益发展，市舶司难以身兼海关和外贸的双重职能，这样一来，先是"官设牙行"取得了海外贸易的垄断权，接着三十六行代市舶司提举主持海外贸易和代理收税之事。市舶司机构便形同虚设了。

6. 海上丝绸之路对中国社会的影响是多方面的：例如丝织手工业生产规模的扩大和生产分工的细化；商品性农业、货币经济和城市市镇的发展；海外移民潮的出现和"华侨"对住在国的作用；中西文化交流；等等。

（八）清代的"海上丝绸之路"

1. 从海禁到广东一口通商，是清代对外贸易史的重要转折点。

2. 在明代诸多航线的基础上，清代又开辟了北美洲航线、俄罗斯航线和大洋洲航线等。

3. 同时，外贸的港口有所增加，地域有所扩展，来往商船频繁，商品量值上扬。

4. 出口商品中茶叶占据了主导地位，而丝绸退居次席，土布和瓷器（特别是广彩）也受到青睐。进口商品中，就吨位言，棉花居首，其次是棉布和棉纱，毛纺织品退居第三；就价值言，鸦片逐渐占据了首位，并从原来的走私演化到合法化。特别要提到的是，发端于鸦片战争之前的"苦力贸易"至战后则颇为猖獗。

5. 康熙二十四年（1685 年），清政府在粤、闽、浙、苏 4 省设立海关，这是中国近代海关制度的开始。

6. 清代广州的外贸制度是具有代表性的。它是在从十三行到公行，从总商制度到保商制度的发展过程中形成的一套管理体系。行商主要负有以下四方面的责任。第一，承揽进出口贸易；第二，代理外商报关缴税；第三，担保，行商互保的同时，还要为外商担保；第四，充当外商与官府的中介。

7. 随着"海上丝绸之路"的发展，许多国家逐渐在中国设立商馆。

8. 清代海外移民形成高潮。"华侨"还纷纷在住在地建设会馆，并相当程度地影响着当地经济的发展。

9. "海上丝绸之路"的发展，对国内外市场网络的扩大、农业商品化的推进、民族工业的兴起、城镇经济的发展、交通运输业的繁荣以及中西文化的交流都起到了很大的正面作用。

（九）民国时期"海上丝绸之路"的衰落

1. 这一时期，香港逐渐演变成为远东国际贸易的重要转口口岸，除了洋行之外，在抗战前英国一直是第二大贸易伙伴，抗战后为美国所取代。

2. 民国前期，出口商品以生丝和丝织品为最多，茶叶有所下降，水草类编织品也较大宗，瓷器一般供应给海外华侨，其他还有烟叶和糖蔗等；进口商品以蔗糖和大米为大宗，五金类的数量继续增长，水泥也是重

要的进口商品,海产品多由香港进口。民国后期略有变动。

3. 民国时期列强夺取了关税收支及保管权,关余(关税开支后的余额)也被外国银行控制,中国的海关监督无权过问;省港大罢工后有所改观。

4. 走私问题极为严重,民族工商业惨遭打击。

5. 民国前期蚕丝业鼎盛,但自 1930 年代后便开始走向衰落。

四、盛世唐朝的对外开放与兴盛历程

唐代是中国历史上的盛世之一,西方学者称之为中国历史上的"黄金时代"。唐代也是中国历史上最为开放的一个时代,被外国人称之为"天可汗的世界"。开放与兴盛,是唐代留给世人最为深刻的印象。从今天看来,唐代的开放有许多可资借鉴的东西,留给后人许多重要的启示,尤其是唐代对外开放的特点和经验,值得我们今天进行深入的审思。

唐代对外开放是促成其盛世形成的主要因素,英国著名学者威尔斯说,当西方人的心灵为神学所缠迷而处于蒙昧黑暗之中时,中国人的思想却是开放的,兼收并蓄而好探求的。有唐一代,"盛唐气象"的恢弘、博大与开放,成为这一历史时期的象征。

综观公元 7~10 世纪的世界,唐朝是当时最发达、最强盛的国家。隋唐时代官方统计的最高户数在 900 万户以上,实际上当超过 1000 万户,人口在 5000 万以上。从版图上来说,唐代与汉代相比,"东不及而西过之"。在交通上,继陆上"丝绸之路"之后,海上对外贸易获得长足进步,而南北运河的开通,更是加强了国内各地区的经济文化关系,意义殊为重大。而同一时期的印度长期处于分裂状态,日本的发展也远远落后于中国,阿拉伯世界正处在扩张时期,拜占廷与西罗马帝国(6~11 世纪)则进入衰落时期。西欧 8 世纪进入封建社会，即查理帝国时期，进而分裂为东西法兰克福王国。可以说，中国是当时世界上当之无愧的最强大国家。

唐朝的长安是常居人口超过百万的国际化大都市。其规模、面积和繁华都独步于世界，超过了同时期的阿拉伯帝国首都巴格达、拜占庭帝国首都君士坦丁堡、法兰克福帝国首都亚琛、倭马亚西班牙帝国首都科尔多瓦。大批日本、韩国等东亚国家的学生、僧侣、使节前来求学，西亚的波斯、阿拉伯乃至拜占庭的商人和宗教人士也出没于长安里闾。"海上丝绸之路"载去亮洁的中国丝绸和瓷器，同时也运来域外的骏马和珍奇异宝，中国处在亚欧国家经济和文化贸易的中心地位。

唐朝也是当时国际文化交流的中心。佛教经过魏晋南北朝的发展，到了唐朝形成了许多各具特色的宗派。其中既有本土发展起来的禅宗，也有引进天竺的法相宗，还有中印合璧的天台、华严、净土等宗派。当时，佛教在其故乡印度已是美人凋零，但在东土大唐却繁荣似锦，佛教的中国化，最终完成于此时；儒释道合流，开创了宋代理学的新境界，其发端正于此时。敦煌壁画、雕塑更是多元文明汇合的象征，比如著名的飞天形象，就是印度的乾达婆、希腊天使和道教羽人等多元文化因素的混合物。那些连珠纹装饰图案透露了波斯文化的信息。唐代的音乐充分吸收了西域音乐的精华，唐明皇和杨贵妃联合编导的大型歌舞剧《羽衣霓裳舞曲》，源于由河西传来的婆罗门曲，其中也加入了胡旋舞等中亚歌舞元素。

唐朝时与世界的联系更加紧密，商品经济进入新的发展阶段，其对外贸易亦随着国力的强大而扩展到更广阔的国家和地区。而开展对外贸易必须首先扩展对外交通，这是最基础的一项工作。唐朝在扩展对外交通方面无疑是极为成功的。在这方面，史书多有记载。如唐德宗时宰相贾耽撰写的《皇华四达记》一书就曾记述说：当时，通往周边民族地区和域外的主要有七条交通干道：一曰营州人安东之道，二曰登州海行人高丽、渤海道，三曰夏州塞外通大同、云中道，四曰中受降城人回鹘道（参天可汗道），五曰安西人西域道，六曰安南通天竺道，七曰广州通海夷道。此外，

还记有从长安分别通往南诏的南诏道和通往吐蕃的吐蕃道。上述道路，西向可通往西域，穿越帕米尔高原和天山的各个山口，到达中亚、南亚与西亚，甚或远至欧洲，即著名的陆路"丝绸之路"。

在扩展对外交通干道的同时，唐朝还在沿途遍设驿所。据《唐六典》载，当时天下共设驿 1639 所，其中，水驿 260 所，陆驿 1297 所，水陆相兼驿 86 所。此外，"两京之间，多有百姓僦驴，俗谓之驿驴。往来甚速.有同驿骑"。这些可与周边民族及远域实现交通的干道，不仅有利于政治外交往来与军事调兵运输，而且还便利了经济贸易交流和商旅通行。

蕃商（胡商）的活跃、陆路与海路贸易的共同发展，是唐朝对外贸易的重要特色。

外商运进中国行销的商品种类主要是珠宝、玉石、香料、稀有珍奇动物、药材、马匹以及土特产品，运出的主要是中国的丝绸。唐中期以后，瓷器逐渐成为对外出口的大宗，海运的发展也为运输瓷器这类质重易损的商品提供了便利条件。因此，有人将海上丝绸之路又称为"瓷器之路"。在朝鲜、日本、东南亚、南亚、西亚、非洲都出土了大量唐代和五代的瓷器。

这一时期商品经济的发展不仅表现为总量的增长与市场的开拓，也表现为深层次的渗透。各国、各地区的联系日趋广泛，商业贸易需求推动着东西方以及亚洲大陆内部更为密切的交流。唐代把握住了商品经济的契机，对外贸易呈现出新的面貌。

据苏莱曼著《中国印度见闻录》记载，唐末在广州从事贸易活动的外国人有一个时期竟达 12 万人以上，他们带着香料、药物和珠宝，换取中国的丝织品、瓷器等物。"海上丝绸之路"的兴起，也是基于海运事业的发展。《新唐书·阎立德传》记载，唐贞观时阎立德在洪州造"浮海大航五百艘"。《西山杂志》提到唐天宝中泉州所造海舶"舟之身长十八丈，面宽四丈二尺许，高四丈五尺，底宽二丈，作尖圆形。桅之高十丈有奇。银镶舱舷十五格，可贮货品二至四万石之多。"

城市工商业群体中，有相当数量的外商，是隋唐五代时期的重要特色。外商中，既有万里求宝鬻珠的行商，也有开店设铺的坐贾；既有在民间游走的私商，也有以朝贡名义开展变相经贸活动的官商。胡商、胡店、胡饼、胡姬等名称正是现实的反映。大城市有专门接待胡商的邸店和住坊，有单独为胡人居住的蕃坊。朝廷为规范胡商的经营，专门为胡商立法，在沿海重要港口城市设置市舶司，专门掌管对外贸易。各大都市，胡商人数虽无较确切数字，但数量是很可观的。唐上元元年（760 年），淮南节度使田神功借平刘展之乱．大掠扬州，"商胡大食、波斯等商旅死者数千人"。广州因外贸发达，"在任者常致巨富，世云广州刺史但经城门一过，便得三千万也"。《唐大和上东征传》记述，唐玄宗天宝时期，广州北面的西江，"江中有婆罗门、波斯、昆仑等船不知其数，并载香药、珍宝，积载如山，其舶深六七丈。师子国、大食国、骨唐国、白蛮、赤蛮等往来居住，种类极多"。这些往来居住的外商在中国的活动范围很大，几乎所有水陆交通发达的大中城市都有他们的足迹，也可以说，凡是外商经常出入或聚集人数较多的城市，必是商业或转输贸易兴盛的城市。长安"市肆多贾客胡人"；饶州属中下等州，著籍户数不过数万，但因属于转输城市，"颇通商外夷，波斯、安息之货，国人有转估于饶者"。唐德宗朝，当时有留居长安达 40 年之久的胡人（回鹘），娶妻生子，置田举质，并一直享受外客待遇。

还有很多外商是以朝贡使团的名义从事商业活动的。唐太宗贞观时期，"四夷大小君长争遣使入献见，道路不绝，每元正朝贺，常数百千人"。"参天可汗道"，"置邮驿总六十六所，以通北荒"，"俾通贡马，以貂皮充赋税"。唐朝对朝贡使团有很多优待政策和措施，如根据路程远近给付资粮，安排住宿，馈赠赠物（往往超过原进贡物品的价值），允许入市交易。邀请参加皇帝举办的"宴集"。《通典·边防典》中列举了与中国发生联系的 189 个国家、政权和部族，其中，东夷 19 个，南蛮 55 个，西戎 75 个，北狄 40 个。据今人统计，与唐发生联系的国家和地区有 300 多

个，包括周边少数民族政权，周边内附少数民族部众，与唐有藩属关系的国家和独立政权，甚至远在"绝域"的国家。很多内附民族和羁縻地区，它们和中央的关系是以朝贡的方式联系的。不在唐有效管辖区的国家和政权，他们所派出的数量不等的使团，除日本、新罗有遣唐使的称呼外，一般都称作朝贡使。据统计，南亚、中亚与西亚来唐使团共 343 次，每团少则数人，多者可达数百人。

唐太宗对华夷观念提出新的认识："自古皆贵中华，贱夷、狄，朕独爱之如一，故其种落皆依朕如父母。……朕所以成今日之功也。"可以说，此前以华夏别蛮夷，唐太宗不隔华夷，前无古人。贵贱无别，爱之如一，这种"华夷一家"观念的雏形不仅是对前人的超越，也对后世的华夷观念和对应国策产生了深远影响。

在唐代，"万国"、"四海"、"华夷"、"蕃汉"、"胡汉"等名词使用的频率很高，体现了一种开放的大民族的观念逐渐形成。在这样的观念下，开放成为一种全面的开放。（1）向外拓展的趋势——地域的开放；（2）民族迁徙与民族融合的动态进展——种族的开放；（3）汲取与推广并行——文化的开放；（4）婚姻、家庭、女性、娱乐、休闲、节庆、时尚的调整与包容——社会观念和社会风俗的开放；（5）在科举制的导引下，建立了新的选拔人才的机制——社会阶层流动的开放，包括对域外人才的选拔和任用也具有开放性；（6）对外经济与文化交流的开放。

为适应对外经济贸易由西北内陆向东南沿海的转移，从陆路丝绸之路向海上丝绸之路的转移，唐朝除原有接待外来人士的鸿胪寺，还设立了管理边境贸易事务的互市监，中央和地方官府还采取一些变通的措施，鼓励外籍商人在边境地区进行民间自由贸易。并设立了管理沿海贸易的市舶司等机构，以适应海陆贸易的发展。

唐朝对外籍商人在政治、经济上实行多种优待政策。（1）对外籍工商业者、艺人和宗教人士进出唐朝实行比较宽松的政策，对外籍商人在唐朝民间的经营方式和经营内容实行比较宽松的政策；（2）在商品交易中实行开放式的货币政策，很多境外货币可以在唐朝流通；（3）尊重外籍商人的习俗和信仰，允许他们有固定的聚居区，设立本民族信仰的寺庙. 拥有自己的墓地；（4）通过减免税收的政策鼓励外籍商人入唐长期从事经营，规定他们每年只须向唐政府缴纳 5～10 文丁税，甚至能享受免交丁税的待遇。不过，唐代开放与兴盛对今人最重要的启示是，只有全面而持久的开放，才是国家繁荣和民族发展的正确道路。

唐代的对外开放是多方位的。在丝绸之路上流动着的不仅是物质资料，而且还有丰厚的文化资源。唐代对外文化开放具有"大出大进"的特点。所谓"大出"是指唐代文化富有魅力，广泛影响到周边国家和地区；所谓"大进"是指唐代吸收外来文化，不拘一格，兼容并蓄。

唐代的文化在世界范围内富有吸引力。尤其在东亚地区，中国文化对朝鲜和日本的影响很大。新罗在 682 年仿唐制设立国学，教授《周易》、《尚书》、《毛诗》、《礼记》、《春秋左氏传》、《文选》，儒家经典和子史要籍成为新罗学生的必读书。后来新罗又仿照唐朝培养专门人才的制度，设置了算学博士和医学博士，分别讲授《九章算术》和《本草经》、《甲乙经》、《素问经》、《针经》、《脉经》、《明堂经》、《难经》等。

日本的乐舞、书法、绘画、工艺制作、都城规划、医药、服饰等方面均受到唐文化的巨大影响。唐代的乐器、坐部伎和立部伎等歌舞都被日本引进。中国以人物、山水和风俗为主题的绘画作品传入日本，日本画家模仿、学习而创作的作品，其风格酷似唐画，被称作"唐绘"。1972 年发现的日本高松冢古坟壁画，其绘画题材和技法都直接渊源于唐代墓葬壁画。当时在日本收藏唐代的书画作品和工艺美术品的风气很浓，日本奈良正仓院至今仍然保存了大批从唐代传入的文物。在都城建筑方面，日本在奈良朝以前没有固定的都城，都城建制规模比较狭小。元明天皇 708 年即位后，始命以长安为模型建筑新的都城平城京，京城正中以朱雀大街贯通南北。794 年，桓武天皇迁入平安京（今京都市），新都的布局更加接近唐代都城长安，甚至城门的名称也照搬不改。日本的寺院建筑也学习唐朝。鉴真亲

自参与修筑的唐招提寺，气势雄伟，结构精巧。它所采用的鸱尾、三层斗拱等建筑方式给日本佛教建筑以直接的影响。总之，唐代的文化是具有魅力的文化，唐代文化的输出是和平而且积极的，周边国家对于唐代文化的认同，提升了唐朝在国际上的地位，也保障了唐朝的国家安全。

另一方面，对于吸收外来文化，唐朝采取兼收并蓄的态度。当时中亚、西亚各国来华侨民人数很多，他们把西域宗教文化带到了中国，并且产生了一定的影响。这些宗教主要是祆教、摩尼教、景教和伊斯兰教。

在唐代，中印之间的经济文化交流是多方面的。佛经翻译文学对唐代文学创作的影响既深且巨。印度的建筑和雕塑、绘画艺术也由于佛教石窟的开凿而影响到中国。唐太宗时还从印度学习了把甘蔗浆熬成糖的技术。中国改进提高了熬糖方法，制成了白糖，其方法又传入到印度。印度的天文历法进一步传入中国。唐高宗时的迦叶孝威曾协助李淳风修订《麟德历》，唐德宗贞元年间（785～804年）还聘任天竺迦叶氏术士担任天文历法官员。唐代著名天文学家僧一行编纂的《大衍历》吸收了天竺术士瞿昙氏的历法成果。著名的《开元占经》就是瞿昙悉达辑成的。

总之，唐朝不仅是中国奉行开放政策的典范，而且也是世界上最发达的国家，唐朝国内的社会稳定和经济发展是其对外开放的政治和物质基础，唐代文化的魅力以及对于外来文化的博大胸襟，使其在中外文化交流中大放异彩。

五、马可·波罗笔下的"富庶东方"

《马可·波罗游记》是1298年威尼斯著名商人和冒险家马可·波罗撰写的其东游的沿途见闻。该书是世界历史上第一个将地大物博的中国向欧洲人作出报道的著作，它记录了中亚，西亚，东南亚等地区的许多国家的情况，而其重点部分则是关于中国的叙述，以大量的篇章，热情洋溢的语言，记述了中国无穷无尽的财富，巨大的商业城市，极好的交通设施，以及华丽的宫殿建筑。这些叙述在中古时代的地理学史，亚洲历史，中西交通史和中意关系史诸方面，都有着重要的历史价值。

马可·波罗（Marco Polo，1254～1324年），世界著名的旅行家、商人。1254年生于意大利威尼斯一个商人家庭，也是旅行世家。他的父亲尼科洛和叔叔马泰奥都是威尼斯商人。马可·波罗17岁时跟随父亲和叔叔，途经中东，历时四年多来到中国，在中国游历了17年。回国后出了一本《马可·波罗游记》（又名《马可·波罗行记》，《东方闻见录》）。记述了他在东方最富有的国家——中国的见闻，激起了欧洲人对东方的热烈向往，对以后新航路的开辟产生了巨大的影响。同时，西方地理学家还根据书中的描述，绘制了早期的"世界地图"。

《马可·波罗游记》共分四卷，第一卷记载了马可·波罗诸人东游沿途见闻，直至上都止。第二卷记载了蒙古大汗忽必烈及其宫殿，都城，朝廷，政府，节庆，游猎等事；自大都南行至杭州，福州，泉州及东地沿岸及诸海诸洲等事；第三卷记载日本、越南、东印度、南印度、印度洋沿岸及诸岛屿，非洲东部，第四卷记君临亚洲之成吉思汗后裔诸鞑靼宗王的战争和亚洲北部。每卷分章，每章叙述一地的情况或一件史事，共有229章。书中记述的国家，城市的地名达100多个，而这些地方的情况，综合起来，有山川地形，物产，气候，商贾贸易，居民，宗教信仰，风俗习惯等，及至国家的琐闻佚事，朝章国故，也时时夹见其中。

马可波罗的这本书是一部关于亚洲的游记，它记录了中亚、西亚、东南亚等地区的许多国家的情况，而其重点部分则是关于中国的叙述，马可波罗在中国停留的时间最长，他的足迹所至，遍及西北、华北、西南和华东等地区。他在《游记》中以大量的篇章，热情洋溢的语言，记述了中国无穷无尽的财富，巨大的商业城市，极好的交通设施，以及华丽的宫殿建筑。以叙述中国为主的《游记》第二卷共82章，在全书中分量很大。在

51

这卷中有很多篇幅是关于忽必烈和北京的描述。

书的一开头，对当时人们十分惊奇的事物作了介绍："皇帝、国王、公爵、侯爵、伯爵、骑士和市民们以及其他所有的人们，不论是谁，如果你们希望了解人类各种族的不同，了解世界各地区的差异，请读一读或听人念这本书吧！你们将发现，在这本书中，正如梅塞·马可·波罗所叙述的那样，我们条理分明地记下了东方各大地区——大亚美尼亚、波斯、鞑靼地方、印度以及其他许多国家——的所有伟大而又奇特的事物。马可·波罗是威尼斯市民，聪明而又高贵，被称为"百万先生"。他亲眼目睹了这些事情。……所有读或听人念这本书的人，都应置信不疑，因为这里所记叙的一切都是真实的。的确，自上帝用他的手创造了我们的祖先亚当以来，直到今天，从未有过任何人，基督教徒或异教徒，鞑靼人或印度人，以及其他种族的人，像这位海塞·马可那样，知道并考察过世界各地如此众多、如此伟大的奇闻轶事。"

马可·波罗叙述的故事，确实和这一介绍所说的那样激动人心。他讲到了带有花园和人造湖的大汗宫廷，装载银挽具和宝石的大象。他还讲到了各条大道，高于周围地面，易于排水；大运河上，商人船只每年川流不息；各个港口，停泊着比欧洲人所知道的还要大的船只，并谈到了生产香料、丝绸、生姜、糖、樟脑、棉花、盐、藏红花、檀香木和瓷器的一些地方。马可还描写了他护送中国公主到波斯去时，访问和听说过的所有寓言般的国度——新加坡、爪哇、苏门答腊、锡兰、印度、索科特拉岛、马达加斯加、阿拉伯半岛、桑给巴尔和阿比西尼亚。

书中的一切仿佛离奇古怪，言过其实，因此，人们给他起了个别号叫"百万先生"，因为"他开口闭口总是说百万这个、百万那个。"其实，马可·波罗向16世纪中叶的欧洲人提供了有关中国最为全面可靠的资料。这本书题名为《世界见闻录》并非偶然。实际上，这部著作使西方人对世界的了解范围突然扩大了一倍。马可·波罗正如两个世纪后的哥伦布一样，为同时代人开辟了崭新的天地。的确，正是他所描写的有关中国和香料群岛的迷人景象，召唤着伟大的探险者们，在穆斯林封锁陆上道路之后，直接寻找一条海上航线，继续前进。

马可·波罗的中国之行及其游记，在中世纪时期的欧洲被认为是神话，被当作"天方夜谭"。但《马可·波罗游记》却大大丰富了欧洲人的地理知识，打破了宗教的谬论和传统的"天圆地方"说；同时《马可·波罗游记》对15世纪欧洲的航海事业起到了巨大的推动作用。意大利的哥伦布、葡萄牙的达·伽马、鄂本笃，英国的卡勃特、安东尼·詹金森和约翰逊、马丁·罗比歇等众多的航海家、旅行家、探险家读了《马可·波罗游记》以后，纷纷东来，寻访中国，打破了中世纪西方神权统治的禁锢，大大促进了中西交通和文化交流。因此，可以说，马可·波罗和他的《马可·波罗游记》给欧洲开辟了一个新时代。

同时，在《马可·波罗游记》以前，更准确地说是在13世纪以前，中西方在政治、经济、文化等方面的交流都是通过中亚这座桥梁间接地联系着。在这种中西交往中，中国一直是以积极的态度，努力去了解和认识中国以外的地方，特别是西方文明世界。最早可以追述到周穆王西巡。尽管周穆王西巡的故事充满了荒诞和神话色彩，但至少反映了中国人已开始去了解和认识西方，西汉武帝时期张骞通西域之后，一条从中国经中亚抵达欧洲的"丝绸之路"出现了，中国对西方世界有了更进一步的认识和了解。唐朝是中国封建社会的鼎盛时期，经济、文化等都达到了空前的繁荣，一大批西方的商人来到中国，中国对西方世界的认识更深入了。但直到13世纪以前，中西交往只停留在以贸易为主的经济联系上，缺乏直接的接触和了解。而欧洲对中国的认识，在13世纪以前，一直停留在道听途说的间接接触上，他们对中国的认识和了解非常肤浅。因而欧洲人对东方世界充满了神秘和好奇的心理。

《马可·波罗游记》对东方世界进行了夸大甚至神话般的描述，更激起了欧洲人对东方世界的好奇心。这又有意或者无意地促进了中西方之间的直接交往。从此，中西方之间直接的政治、经济、文化的交流的新时代

开始了。马可·波罗是一个时代的象征。《马可·波罗游记》直接或间接地开辟了中西方直接联系和接触的新时代，也给中世纪的欧洲带来了新世纪的曙光。事实已经证实，《马可·波罗游记》给这个世界带来了巨大的影响，其积极的作用是不可抹杀的。

马可·波罗的游记在13世纪末年问世后，一般人为其新奇可喜所动争相传阅和翻印，成为当时很受欢迎的读物，被称为"世界一大奇书"，其影响是巨大的。它打开了中古时代欧洲人的地理视野，在他们面前展示了一片宽阔而富饶的土地，国家和文明，引起了他们对于东方的向往，也有助于欧洲人冲了中世纪的黑暗，走向近代文明。学术界的一些有识之士，更以它所提供的最新知识，来丰富自己的头脑和充实自己的著作。如1375年的西班牙喀塔兰大地图，便是冲破传统观念，摈弃宗教谬说，以马可·波罗的游记为主要参考书制成的，图中的印度，中亚和远东部分都是取材于《马可·波罗游记》这部著作，成为中世纪有很高科学价值的地图，以后的地图多以此为依据。它让西方人了解了"东方"，对东方充满了向往；也为资本主义扩张提供了理想上的对象。

六、"郑和七次下西洋"扬威海外

"郑和下西洋"是指明朝初期郑和奉命出使七次下西洋的航海活动。郑和下西洋时间之长、规模之大、范围之广都是空前的。它不仅在航海活动上达到了当时世界航海事业的顶峰，而且对发展中国与亚洲各国家政治、经济和文化上友好关系，做出了巨大的贡献。

郑和（明洪武四年—宣德八年，即1371年~1433年），原姓马，小字三宝，云南昆阳（今昆明市晋宁县）人，回族。他12岁入宫，当了小宦官，为人聪明能干，很有抱负。中国明代航海家、外交家、武术家明初入宫为宦官,又称三宝太监。

　　1405 年 7 月 11 日(明永乐三年)明成祖命太监郑和率领 240 多海船、27400 名船员的庞大船队远航,拜访了 30 多个在西太平洋和印度洋的国家和地区,加深了大明帝国和南海(今东南亚)、东非的友好关系,史称郑和下西洋。每次都由苏州浏家港出发,一直到 1433 年(明宣德 8 年),一共远航了有七次之多。最后一次,宣德八年四月回程到古里时,在船上因病过世。明代故事《三宝太监西洋记通俗演义》和明代杂剧《奉天命三保下西洋》将他的旅行探险称之为三宝太监下西洋。郑和的航行之举远远超过将近一个世纪的葡萄牙、西班牙等国的航海家,如麦哲伦、哥伦布、达伽玛等人,堪称是"大航海时代"的先驱,也是唯一的东方人。他更早狄亚士 57 年远赴非洲。郑和曾到达过爪哇、苏门答腊、苏禄、彭亨、真腊、古里、暹罗、榜葛剌、阿丹、天方、左法尔、忽鲁谟斯、木骨都束等 30 多个国家,最远曾达非洲东部,红海、麦加,并有可能到过澳大利亚、美洲和新西兰。

　　郑和是世界历史上的伟大航海家。英国前海军军官、海洋历史学家孟席斯出版了《1421 年中国发现世界》一书,认为郑和船队先于哥伦布发现美洲大陆澳洲等地。1405 年之后的 28 年间,郑和七次奉旨率船队远航西洋,航线从西太平洋穿越印度洋,直达西亚和非洲东岸,途经 30 多个国家和地区。他的航行比哥伦布发现美洲大陆早 87 年,比达·伽马早 92 年,比麦哲伦早 114 年。在世界航海史上,他开辟了贯通太平洋西部与印度洋等大洋的直达航线。600 年前,从 1405 年开始,在 28 年间,郑和率领中国大明皇朝的 200 多艘船航行在世界海域上,造访各国。据英国著名历史学家李约瑟博士估计,1420 年间中国明朝拥有的全部船舶,应不少于 3800 艘,超过当时欧洲船只的总和。今天的西方学者专家们也承认,对于当时的世界各国来说,郑和所率领的舰队,从规模到实力,都是无可比拟的。郑和是世界大航海时代的先驱,郑和下西洋是当代航海事业的顶峰,后世几百年中,几乎无人能及。

"西洋"即今文莱以西的海域，包括中国南海及印度洋。与"西洋"相对的是"东洋"，即日本。郑和下西洋的目的：（1）宣扬明朝国威（政治目的）；（2）扩展海外贸易（经济目的）；（3）寻找失踪的建文帝；（4）出海目的是为迎佛牙。

郑和下西洋的条件和前提如下：（1）中国唐宋元朝以来发达的造船技术。（2）罗盘，火炮等技术的不断发展，为大规模的远洋航行提供了安全保障。（3）永乐帝朱棣宣扬大国国威，出于政治目的的需要。（4）中国的元朝的远洋贸易传统，元朝时中国的远洋贸易非常发达，拥有当时世界上贸易量最大的几个港口和世界上最强大的海军和大量的民船和商船，为后来的明朝航海奠定了基础。（5）明朝的封建中央集权制度能够调动力量办大事，能提供经济上的支持和军事力量保障。（6）郑和船队上的海员、明朝军队士兵、翻译官等人的共同努力。

郑和下西洋的船队是一支规模庞大的船队，完全是按照海上航行和军事组织进行编成的，在当时世界上堪称一支实力雄厚的海上机动编队。很多外国学者称郑和船队是特混舰队、郑和是海军司令或海军统帅。著名的国际学者、英国的李约瑟博士在全面分析了这一时期的世界历史之后，得出了这样的结论："明代海军在历史上可能比任何亚洲国家都出色，甚至同时代的任何欧洲国家，以致所有欧洲国家联合起来，可以说都无法与明代海军匹敌。"

据《明史·郑和传》记载，郑和航海宝船共63艘，最大的长44丈4尺，宽18丈，是当时世界上最大的海船，折合现今长度为151.18米，宽61.6米。船有四层，船上9桅可挂12张帆，锚重有几千斤，要动用200人才能启航，一艘船可容纳有千人。《明史·兵志》又记："宝船高大如楼，底尖上阔，可容千人"。

在2002年出版的畅销书《1421年：中国发现世界》中，前英国皇家海军潜水艇指挥官加文孟席斯提出郑和船队的分队曾经实现环球航行，并早在西方所谓的大航海时代之前便已发现美洲和大洋洲的论点。2006年1

月 16 日，北京和伦敦的格林威治国家海事博物馆同时展出一张 1763 年绘制的附注有永乐 16 年（1418 年）的中国航海地图。该中国航海地图有详细的航海区域以及绘画美洲、欧洲、非洲的轮廓。除此以外，该图更附有对美洲土著（肤色黑红、头和腰戴羽毛），以及澳洲土著（肤色黝黑、赤身、腰部戴有骨制品）的描述。唯一缺憾是该航海地图中没有不列颠岛的记载。根据该地图的收藏家中国律师刘刚称，他是在 2001 年以 500 美元从一个上海商人处购得该地图，并且因为读过上文提到的《1421 年：中国发现世界》而得知该航海地图的历史重要性及意义。

郑和七次远航是世界航海史上的壮举。欧洲航海家哥伦布、达·伽马的海上活动，都比郑和晚得多，他们几次航行，人数在 100 人左右，船只三四艘，吨位最大的仅 120 吨。在航程、规模、组织等方面，郑和都超过这几个欧洲航海家。

郑和曾到达过爪哇、苏门答腊、苏禄、彭享、真蜡、古里、暹罗、阿丹、天方、左法尔、忽鲁谟斯、木骨都束等 30 多个国家，最远曾达非洲东岸，红海、麦加，并有可能到过澳大利亚。这些记载都代表了中国的航海探险的高峰，比西方探险家达·伽马和哥伦布等人早 80 多年。当时明朝在航海技术，船队规模、航程之远、持续时间、涉及领域等均领先于同一时期的西方。

郑和下西洋，其船舶技术之先进，航程之长，影响之巨，船只吨位之大，航海人员之众，组织配备之严密，航海技术之先进，在当时的世界上，都是罕有其匹的。正如前文所指出的那样，他们的航海成就显然丝毫不比西方人逊色，甚至在航海时间，船队规模以及航海技术诸方面，均是哥伦布等人的航海活动所望尘莫及的。然而，我们应当看到，郑和远航与西方人开辟新航路的结局，却有着截然不同的后果。郑和下西洋的航海活动虽然声势浩大，但明成祖和郑和死后不久，中国船队便绝迹于印度洋和阿拉伯海，中国的航海事业突然中断了，这使得中国与西洋各国业已建立起来的联系戛然而止。从此，中国人传统的海外贸易市场逐渐被欧洲人所

占据，并最终退出了正在酝酿形成中的世界性市场。

相反，哥伦布和达·伽马开辟新航路后，在西欧激起了远洋航海的热潮。在中国，作为国家的政治任务，郑和下西洋对于中国的经济的刺激作用微乎其微。而在西方，东方的商品和航海贸易的利润直接加速了资本主义的原始积累。欧洲人对美洲的新开发，绕过非洲的航行，给新兴的资产阶级开辟了新的活动场所，从而揭开了资本原始积累的序幕。从这一点来看，哥伦布等人的航海活动，对于西欧乃在世界历史的发展，产生了深远的影响，这是先前的郑和下西洋所无法比拟的。在郑和下西洋之前，中国经济特别是东部沿海地区经济结构的转型，已出现了符合世界历史潮流的新趋向。然而，随着郑和下西洋活动的终止，中国政府将自己与当时正在形成的世界市场隔绝开来。而新航路的开辟，为西欧新兴的资产阶级开辟了新的活动场所，使欧洲商路和贸易中心从地中海区域转移到大西洋沿岸，欧洲人在海外广阔的领域里建立了众多的殖民地，从而为西欧资本主义的原始积累创造了条件。大量的黄金，白银流入欧洲，引起"价格革命"——金银贬价，使得物价上涨，而"价格革命"则是资本原始积累的重要因素之一，它加速了西欧封建制度的解体和资本主义关系的发展。从这一点上来看，我们对于郑和下西洋的历史意义，应有恰如其分的评价。

郑和的非洲之行是中国人远征海外的巅峰。1419年郑和返回时，一批非洲国家的使节也随他来到中国，当然随他回来的还有一只长颈鹿。1420年，这些非洲国家的使节以及来自世界各地的众多宾客应邀参加了紫禁城的落成仪式。

郑和下西洋期间，海外国家与明朝的"通贡"由洪武年间的几国增加到了30多国，从东南亚输入中国的货物多达185种。众多的海外货物输入中国，为中国动物植物学、医药学和瓷器、玻璃等制造业的发展，增添了新的外来成分。通过官方和民间两种贸易途径，郑和成功地构建起一个中国东南亚经济贸易网，中国与东南亚国家建立了密切的政治、外交、贸易关系，双方的文化交流历久不衰。

郑和成了传奇式的英雄，在东南亚，人们建造寺庙来纪念他，他成了海外中国人的神圣楷模。郑和的船队在沿非洲和印度海岸航行时给当地留下了许多中国的石碑、雕刻、瓷器、古籍和中国历书。他的探险可与长城齐名。他带给他所到之处的，是友谊和瓷器、工艺和文化，传播的是中华民族的科学技术，撒下友谊和文明的种子。不仅展示了一个强盛之国海纳百川的宽阔胸怀，也建立了一种和平友善的国与国交往模式。李约瑟曾评价说："东方的航海家中国人从容温顺，不记前仇，慷慨大方，从不威胁他人的生存；他们全副武装，却从不征服异族，也不建立要塞。"

郑和下西洋具有下述意义：（1）展示了明朝前期中国国力的强盛，中国的海军纵横大洋，实现了万国朝贡，盛世追迹汉唐；（2）加强了中国明朝政府与海外各国的联系，向海外诸国传播了先进的中华文明，加强了东西方文明间的交流；（3）这是中国古代历史上最后一件世界性的盛举，从此，郑和之后，再无郑和；（4）改变了自明太祖朱元璋以来禁海政策，开拓了海外贸易，为明朝带来丰厚的经济利益。

郑和下西洋已经成为一个象征符号，它所体现的中国睦邻友好、和平交往的理念与实践，为人类和谐相处提供了宝贵的历史经验，与当今世界和平发展的时代主题适相吻合，正是今天的中国和国际社会所需要的。

七、盲目闭关锁国致大清王朝没落

闭关锁国政策是指闭关自守，不与外界接触的一种国家政策，是典型的地方保护主义。闭关锁国之义为：闭关自守，不与外国往来；严格限制对外经济、文化、科学等方面的交流。出处《周易·复》："先王以至日闭关，商旅不行，后不省方。"鸦片战争前，清政府限制和禁止对外交通、贸易的政策。限定广州一口通商，外商来华贸易须通过清政府特许的公行

商人，活动限于指定范围，进口货征收高税额，出口货限制品种和数量。它是落后的封建自然经济的产物，对近代中国社会的发展起了严重的阻碍作用。清政府的闭关锁国政策让我们清楚地认识到，盲目的排斥外来东西，没有好好与外界沟通，选择了将自己与外界隔绝开来，最终只会导致自己的落后。无论是思想上，还是经济上难以追上世界的潮流。因此，我们必须要将自己与这个世界紧密相联系，了解这个社会未来的发展趋势，吸收外面先进思想，技术来不断地提高自我，不要被这个社会所淘汰。

18 世纪，由于中外贸易往来日趋频繁和人民反清起义不断发生，清朝统治者担心外人和汉人会结合起来反对清朝。1717 年，清政府下令不许中国商船到欧洲人控制下的南洋地区进行贸易。清政府在对贸易范围实行限制同时实行禁教，减少中外之间的往来。17 世纪末，清政府允许天主教在中国传播。随着教会在中国影响的扩大，它开始直接干涉中国的内政。尤其是 1704 年罗马教皇格勒门十一订立"禁约"，禁止中国教徒尊孔祭祖。康熙严辞拒绝了这项要求。1720 年清政府开始实行禁教政策。1727 年又明确规定外国商船只能到广东的虎门和福建的厦门两处。1757 年正式实行闭关的政策，乾隆皇帝宣布西洋商船只准在广东的虎门一处停泊贸易。

1759 年，两广总督李侍尧奏准皇帝颁布了《防范外夷条规》，根据这一文件建立了"公行"机构。公行是由官方特许的商人组成的垄断性外贸组织。外国人来广州做买卖必须经由公行，其行动也由公行的行商负责约束。外国商人只准在规定的时间，即每年的五月至十月间来广州进行贸易，期满必须离去。在广州期间他们只能住在由公行所设的"夷馆"内。外商在华只能雇用翻译和买办，不能雇人向内地传递信件。中国人不准向外商借贷资本。条规还规定要加强河防，监视外国船舶的活动。这些规定在以后的嘉庆和道光年间屡被重申。

清政府实行闭关政策的根本目的是维护清朝的封建统治，防范西方殖民主义者。但这种自卫措施是非常被动的。1757 年，一道圣旨从京城传到沿海各省，下令除广州一地外（又称广州十三行）停止厦门、宁波等港口的对外贸易，这就是所谓的"一口通商"政策。这一命令，标志着清政府彻底奉行起闭关锁国的政策。乾隆的这道圣旨常被视为是导致近代中国落后于世界的原因之一。

清朝统治者期望维护极权统治的心理观念是"闭关锁国"的根本原因。闭关锁国这一政策推行了200多年。它对西方殖民者的侵略活动，起到了一定的自卫作用。但是，当时西方国家正在进行资产革命和工业革命，跨入生产力迅速发展的新时代。清政府闭关锁国，与世隔绝，既看不到世界形势的变化，也未能适时地向西方学习先进的科学知识和生产技术，使中国在世界上逐渐落伍了。明朝以前，中国是当时世界上经济和技术（不是科学）比较发达的国家之一，是东方的一大强国。然而，到1840年鸦片战争爆发时为止，中国人均粮食产量仅有200公斤左右，美国已接近1000公斤；中国年产铁约2万吨，不及法国的1/10，英国的1/40。中国的造船业和航海业历来比较发达，从此也迅速没落下去。往日出没于东南亚海面的中国船队，随之销声匿迹，被其它国家的船队取代。中国的各项发明和技术，在明朝中后期较西方仍互有长短，但到1840年已全面落后于西方了。

清朝对外实行闭关政策，是封建经济的产物。自给自足的小农经济，使人们彼此隔绝，在政治上自然会产生闭关自守。乾隆帝在其《敕谕英吉利国王书》中说："天朝物产丰盛，无所不有，原不借外夷货物以通有无。"闭塞的封建自然经济，自然没有交往贸易的必要，清统治者反而以此骄人，夜郎自大。英国人也觉察到了这一点，他们说："在必需品上——虽然不是奢侈品上——可以自给，因此中国政府绝对不重视对外贸易，认为可以随意限制对外贸易。"此外，满族统治者对汉族人民防范甚严，他们惧怕外国人支持汉人反抗清朝的活动。乾隆帝曾说："民俗易嚣，洋商杂处，必致滋事"，所以清政府一再严申"华夷之别甚严"，"从不许外籍人等稍有越境掺杂"。清政府制订各种"防范夷人章程"，目的是要隔绝中国人与外国人的任何交往。同时，清政府对出洋贸易的中国人也有种种严格限制，无论船只的大小，来往日期，贸易货物及其数量种类，均规

定甚严。

清朝政府闭关锁国，可以分成两方面：一方面是对外国人进入中国有极严格限制；另一方面，则是不允许中国人到外国去，不论是经商或是其它事务，不允许移居国外的中国人和国内建立正常的联系等。清政府实行闭关政策，构筑了隔绝中外的一道堤墙，对中国社会的前进起了阻碍作用。由于对出海贸易横加限制，严重影响了经济的发展。同时，也使中国人民与世界潮流隔绝，不明世界大势，而清统治者更是闭目塞听，其结果正如魏源所说："以通事二百年之国，竟莫知其方位，莫悉其离合。"1840年，英国侵略者终于用大炮轰开了中国的大门。

闭关锁国导致了严重后果：（1）使中国落后于世界，关闭了对外的贸易，使中国无法与其他国家实行经济交换。（2）中国自称为天朝，而对外界的国家称为外夷，使中国对其他国家的蔑视，而导致其他国家不向中国联系对外经济贸易，闭关锁国政策为中国带来的并非好事。虽说中国设立了广州十三行来进行贸易交流，但还是没有达到改善中国资源贫乏的危机，这是一次错误的政策。

闭关锁国的消极影响和消极意义：（1）闭关，限制了对外贸易的发展和工商业的发展，使中国的资本主义萌芽始终得不到发展。中国一直徘徊在中古时代，不思进取。（2）助长了统治阶级妄自尊大的心理，自诩天朝上国，盲目排外，不思进取，保守愚昧。（3）阻碍了中外文化交流，使西方近代科学和技术无法传入我国。中国当时的教育还是以科举制为核心的，视西方科技为"奇技淫巧"，从而导致中国全面落后于世界。

八、"西学东渐"与中国近代思想启蒙

"西学东渐"是指近代西方学术思想向中国传播的历史过程，其虽然亦可以泛指自上古以来一直到当代的各种西方事物传入中国，但通常而言是指在明末清初以及晚清民初两个时期之中，欧洲及美国等地学术思想的传入。在这段时期中，中国人对西方事物的态度由最初的排拒，到逐渐接受西学甚至要求"全盘西化"。在西学东渐的过程中，藉由来华西人、出洋华人、各种报刊、书籍、以及新式教育等作为媒介，以澳门、香港、其它通商口岸以及日本等作为重要窗口，西方的哲学、天文、物理、化学、医学、生物学、地理、政治学、社会学、经济学、法学、应用科技、史学、文学、艺术等大量传入中国，对于中国的学术、思想、政治和社会经济都产生了重大影响。

明万历年间，随着耶稣会传教士的到来，对中国的学术思想有所触动。此时的西方科学技术开始迅速发展，而中国这时科学技术的发展已经非常缓慢，大大落后于同时期的欧洲。传教士在传播基督教教义的同时，也大量传入西方科学技术。当时中国一些士大夫及皇帝接受了科学技术知识，但是在思想上基本没有受到影响。这一阶段的西学东渐，由于雍正的禁教，加上罗马教廷对来华传教政策的改变而中断，但较小规模的西学传入并未完全中止。此时的西学传入，主要以传教士和一些中国人对西方科学著作的翻译为主。1605年利玛窦辑著《乾坤体义》，被《四库全书》编纂者称为"西学传入中国之始"。当时西学对中国的影响主要在天文学、数学和地图学方面，由于只在少数的士大夫阶层中流传，而且大部分深藏皇宫，没有能够得到很好的普及。

19世纪中叶前后开始，西方人再度开始进入中国，并以各种媒介带来了西方的新知识。而由于鸦片战争及英法联军的刺激，促使清朝政府在1860年代开始推行了洋务运动，也促使西方的科学技术再一次传入中国。当时的洋务人士，主要采取"中学为体，西学为用"的态度来面对西学，而主要关注的是西方的先进武器以及相关的器械运输等，而未试图对西方的学术思想加以学习，因此在这期间学术思想方面的传入主要藉由西方传教士创办的媒体，以及洋务机构中为军事目的顺道译介的书籍。甲午战争

以后，由于中国当时面临着国破家亡的命运，许多有识之士开始更积极全面地向西方学习，出现了梁启超、康有为、谭嗣同等一批思想家。他们向西方学习大量的自然科学和社会科学的知识，政治上也要求变革。这一时期大量的西方知识传入中国，影响非常广泛。许多人以转译日本人所著的西学书籍来接受西学。进入民国时期，由于对政治的不满又进一步导致知识分子们提出全盘西化的主张，在五四时期这种思想造成了很大的影响。这一波的西学东渐，一直持续到当代而未止。

来华的西方人，包括传教士、外交家、官员等，均对西学东渐造成了影响。在明末清初的一波西学东渐中，传教士扮演着相当重要的角色，当时主要以天主教耶稣会为主的传教士们（较晚亦有方济各会、多明我会等的教士），在试图将天主教传入中国的同时，引介了西方的科技学术思想，译著了大量的西方学术相关书籍。其中扮演起重要角色的有利玛窦、艾儒略、汤若望等人。在19世纪的西学东渐中，基督新教的教士也开始进入中国，天主教士也随口岸的开放来往各地，他们成立教会学校、医院，并开设印书馆、设立期刊、并译著大量各种书籍。对于西学的传入有很大贡献。除了传教士之外，许多来华的官员、探险家等也成为传入西学的重要媒介，例如将领戈登对于中国洋务时期军事的影响。主持海关总税务司的赫德对于西方管理制度的引入以及译介书籍、最早西方军乐队的引入都有影响。

明末清初有不少中国人随传教士到欧洲旅行，但早期都没留下相关文字，因此对西方文化的传入影响不大，最早有记录的是樊守义在康熙年间随四位传教士出使罗马，写成《身见录》一书，描写了欧洲政治制度、建筑、风俗等，对于中国人对西方的认识有不少影响，许多对利玛窦等人著作存疑的中国学者，观点开始有了转变。乾隆年间的商人谢清高游欧后所著《海录》一书则更广为人所知，记录了欧洲的贸易、工艺、人民生活及世界地理。鸦片战争以后，自行出洋的中国人更多，1840年代商人林针的《西海纪游草》一书，记述其至欧洲及美国的记游。近代著名的政治思想家王韬在 1867 年出游欧洲，1870 年出版了《法国志略》、《普法战纪》二书；商人李圭 1876 年至美国参与博览会，写下《环游地球新录》一书，成为中国人中首位环游地球一周的记述者，并对美国的学术科技的发展有所介绍。

而清政府也因洋务运动的推行，在 1866 年派官员斌椿等人考察欧洲 12 个国家，著有《乘槎笔记》；1868 年至 1870 年由满人志刚首次正式出使欧洲及美国，著有《初使泰西记》。此外，早年同斌椿考察的同文馆学生张德彝，之后多次出游欧洲，著有《航海述奇》等共七部，对欧洲社会学术文化的描写更加深入。光绪年间开始设立驻外公使之后，有更多重要官员和知识分子出使欧美并撰写游记，且由于公使较一般旅行者停留较久，因此对西方思想文化的了解能更加深入，其中对中国思想文化产生重大影响的包括郭嵩焘、刘锡鸿、黎庶昌、曾纪泽、徐建寅、薛福成等人。甲午战争以后，中外交通大开，出洋变成很普遍的现象，在此不赘述。

近代中国的留洋学生起自于鸦片战争之后，早期的留学生多为港、澳地区教会学校的学生，进一步出外发展，1850 年至美国耶鲁大学读书的容闳，1848 年至英国爱丁堡大学的黄宽等，即为早期留学生的代表之一。容闳在学习中感受到中国社会文化的不足，因此回国后即希望能有更多人出国学习西方事物。在他的争取提议下，终于在 1872 年清政府选派第一批留美幼童，次年并有第二批。他们在中学毕业后，主要以西方的军事、工业技术等学习为主，虽然在 1881 年被改变政策的清政府招回，但他们对于西学的传入有所贡献，也影响往后的留学生的留洋，他们之中最著名的包括詹天佑、唐绍仪、梁谕等。

另一方面，1875 年开始，福建船厂及北洋水师学堂的学生也陆续被派至欧洲各国学习，对于晚清对西方海军的学习有所贡献，但其中最著名的严复不是在军事而是其他西学的传入过程中有重大的影响。

相较于洋务运动期间留学生多为官派且人数少而零星，甲午战争之后，首先兴起了留日浪潮，大量官方资助及民间自行前往的留日学生出

现，对于由日本学习西学有很大的助益。此外，1900 年以后，由于美国归还部分庚子赔款作为留美的经费，使留美的留学生人数大为增加。留学法国则在 1912 年左右，由李石曾、蔡元培等人发起了勤工俭学的运动，使许多人得以留法。这些大量的留学生直接接触到西方的教育，使能更直接能将西学传入中国。但后来这些留学生习惯了西方生活，相信天主耶稣并对清政府不满，于是清政府严令禁止中国学生留学。

西学书籍的翻译和著述，是西学东渐相当重要的媒介。明末清初的西学东渐中，虽然出现了大量的由教士及士大夫合著合译的书籍，但这些书籍未能受到当时一般社会的重视，未能打入晚明已十分发达的商业出版界，因此虽然西学书籍有刻印出版，但主要仍仅流通于少数有兴趣的士大夫阶层。

明末清初，传教士艾儒略所撰的《职方外纪》一书中，曾对欧洲国家的学校制度加以介绍，但未受当时士人的重视，也未影响中国的教育。

在晚清这波西学东渐中，西式的新学堂才开始逐渐建立，并成为学习西学的重要媒介。早期的西式学校多为西方人，尤其是教会所设。最早的学堂为 1839 年在澳门成立的玛里逊学堂，其后在当时唯一的口岸广州也有类似学堂成立。鸦片战争之后，教会学校才广泛成立于各个口岸，天津条约之后进一步发展至内地，成为早期西学在民间传布的重要管道。1876 年徐寿、傅兰雅在上海创立的格致书院，是较早的一所教授西洋自然科学的学院。

在洋务运动中，为培育相关人才，清政府也开始成立新式学校，最早的是北京的同文馆以及上海的广方言馆，其后在全国各地成立天文、电气、医学、军事等专业的西式学堂，教会学校也在这期间得到进一步发展，并开始淡化学校的宗教色彩，都对西学的传播产生重大作用。甲午战争的刺激和戊戌维新的鼓吹，使得新式学堂大量出现，大量传统的书院改为新式学堂，而 1905 年科举制的废除，更使得传统的私塾失去了其主要作用而没落或转型，晚清新政中并正式采用西方学制来规范各级学校，其学习西学的内容也更为广泛。

道光咸丰年间，中国原比日本早开始接触西方，因此日本人经常透过中国的译介（包括如魏源等人的著作）来了解西方。但随着日本人开始接触学习西学，包括明治维新的推行，使得在1870、1880年代时，对西学的学习开始超越中国，而为如李鸿章等人所注意。此外任日本领事的黄遵宪写于1887年的《日本国志》介绍日本的历史及进步发展的情形，但未受到当时人的重视。甲午战争使更多人注意到日本人学习西方的成功，之后俄罗斯侵略中国东北，使清政府决定与日本友好，加上地缘之便，大量留学生到日本学习。由于文字的接近（当时日文汉字较现代日文的汉字更多），许多即使仅粗通日文的人，也能大致阅读甚至译介日本的西学译著，因此日本成为晚清时期（尤其在1895~1914年间），中国学习西方学术文化最重要的媒介。例如维新派的康有为，在推行新政时，多引日本学习西方政体制度的例子来作范例。晚清影响思想界最大的人物之一梁启超，其大量介绍西学的文字便有许多得自于在日本期间相关译著的学习。日本对中国西学东渐的影响，更可由大量的日本汉字的引用可看出，包括如"政治"、"社会"、"文化"、"经济"、"哲学"、"化学"、"物理"等重要的西方新概念词汇在内，共有数百个日本翻译的西方新词汇传入中国并广为应用。1914年以后，由于日本对中国政府提出"二十一条"，引起强烈的反日运动，加上留学欧美的管道逐渐便利，人数增多且更受到重视，因此日本作为中国学习西学的中介角色就减弱了。

明末清初西学的传入，使中国的少数士大夫开始认识到西方学问之中有其优于中国之处，但这并未造成中国人对于中西学的基本高下看法有所改变。西学中主要受到注意的仍是技术方面如天文历法、测量以及所谓的"西洋奇器"等，对于中国学术本身的影响冲击亦不大。此外，当时最常见的一种说法，便是"西学源出中国"，认为当下一些中学不及西学的事物，其实是中国古代已有而传入西方，但中国本身反而失传的事物，如黄宗羲认为一些数学原理是周公时代西传的。王夫之认为西学大多是"剽窃

中国之绪余"。钱大昕认为西方天学算学，是习自于在中国已失传的祖冲之的著作，这样的看法使得当时人能很安心承认并学习这些西方较优越的学术。

晚清道光咸丰之交中国人与西方人接触时，除了大多数人根本不重视甚至排拒西学的存在之外，仅有少数有识之士如林则徐、魏源等人，开始注意到西学有其优越之处，但基本上，他们仍不把西学看作是与中学对等的学术文化，从魏源的名言"师夷长技以制夷"来看，西学只能是"夷学"，其中虽有可取之处，但其地位远不及中国学术思想。在洋务运动早期，大多数人仍存有这种类似的看法，但随着与西方接触的增加，"西学"一词逐渐取代了"夷学"，许多官员及知识分子开始正视西学，视之为可与中学对等的学术思想，并开始探讨应当如何融合二者的优缺点来帮助中国富强，当时在政界学术界都有重要地位的张之洞所提出的"中学为体，西学为用"，便成为晚清新式知识分子们最典型的西学观点，认为西学在器物、制度上胜过中学，但在基本的思想道德人心等方面不如中国。这样的中学西学的观点，在晚清一度让这一代的知识分子暂时取得一个安心于学习西学的模式，但在清末最后十多年已开始受到挑战，到了民国初年，当更多的人对传统文化不满开始视西学为"新学"，认为西学高于中学而应当取代中学时，便引发了进一步的论战。

第一次正面的理论对峙是从 1915 年《新青年》创刊开始的。论战的焦点是关于中西文化差异的评价和认识。《新青年》一问世，就大张旗鼓地宣传倡导新思想、新文化、新道德，而他们提倡的"所谓新者就是外来之西洋文化，所谓旧者就是中国固有之文化"，公开主张以西方文化来取代传统的封建文化。为了强调西洋文明的先进性，陈独秀在《东西民族根本思想之差异》一文中，把东方文明和西洋文明加以比较后，概括了东方文明和西洋文明的特点，他认为，西洋民族以战争为本位，东方民族以安息为本位；西洋民族以个人为本位，东方民族以家族为本位；西洋民族以法治为本位，以实利为本位，东方民族以感情为本位，以虚文为本位。文中尽是以西方文化之长来映照中国文化之短，这样的态度和明显的取向，很快引起了文化保守主义者的强烈反对。

从 1916 年开始，《东方杂志》主编杜亚泉便以"枪父"为笔名，发表了一系列论述东西文化差异的文章，与陈独秀等人进行论战。他也采用陈独秀的比较方法，而其结论却完全相悖。他将西洋文明概括为动的文明，而将中国文明概括为静的文明。他说这两种文明可以互相补充，取长补短，却又"不可不以静为基础"。甚至西洋文明也必须由吾国文明，去救之弊，济之穷。他告诫国人不要受西方物质文明的"眩惑"，坚持要以儒家思想为是非之标准。他指责新思想新文化自西方输入，破坏了这一传统标准，于是造成了"人心之迷乱'少国是之丧失'，少精神之破产。陈独秀、李大钊等进行了针锋相对的反驳，李大钊采纳"枪父"的东洋文明主静、西洋文明主动的说法，却又在价值取向上完全否定了"枪父"的论点。

紧接着，第二次大规模的论战是在 1919 年"五四运动"之后。此时，传统文化已受到了猛烈冲击，西方文化已如"洪水"般涌入，新文化的传播已是大势所趋，不可阻挡，完全拒绝外来文化的论调已根本站不住脚了。于是文化战线上又产生了一种中西文化"调和论"。1919 年秋天起，章士钊到处讲演，鼓吹新旧调和之说。他认为："调和者，社会进化至精之义也"，"不有旧，决不有新"，"不善于保旧，决不能迎新"。"枪父"等人也赶紧呼应这一论调，进一步提出中国固有文明不但不能"革除"，而且这种调和也只有把西洋文明"融合于吾固有文明之中"。这实际上仍是一种改头换面的文化守旧论。李大钊在论战中从经济基础的决定因素方面分析了新文化必然取代旧文化，而不是与之调和的客观必然性。《新青年》、《新潮》、《民锋》、《每周评论》等杂志都积极参加了这场论战。这次论战一方面进一步传播了与封建传统文化彻底决裂的新文化精神，同时也大开了"全盘西化"论的先河。

关于中西文化的第三次论战是发生在 1920 年代初期。其主题是中国文化在世界文化中的地位和价值问题。1918 年，梁启超自欧洲归国，出版

《欧游心影录》并发表了大量观感，主要观点是认为在欧洲一百年来的物质文明高度发展，却带来了许多灾难，要想解放"物质文明破产，哀哀欲绝的喊救命"的西方世界，只有依靠中国的古老文明。而梁漱溟于1921年出版的《东西文化及其哲学》则认为，西方文化"是以意欲向前要求为其根本精神的"，印度文化"是以意欲反身向后要求为其根本精神的"，，而中国文化"是以意欲自为调和持中为其根本精神的"。他认为这三种文化系统代表了人类文化发展循序而进的三个阶段，并得出结论说：西方文化的路已经走到了尽头，紧接着"便是中国文化复兴成为世界文化的时代。"胡适等人立刻起而应战。胡适认为："现在全世界大通了，当初鞭策欧洲人的环境和问题现在又来鞭策我们了。将来中国和印度的科学化与民治化，是无可疑的。李大钊、瞿秋白等人则开始运用马克思主义的理论武器参与这次论战。瞿秋白指出："西方文化，现已经资本主义而至帝国主义，而东方文化还停滞于宗法社会及封建制度之间'，两者都应为当代社会所摒弃，只有进行无产阶级的世界革命，方能得真正文化的发展。"

西学东渐对近代中国的各个方面都产生了极大的影响：

西学东渐将西方近代各种学术上的新成果带入了中国，深深地影响到各种学术的发展，而许多在传统中国不被重视甚至不存在的学科也在此影响下得到发展，中国传统学术的基本框架"经、史、子、集"完全被打破，许多传统的学术受到西学的冲击，有的逐渐没落，有的吸收西方学术而加以改进，到民国时期，整个西方式的学术体系架构大致成型。

西学东渐所造成中国思想文化的影响和变化之大，在中国历史上只有先秦时期的百家争鸣可以与之媲美。中国人经过西学的洗礼，对于世界、历史发展、政治、经济、社会、自然界万事的看法，都有了巨大的改变。而中国传统思想文化中的许多成分，则被以西方的标准重新估定其价值，部分诸子百家思想获得重新重视，而尤其是儒家思想及一些民间的风俗信仰文化，则受到强烈的批判。

西方政治思想的传入，议会制、民主制度、新的国家概念、无政府主义、社会主义思想等，对于晚清中国的政治发展产生了重大影响，包括戊戌维新的发起、晚清新政的推展、立宪运动的尝试、辛亥革命的爆发，民初议会制的推行、五四运动、联省自治运动、北伐统一，一直到后来的共产革命等，都受到这些西方思想的重大影响。

西学对于中国社会经济的影响，早期并不如西方的军事政治力量的侵略和资本主义式商品经济的传入来得直接，但随着晚清西方思想的力量渐增，仍对社会经济产生了重大影响。在社会方面其中最大的影响，便是由于晚清西学的优势逐渐超越中学，使得清政府必须废除八股文和科举制度，这使得传统四民社会中最顶层的士阶层，失去了其学而优则仕的管道，其所掌握的传统知识的作用也下降，因此有被边缘化的危险，而同时晚清西方商战思想的传入，提高了商人在社会上的地位，更加促成传统四民社会秩序的瓦解。此外，西方个人主义及社会主义等的思想的传入，使得中国传统社会中以家庭、家族、地域社会为中心的社会基层结构开始逐渐瓦解。

与社会的影响类似，在经济方面的影响也是逐渐发生的。包括新的经济思想的传入，使得一批知识分子愿意投入实业，而民族主义思想则有助于民族工业的发展成形。而新的科学、管理、金融等技术的传入及应用，更是逐渐整个改变了中国的交通运输、生产方式、商业交易等基本经济事物。在日常生活方面，新的西方科技事物如电、自来水、电影、广播、等等逐渐改变了城市居民的生活。另一方面，新的思想改变了许多传统日常生活中的习俗，包括一些被视为迷信的民间信仰、缠足风俗、传统式的婚姻等都逐渐被废除了。

九、"洋务运动"勃兴与跨入近代化门槛

"洋务运动"，又称自强运动，是指 1861 年（咸丰十年底开始）至

1894 年，清朝政府内的洋务派在全国各地掀起的"师夷之长技以自强"的改良运动。经过两次鸦片战争后，清政府的统治阶级对如何解决一系列的内忧外患分裂成为"洋务派"与"守旧派"，洋务派主张利用取官办、官督商办、官商合办等方式发展新型工业，增强国力，以维护清政府的封建统治。洋务运动是中国现代化的最早启动，对中国迈入现代化的过程奠定了一定基础。

"洋务运动"旧称"同光新政"。1860 年后，在中外联合镇压太平天国革命的过程中，清朝封建集团中逐渐形成了一批具有买办性和近代性的官僚和军阀。他们在与外国资本主义列强打交道的过程中，不但认为清政府与外国侵略者的矛盾可以调解和妥协，"借洋助剿"，镇压国内人民的反抗，而且还可以采用一些资本主义生产技术，以达到维护摇摇欲坠的封建统治的目的。这部分人就是当时清政府内当权的洋务派，他们从 19 世纪 60 年代至 90 年代所从事的洋务，史称"洋务运动"。所谓"洋务"，是指诸如外事交涉、订条约、派遣留学生、购买洋枪洋炮以及有按照"洋法"操练军队（北洋，福建，南洋舰队）、学习外洋科学、使用机器、开矿办厂等对外关系与外洋往来的事物有关的一切事情。

第二次鸦片战争后，清朝内外交困。统治集团内部一些较为开明的官员主张利用西方先进生产技术，强兵富国，摆脱困境，维护清朝统治。1860 年 12 月曾国藩上奏折说，目前借外国力量助剿、运粮，可减少暂时的忧虑；将来学习外国技艺，造炮制船，还可收到永久的利益。第二年他对上述看法加以发挥，主张购外国船炮，访求能人巧匠，先演习，后试造，不过一二年，火轮船必成为官民通行之物，那时可以剿发（指太平军）、捻（捻军），勤远略，这是救时第一要务。1862 年李鸿章到上海后，得到外国侵略者帮助训练洋炮队、设洋炮局。他认为，清军作战往往数倍于外敌，仍不能胜，原因在于武器不行，枪炮窳（yǔ）滥，如能使火器与西洋相埒，则"平中国有余，敌外国亦无不足"，今起重视，最后可达自主。奕䜣看到曾李两人学造外国船炮，决定派员前往学习，在奏折中说，治国要做到自强，自强以练兵为要，练兵又以制器为先，"我能自强，可以彼此相安"。

奕䜣等人认为，只要在封建制度中加进一些西洋先进技术，既可以镇压人民，又可以自主自强，封建统治便可长治久安，并认为筹办洋务，必定能得到列强的支持。为了挽救清政府的统治危机，封建统治阶级中的部分成员如曾国藩、李鸿章、左宗棠、张之洞等，主张引进、仿造西方的武器装备和学习西方的科学技术，创设近代企业。如曾国藩的安庆内军械所，李鸿章的江南制造总局、轮船招商局（上海），左宗棠的福州船政局，张之洞的汉阳铁厂、湖北织布局等。这些官员被称为"洋务派"。

以慈禧太后为首的顽固派，高唱"立国之道，尚礼义不尚权谋，根本之图，在人心不在技艺"，主张"以忠信为甲胄，礼义为干橹"，抵御外侮。洋务派反对守旧派，认为守旧派"陈甚高，持论甚正"，然而"以礼义为干橹，以忠信为甲胄，无益于自强实际。二三十年来，中外臣僚正由于未得制敌之要，徒以空言塞责，以致酿成庚申之变"。洋务派与顽固派互相攻击，斗争十分激烈。总理衙门是推动洋务运动的中央机构。但洋务派势力主要不在清朝中央，而在掌握地方实权的总督和巡抚中。慈禧明白，在内外交困的形势下，要保持清朝的统治地位，必须依靠拥有实力并得到外国侵略者赏识的洋务派，所以她暂时采取了支持洋务派的策略。

主持和提倡办洋务的洋务派，是在镇压太平天国革命的过程中，在外国侵略者扶植下发展起来的清朝统治集团中的一个派别。起初人数不多，但他们的势力与日俱增。在朝廷里是总理各国事务衙门的大臣奕䜣和文祥等人，在地方上是握有实权的大官僚曾国藩、李鸿章、左宗棠、张之洞等人。其中以曾国藩为首的湘系集团以李鸿章为首的淮系集团以及后起的张之洞集团影响较大。

洋务运动的内容很庞杂，涉及军事、政治、经济、教育，外交等，而以"自强"为名，兴办军事工业并围绕军事工业开办其他企业，建立新式武器装备的陆海军，是其主要内容。从60年代开始开办江南制造局、福州

船政局、安庆内军械所等近代军事工业。其中，江南制造局是中国第一个较大的官办军事工厂，1865 年由李鸿章在上海创办，全厂约 2000 余人，主要制造枪炮、弹药、水雷等军用品，同时还制造轮船，1867 年后开始制造船舰。福州船政局是清政府创办的规模最大的船舶修造厂，1866 年由左宗棠在福州创办，全厂约 1700 余人，以制造大小战舰为主。安庆内军械所是清政府最早开办的近代兵工厂，1861 年 12 月由曾国藩在安庆创建，厂子规模不大，主要制造子弹、火药、炮弹等武器。除创办上述一类工厂外，还派遣留学生学习技术。

但是，洋务派在兴办军事工业的过程中，遇到了难以解决的问题，最主要的就是资金、原料、燃料和交通运输等方面的困难。于是，洋务派在"求富"的口号下，从 70 年代起采取官办、官督商办和官商合办等方式，开办轮船招商局、开平矿务局、天津电报局、唐山胥各庄铁路、上海机器织布局、兰州织呢局等民用企业。与此同时，洋务派还开始筹划海防，在 1884 年初步建立起南洋、北洋和福建海军。在洋务派控制了海军衙门以后，又进一步扩建北洋舰队，修建旅顺船坞和威海卫军港。

1861 年，曾国藩在安庆创设的制造近代武器的军事工业安庆内军械所，也是洋务派创办的仿制西式武器的第一个军事工业。主要制造子弹、火药、炸炮等。"内"，表示这个军械所属于安庆军内的设置。1864 年，清军攻陷南京后，该厂由安庆迁到南京，改名为金陵机械制造局。

江南制造总局又称江南制造局，1865 年由李鸿章在上海创办。1867 年，由虹口迁至高昌庙，经过不断扩充成为清政府最大的军事工业。该厂技术和机械设备主要依靠外国，除制造枪炮弹药外，也制造机器和修造轮船。1905 年造船部分独立，称"江南船坞"，兵工厂部分人称制造局。后分别改称"江南造船所"和"上海兵工厂"。它是洋务派开办的最大的近代工业，它用自炼钢材仿制的毛瑟枪，赶上 19 世纪后期德国新毛瑟枪的水平，它研制的无烟火药达到世界先进水平。但是，江南制造总局是官办的，经费由清政府调拨，生产不计成本，不考虑经济效益，缺乏发展的动力。它采用封建衙门式的管理，用管军队的方法约束工人，工人缺乏生产积极性，产品质量得不到保证。

福州船政局，是清政府经营的设备最齐全的新式造船厂。1866 年由左宗棠在福州马尾创办。聘用外国人担任技师。主要由铁场、船场和学堂三部分组成，1884 年马尾海战中遭到严重破坏。后虽经恢复但大不如前，辛亥革命后，改称海军造船所。

1889 年春，两广总督张之洞筹划在广州建立炼铁厂，同年他调任湖广总督，筹办的炼铁厂也随迁汉阳，1890 年在大别山下动工兴建，1893 年汉阳铁厂基本完工，共有六个大厂，四个小厂，炼铁炉两座。1894 年投产，开始均为官办，从筹办起至 1895 年，共用经费 580 余万两。中日甲午战争后，清政府因无力筹措经费，于 1896 年改为"官督商办"。辛亥革命前夕，汉阳铁厂工人约 3000 人，每年出钢 70000 吨。抗日战争时期，汉阳铁厂部分设备被国民党政府迁往重庆成立大渡口钢铁厂。解放后收归人民所有。

轮船招商局简称"招商局"。中国最早设立的轮船航运企业。1872 年（清同治十一年）李鸿章招商筹办。1873 年 1 月成立。总局设上海，分局设烟台、汉口、天津、福州、广州、香港以及横滨、神户、吕宋、新加坡等地。1885 年（光绪十一年）改为官督商办。1909 年（宣统元年）归邮传部管辖。1912 年改为商办，更名商办招商局轮船公司，后又改称商办招商轮船有限公司。1932 年国民党政府收归国营，更名国营招商局，归属交通部。抗日战争期间，总局先迁香港，后移重庆。战后迁回上海。1947 年共有船 460 艘，33 万余吨。1948 年成立招商局轮船股份有限公司。1951 年改称中国人民轮船总公司，香港仍沿旧称。1985 年成立招商局（集团）有限公司。

我国历史上很早就有人从事翻译工作，但正式设立外语学校却晚至 1862 年清政府在北京设立的同文馆。在清政府与外国订立《南京条约》、《天津条约》和《北京条约》时，竟连一个懂得外文的中国人都找不到，

任凭侵略者的蒙骗。1861 年奕䜣奏请设立外语学校，培养外语人才和外交人才。1862 年 8 月，同治帝正式批准成立"京师同文馆"。学员学习汉文外，主要学习外文。聘有外籍教师英国人包尔腾，法国人司默灵、毕利干，俄人柏林，美国人丁韪良、傅兰雅、海灵敦等先后任教。丁韪良从 1869 年任总教习，总管教务达 30 年。总税务司赫德兼任监察官，实际控制了经费和人事大权。同文馆完全按正规学校来办，陆续开设英文馆、俄文馆、德文馆和东文（日文）馆。只招收 13、14 岁以下八旗子弟，后又招收 15~25 岁的满汉学员，也招收不限年龄的满汉学员。学习期限初定 3 年，到 1876 年分为两种：一是由外文而及天文、化学、测地等科的学生学制 8 年；一是年龄稍大、仅借中文译本学习天文、化学、测地等科的学生，学制 5 年。1867 年时增设算学、化学、万国公法、医学生理、天文、物理、外国史地等。学生最多时达 120 人。毕业生大多任清政府译员、外交官员和其他洋务机构官员。设有印刷所，翻译印《万国公法》及数理化和文史等方面书籍。1902 年，同文馆并入京师大学堂。

洋务派提倡"中学为体，西学为用"，希望利用先进的技术维护封建统治，改革不触动封建制度。后来的甲午中日战争证明，洋务运动没有使中国走上富强的道路。但是，它引进了西方资本主义国家的一些近代科学生产技术，培养了一批科技人员和技术工人，在客观上刺激了中国资本主义的发展，对外国经济势力的扩张也起到了一些抵制作用。洋务派兴办近代工业初时是把"平中国"和"敌外国"相提的。前者反映了国内阶级矛盾，后者反映了清朝统治者同外国侵略者的矛盾。但在第二次鸦片战争后，已十分腐朽的清朝统治者处在"内忧"与"外患"频仍之时，洋务派只有依靠西方列强共同镇压人民，才能维持其摇摇欲坠的政权。所以洋务运动实践的结果必然否定了"敌外国"。如果说洋务运动是一场改革，那么它只能是沿着半殖民地化的方向"改革"而已。这一点在所有列强都愿意支持办洋务的事实上得到证明。李鸿章说淮军遇到"内地贼匪"，自信能取胜，遇到外国进攻，"胜负即不可知"。洋务大员丁日昌说，他的船炮"可以靖内匪，不能御外侮"。洋务运动进行了 30 年，并没有使中国走上富强之路，却在"自强"、"求富"的口号下，养肥了第一代军阀集团。

洋务派主观上并不希望中国出现资本主义，甚至在其创办民用工业之时，一再表示不允许私人创办同类企业，对资本主义的产生起到一定的阻碍作用。但由于洋务派在中国封建制度下，引进了同封建生产关系所不相容的新的生产力——西方先进的科学技术，必然在客观上加速了封建生产关系的瓦解，从而刺激了中国民族资本主义的产生，这是不以洋务派的主观意志为转移的。洋务派办民用工业，为了解决资金问题，采取"官督商办"和"官商合办"的方式，吸收私人资本。这"商股"部分即是民族资本主义因素。从 70 年代开始，更有一批官僚、地主、商人直接投资于近代民用工业，终于使中国有了一点先进的生产能力，促进民族资本主义的产生，也就促进了资产阶级的出现和无产阶级队伍的扩大。

此外，洋务派同顽固派的论争及其对顽固派的不彻底的批判，多少动摇了恪守祖训的传统及纲常名教的绝对权威地位，对于学习西方开了好的风气。又由于洋务派组织翻译了不少外国科技书籍，派遣不同年龄和资历的留学生，因而培养了一批外交和科技人才，而介绍西方社会科学知识，对于促进民主思想的传播，也起到开一代风气的拓荒作用。在此基础上，19 世纪七八十年代，从洋务官僚中分化出一批我国早期资产阶级改良主义者。

最后，洋务民用工业的兴办，部分地抵制了外国经济势力的扩张。如 1872 年李鸿章创办轮船招商局，使"内江外海之利，不致为洋人尽占"，三年多时间，外轮损失 1300 多万两，美国旗昌行因不堪赔累，被招商局归并。湖北官织布局开织后，江汉关进口洋布每年减少十万多匹。中国资本能挫败洋商，这在当时曾被视为"创见之事"。

洋务派经营的近代工业企业，是以不改变封建生产关系为前提的。所

办企业，具有很强的对外依赖性、封建性和一定程度的垄断性。因此，洋务派要在中国兴办近代工业企业和筹办海防，都不得不在工业技术、资本乃至管理上受帝国主义的左右和牵制。因而也就加深了帝国主义对中国政治、军事和经济的控制，洋务派也就加速了自身的买办化。这样的企业不仅无法避免自身遭到破产的命运，而且严重地阻碍和压制了中国近代民族工业的发展。

办"洋务"30年间，中国被迫开辟的通商口岸，由1860年前的7个增加到1894年的34个，外国的进口额，也由1864年的5100余万两，激增为1894年的1亿6千余万两。进口货物中，80年代前鸦片占首位，80年代后棉织品跃居第一，鸦片退居第二，但绝对数仍一直上升。出口的货物，80年代前主要是茶和丝，80年代后棉花和大豆逐步增长。中国被迫加速卷入世界资本主义的漩涡，成为它们的商品销售市场和廉价原料产地。因此，洋务运动的过程，就是中外反动派进一步结合，中国半殖民地化逐步加深的过程，也是地主阶级的自救运动。

虽然中国近代民族资本主义工业，是在洋务运动同一个过程中艰难地成长起来的，这主要是受中国近代经济规律制约的结果，对洋务派来说是事与愿违的。但是，洋务运动毕竟是充当了历史的不自觉的工具。随着近代工业的兴建，引进了资本主义国家的一些近代生产技术，一批近代产业工人在中国社会出现了，在洋务派创办的新式学堂里，也造就了一批掌握自然科学的知识分子和工程技术人员。同时，企业的利润，还吸引了一些官僚、地主、商人投资于近代工业，客观上对中国资本主义发展起了刺激作用。虽然洋务运动没有使中国富强起来，但它引进了西方先进的科学技术，使中国出现了第一批近代化工业企业，客观上推动了中国近代化的历程。

晚清统治集团原本都是顽固派，洋务派是从顽固派阵营中分化出来的，两派维护和巩固封建统治的目的是基本一致的，但采用的手段和方法则迥然不同。洋务派主张向西方学习，引进西方科学技术，顽固派则坚持中国的封建传统，反对西学。两派最激烈的论争共有三次：第一次是 1867 年（同治六年），围绕着同文馆培养洋务人才，应否招收正途出身学员问题的论争；第二次是 1874 年（同治十三年），围绕着设厂制造船炮机器和筹备海防的论争；第三次是 1883 年（光绪八年）开始的围绕着建筑铁路问题的论争。在两派论争过程中，顽固派对洋务运动的各项措施，竭尽攻击之能事。他们抬出了"礼义廉耻"、"天道人心"和"用夏变夷"等封建教条，全面地反对学习"西学"，说什么"立国之道，尚礼义不尚权谋；根本之图，在人心不在技艺"；攻击洋务派提倡"西学"，是"捐弃礼义廉耻的大本大原"，是"败坏人心"，是"用夷变夏"；甚至攻击侈谈洋务者是"祸国殃民"，是"洪水猛兽"。他们指责洋务派自造船炮是"虚耗国帑"和"便于浮冒"；特别反对推行耕织机器，认为"夫四民之中，农居大半，男耕女织，各职其业，治安之本，不外乎此……机器渐行，则失业者众，胥天下为游民，其害不能言矣"。他们反对洋务派开采矿藏，修筑铁路，筹设银行，便利商民等措施，认为"古来圣君贤相讲富强之道者，率皆重农抑商，不务尽山泽之利，盖所称为极治者，亦曰上下相安，家给人足，足以备预不虞而已"。认为这些措施会"便利外国侵略"，"妨碍小民生计"。甚至认为开矿修路，会"震动地脉"，"破坏风水"，要求"永远禁止"。他们对经办近代工矿的洋务派，不断进行人身攻击，指责周馥、盛宣怀、杨宗濂、马建忠辈，"其人皆屡被讥弹，而时号通晓洋务，专能依据洋书，条陈新法，阳为创设，阴便私图"；"皆唯利是图，通外洋以蠹中国"。特别对其中从商人买办出身的人员，更是十分轻蔑。如攻击丁日昌"曾以诸生充洋行雇员"，"矫饰倾险，心术不正，实为小人之尤"。攻击唐廷枢等是"洋行厮役，专一凭借官势，网利渔财"；是"病国奸商，害民巨蠹"。至于洋务派官僚在经济活动中所暴露出来的一些贪污腐败弱点，更成为顽固派进行攻击的炮弹和把柄。顽固派对洋务运动和洋务派的上述攻击，显然是站在封建自然经济的顽固保守立场上，无疑是错误的和违反时代进步潮流的。而洋务派则满足于农民革命已被镇压下去和对外维

持和局的现状，自诩为"同光中兴"的功臣，确信所从事的"求强""求富"活动获得了成功。他们囿于"中学为体，西学为用"的框架，不愿也不敢全面学习西方。

从洋务派转化的早期改良派代表人物王韬、郑观应、薛福成、马建忠等人，从19世纪80年代开始，便批评洋务运动只引进西方近代生产技术而不引进西方政治体制的弊病，提出向西方和日本学习君主立宪制的主张；并对洋务企业官督商办方式不满，提倡商办。但他们批评的方式比较委婉。维新派康有为梁启超等人则旗帜鲜明大张旗鼓地批评洋务运动。康有为批评洋务派的变法是"积习难忘，仍是补漏缝缺之谋，非再立堂构之规，风雨既至，终必倾坠"；"观万国之势，能变则全，不变则亡，大变则强，小变仍亡"；"今天下之言变者，曰铁路，曰矿务，曰学堂，曰商务，非不然也，然若是者，变事而已，非变法也"。梁启超对洋务运动的批评更加形象化，他说："中国之改革，三十年于兹矣，然而不见改革之效，而徒增其弊何也？……譬之有千岁老屋，瓦墁毁坏，梁栋崩析，将就倾圮，而室中之人，乃或酣嬉鼾卧，漠然无所闻见，或则补苴罅漏，弥缝蚁穴，以冀支持。斯二者用心虽不同，要之风雨一至，则屋必倾圮而人必同归死亡也。夫酣嬉鼾卧者，则满洲党人是也，补苴弥缝者，则李鸿章、张之洞之流是也。谚所谓室漏而补之，愈补则愈漏，衣敝而结之，愈结则愈破，其势固非别构新厦，别出新制，乌乎可哉？"梁启超对洋务派官督商办方式的批判也是一针见血："李鸿章所办商务，无一成效可睹者，无他，官督商办一语累之而已。"严复在《辟韩》一文中，更击中了洋务派维持封建专制君权的要害，指出："君臣之伦，出于不得已也，患其不得已，故不足以为道之原"；"是故西洋之言治者曰：国者斯民之公产也，王侯将相者，通国之公仆隶也"。在《与外交部主事论教育》一文中，严复又形象化地批驳了洋务派的"中体西用"思想，他说："体用者，即一物而言之也，有牛之体则有负重之用，有马之体则有致远之用，未闻以牛为体以马为用者也。"这一批评一针见血，从而动摇了洋务派"中学为体，西学为用"的理论根据。维新派对洋务运动的上述批评，痛切时弊，击中要害。在这一基础上提出的"救亡图存"、"变法维新"的政治主张，风靡全国，相形见绌的洋务运动，不得不被迫退出政治舞台。

为什么说洋务运动是中国现代化的最早尝试和启动呢？

首先，洋务派面对新的形势，提出了"中学为体，西学为用"这一最早的现代化思想。19 世纪中叶，现代化浪潮已从欧美席卷到世界各地，它打破了各国的隔绝状态，将不同的国家和民族连为一体，人类历史正经历着前所未有的巨大变化。而在中国，清王朝遇到了开国以来最大的统治危机：太平天国运动如火如荼，蓬勃发展；英、法联合发动第二次鸦片战争，"数千年来未有之强敌"凭借洋枪洋炮打败了"天朝"军队。日趋衰落的清王朝犹如一座将倾的大厦，处在风雨飘摇之中。政治统治的危机，促使统治集团发生了分化，出现了新的组合——洋务派。他们面对"三千年未有之大变局"（李鸿章语），提出了应变的思想，即"中学为体，西学为用"。然而应当指出，洋务派主张"中体西用"，"实已是一革命性的态度"。从实践上看，这一思想不再像经世派提出的"师夷之长技以制夷"的主张那样停留在书本上和口头上，而对当时的社会产生了有效的影响，它具有冲破传统思想的禁锢，开阔人们视野，引导人们追求新知的积极作用。即以当时设立的学堂而论，尽管每所学堂以及每次派遣留学生几乎都强调"以义理为体，以格致为用"，但在整个教学过程中，实际上是以西学为主的。有的只是规定"仍兼讲中学"：有的只是说"汉文经学，原当始终不已"，并不列为正式课程；有的只是要求学生在"闲暇"时阅读一些史鉴之类的书。当发现某些学生偏重中学、荒废西学时，还认为是背离了设立学堂的宗旨而着力加以整顿。毫无疑问，"中体西用"思想是中国最早的现代化理论，它使中国人迈出了由"传统人"向"现代人"转变的脚步。

其次，洋务运动从西方引进先进技术和机器生产，实现了中国从手工业制造转入机器生产的起步。美国比较现代化学者布莱克指出，在人类历

史中，有三次伟大的革命性转变：第一次革命性转变发生在 100 万年前，原始生命经过亿万年的进化以后，出现了人类；第二次革命性转变是人类从原始状态进入文明社会；而第三次革命性转变则是近几个世纪正在经历中的事，全世界不同的地域、不同的民族和不同的国家从农业文明或游牧文明逐渐过渡到工业文明。社会学者、历史学者一般把人类历史上的第三次大转变理解为现代化。从这个意义上说，洋务运动就成了中国现代化运动的起点。

1861 年初，清政府宣布设立总理衙门和北洋与南洋两位通商大臣，是洋务运动的先声，然后以派员采购外洋船炮并自行仿造为开路，随之在各地建立起一批机器局、船政局、枪炮厂等军事工业。70 年代洋务运动进入了一个新的阶段，洋务派在继续兴办军事工业的同时，又着手兴办民用工业。洋务企业尽管受当时社会历史条件的种种限制，机械化的程度还很低，各企业内部仍大量使用手工劳动，但它们毕竟引进了西方先进的机器和工艺，在生产技术方面发生了空前的大变革，使中国破天荒出现了现代工业文明的曙光。再则，无论是军事工业还是民用工业，其主导产业为钢铁、矿产、铁路和棉纺织业，即当时所谓"机器矿路"。这是符合工业发展本身的规律的。生产工具和科学技术属于社会生产力。在洋务派创办的军事企业中，已较普遍地采用了雇佣劳动，大部分工人都是自由出卖劳动力的雇佣劳动者，他们的工资大体上是按照技术高低而决定的。例如：在江南制造总局，"华匠学徒，按日点工给价"；"内地工匠、小工则人无定数，视工务之缓急为衡；价有等差，较技艺之优劣为准"。这显然存在着资本主义剥削关系。而洋务派创办的民用工业，在性质上与军事工业相比则有很大的不同，它们不仅大量雇佣工人，而且以私人投资为主，所生产的产品计价出售，有明确的利润目的，进行的是商品生产。企业中很明显地存在着现代资本主义的生产关系。总之，洋务运动使中国迈出了由"传统社会"向"现代社会"转变的第一步，中国社会现代化的进程从此真正开始。

下面，我们再探讨一下洋务运动之所以失败的原因：

洋务运动最终失败了，因为其"自强"、"求富"的目标并未实现。洋务运动虽然作出了不少成绩，但并没有使中国走上富强道路。探究洋务运动失败的原因，其根本原因是其"中学为体，西学为用"的宗旨，即只改经济制度，不改政治制度。根本败因：只新其貌、而不新其心。洋务运动在当时的中国，其失败命运是不可避免的。

首先，在不触动腐朽的封建专制的前提下，洋务派试图利用西方资本主义的某些长处来维护封建专制统治，这种手段和基础的矛盾，使洋务运动注定是不可能成功的。同时，洋务运动处处受到顽固派的阻挠和破坏，从而加大了洋务运动开展的阻力。

其次，洋务派本身的阶级局限性，决定了他们既是近代工业的创办者和经营者，也是其摧残者和破坏者，其封建衙门和官僚式的体制，必定导致洋务企业的失败。

再次，洋务运动的目的之一是抵御外侮，但洋务派在主持外交活动中，坚持"外须和戎"，对外妥协投降，他们所创办的近代企业有抵御外侮和"稍分洋人之利"作用，但却不能改变中国半殖民地半封建社会的地位。甲午战争，洋务派标榜的"自强"、"求富"目标未能实现，洋务运动基本失败。洋务派提倡"中学为体，西学为用"，希望利用先进的技术来维护封建统治，改革不触动封建制度。因为改革只吸收西方先进技术，但没有学习借鉴西方的先进技术，因此必定会走上失败道路。

最后，当时的大多数中国人对洋务知之甚少，思想还处于被愚昧迷信和封建礼教束缚的阶段。

日本明治维新成功的经验正在于其"脱亚入欧"，全盘西化，既变"体"又变"用"。而洋务运动的失败正在于其"一手欲取新器，一手仍握旧物"，只变"用"而不变"体"，"只想新其貌、而不想新其心"。洋务运动的失败告诉我们，"中国特色"有足够的资本可以自吹自擂，但固守"中学为体"，拒绝从善如流的民主体制，是不可能领跑于世界的。

十、"李约瑟难题"折射中华文明困境

英国近代生物化学家和科学技术史专家李约瑟所著《中国的科学与文明》（即《中国科学技术史》），对现代中西文化交流影响深远。他关于中国科技停滞的"李约瑟难题"也引起了各界关注和讨论。

李约瑟（1900～1995年），英国伦敦人，著名生物化学专家、汉学家，英国剑桥大学李约瑟研究所名誉所长。数次来到中国，先后任英国驻华使馆科学参赞，中英科学合作馆馆长，1946年赴巴黎任联合国教科文组织自然科学部主任。李约瑟一生著作等身，被誉为"20世纪的伟大学者"、"百科全书式的人物"。著有《中国科学技术史》、《化学胚胎学》、《中国科学》、《科学前哨》及《中国神针：针灸史及基本原理》等著作。

李约瑟长期致力于中国科技史的研究，撰著《中国科学技术史》。1954年，李约瑟出版了《中国科学技术史》第一卷，一举轰动了西方汉学界。他在这部计有34分册的系列巨著中，以浩瀚的史料、确凿的证据向世界表明："中国文明在科学技术史上曾起过从来没有被认识到的巨大作用"，"在现代科学技术登场前十多个世纪，中国在科技和知识方面的积累远胜于西方"。

随即，李约瑟正式提出了著名的"李约瑟难题"："如果我的中国朋友们在智力上和我完全一样，那为什么像伽利略、托里拆利、斯蒂文、牛顿这样的伟大人物都是欧洲人，而不是中国人或印度人呢？为什么近代科学和科学革命只产生在欧洲呢？……为什么直到中世纪中国还比欧洲先进，后来却会让欧洲人着了先鞭呢？怎么会产生这样的转变呢？"

为什么资本主义和现代科学起源于西欧而不是中国或其他文明？这就是著名的李约瑟之谜。李约瑟的问题其实是：为何近现代科技与工业文明没有诞生在当时世界科技与经济最发达繁荣的中国。欧洲经历了一千年宗教的黑暗时期，希腊、罗马的古代典籍也被欧洲中世纪的焚书毁灭，欧洲从阿拉伯帝国保存的希腊、罗马古籍复兴了希腊、罗马文化的同时，消化吸收了中华文明的科技与产业、体制与文艺等成就，从而诞生了近现代科技与工业文明。

从《马可·波罗游记》到哥伦布发现新大陆，欧洲掀起了文艺复兴与研究东方文明的热潮。从 1643 年牛顿诞生到 1765 年瓦特蒸汽机开启工业革命、1783 年美国独立战争结束，欧美进入了工业文明时代；然而，1840 年的中国却进入了鸦片战争时期。1840 年前后，英国的机器化生产已基本取代手工业生产，1831 年英国科学家法拉第发现电磁感应现象，1847 年西门子－哈尔斯克电报机制造公司建立，开启了电气化时代。从马可·波罗的诞生到工业革命电气化的开始，欧洲经历了约 600 年的努力终于彻底超过了中国。

李约瑟难题是一个两段式的表述：第一段是：为什么在公元前 1 世纪到公元 16 世纪之间，古代中国人在科学和技术方面的发达程度远远超过同时期的欧洲？中国的政教分离、选拔制度、私塾教育和诸子百家为何没有在同期的欧洲产生？第二段是：为什么近代科学没有产生在中国，而是在 17 世纪的西方，特别是文艺复兴之后的欧洲？李约瑟难题的实质内容在于中国古代的经验科学领先世界 1000 年，但为何中国没有产生近代实验科学，这是关于两种科学研究范式的起源问题。

"李约瑟难题"很耐人寻味，它犹如科学王国一道复杂的"高次方程"摆在了世人面前。众所周知，中国是享誉世界的文明古国，在科学技术上也曾有过令人自豪的灿烂辉煌。除了世人瞩目的四大发明外，领先于世界的科学发明和发现还有 100 种之多。美国学者罗伯特·坦普尔在著名的《中国，文明的国度》一书中曾写道："如果诺贝尔奖在中国的古代已经设立，各项奖金的得主，就会毫无争议地全都属于中国人。"当然，这是不可能的。然而，从 17 世纪中叶之后，中国的科学技术却如同江河日下，跌入

窘境。据有关资料，从公元 6 世纪到 17 世纪初，在世界重大科技成果中，中国所占的比例一直在 54% 以上，而到了 19 世纪，剧降为只占 0. 4%。中国与西方为什么在科学技术上会一个大落，一个大起，拉开如此之大的距离？这就是李约瑟觉得不可思议，久久不得其解的难题。

对"李约瑟难题"追本溯源，我们得知早在李约瑟之前，就有人提出与"李约瑟难题"相类似的问题。早在 17 世纪，来中国的传教士们就已经注意到中国科学的"落后问题"。早期的传教士利玛窦所著《利玛窦中国札记》是继西班牙作者门多萨的《中华大帝国史》以后首部系统全面介绍中国科学技术的著作。利玛窦之后来中国的法国传教士巴多明是早期提出"落后问题"的第一人。由传教士们对中国的介绍以及他们关于"中国科学落后问题'的评论，17 至 18 世纪的欧洲甚至掀起了一场研究中国的"狂潮"。一些著名的思想家和科学家，如波义耳、莱布尼茨、卡悉尼、伏尔泰、奎斯勒、休谟、狄德罗和孟德斯鸠等都对中国科学技术给予过关注。

20 世纪初，当中国新文化运动达到高潮时，"落后问题"也成为中国学者讨论的热门话题。1915 年，任鸿隽，中国科学社和《科学》杂志的创始人，在 1915 年《科学》杂志第一卷上发表了题为《说中国无科学之原因》的文章。此后，许多中国学者加入了对这一问题的讨论。如梁启超和冯友兰都对这类问题发表过意见。

事实上，进入 20 世纪之后，对"科学"的认识与反思正是中国现代化的主要命题之一。在 1919 年的五四运动中，青年学生高举的两面"大旗"，一是德先生（民主 Democracy），一是赛先生（科学 Science）。在 1923 年，胡适说："近三十年来，有一个名词在国内几乎做到了无上尊严的地位；无论懂与不懂的人，无论守旧维新的人，都不敢公然对他表示轻视或戏侮的态度。那个名词就是'科学'。"而林语堂则在《吾土吾民》一书中写道："希腊人奠定了自然科学的基础，埃及人发展了几何学与天文学，连印度人都发明了自己的语法学，这都以分析性思维为基础，但中国人却未能发展自己的语法学，数学与天文学的知识大多是由国外引进的……他们只喜欢道德上的陈词滥调……缺乏的正是这样一种科学的世界观。"

李约瑟的工作正是对这些思考的历史性延续，他给出的结论也许并不是最重要的，最重要的正是问题本身。1944 年，值中国科学社庆祝成立 30 周年之际，李约瑟曾出席在贵州湄潭举行的年会，并发表《科学与中国文化》的演讲。在演讲中，他首次批评了一些西方和中国学者此前提出的关于中国古代没有科学的论证。他说中国古代哲学非常接近于科学解释，中国人的发明创造对全世界都产生了巨大影响。因此，基本的问题是为什么近代实验科学，以及与之相关的理论体系产生在西方而不是在中国？这里，李约瑟实际上已经非常清楚地提出了后来所谓的"李约瑟难题"。

现任李约瑟研究所所长古克礼 2003 年谈到"李约瑟难题"时说到，李约瑟关于这个问题的结论是：过去 2000 年中国存在着一个封建官僚制度，这种制度产生了两种效应。其正面效应是：中国通过科举制度选拔了大批聪明的、受过良好教育的人。他们的管理使得中国社会井然有序，可以使中国非常有效地发展科技。在这方面，中国比罗马帝国衰亡后直至近代的欧洲具有明显优势。其负面效应是：权力高度集中的制度，再加上通过科举选拔人才的做法，使得新观念很难被社会接受，技术开发领域几乎没有竞争。而在同一时期的欧洲，技术开发领域存在着较强的竞争。在这方面，自秦朝以后的中国不但比不上相同时期的欧洲，甚至比不上春秋战国时期的中国。春秋战国时期部分地区由于不同诸侯国之间的竞争，使得整个中国产生了大量智力成果。

李约瑟在《中国科学技术史》中不仅提出了问题，而且花费了多年时间与大量精力，一直努力地试图寻求这个难题的谜底。虽然他所寻求的答案还缺乏系统性和深刻性，就连他自己也不甚满意，但却为我们留下了探索的足迹，为这个难题的解答提供了有价值的思维成果。

李约瑟从科学方法的角度得到的答案是：一是中国没有具备宜于科学

成长的自然观；二是中国人太讲究实用性，很多发现滞留在了经验阶段；三是中国的科举制度扼杀了人们对自然规律探索的兴趣，思想被束缚在古书和名利上，"学而优则仕"成了读书人的第一追求。李约瑟还特别提出了中国人不懂得用数字进行管理，这对中国儒家学术传统只注重道德而不注重定量经济管理是很好的批评意见。

李约瑟在研究中发现，由于中国关于技术的发明主要起于实用，往往知其然而不深究其所以然。若与西方相较，中国这许多技术发明的后面，缺少了西方科学史上那个特殊精神，即长期而系统地通过数学化来探求宇宙的奥秘。所以中国史上虽有不少合乎科学原理的技术发明，但并未发展出一套体用兼备的系统科学。

李约瑟把西方科学界所形成的"现代科学"看作大海，一切民族和文化在古代和中古所发展出来的"科学"则像众多河流，最后都归宿于此大海，他并且引用了"百川朝宗于海"这一生动成语来比喻此现象。很显然，他将"科学"从文化的整体脉络中抽离了出来，作为一种特殊的事象来处理。不但如此，他基本上认为中国和西方的科学传统走的是同一条路，今天已汇聚在"现代科学"之中。李约瑟相信，中国科学的"殊途"并不妨碍将来"同归"于"现代科学"。

李约瑟还从政治制度的层面对中国科学的落后进行了审视。他认为，中国是世界上仅有的中央集权超过2000年的国家，自秦统一六国之后，就形成了一套严密的"封建官僚制度"。

这种制度的正面效应是，使中国非常有效地集中了大批聪明的、受过良好教育的人，他们的管理使得中国社会井然有序，并使中国发展了以整体理论、实用化研究方法的科技。比如中国古代天文学取得了很大成就，其数据至今仍有借鉴价值，再比如大运河的修建等。而这种制度的负面效应是，使得新观念很难被社会接受，新技术开发领域几乎没有竞争。在中国，商业阶级从未获得欧洲商人所获得的那种权利，历代的"重农抑商"政策造成对商业活动的压抑与滞后。

在此前，另一位伟大人物爱因斯坦也曾就此发表过自己的看法。爱因斯坦在 1953 年给美国加利福尼亚州圣马托的斯威策的一封信是这样写的："西方科学的发展是以两个伟大的成就为基础的，那就是：希腊哲学家发明的形式逻辑体系以及（在文艺复兴时期）发现通过系统的实验可以找出因果关系。在我看来，中国的贤哲没有走上这两步，那是用不着惊奇的。要是这些发现果然都作出了，那倒是令人惊奇的事。"

不难看出，这封信包括两个部分，第一部分指明了近代科学的两个基础或两个前提，即形式逻辑体系和通过科学实验发现因果关系。现在要问：从精神产品、知识体系的角度看，科学是不是以此为基础呢？爱因斯坦在谈到科学的评价标准时曾经明确指出，第一，"理论不应当同经验事实相矛盾"，他称之为理论的"外部的证实"或实验证实；第二，关于理论本身的前提即"逻辑的简单性"，他称之为"内在的完备"。这两条标准已得到了广泛承认。

在该信的第二部分即有关中国的部分中，爱因斯坦指出了中国古代贤哲没有迈出形式逻辑体系和通过系统的实验发现因果关系这两步，说白了，也就是中国古代没有达到近代科学的两个基础。爱因斯坦进一步指出，中国的贤哲没有走上这两步是用不着惊奇的，倘若走上了这两步倒是值得惊奇的。从中国古代文化的特点、从中国古代文化与希腊古代文化的差异来看，不能不承认爱因斯坦之言的严峻与深刻性。

我国的社会学家吴景超在 1935 年的《独立评论》中，就提出了类似于后来常说的"李约瑟难题"，并给予了回答。

"中国的自然科学不发达，第一便是因为中国人的聪明才智，没有用在这个上面。一个民族的知识分子，其用心的对象，并不是私人的意志决定的，而是环境的学术空气代为决定的。中国自西汉以后，知识分子的心力，都用在儒家的几部经典上面。在这种工作上面，我们的祖宗，也曾表示了许多难能而并不可贵的本领。譬如背诵十三经，首尾不遗一字，有许多儒者便做到了。我还遇到过能背《汉书》的人。但还没有听人说过，西

方有什么学者，能背诵柏拉图的《共和国》，或卢梭的《民约论》。这种耐心、这种毅力，假如改变了途径，用在自然科学上面，不见得就没有成就罢。一个在自然科学上没有下过功夫的民族，对于自然科学，自然没有成绩可说。但没有下过功夫，并非不能下功夫，这一点我们是要认识清楚的。"

"第二，我们的自然科学所以不发达的原因，乃是由于我们在建筑文化基础的过程中，受别个文明国家的益处太少。我们偏在东亚，而世界上的文明国家，大多数都在西方。我们与他们，因为过去交通不便的缘故，接触是很少的，所以他们所产生的文明，我们不能借来做我们的文化基础。换句话说，我们的文化基础，在19世纪以前，虽然已经含了不少外来的成分，但大体可以说是我们自己建筑起来的。欧洲各国，因彼此距离很近，一国的发明，不久便成为各国共同的所有品，所以他们的文化基础，可以说是各国共同建筑起来的。研究瑞典文化的人曾估计过，瑞典文化中，外来的成分，比自己创造的成分为多。这是西方各国占便宜的地方，也就是我们吃亏的地方。假如在中世纪时代，欧洲与中国，交通便有今日的方便，那么他们在文艺复兴以后的文化，便可一点一点的传入中国，成为我们的文化基础。也许中国便有一部分人，受了这种文化的影响，便加入工作，加入自然科学的研究。真能如是，我们今日一定有很光荣的发明可以自豪了。"

在西方语境中，science是认知层面上的源自古希腊自然哲学的关于自然界的系统的定量化的知识。它有一些具体的学科，如物理、化学、地质、生物等。而技术则是实践层面上的为达到特定目的而使用的方法。李约瑟问题之所以出现，乃在于将科学与技术混为一谈。常被用来证明中国古代科学技术强盛的四大发明，其实都是技术，而且都是来自经验的技术。把科学、技术和科学技术分开考虑，李约瑟问题就可重新表述如下：中国古代的技术一度领先世界，为什么到了近代落后了？对这个问题的答案是：因为西方有了科学，有了科学的技术。

其实，无论是李约瑟的"重农抑商"，还是吴景超的"闭关尊儒"，其实都在于统治阶层采取的"愚民政策"使然。于是，自汉董仲舒"独尊儒术"以来，民间功利主义盛行其道。科学有什么用？能直接给我们带来金钱和地位吗？答案无疑是否定的，于是乎即使中国出现了像墨子这样的比较具有科学思想的哲学家，一样是不被重视的。因为没有实用功利价值！

决定科学盛衰的钥匙在哪里？"李约瑟难题"及其解答给我们带来的启示应该是明确和清醒的，这就是要以战略性的眼光和任务，把大力培育科学精神赖以生长的沃土和大大加快科技人才培养的步伐，切实作为我们伟大而古老的中华民族自立于世界强手之林的关键性链条和杠杆性环节。只有这样，我们才能赶超先进、重塑辉煌，才能迎来日新月异、鸟语花香的科学春天！

如今的时代，我们似乎是幸运的，对此我总是怀有敬畏之心。中国政府的较开明的对外对内政策，终于打破了中国 2000 年的轮回噩梦，启动了中国经济现代化的发展引擎，相信中国一定会有一个光明的未来。

第二章 伟大转折：改革开放的新长征

一、改革开放 30 年的思想解放历程

从人类长期发展的历史看，思想解放是人类进步的先导。无论社会制度的更替、科学技术的重大进展还是民族的伟大振兴都首先是由于思想的解放。中国改革开放 30 余年社会主义现代化建设取得举世公认的辉煌成就，不断解放思想是主要的法宝。回顾 30 余年中国思想解放的历史进程，具有重要的历史价值和现实意义。

（一）打破精神枷锁，冲破"两个凡是"，领导和支持真理标准问题大讨论，其结果是启动 30 年思想解放的历史进程

1978 年的中国正处在一个重大的历史关头。持续十年之久的"文化大革命"内乱虽然以 1976 年 10 月粉碎"四人帮"而宣告结束，但长期"左"倾错误造成的巨大历史惰性力，却使中国这艘航船一时难以返回正确的航线。特别是当时中共中央主要负责人 1977 年 2 月正式提出和坚持

"凡是毛主席作出的决策，我们都坚决维护，凡是毛主席的指示，我们都始终不渝地遵循"的方针，等于给人们戴上了新的枷锁，禁锢着人们的思想和行动，这就引起了党和人民群众的强烈不满。

怎样走出"文革"内乱带来的严重危机，继续担负起带领人民创造幸福生活，实现中华民族伟大振兴的历史使命？以邓小平为代表的中国共产党人以其远见卓识、丰富的政治经验和高超的领导艺术，在千头万绪中抓住决定性环节，从端正思想路线入手，启动了思想解放的历史进程。1977年4月10日，还没有恢复工作的邓小平针对"两个凡是"的方针，从理论高度指出"我们必须世世代代地用准确的完整的毛泽东思想来指导我们全党、全军和全国人民。"5月24日，邓小平在一次谈话中又一针见血地指出："'两个凡是'不符合马克思主义。"老一辈革命家陈云、徐向前、聂荣臻等也纷纷发表讲话或撰写文章，不赞成"两个凡是"，而强调"实事求是"。但是，"两个凡是"的方针仍然占据着主导地位，影响了拨乱反正和各项工作的顺利进行。

由此在1978年5月爆发了针对"两个凡是"错误方针的关于真理标准问题的大讨论。这标志着中国共产党执政意识和使命意识的觉醒，也标志着连续30年的思想解放的正式启动。

（二）"思想僵化就要亡党亡国"，确立解放思想实事求是的思想路线，其结果是创立建设有中国特色的社会主义理论，开辟中国特色的社会主义道路

在1978年底召开的中共中央工作会议上，邓小平再次疾呼："一个党，一个国家，一个民族，如果一切从本本出发，思想僵化，迷信盛行，它就不能前进，它的生机就停止了，就要亡党亡国。"在这次为期36天的中央工作会议上，邓小平、叶剑英、陈云、胡耀邦等依靠民主集中制原则和集体的力量，冲破了"两个凡是"的禁锢。

特别是邓小平在中央工作会议闭幕会上《解放思想，实事求是，团结一致向前看》的讲话，把解放思想与实事求是相连，这一创造性的发展，使党的思想路线更为完备，为紧接着召开的十一届三中全会确定了主题和方向，更成为新时期解放思想、改革开放的宣言书，并把由真理标准问题大讨论开启的思想解放运动转化为改革开放和社会主义现代化建设的伟大实践。

中共十一届三中全会以后，解放思想，实事求是的思想路线得到切实的贯彻。这体现在中共中央果断地否定"文化大革命"，从以阶级斗争为纲转到以经济建设为中心上；正确地认识过度集权计划体制的弊端，积极地推动经济体制改革；客观认识时代的发展变化，果断将对外开放确立为基本国策，建立经济特区；从经济发展的实际出发，果断地对国民经济实行调整改革整顿提高的方针；坚持实事求是的方针，继续平反冤假错案；吸取"文化大革命"的教训，针对权力过分集中和个人专断，推动党和国家领导制度的改革；科学地对待毛泽东和毛泽东思想，作出建国以来党内若干重大历史问题的决议等。

随后，邓小平为代表的中国共产党人进一步提出："甚至于包括什么叫社会主义这个问题也要解放思想。""什么是社会主义，什么是马克思主义？我们过去对这个问题的认识不是完全清醒的。"在中共十二大正式提出"建设有中国特色的社会主义"的战略思想，提出"一国两制"的方针，在中共十二届三中全会上阐述有计划的商品经济理论并推动全面改革开放；在中共十三大系统阐述社会主义初级阶段理论和党的基本路线，形成了中国特色社会主义的理论框架。

正是由于思想大解放，中国共产党人和中国人民以一往无前的进取精神和波澜壮阔的创新实践，开辟了改革开放的历史新时期，开始重新探索中国特色社会主义道路，创立中国特色社会主义理论体系。

（三）不敢解放思想，就会丧失时机，解放思想就要冲破姓"资"姓"社"的束缚，其结果是确立社会主义市场经济体制和推动新一轮的改革开放

1992 年，中国又进入了一个重大的历史关头。为了明确回答在东欧剧变、特别是苏联解体后社会主义的前途命运如何；为了中国能抓住机遇、加速发展、扩大开放，实现中华民族的振兴；为了明确回答党内和社会上出现的关于姓"社"姓"资"的争论。邓小平在 1992 年发表了被称为关于解放思想、改革开放第二个宣言书的"南方谈话"。

在这次"南方谈话"中，邓小平指出：改革开放迈不开步子，不敢闯，说来说去就是怕资本主义的东西多了，走了资本主义道路。要害是姓"资"还是姓"社"的问题。有的人认为，多一分外资，就多一分资本主义，"三资"企业多了，就是资本主义的东西多了，就是发展了资本主义。这些人连基本常识都没有。邓小平还强调：计划多一点还是市场多一点，不是社会主义与资本主义的本质区别。他说：发展才是硬道理。这个问题要搞清楚。如果分析不当，造成误解，就会变得谨小慎微，不敢解放思想，不敢放开手脚，结果是丧失时机，犹如逆水行舟，不进则退。"没有一点闯的精神，没有一点'冒'的精神，没有一股气呀、劲呀，就走不出一条好路，走不出一条新路，就干不出新的事业。"

邓小平的南方谈话，再次引导人们解放思想，冲破姓"资"还是姓"社"的束缚。其直接结果是：中国共产党人在中共十四大将社会主义市场经济体制确定为中国经济体制改革的目标。其结果还有，抓住战略机遇，把中国的改革开放和社会主义现代化建设推向新的发展阶段。

中共十五大进一步解放思想，确定了中国特色社会主义的基本纲领。基本纲领的内容突破了传统的社会主义模式。其经济方面强调：实行公有制为主体、多种所有制经济共同发展的基本经济制度；实行市场在国

家宏观调控下对资源配置起基础性作用的社会主义市场经济体制；实行按劳分配为主体的多种分配方式；积极参与国际经济合作和竞争的对外开放政策；人民共享经济繁荣成果的经济制度。政治方面强调：实行中国共产党领导、人民当家作主和依法治国有机统一；坚持和完善人民民主专政、人民代表大会制度和共产党领导的多党合作、政治协商制度以及民族区域自治制度；发展民主，健全法制，建设社会主义法治国家。文化方面强调：以培育有理想、有道德、有文化、有纪律的公民为目标，发展面向现代化、面向世界、面向未来的，民族的科学的大众的社会主义文化；努力提高全民族的思想道德素质和教育科学文化水平；建设社会主义精神文明。

（四）把解放思想、理论创新作为历史责任，其结果是创立"三个代表"重要思想，把"伟大事业"和"伟大工程"全面推向新世纪

在 20 世纪与 21 世纪之交，又是一个重大的历史关头。在新世纪将要到来的时刻，中国已经在社会主义基础上进入小康社会，大踏步走向繁荣富强。这种巨大的历史变化使中国既面对着有利的战略机遇，也面对着严峻挑战。世纪之交国际竞争日趋激烈，经济、科技上同发达国家的差距给中国继续带来很大压力，中国自身发展还有许多困难。能否抓住机遇，历来是关系革命和建设兴衰成败的大问题。中国共产党在过去曾抓住了重要历史机遇，也丧失过某些机遇。怎样才能抓住机遇，实现中华民族的伟大复兴？

以江泽民为代表的中国共产党人深深感到对中华民族的命运担负着崇高的历史责任。他们深刻认识到"要不断解放思想、实事求是、与时俱进。"江泽民公开郑重地表态说："我现在的责任，也可以说我的历史责任，就是要带头解放思想，勇于进行理论探索和创新。"在这重大的历史关头，即 2000 年前后，是江泽民强调解放思想、开拓创新比较集中的时期。他强调：创新是一个民族进步的灵魂，是一个国家兴旺发达的不竭动力，也是一个政党永葆生机的源泉。创新，包括理论创新、体制创新、科技创新及其他创新。科学的本质就是创新。思想解放、理论创新，是引导社会前进的强大力量等。

为了推进思想的进一步解放，把带头解放思想作为自己历史责任的江泽民郑重地提出了"三个解放出来"和"两个坚定不移"的著名论断。他《在庆祝中国共产党成立八十周年大会上的讲话》中指出："解放思想、实事求是，是引导社会前进的强大力量。社会实践是不断发展的，我们的思想认识也应不断前进，应勇于和善于根据实践的要求进行创新。要坚持实践是检验真理的唯一标准，在党的基本理论指导下，一切从实际出发，自觉地把思想认识从那些不合时宜的观念、做法和体制中解放出来，从对马克思主义的错误的和教条式的理解中解放出来，从主观主义和形而上学的桎梏中解放出来。"在国防大学发表的《科学对待马克思主义》的讲话中，江泽民指出："一是必须坚持马克思主义的立场、观点、方法，坚持马克思主义的基本原理。这一点，要坚定不移，不能含糊。二是一定要贯彻解放思想、实事求是的思想路线，坚持勇于追求真理和探索真理的革命精神。这一点，也要坚定不移，不能含糊。"

这次思想解放的直接结果，以江泽民为代表的中国共产党人，在建设中国特色社会主义的实践中，加深了对什么是社会主义、怎样建设社会主义和建设什么样的党、怎样建设党的认识，积累了治党治国治军新的宝贵经验，在国内外政治风波、经济风险等严峻考验面前，依靠党和人民，捍卫中国特色社会主义，创建社会主义市场经济新体制，确立依法治国新方略，开创全面开放新局面，推进党的建设新的伟大工程，创立"三个代表"重要思想，把中国特色社会主义建设的伟大事业，执政党建设的伟大工程全面推向新世纪。

（五）强调解放思想是一大法宝，其直接结果是突破传统的发展模式，确立科学发展观等一系列战略思想

中共十六大以来，中国的发展站在了新的历史起点上，面对复杂多变的国际形势和繁重艰巨的改革发展任务，以胡锦涛为总书记的中共中央，继续坚持解放思想、实事求是、与时俱进这个马克思主义活的灵魂。勇于变革、勇于创新，永不僵化、永不停滞，不为任何风险所惧，不被任何干扰所惑。把解放思想作为适应新形势、认识新事物、完成新任务的根本思想武器。

在新阶段肩负起伟大使命的中国共产党人深刻地认识到：在中国十几亿人实现社会主义现代化的伟大进程中，中国经济社会发展取得了举世瞩目的伟大成就，中国人民的面貌、社会主义中国的面貌、中国共产党的面貌发生了历史性变化。但也清醒地认识到在新世纪新阶段国际国内局势更加复杂，长期积累的贫富差距、地区差距，城乡差距，生态环境恶化，权力腐败严重，部门利益膨胀，社会治安混乱，群体性事件以及民生方面出现看病贵、上学贵、房价高、就业难等问题更趋尖锐。如何解决这些世界上的一系列第一难题？在今后几十年内，使十几亿人民走上生产发展、生活富裕、社会和谐、生态良好的文明发展道路；努力使全体人民学有所教、劳有所得、病有所医、老有所养、住有所居，建设和谐社会；建设资源节约型、环境友好型社会，实现速度和结构质量效益相统一，经济发展与人口资源环境相协调，使人民在良好的生态环境下生产生活，实现经济社会永续发展。照抄照搬其他发展模式、别国经验是不会成功的，仍然需要继续解放思想。科学发展观就是为解决大难题提出的大智慧、大战略。是新一轮解放思想的集中成果。

科学发展观还是在充分肯定新中国成立以来，特别是改革开放新时期以来中国已经取得举世瞩目发展成就的基础上，从新世纪新阶段的实际出发，适应现代化建设需要，努力把握发展的客观规律，汲取人类关于发展的有益成果，着眼于丰富发展内涵、创新发展观念、开拓发展思路、破解发展难题提出来的。科学发展观，是对中共三代中央领导集体关于发展的重要思想的继承和发展，是马克思主义关于发展的世界观和方法论的集中体现，是同马克思列宁主义、毛泽东思想、邓小平理论和"三个代表"重要思想既一脉相承又与时俱进的科学理论，是中国经济社会发展的重要指导方针，是发展中国特色社会主义必须坚持和贯彻的重大战略思想。提出科学发展观，是中国共产党对社会主义市场经济条件下经济社会发展规律在认识上的重要升华，是党执政理念的一个飞跃，具有重要的现实意义和深远的历史意义。

中共十六大以来确立科学发展观、提出推进社会主义和谐社会建设、创新型国家建设、社会主义新农村建设，确立新的区域发展战略，加强党的先进性建设和执政能力建设，构建和谐世界等就是这个时期进一步解放思想的直接结果。

总之，改革开放30余年的伟大实践证明，中国经济社会的每一步大发展，都伴随着一次思想大解放。而每一次思想大解放，都进一步发展了中国特色社会主义理论体系，拓展了中国特色社会主义道路。实践还将证明，发展永无止境，创新永无止境，解放思想也永无止境。我们要突破前人，后人也必然要突破我们。这是社会前进的基本规律。中国共产党和中国人民以连续30年的思想解放，创造了世界近代以来连续30年的发展奇迹，今后还会继续坚持思想解放，创造更辉煌的人类发展奇迹。

二、历史的转折：中共十一届三中全会

中共十一届三中全会，是建国以来党的历史上具有深远意义的伟大转

折。这次全会标志着伟大的社会主义改革开放揭开序幕，建设有中国特色社会主义的道路开始开辟，当代中国的马克思主义开始逐步形成和发展起来，中国也开始进入了社会主义事业发展的新时期。

（一）重大历史关头：邓小平发表"北方谈话"

中国共产党自诞生之日起就勇敢担当起的历史使命是：带领中国人民创造幸福生活、实现中华民族伟大复兴。在履行这个神圣而光荣百年使命的过程中，党取得了伟大而辉煌的成就，也发生了持续十年之久的"文化大革命"这样的曲折道路。

发生这样的曲折，从根本上说，是因为作为执政党的中国共产党，在"文革"时期坚持"无产阶级专政下继续革命的理论"和"以阶级斗争为纲"的指导思想和路线，没有抓住中国社会的主要矛盾，即"人民日益增长的物质文化需要同落后的社会生产之间的矛盾"而造成的。

由于客观的社会主要矛盾要求党和国家把解放和发展社会生产力作为党的中心任务，而当时党和国家工作的指导思想和路线却偏离了中心任务。以周恩来、邓小平等为代表的党内健康力量曾为扭转这种偏向进行了艰难的斗争，并在全国四届人大一次会议上再次强调了要实现"四个现代化"，实际上是再次提出完成历史使命的愿望，但遇到了江青、张春桥等人的激烈反对。

这种矛盾在"文化大革命"后期就以严重激化的形态表现出来，这就是1976年爆发的"四五运动"。这是一场党内健康力量和人民群众为悼念周恩来、反对"四人帮"、支持邓小平而进行的斗争。但从更深的层次分析，实质是中国共产党和人民群众为尽快发展社会生产力，迅速实现现代化这个百年历史使命这一历史潮流的涌动。

党内健康力量和人民群众的斗争虽然受到压制，但党心民心却在凝聚，历史潮流是不可抗拒的。经过复杂激烈的斗争，1976年10月，以华国锋、叶剑英等为代表的中央政治局一举粉碎"四人帮"，为中国共产党继续承担百年历史使命创造了机遇。

在这个重大的历史关头，邓小平、陈云、胡耀邦等就是使命意识开始觉醒的杰出代表。粉碎"四人帮"后的 10 月 12 日，胡耀邦就让人转告当时的中共中央主席华国锋和副主席叶剑英：说现在我们党的事业面临着中兴的大好时期，并明确地提出"中兴伟业，人心为上"。

1977 年 5 月，华国锋曾强调说："把我们的国家从贫穷落后的半殖民地半封建的弱国，变成伟大的社会主义的现代化强国，这是 20 世纪中国工人阶级和中国人民的历史使命。"

同年的 10 月 21 日，《人民日报》刊登了足以影响上百万人命运甚至国家前途的文章，向全国昭示——恢复高考。而恢复高考是为了快出人才，加快完成建立无产阶级知识分子队伍的重大战略任务，完成我国工人阶级和全国人民伟大而光荣的历史使命。

1978 年 3 月，邓小平在全国科学大会上更是明确指出："在 20 世纪内，全面实现农业、工业、国防和科学技术的现代化，把我们的国家建设成为社会主义的现代化强国，是我国人民肩负的伟大历史使命。"

可以认为，强调"中兴伟业"和"伟大历史使命"不是偶然的，这是中国共产党经过"文革"十年噩梦后，其历史使命意识的伟大觉醒。中国共产党执政，就是通过掌握全国政权，发展经济政治文化社会国防外交事业而实现中华民族伟大复兴这一历史使命。简略地说，就是立党为公，执政为民。

"文化大革命"结束后，中国的发展不但落后于老牌的资本主义发达国家，甚至落后于亚洲新兴的"四小龙"；即韩国、新加坡以及中国的台湾和香港地区。具有强烈历史使命意识和执政责任感的中共中央领导人，利用"文化大革命"已经结束的条件，开始酝酿加快发展社会生产力和实现现代化，实现建设一个伟大的社会主义现代化强国，进而实现民族复兴的目标。

1978年9月13日，中共中央副主席邓小平从朝鲜访问回国。在东北各城市及天津唐山等地，他发表了著名的"北方谈话"。

13日下午，邓小平到辽宁本溪。在本溪，邓小平强调：现在就是要好好向世界先进经验学习。傍晚他赶往大庆油田。14日考察大庆油田并听取油田负责人的工作汇报后，又不顾疲劳赶赴哈尔滨。15日在哈尔滨，邓小平与黑龙江省和大庆石油管理局的负责人见面时说："我们国家的体制、包括机构体制等，基本上是从苏联来的，人浮于事、机构重叠，官僚主义发展。"他强调："有好多体制问题要重新考虑。总的说来，我们的体制不适应现代化，上层建筑不适应新的要求。"

15日晚，邓小平离开哈尔滨到吉林省长春市。第二天邓小平在长春听取吉林省领导人的工作汇报后，有针对性地提出："实事求是，开动脑筋，要来一个革命。"他还明确地批评了"两个凡是"不是高举毛泽东思想的旗帜，毛泽东思想的精髓是"实事求是"。思想深刻的邓小平从唯物史观的高度指出："按照历史唯物主义的观点来讲，正确的政治领导的成果，归根结底要表现在社会生产力的发展上，人民物质文化生活的改善上。"特别值得注意的是，邓小平从执政的高度指出："如果在一个很长的历史时期内，社会主义国家生产力发展的速度比资本主义国家慢，还谈什么优越性？我们要想一想，我们给人民究竟做了多少事情呢？"

17日，邓小平来到辽宁省沈阳市，在会见辽宁省负责人时指出：归根到底是要发展生产力。我们太穷了，太落后了，老实说对不起人民。

18日，邓小平来到中国钢铁工业的主要基地鞍山钢铁公司。他强调："社会主义要表现出它的优越性，哪能像现在这样，搞了20多年还这么穷，那要社会主义干什么？"

在这次"东北谈话"中，邓小平反复强调："我们一定要根据现在的有利条件加速发展生产力，使人民的物质生活好一些，使人民的文化生活、精神面貌好一些。"

邓小平这次北方之行的多次讲话，集中地反映了他在历史转折前夕的理论思考，其重要观点后来形成为第一个解放思想、实事求是的宣言书，也就是中共十一届三中全会主题报告《解放思想，实事求是，团结一致向前看》中的主要内容。

期间，其他中央领导也曾多次就中国的前途命运发表谈话。中共中央副主席叶剑英指出，许多同志对"从经济基础到上层建筑的深刻革命"思想准备不足。说这些人"前怕狼后怕虎，墨守成规，因循守旧，思想就是不解放，不敢往前迈出一步。""为什么不怕两千多年来遗留下来的手工业生产方式继续保存下去，不怕中国贫穷落后，不怕中国人民不答应这样的现状？"

党内元老陈云尖锐地指出当时的情况，他说："革命胜利 30 年了，人民要求改善生活。有没有改善？有。但不少地方还有要饭的。这是一个大问题。"革命胜利 30 年，实际就是中国共产党在全国执政 30 年。

以上言论我们可以看出中国共产党对自己执政 30 年的认真反省。可以说，经过这种反省，以邓小平为代表的中国共产党人执政为民的思路已经清晰，这就是要解放思想、实事求是，要加速发展生产力，要改革体制、对外开放，要提高人民的物质、文化和精神生活水平。

这标志着中国共产党执政意识的高度觉醒。

（二）中共中央工作会议：改变中国的 36 天

1978 年 11 月 10 日~12 月 15 日，中共中央工作会议在北京京西宾馆召开。这次会议历时 36 天，是启动伟大的历史性转折的一次极其重要的会议。它为中共十一届三中全会的召开作了充分的准备。

从当时全国的总形势看，"文化大革命"结束后，在党的领导下，尤其在老一辈革命家的努力下，国家各个方面的工作虽还受到"两个凡是"的干扰，但还是有了一定进展。尤其是在"实践是检验真理惟一标准"大

讨论的推动下，中共党内主张纠正"文化大革命"错误，探索社会主义建设新道路的力量在增长。党内老革命家及时地向党中央提出召开中共十一届三中全会的倡议。经过中共中央政治局常委会同意决定召开这次中央全会。为开好三中全会，决定先于 11 月 10 日召开中共中央工作会议。

11 月 10 日，中央工作会议在北京举行。参加这次会议的有各省、市、自治区和各大军区的主要负责人，有中央党、政、军各部门和群众团体的主要负责人，共 213 人。中国共产党和人民共和国的主要领导人几乎全部聚集到这里来了。

10 日下午举行会议的开幕式，中共中央主席华国锋首先发表讲话说，中央政治局决定这次会议的议题是：讨论如何进一步贯彻以农业为基础的方针，尽快把农业生产搞上去的问题。会上要发两个文件，一个是《关于加快农业发展速度的决定》的讨论稿；一个是《农村人民公社工作条例（试行草案）》的讨论稿。商定 1979、1980 两年国民经济计划的安排。

华国锋接着说，这次会议是一次很重要的会议。中央政治局决定，在讨论上面这些议题之前，先讨论一个问题，这就是从明年 1 月起，把全党工作的着重点转移到社会主义现代化建设上来，动员全党全军全国各族人民，同心同德，鼓足干劲，全力以赴，为加快我国社会主义现代化建设而奋斗。这是一个关系全局的问题，是我们这次会议的中心思想。

实现党的工作重心的转移，是参加这次会议全体人员的共同愿望，是大家都同意的。但是，以什么作为指导实现工作重点转移的方针，却有不同意见。有人设想在不改变"以阶级斗争为纲"、坚持"两个凡是"的指导思想下实现工作重点的转移。以邓小平、陈云等为代表的大多数与会者，则主张把工作重点转移与纠正党内长期以来"左"的指导思想，解决"左"倾错误的后果结合起来。用陈云的话说：不如此，就不能真正地实现工作重点的转移。这一正确主张，在会下的议论中彼此传播着，并随之在分组讨论中以尖锐的形式表现出来。

11 月 12 日，陈云在东北组发言，对党的历史上的若干重大问题提出新看法。他说，他完全同意中央从明年起把工作着重点转到社会主义建设上来。但中央应当考虑和决定一些影响大涉及面很广的问题。陈云提出了六个问题，包括薄一波同志等六十一人所谓叛徒集团一案；关于所谓自首分子的问题；关于陶铸同志、王鹤寿同志的所谓叛徒问题；关于彭德怀问题；关于天安门事件；关于康生等问题。

陈云的上述意见，反映了人们要求实事求是重新评价"文化大革命"中的重大事件和"文革"前的某些重要的历史问题，而这些问题又都不同程度地直接涉及毛泽东。

陈云的意见博得与会同志的热烈响应，会议气氛马上活跃起来。更重要的是，陈云的发言还提示人们，要解决历史上遗留下来重大问题，要有一种解放思想，实事求是，敢于冲破禁区的精神。这就是陈云自己经常说的、在这次会议上再次重申的："不唯书，不唯上、只唯实"，"全面、比较、反复"的精神。

13 日下午，工作会议召开第二次全体会议。按照原计划，从当天下午开始，会议转入讨论农业问题，用六天时间。但是，分组讨论中，与会者的兴奋点仍然在解决历史遗留问题上，而且越说越热烈。要求对"二月逆流"、"批邓反击右倾翻案风"、"一月革命"风暴、彭真、陆定一等人的问题，进行重新审查，重新作结论。

14 日，邓小平从国外回到北京，参与会议的领导工作。

12 月 8 日晚，中央政治局召开会议，对中央工作会议的结束和十一届三中全会的召开作了安排。

随后，与会同志继续讨论进行改革的问题和对外开放等问题。应该说这也是一种大势所趋。

在讨论深入进行，并取得成果的情况下，从确定党的指导思想这一大的角度考虑，与会同志们希望这次会议能够统一思想，因而要求中央的主要负责人能对这个问题表个态。这也是中央工作会议的最大特点之一，就是党的主要领导人在闭幕会上作了自我批评。

12月13至15日为中央工作会议的第三阶段。13日举行中央工作会议闭幕会，召开第四次全体会议也是最后一次全体会议。邓小平、叶剑英、华国锋先后发表讲话。

1978年12月13日，邓小平在中央工作会议的闭幕会上发表了重要讲话。这篇收入《邓小平文选》中题为《解放思想，实事求是，团结一致向前看》的讲话，主要分为四大部分：一是解放思想是当前的一个重大政治问题；二是民主是解放思想的重要条件；三是处理遗留问题为的是向前看；四是研究新情况，解决新问题。

这篇讲话明确地指出：解放思想，开动机器，实事求是，团结一致向前看，首先是解放思想。只有思想解放了，我们才能正确地以马列主义、毛泽东思想为指导，解决过去遗留的问题，解决新出现的一系列问题，解决实现四个现代化的具体道路、方针、方法和措施，正确地改革同生产力迅速发展不相适应的生产关系和上层建筑。

关于真理标准问题的讨论，邓小平给予高度的评价。他说：目前进行的关于实践是检验真理的唯一标准问题的讨论，实际上也是要不要解放思想的争论。大家认为进行这个争论很有必要，意义很大。从争论的情况来看，越看越重要。一个党，一个国家，一个民族，如果一切从本本出发，思想僵化，迷信盛行，那它就不能前进，它的生机就停止了，就要亡党亡国。

邓小平在讲话中着重强调改革。他说：现在，我们的经济管理工作，机构臃肿，层次重叠，手续繁杂，效率极低。政治的空谈往往淹没一切。这并不是哪一些同志的责任，责任在于我们过去没有及时提出改革。但是如果现在再不实行改革，我们的现代化事业和社会主义事业就会被葬送。

我们要学会用经济方法管理经济。自己不懂就要向懂行的人学习，向外国的先进管理方法学习。不仅新引进的企业要按人家的先进方法去办，原有企业的改造也要采用先进的方法。在全国的统一方案拿出来以前，可以先从局部做起，从一个地区、一个行业做起，逐步推开。中央各部门要允许和鼓励它们进行这种试验。试验中间会出现各种矛盾，我们要及时发现和克服这些矛盾。这样我们才能进步得比较快。等等。

邓小平的这篇讲话，提出了实现历史转变和进行现代化建设所面临的最重大、最迫切的问题，明确了党在今后的主要任务和前进方向，是在"文化大革命"结束以后，中国面临向何处去的重大历史关头，冲破"两个凡是"的禁锢，开辟新时期新道路、开创建设有中国特色社会主义新理论的宣言书，实际上成为中共十一届三中的主题报告。

12 月 15 日，中共中央工作会议闭幕。

（三）中共十一届三中全会：改革开放的伟大抉择

中共中央工作会议结束后第三天，1978 年 12 月 18 日至 22 日，中国共产党第十一届中央委员会第三次全体会议在北京京西宾馆举行。出席会议的有中央委员、候补中央委员和中央有关部门负责人共 290 人。

12 月 18 日晚举行开幕式，19 至 22 日全会分六个大组审议文件和讨论。邓小平《在中共中央工作会议上的讲话》，即《解放思想，实事求是，团结一致向前看》的讲话实际上成为全会的主题报告。全会的具体议程是讨论通过中央政治局关于从 1979 年 1 月起，把全党工作的着重点转移到社会主义现代化建设上来的建议，同时审议通过关于农业问题的两个文件和今后两年国民经济计划安排，讨论人事问题和选举成立中央纪委检察委员会。22 日晚举行闭幕会，通过《中国共产党第十一届中央委员会第三次全体会议公报》等文件，陈云、华国锋发表讲话，会议闭幕。

十一届三中全会实现了建国以来党的历史上的伟大转折。这个伟大转折，是全局性的，根本性的。主要体现在以下几方面：

1. 重新确立实事求是的思想路线

实现思想路线的拨乱反正，是十一届三中全会首要的成果。十一届三中全会否定了"两个凡是"，重新恢复和确立了解放思想，实事求是的思

想路线。以邓小平为代表的中国共产党人的重大贡献，在于把解放思想与实事求是相连，这一创造性的发展，使这条思想路线更为完备。这条思想路线是邓小平理论的精髓，也是开辟建设中国特色社会主义道路的根本指导思想。正如邓小平后来所说："我们总结了我国革命和建设正反两个方面的经验，从1978年党的十一届三中全会开始，制定了一系列新的方针政策，这些方针政策、归根到底就是恢复和坚持毛泽东同志提出的实事求是的思想路线，根据这条思想路线来探索中国怎样建设社会主义。"

2. 确定以经济建设为中心的政治路线

中共十一届三中全会果断地停止使用"以阶级斗争为纲"的口号，做出了"把全党工作的着重点和全国人民的注意力转移到社会主义现代化建设上来"的战略决策，实现了早在50年代中期已经提出却一直没有完成的工作重点的历史性转变，从而确定了党在新的历史时期以经济建设为中心的政治路线。这表明中国共产党已经走出20年"左"倾错误的误区，开始进入社会主义现代化建设的正确轨道。

3. 重新恢复正确的组织路线

全会实现了组织路线上的拨乱反正，通过总结历史经验教训，坚决纠正"残酷斗争、无情打击"的那一套，恢复党在解决党内问题上的优良传统。决定健全党规党法，并强调实行集体领导。会议还指出，一定要保障党员向上级领导直至中央常委提出批评性意见的权利，一切不符合党的民主集中制和集体领导原则的做法应该坚决纠正。会议还要求少宣传个人，提倡党内一律称同志，不要叫官衔；任何担任领导职务的党员包括中央领导同志的个人意见，不要叫指示。

这次会议实际上形成了以邓小平为核心的新的中央领导集体。为了适应社会主义现代化建设繁重任务的需要，全会决定加强党的领导机构，充实领导成员。陈云、邓颖超、胡耀邦、王震被选为中共中央政治局委员，陈云被选为中共中央政治局常委、中共中央副主席。全会决定重新建立党的纪律检查委员会，陈云被选为中央纪委第一书记，邓颖超被选为第二书记，胡耀邦被选为第三书记。全会以后，虽然华国锋仍担任中共中央主席，但就确定党的指导思想、决定改革开放的重大方针政策来说，邓小平实际上已经成为中共中央领导集体的核心。

4. 实行改革开放的伟大抉择

中共十一届三中全会做出了实行改革开放的伟大抉择。全会公报明确提出："实现四个现代化，要求大幅度地提高生产力，也就必然要求多方面地改变同生产力发展不适应的生产关系和上层建筑，改变一切不适应的管理方式、活动方式和思想方式，因而是一场广泛、深刻的革命"。"对经济管理体制和经营管理方法着手认真的改革，在自力更生的基础上积极发展同世界各国平等互利的经济合作，努力采用世界先进技术和先进设备，并大力加强实现现代化所必须的科学和教育工作"。公报还强调："全党目前必须集中主要精力把农业尽快搞上去"，对于几亿农民"必须在经济上充分关心他们的物质利益，在政治上切实保障他们的民主权利"，这对于启动中国农村改革起了积极作用。可以说，通过进行思想路线、政治路线、组织路线和历史是非的拨乱反正，改革开放的总方针已经确立。以三中全会为开端，中国迈开改革开放的步伐，开始走上实现社会主义现代化的新道路。

5. 解决了若干重大历史是非问题

在这次会议开始了系统地清理重大历史是非的拨乱反正。在会议期间，解决了历史上遗留的一批重大问题和重要领导人的功过是非问题，会议强调和提出了"实事求是，有错必纠"的原则和平反冤假错案"还要抓紧解决"的任务。会议期间中央做出的九项决定，不仅是平反几个冤假错案问题，而且是对党的历史是非上的拨乱反正。不仅对"文化大革命"时期的许多历史是非进行了拨乱反正，而且对"文化大革命"前的历史是非也进行了拨乱反正。全会公报还宣布要在适当时机对"文化大革命"中的错误作为经验教训加以总结。这就为后来否定"文化大革命"创造了条件。

6. 强调加强民主法制建设，恢复民主集中制的传统

十一届三中全会和之前的中共中央工作会议，发扬了党内民主，领导层中多数人的意志能够在中央会议上表达，最高领导人的错误也能够在中央会议上得到纠正。这种既有民主又有集中的制度和原则一经恢复，就为党和国家正确地进行决策提供了可靠的保障，使执政的共产党完全有能力、有希望通过民主集中制来预防错误的发生，及时纠正已经发生的错误，或避免重犯过去的错误。

全会公报强调："为了保障人民民主，必须加强社会主义法制，使民主制度化、法律化，使这种制度和法律具有稳定性、连续性和极大的权威，做到有法可依，有法必依，执法必严，违法必究。从现在起，应当把立法工作摆到全国人民代表大会及其常务委员会的重要议程上来。检察机关和司法机关要保持应有的独立性；要忠实于法律和制度，忠实于人民利益，忠实于事实真相；要保证人民在自己的法律面前人人平等，不允许任何人有超越于法律之上的特权。"三中全会提出要尽快完善国家的法制，表明中国共产党对社会主义现代化建设的整体性，经济建设与政治建设和法制建设的辩证统一等多方面关系的认识提高一大步。标志着中国社会主义民主和法制建设，也就是社会主义政治建设进入了新的发展时期。

7. 发展毛泽东思想，创造中国特色社会主义新理论的开端

这次会议廓清了粉碎"四人帮"以来束缚人们思想的重大的思想理论是非，路线是非，实现了这些方面的拨乱反正，也就为创造新理论扫清了障碍。三中全会公报指出："党中央在理论战线上的崇高任务，就是领导、教育全党和全国人民历史地、科学地认识毛泽东同志的伟大功绩，完整地、准确地掌握毛泽东思想的科学体系，把马列主义、毛泽东思想的普遍原理同社会主义现代化建设的具体实际结合起来，并在新的历史条件下加以发展。"这实际上提出了在毛泽东逝世后继续发展毛泽东思想的问题，这是反对"两个凡是"的逻辑的结论。三中全会提出的理论发展和创新，不仅体现在邓小平的主题报告中，也体现在全会提出和研究的许多新情况、新问题，中央解决这些问题的各项决定中，说明党已经立足于新的实践，开始把马克思列宁主义同当代中国实际和时代特征相结合，在改革开放和社会主义建设的实践中发展起来的建设有中国特色的社会主义理论体系。

　　8. 确立新的外交路线

　　会议公报提到了不久前缔结的中日和平友好条约和刚刚达成的中美建交公报，实际上肯定了当时确定的外交路线，标志着新时期独立自主的外交路线开始实行。由此开始进一步打开对外关系新局面，逐步做出关于战争危险、时代主题的新判断和外交战略的新转变，并为国家集中力量进行社会主义现代化建设和实行改革开放创造有利的国际环境。

　　总之，1978 年 12 月的中共十一届三中全会，从根本上摆脱了长期"左"倾错误的严重束缚，端正了党的指导思想，搞清了历史上和理论上的大是大非问题，重新确立了马克思主义的解放思想，实事求是的思想路线，确立了以经济建设为中心的政治路线和以民主集中制为主要内容的组织路线，开始开辟在改革开放中实现社会主义现代化的新道路和创立建设有中国特色社会主义的新理论，形成了以邓小平为核心的新一代中央领导集体。实现了由以阶级斗争为纲转向以经济建设为中心，由封闭和半封闭转向开放和全方位的开放，由固守成规到各方面的改革。这一切充分说明：十一届三中全会开辟了中国共产党和中华人民共和国历史的新篇章，是具有划时代意义的里程碑。

三、中国改革为什么最先从农村突破

　　改革首先在农村突破，是指在中国的广大农村改变人民公社时期的生产方式，实行联产承包责任制和废除人民公社政社合一的体制，进而解放

了生产力，农民的生活水平较迅速地得到提高。中共十一届三中全会做出了实行改革开放的伟大抉择。实际上在十一届三中全会前，各级党委特别是中共中央高层就开始酝酿实行改革并进行了试点。

（一）体制改革的酝酿和试点

1978 年中共十一届三中全会前，邓小平等领导人就根据中国的实际和时代的要求，提出了改革开放的伟大任务。如 1978 年 10 月，邓小平在中国工会第九次代表大会上指出：在本世纪末实现社会主义的四个现代化的伟大目标。这是一场根本改变我国经济和技术落后面貌，进一步巩固无产阶级专政的伟大革命。这场革命既要大幅度地改变目前落后的生产力，就必然要多方面地改变生产关系，改变上层建筑，改变工农业企业的管理方式和国家对工农业企业的管理方式，使之适应于现代化大经济的需要。……因此，各个经济战线不仅需要进行技术上的重大改革，而且需要进行制度上、组织上的重大改革。进行这些改革，是全国人民的长远利益所在，否则，我们不能摆脱目前生产技术和生产管理的落后状态。

在实际工作中，也开始推动改革开放的进行。如 1978 年 10 月，四川就开始在重庆钢铁公司、成都无缝钢管厂、宁江机床厂、四川化工厂、新都县氮肥厂和南充钢厂等六个企业进行扩大企业自主权的试点。不久，试点企业扩大到 100 个企业，改革也取得了若干成效。

但是，中国农业大国的国情决定了中国的改革必须率先从农村获得突破并取得进展。受尽资本帝国主义欺辱、掠夺、压迫的半殖民地半封建的旧中国，是一个落后的农业大国，农村的落后程度在全世界都是罕见的。

中国共产党夺取全国政权后，带领全国各族人民进行了中国历史上前所未有的经济政治文化社会和国防建设，取得举世瞩目的成就。但是，后来由于"文化大革命"这一全局性的错误，国家的各项建设没有达到预期的目标，特别是农村、农业、农民问题没有解决好。

这正如中国共产党党内著名经济专家陈云所说："九亿多人口，百分之八十在农村，革命胜利30年了还有要饭的，需要改善生活。我们是在这种情况下搞四个现代化的。"

为什么会出现这种情况？除历史原因外，当时的管理体制和观念比较僵化也是重要的原因。如邓小平就尖锐地指出："我在广东听说，有些地方养三只鸭子就是社会主义，养五只鸭子就是资本主义，怪得很！农民一点回旋余地没有，怎么能行？农村政策、城市政策中央要清理。各地也要清理一下，零碎地解决不行，要统一考虑。"安徽、四川等地在当时省委的指导下，开始在农村进行体制改革的试点。

但经济体制改革在农村取得了突破。这首先是农民发挥了首创精神，特别是安徽、四川等地的农民率先实行联产承包责任制（包产到户）和突破农村人民公社体制，为中共中央实施农村改革政策提供了实践基础。而中共中央把改革的突破口和重点放在农村，则是符合中国实际的战略选择。

（二）"包产到户"的命运

20世纪50年代中期实行农业合作化以后，中国的农业生产力在农村集体经济的基础上有了一定提高，在消除农民极端贫困方面起了一定作用。但是，1958年以后实行"政社合一"的人民公社体制，束缚了生产力的发展。虽然后来经过调整，实行"三级所有，队为基础"后，情况又有所恢复，但由于公社体制经营管理过于集中僵化，农民缺少自主权，分配上存在着严重的平均主义倾向，干活"大呼隆"、分配"大锅饭"，这种体制仍然缺乏内在的激励机制，影响了中国农村生产力水平和农民生活水平的提高。

以"包产到户"为主要形式的农业生产责任制，在新中国建设的历史

上，是一个非常敏感而又非常复杂的问题。它是中共中央主席毛泽东在中共八届十中全会重提阶级斗争的一个导火索，也是毛泽东对党内一部分同志失去信任，以至同中央副主席刘少奇等关系破裂的重要因素之一。

对适合中国农村生产力水平的农业生产责任制的探索，实际上在1956年实现高级合作社时就在全国部分地区出现了。如浙江省温州地区永嘉县在这一年实行"包产到户"，到1957年秋，已经发展到1000多个社。"包产到户"的社员占社员总数的15%。实行家庭承包以后，社员的生产积极性大大提高，各级干部也减轻了负担。但在当时，这种来自农业第一线的可贵尝试在党内受到反对，被"纠正"了。

由于生产责任制符合中国农村的实际，在1959年至1961年三年困难时期，全国有一些省区再次出现了"包产到户"。比较突出的是安徽省在这期间开始在全省推行"责任田"，实际上就是"包产到户"。这次实行"包产到户"，得到刘少奇、陈云、邓小平等党和国家领导人的支持。邓子恢还在中共中央党校作报告，提出不能把"包产到户"说成是单干，因为土地、生产资料是集体所有，不是个体经济等观点。但这种认识当时没有为人们充分理解。

毛泽东在1962年8月在北戴河中央工作会议上否定了"包产到户"的作法，认为实行包产到户，不要一年，就可以看出阶级分化很厉害：一方面是贪污多占、放高利贷、买地、讨小老婆，其中包括共产党员、共产党的支部书记；一方面是破产，其中有四属（军、工、烈、干属）户、五保户。为此，毛泽东严厉批判了邓子恢等提倡实行包产到户的领导人。问题被毛泽东主席提到如此高度，当时的"包产到户"被迫停下来。

到"文化大革命"时期，包产到户更成为刘少奇的所谓"罪状"之一，遭到猛烈批判。由于长时期把包产到户同资本主义、修正主义联系在一起，搞包产到户就等于搞资本主义、修正主义，似乎成了一个不变的公式。甚至十一届三中全会原则同意的关于农业的决议，也留有"不许包产到户"的思想痕迹。可见要突破这个问题上的禁区，是何等地艰难。

114

（三）实行联产承包责任制

十一届三中全会后不久，中共中央发出《关于加快农业发展若干问题的决定（草案）》和《农村人民公社工作条例（试行草案）》，其中虽然说"不许包产到户"，但肯定了包工到组、联产计酬的管理方式。这也是一次思想解放，毕竟比过去实行的那种"集中劳动"、"平均分配"等管理方式前进了一步。

实际上，由于人民公社体制没能调动广大农民的生产积极性，中国农业长期没有得到应有的发展。到"文化大革命"结束时期，中国农村还有两亿多人没有解决温饱问题。中共中央已经高度注意到："1978 年全国平均每人占有的粮食大体上还只相当于 1957 年，全国农业人口平均每人全年的收入只有 70 多元，有近四分之一的生产队社员收入在 50 元以下，平均每个生产大队的集体积累不到一万元，有的地方甚至不能维持简单再生产。"

在中共十一届三中全会以前，广大农民对当时实行的一套农业生产管理方式就日益不满，已经在酝酿着改革。在有些地方，包产到户的生产方式在暗地里并没有间断过。如安徽、四川等省已经出现分组作业、小段包工等联产计酬责任制，但大多还处在秘密状态。

比较突出的是安徽省凤阳县的小岗村，村里的 18 户农民秘密签订了实行"大包干"的协议，实行联系粮食产量，"交够国家的，留足集体的，剩下都是自己的"大包干，这在当时是冒着很大的政治风险的。

随着真理标准问题讨论的开展，特别是十一届三中全会以后，人们的思想得到了解放。尽管在 1979 年 1 月 11 日发到各省、市、自治区讨论和试行的《中共中央关于加快农业发展若干问题的决定（草案）》和《农村人民公社工作条例（试行草案）》的文件，还只是提出实行责任制，不允许实行包产到户。但几个月内，全国有三分之一的社队实行了包产到组。

《人民日报》对这些情况及时给予连续报道，并发表述评性文章，在全国产生了重大影响。

1979年3月12日至24日，中央农委邀请广东、湖南、四川、江苏、安徽、河北、吉林七省农村工作部门和安徽全椒、广东博罗、四川广汉三县的负责人召开座谈会，讨论建立健全农业生产责任制问题。会上围绕着联产计酬特别是包产到户进行了热烈争论。最后形成的意见是：目前多数地方，还是实行包产到组、定额计酬，不许包产到户；深山、偏僻地区的孤门独户，可以包产到户。现在春耕已到，不论采用什么形式的责任制，都要很快定下来，以便全力投入春耕。

上面提到的会议期间的3月15日，《人民日报》发表了"一个机关干部的来信"，认为包产到组就是解散社会主义集体经济。这封《人民日报》发表并写了编者按的信，给刚刚开始的农村改革带来不小的压力。

但坚持实事求是的思想路线已经确立，包产到组在实践中促进农业生产发展的效果明显表现出来，这种生产方式也获得越来越多的赞同和支持。5月20日，《人民日报》发表了题为《调动农民积极性的一项有力措施》的文章，对包产到组的生产形式作了肯定。这可以说是联产承包责任制的初步发展时期，这一期间主要是发展包产到组，而包产到户只在少数地区实行。

但是，"包产到户"在当时仍然遭到非议。当时安徽省委第一书记万里遭到指责，遇到了强大压力。在1979年6月18日召开五届人大二次会议开幕式会议休息时，万里到大会主席团对陈云说，安徽一些农村已经搞起了包产到户，怎么办？陈云答复："我双手赞成"。

1979年9月25日至28日，中共十一届四中全会正式通过了《中共中央关于加快农业发展若干问题的决定》，由于这个文件非常重要，1979年10月6日《人民日报》公开发表了这个文件。文件说："可以按定额记工分，可以按时记工分加评议，也可以在生产队统一核算和分配的前提下，包工到作业组，联系产量计算劳动报酬，实行超产奖励。不许分田单干。

除某些副业生产的特殊需要和边远山区、交通不便的单家独户外，也不要包产到户。"细心的人会发现这些规定已经与十一届三中全会的规定出现了不同。

1979 年底，在中国农业经济学会发起的学术讨论会上，安徽代表介绍了肥西县实行包产到户、凤阳县实行大包干的经验，引起了广大干部、农民以及理论工作者的注意。特别是凤阳县"交够国家的，留足集体的，剩下都是自己的"大包干的经验，得到了人们的关注。包干到户这种形式的生产责任制开始发展。

1980 年 5 月，邓小平对"包产到户"和"包干到户"做出了明确表态。他说："农村政策放宽以后，一些适宜搞包产到户的地方搞了包产到户，效果很好，变化很快。安徽肥西县绝大多数生产队搞了包产到户，增产幅度很大。"凤阳花鼓"中唱的那个凤阳县，绝大多数生产队搞了大包干，也是一年翻身，改变面貌。有的同志担心，这样搞会不会影响集体经济。我看这种担心是不必要的。"

1980 年，人们的思想进一步解放，全国农村人民公社经营管理会议提出"不要与搞包产到户的农民群众对立"的问题。9 月，中央召开省、市、自治区党委第一书记座谈会，形成了《关于进一步加强和完善农业生产责任制的几个问题》的会议纪要。这个纪要在中央的文献上首次正式提出：在我国当前的具体条件下实行的包产到户，是依存于社会主义经济，而不会脱离社会主义轨道，没有复辟资本主义的危险，因而并不可怕。这一重要论断，打破了二十多年来套在"包产到户"头上的枷锁，可以说是具有历史意义的思想解放。此后"包产到户"和"包干到户"进一步在全国范围内实行。到 1982 年 6 月，全国实行"双包"（"包产到户"、"包干到户"）的生产队已经占 86.7%。

1982 年下半年，中共中央制定了《当前农业经济政策若干问题》（1983 年 4 月 10 日公布）。文件明确指出：这种联产承包制是社会主义集体经济所有制经济中"分散经营和统一经营相结合的经营方式"，"在这种

经营方式下，分户承包的家庭经营只不过是合作经济中一个经营层次，是一种新型的家庭经济。它和过去小私有的个体经济有着本质的区别，不应混同。"到 1983 年初，全国实行"双包"的生产队进一步发展到占总数的 93%，其中绝大多数是包干到户。实行以"双包"为主要形式的家庭经营，克服了集体经济中长期存在的生产上的"大呼隆"和分配上吃"大锅饭"的弊病，解决了我国农业长期以来没有解决的体制问题。

在此期间，1979 年国务院决定大幅度地提高农副产品的收购价格，包括粮食、棉花、油料、糖料、畜产品、水产品、林产品等 18 种主要农副产品的收购价格，同时降低农业机械、化肥、农药、农用塑料等农用工业品的价格。1979 年农副产品收购价格总指数提高了 20.1%。1980 年继续提高了羊皮、红麻、木材、生漆、桐油等价格，农副产品收购价格总指数在 1979 年的基础上又提高了 7.1%。这两年农副产品的提价，是新中国成立以来幅度最大的一次。由于生产的增长和价格的提高，全国农民两年中增加了 300 亿元的收入。

在人民公社的体制下，对农村经济的管理采取一种僵化的计划管理方式，即由国家将主要农副产品的收购任务及产量、播种指标下达到省、县，由县组织完成。县为了保证完成国家计划，又将指标层层下达到公社、生产大队、生产队。由于"左"的思想影响，各级干部中往往不按经济规律办事，滥用行政命令，瞎指挥之风盛行，指令性指标越来越多。一些地方连生产队的哪块地种什么，什么时候种，施什么肥，什么时候收割，等等，都要具体规定，严重地挫伤了农民的生产积极性。

1979 年 9 月，为了切实保障生产队的生产经营自主权，中共中央发出《关于加快农业发展的若干规定》，规定农村人民公社的基本核算单位，有权因地制宜地进行种植，有权决定增产措施，有权决定经营管理方法，有权分配自己的产品和现金，有权抵制任何领导机关的领导人的瞎指挥。执行这一《规定》，各地对农业计划管理办法作了改进，除向生产队下达主要农产品的收购指标外，不再规定产量和播种面积。许多地方采取同生产队签订合同的办法，生产队承担农产品的交售任务，有关部门负责供应农用生产资料。生产队在保证完成国家收购任务的前提下，可以根据自己的实际情况种植和布局，农业生产安排逐步趋向合理。

上述几项改革措施，加上国家多年来对水利设施的投入，特别是以中国著名水稻专家袁隆平培育的杂交水稻等新兴科学技术的广泛应用，中国很快初步解决了农民的温饱问题，创造了用占世界7%的耕地，养活了22%的人口的奇迹。

（四）农村人民公社体制的改革

农村联产承包责任制的普遍推行，农村人民公社体制越来越显示出其严重的弊端。由于公社体制严重地束缚了生产力，越来越不适应商品生产的发展，从1979年前后，一些县社开始进行人民公社体制改革的试点并取得经验。

中国农村体制的这项重大改革试点是分两步进行的，先是进行政社分开，随后进行撤社建乡。从1979年9月开始，四川省的广汉、邛崃、新都等县，吉林省的榆树、怀德、农安等县，甘肃省的古浪、文县，河北省的栾城县以及浙江、广东、辽宁、安徽省的若干公社，都进行了人民公社制度的改革试点。

比较早地进行人民公社体制改革试点的是四川省广汉县的向阳人民公社。1979年9月，广汉县选择向阳人民公社进行政、社分开的试点。他们把人民公社的干部分为行政、农副业、企业三个班子。行政班子由6人组成，负责抓全社的日常行政事务，以及民政、青年、妇女、民兵、治保、调解、文教、卫生等工作；农副业班子由分管生产、水利、会计等工作的6名干部和4名分管技术工作的人员组成；企业班子由4人组成，负责抓全社的社队企业工作。

1980年3月，广汉县委请示四川省委，提出要摘下人民公社的牌

子，建立乡人民政府，大队改为村。得到四川省委主要领导的支持并指示：先在一个公社搞，如果不成功，改过来就行了，一个公社影响也不大。

随后，广汉县委正式作出决定，在向阳人民公社进行撤社建乡的试点，撤销向阳公社党委，建立向阳乡党委，撤销向阳人民公社，建立向阳乡人民政府。

由于这项重大改革涉及 1975 年《中华人民共和国宪法》上关于"农村人民公社是政社合一的组织"的规定，引起了全国人大常委会的重视。1981 年夏天，国家民政部部长程子华受全国人大副委员长彭真的委托，到广汉县进行撤社建乡的调查。随后，这项重大的改革引起极大关注。

1982 年 4 月 12 日，中共中央、国务院发出《关于〈宪法修改草案〉中规定农村人民公社政社分开问题的通知》。通知指出：《宪法修改草案》按照改变现行的政社合一的人民公社体制的原则，规定设立乡人民政府，人民公社为集体经济组织，不再兼负政权职能。当前以及将来《宪法》正式通过以后的一两年内，各地一般都应维持现有体制，继续按照中央批转的《全国农村工作会议纪要》的规定，完善各种生产责任制和整顿各种基层组织。

1982 年 12 月全国五届人大五次会议通过的《中华人民共和国宪法》，把乡列为一级行政单位建立政府。这实际上规定了实行乡级政府和人民公社分开。

1983 年 1 月，依据国家宪法，中共中央发出 1983 年 1 号文件《当前农村经济政策的若干问题》。文件指出："人民公社的体制，要从两方面进行改革，这就是，实行生产责任制，特别是联产承包制；实行政社分设。"

这期间，以包干到户为主的联产承包制得到全面推广。为了积极稳妥地做好政社分开的工作，1983 年 10 月，中共中央、国务院发布了《关于实行政社分开建立乡政府的通知》。通知中指出："当前的首要任务是把政社分开，建立乡政府。同时按乡建立党委，并根据生产的需要和群众的意愿逐步建立经济组织。要尽快改变党不管党，政不管政和政企不分的状况"。通知还要求：乡的规模一般以原有公社的管辖范围为基础，如原有公社范围过大的也可以划小；乡的编制要力求精干，不得超过原来公社的人员编制；乡人民政府建立后，要按照《中华人民共和国地方各级人民代表大会和地方人民政府组织法》的规定行使职权，领导本乡的经济、文化和各项社会建设，做好公安、民政、司法、文教卫生、计划生育等工作，随着乡政府的建立，应当建立乡一级财政和相应的预决算制度。按照这个通知，全国农村普遍有领导、有计划、有步骤地开展了实行政社分开，建立乡政府的改革。

到 1983 年年底，各省、自治区、直辖市共建乡 22 897 个，其中民族乡为 233 个，同时建立村民委员会 171 000 多个。建立乡政府的地方，初步改变了党不管党、政不管政和党政不分、政企不分的状况。政社分开后，乡党委把主要精力放在抓党的路线、方针、政策的贯彻执行方面，加强、改善了党对农村工作的领导和基层党组织的建设。乡政府集中精力对本地区的经济、文化教育、卫生等公共事业做出统筹规划，发挥了基层政权的职能作用。已经建立的村民委员会，积极办理本村的公共事务和公益事业，协助乡人民政府搞好本村的行政工作和生产建设，在群众进行自我教育、自我管理、自我服务方面起了很好的作用。

总之，从 1978 年中共十一届三中全会以来的改革开放是从农村取得突破的，这个伟大的改革，极大调动了亿万农民的积极性，极大解放和发展了农村社会生产力，极大改善了广大农民物质文化生活。更为重要的是，农村改革发展的伟大实践，为建立和完善中国社会主义初级阶段基本经济制度和社会主义市场经济体制进行了创造性探索，为实现人民生活从温饱不足到总体小康的历史性跨越、推进社会主义现代化作出了巨大贡献，为战胜各种困难和风险、保持社会大局稳定奠定了坚实基础，为成功开辟中国特色社会主义道路、形成中国特色社会主义理论体系积累了宝贵经验。

四、经济特区：中国对外开放的窗口

经济特区的定义：实行特殊经济管理体制和特殊政策，用减免税收等优惠办法和提供良好的基础设施，吸引外商投资和促进出口的特定地区。

经济特区是在我国国内划定一定范围，在对外经济活动中采取较国内其它地区更加开放和灵活的特殊政策的特别经济区。正是中国政府允许外国企业或个人以及华侨、港澳同胞进行投资活动并实行特殊政策的地区。在经济特区内，对国外投资者在企业设备、原材料、元器件的进口和产品出口，公司所得税税率和减免，外汇结算和利润的汇出，土地使用，外商及其家属随员的居留和出入境手续等方面提供优惠条件。

从特征上讲，经济特区是我国采取特殊政策和灵活措施吸引外部资金、特别是外国资金进行开发建设的特殊经济区域；从功能上讲，经济特区是我国改革开放和现代化建设的窗口、排头兵和试验场。这既是对经济特区特殊政策、特殊体制、特殊发展道路的概括和总结，也是对经济特区承担的历史使命和实际作用的概括和总结。

经济特区的目的和作用可以概括为：（1）扩大本国的对外贸易；（2）引进更多的国外资金、技术和管理经验；（3）增加就业机会，扩大社会就业；（4）加快特定地区经济发展与经济开发的速度，形成新的产业结构和社会经济结构，对全国（地区）经济发展形成吸纳和辐射作用；（5）获得更多的土地出售、出让和出租收益。

在世界经济越来越频繁的交往中，我国顺应历史潮流，于1980年建立了深圳、珠海、汕头、厦门四个经济特区。1988年海南建省，开始以更优惠的政策，更大步伐，走着一条更为艰辛，也更为辉煌的特区之路。经过30余年的努力与实践，经济特区取得了举世瞩目的成就，成为我国改革开放的窗口。经济特区从小到大，由出口特区、出口加工区到综合型多功能形态形成的发展过程，体现了中国人不倦的探索精神和无穷的创造力。

1979 年 4 月，邓小平首次提出要开办"出口特区"，后于 1980 年 3 月，"出口特区"改名为"经济特区"，并在深圳加以实施。按其实质，经济特区也是世界自由港区的主要形式之一。以减免关税等优惠措施为手段，通过创造良好的投资环境，鼓励外商投资，引进先进技术和科学管理方法，以达促进特区所在国经济技术发展的目的。经济特区实行特殊的经济政策，灵活的经济措施和特殊的经济管理体制，并坚持以外向型经济为发展目标。

为了区别于 1980 年代的经济特区，"综合配套改革试验区"常被称为"新特区"。截止 2011 年 12 月，国务院已经批准了上海浦东新区综合配套改革试点、天津滨海新区综合配套改革试验区、重庆市全国统筹城乡综合配套改革试验区、成都市全国统筹城乡综合配套改革试验区、武汉城市圈全国资源节约型和环境友好型社会建设综合配套改革试验区、长株潭城市群全国资源节约型和环境友好型社会建设综合配套改革试验区、深圳市综合配套改革试点、沈阳经济区国家新型工业化综合配套改革试验区、山西省国家资源型经济转型综合配套改革试验区和厦门市深化两岸交流合作综合配套改革试验区 10 个国家级综合配套改革试验区。2011 年，国家发改委官员表示，改革进入深化阶段，原则性不再接受新的综合配套改革试验区的申请。此外，国务院还决定设立 2 个"综合改革试验区"（区别于"配套"）：义乌市国际贸易综合改革试点和温州市金融综合改革试验区。

创办经济特区，对经济特区实行特殊的经济政策和经济管理体制，是中国实行对外开放基本国策的突破口。经济特区，是中国对外开放的试验区和窗口。用邓小平的话来说就是："特区是窗口、是技术的窗口、管理的窗口、知识的窗口、也是对外政策的窗口。"

（一）毛泽东主张对外开放，曾谋求同苏联互助合作

毛泽东是主张对外开放的。早在延安时期，他就主张引进外资进行建

设。中华人民共和国成立刚刚两个多月，毛泽东就率代表团出访苏联，谋求同苏联发展互助合作关系。在受到美国等西方国家封锁的情况下，实行对社会主义国家的开放，以加快中国的经济文化建设。苏联也确实对中国的建设给予了巨大帮助。

中国政府在取得苏联政府的援助，并对其它社会主义国家开放的基础上，也曾设法同资本主义国家进行经济交往。但是，以美国为首的西方资本主义国家长期对新中国采取孤立和封锁的政策，使中国实际上不具有对西方国家开放的客观条件。中国政府当时不急于收回香港，就有一个保留与资本主义国家进行交往的窗口的目的。60 年代中苏关系恶化后，本来就很有限的对外开放受到了严重影响，中国开始突出强调自力更生，依靠自己的力量搞建设。

尽管当时中国的外部环境非常不利，但毛泽东、周恩来等领导人在"文化大革命"中仍以战略眼光打开了中美、中日关系的大门，这期间还与西方许多发达国家建立了外交关系，并在引进国外新技术、新设备方面迈出了较大步伐。

如在"文化大革命"期间，经毛泽东、周恩来同意，1973 年开始从国外进口 43 亿美元成套设备和单机。这次大规模的引进包括 13 套大化肥、4 套大化纤、3 套石油化工、1 个烷基苯工厂、43 套综合采煤机组、3 个大电站、武钢一米七轧机等项目。到 1979 年底，这些引进项目绝大部分都建成投产，对加快国家的现代化建设发挥了较大作用。

（二）对外开放前夜的拨乱反正

但实事求是地说，当时的中国，既有帝国主义、霸权主义封锁、包围，难以对外开放的一面，也有片面强调自力更生的一面。更为严重的是，在"文化大革命"期间，对外开放，特别是对资本主义国家进行开放，就变成一个政治敏感性很强的大问题。江青集团以极"左"面目出现，将这种片面性推向极端，给引进先进技术设备扣上"崇洋媚外"、"卖国主义"，"爬行主义"等帽子，说这是"把我国工业的命运系在外国资本家的裤腰带上"，是"引狼入室"，"走李鸿章、袁世凯、蒋介石的老路"等等，在对外引进方面造成极大的思想混乱。并对执行对外开放政策的周恩来邓小平等人进行攻击甚至批判。

在粉碎江青集团后，面对十年浩劫造成的严重局势，以邓小平为代表的中国共产党人，在对外开放方面开始进行拨乱反正。在批判林彪、江青集团谬论的同时，广泛深入地向各方面的领导干部和专家学者、党外爱国民主人士宣讲：当今的世界是开放的世界，中国吃了闭关自守的苦头；毛泽东主席是主张对外交往和开放的；建国以后主要是帝国主义封锁我们，但也有我们自己孤立自己的问题；关起门来搞建设不能成功，现在有了比过去好得多的条件，使我们能够吸收国际先进技术和经营管理经验，吸收他们的资金等。

如邓小平在 1978 年 9 月在东北发表讲话说："世界在发展，我们不在技术上前进，不要说超过，赶都赶不上去，那才真正是爬行主义。我们要以世界先进的科学技术成果作为我们发展的起点。我们要有这个雄心壮志。"同年 10 月，他再次强调："关起门来，固步自封，夜郎自大，是发达不起来的。""要实现四个现代化，就要善于学习，大量取得国际上的帮助。要引进国际上的先进技术、先进装备，作为我们发展的起点。""我们引进先进技术，是为了发展生产力，提高人民生活水平，是有利于我们的社会主义国家和社会主义制度。"这一系列的工作为对外开放、打开国门作了舆论准备。

（三）派多路考察团出国"侦察"取经

1978 年是中国人走出国门、了解世界，向外国学习的一年，也是酝酿制定对外开放国策的一年。为了借鉴国外经验，加速社会主义现代化建

设，这一年党中央和国务院派出了四路考察团。即由国家计委和外经贸部有关领导组成的港澳经济考察团，由李一氓、于光远等带队的赴罗马尼亚、南斯拉夫考察团，由国家计委副主任林乎加率领的赴日本经济考察团，以及由国务院副总理谷牧带队的赴西欧五国的考察团。

这几个考察团在1978年上半年几乎是在同时相继出动，当时被人们称为共和国即将开始的大规模改革开放的"侦察兵"。几路代表团考察归来后，都写出了调查报告并提出加快中国现代化发展的具体建议，对中央高层改革开放决策产生了较大影响。

在以上几路考察团中，以谷牧为团长的西欧五国考察团最受关注。一是因为这个代表团行前，邓小平专门听取代表团团长谷牧等汇报前往西欧五国考察的准备工作情况。邓小平要求代表团在访问中，要广泛接触，详细调查，深入研究一些问题。好的也看、坏的也看，看看人家的现代工业发展到什么水平了，也看看他们的经济工作是怎么管理的。资本主义国家先进的经验、好的经验，我们应当把它学回来。还因为赴西欧考察团是中华人民共和国成立后，新中国首次向发达资本主义国家派出的国家级政府经济代表团。代表团成员除了分管经济工作的国务院副总理谷牧外，还有20余名长期从事经济工作的中央和地方各级领导干部。为了壮大出访声势，代表团还带了一个摄影、摄像组随团，全团共30多人。

从1978年5月2日到6月6日，代表团先后访问了法国、联邦德国、瑞士、比利时、丹麦五国的15个城市。一个多月的访问，使代表团成员眼界大开，所见所闻深深地震撼了每一个人的心。

当年的代表团团长谷牧回忆说："当时我理解，小平同志对于实行开放的决心已定，他正在思索和考虑的不是'要不要开放'，而是'怎么搞对外开放'。我深感这次带团出国考察责任重大，因此出去之后一直'马不停蹄'，从5月2日到6月6日一个多月内走了上述5个国家的15个城市，会见有关政界人士和企业家，参观了许多工厂、农场、港口码头、市场、学校、科研单位和居民区，尽量多收集资料信息，多思考研究问题。"

回国后，6 月下旬中央政治局专门开会听代表团汇报。谷牧着重讲了三点：（1）二战后，西欧发达国家的经济确有很大发展，尤其是科技日新月异，我们已经落后很多，他们在社会化大生产的组织管理方面也有许多值得借鉴的经验；（2）他们的资金、商品、技术要找市场，都看好与中国发展关系；（3）国际经济运作中有许多通行的办法，包括补偿贸易、生产合作、吸收国外投资等，我们可以研究采用。

谷牧发言过后，中共中央政治局展开了热烈讨论。叶剑英、聂荣臻、李先念都说，外边的情况，这次出去看清楚了，讲明白了，该是下决心采取措施实行的时候了。

6 月下旬，邓小平约见谷牧，对他讲了一番话，中心意思是：引进这件事要做，下决心向国外借点钱搞建设，要抓紧时间。

根据中央政治局的决定，7 月 6 日至 9 月 9 日，在国务院副总理李先念的主持下，国务院召开了有关部委负责人参加的关于四化建设的务虚会。

谷牧在会上报告了考察西欧五国的情况，并敞开思想讲了他的想法和意见。这次务虚会开了两个多月。会上，大家畅所欲言，认真总结新中国近 30 年的经验教训，研究外国成功经验，就如何正确运用价值规律、改革经济体制、坚持按劳分配、发展农村多种经营等问题，特别对如何加强技术引进、扩大外贸出口、采取灵活方式利用国外资金等问题，深入进行讨论，提出了许多好的意见。务虚会后，中央、国务院对这些意见又多次讨论。

在这期间，谷牧还应邀到中央党校作报告，为开展对外开放造舆论，使对外开放的重要性，逐渐为人们所认识。

（四）十一届三中全会后酝酿建立经济特区

在 1978 底召开的中共中央工作会议上，经邓颖超提议，李先念等同

意，将几个有关的材料印发给与会同志参阅，这几个材料是：《罗马尼亚、南斯拉夫的经济为什么能高速发展?》、《苏联在二三十年代是怎样利用外国资金和技术发展经济的?》、《战后日本、西德、法国经济是怎样迅速发展起来的》、《香港、新加坡、南朝鲜、台湾的经济是怎样迅速发展起来的》等。这些材料引起大家的极大兴趣。随后召开的中共十一届三中全会做出了实行改革开放的重大决策。这次全会通过的公报指出：在自力更生的基础上积极发展同世界各国平等互利的经济合作，努力采用世界先进技术和先进设备。

对外开放的决策确定后，如何具体实施，从哪里起步，选择一个什么样的突破口，并非易事。在中共中央高层的关注和支持下，经过面向世界认真分析国外经济发展情况，深入研究加速中国现代化建设的问题，广东、福建两省的领导及各界人士审时度势，积极争取。中央决定把突破口选在靠近香港、澳门、台湾地区的广东和福建两省，建立经济特区。

建立特区也经历了一个不平凡的过程。1979年1月，国务院负责经济工作的副总理李先念批发了广东省、交通部联合向国务院报送的《关于我驻香港招商局在广东宝安建立工业区的报告》。这可以说是建立深圳特区的重要准备。

4月下旬，在中央召开的专门讨论经济建设的工作会议上，广东省委第一书记习仲勋向中共中央政治局汇报工作时提出：希望中央下放若干权力，让广东在对外经济活动中有较多的自主权和机动余地；允许在毗邻港澳的深圳和珠海以及属于重要侨乡的汕头举办出口加工区。邓小平十分赞同这一设想，并对广东省委负责人习仲勋、杨尚昆说："还是叫特区好，陕甘宁开始就叫特区嘛！中央没有钱，可以给些政策，你们自己去搞，杀出一条血路来。"

根据邓小平的提议，中央工作会议正式讨论了广东省的提议。4月，中央就派国务院副总理谷牧带队到广东、福建进行实地考察。7月，中共中央和国务院决定对广东、福建对外经济活动实行特殊政策和优惠措施。

如规定两省实行财政包干，有权安排和经营自己的对外贸易，两省的外汇实行大包干；扩大两省在计划、物价、劳动工资、企业管理等方面的管理权限，两省可以在广东的深圳、珠海、汕头和福建的厦门各划出一块区域，试办出口特区，特区内允许华侨、港澳商人直接投资办厂，允许外国厂商投资办企业，或同他们合办企业和旅游业等。

1980 年 5 月 16 日，中共中央和国务院批转《广东、福建两省会议纪要》，正式将"特区"定名为"经济特区"。

经济特区处在中国对外开放战略格局中的前哨阵地，作为中国改革开放的窗口和试验场，它的建立在改革开放的历史上有着重要的地位。其中深圳特区发展最快，引起了世人瞩目。

"杀出一条血路"，实际上就是破除传统经济模式，破除陈旧的思想观念，就是要敢为天下先。深圳等经济特区的开拓者们坚持解放思想，实事求是，创业伊始，就提出了"建设资金以引进外资为主"的方针，把香港、外国的资本源源不断地吸引到特区来。特别是深圳在特区建设过程中，连续创出几个"全国第一"，闯出了自己的路。

深圳特区在社会主义中国，最早"出租土地"；最早"预售商品房"；第一个推出工程"招标投标"方案；最早建立"劳务市场"、"原材料市场"、"生活资料市场"；还有建国以来人们早已陌生或很不熟悉的"金融市场"、"科技市场"、"信息市场"、"人才市场"、"期货市场"、"房地产市场"，等等。

概括起来，经济特区实行的特殊经济政策和管理体制有如下几方面：一是建设资金以引进外资为主，所有制结构为多种形式共存，产业结构以工业为主，产品以出口外销为主。二是特区的经济活动，在国家宏观指导下以市场调节为主。三是管理体制有更大的自主权，在投资项目审批、外贸、企业经营等方面都给予优惠待遇。四是对来特区投资的外商，在税收、土地使用、出入境等方面实行优惠政策和灵活措施。

经验证明，当今世界既没有任何国家能够拥有发展本国经济所需要的

一切资源，也没有任何一个国家能够掌握世界上所有的先进技术，更没有哪个国家能离开世界市场。中国要发展，要赶上当代世界的经济和科技发展，要进入世界市场，创办经济特区开启了对外开放的窗口，提供了成功的经验。

五、"摸石头过河"：深圳和珠海的探索

毛泽东时代结束了，社会主义主义何去何从？曰：改革开放。改革开放怎么走？曰：摸着石头过河。"我们正在做我们的前人从来没有做过的事业"，毛泽东的这句话对邓小平同样适用。他在南海边画了几个圈，交待南方具体负责的同志——"你们自己去搞，杀出一条血路来"。这一搞，搞出了改革开放中最让世人瞩目的奇迹。

1980 年 8 月 26 日，全国人大常委决定：批准国务院提出的《广东省经济特区条例》，经济特区正式成立。深圳、珠海、汕头、厦门，迅速成为令国人瞩目的名字。随后，在"姓资姓社"的疑惑中，在"租界"的质问声中，特区以踏踏实实的表现征服了等待前进的人们，"深圳速度"成为了新时期建设者心目中的标杆。

1980 年 8 月 26 日，全国人大常委会批准在深圳设立经济特区，深圳经济特区诞生。1983 年，深圳首家股份制企业诞生。

（一）改革开放最美的缩影

已近午夜，罗湖口岸又迎来了一拨人流，步履匆匆走过罗湖桥，融入华灯璀璨的深圳。每天，约有 30 万人经过这里穿梭在香港和深圳之间，港人到深圳来购物、消费成为了最普遍的现象。

30 年前，依然是这里，却是严防逃港的第一线。有人游泳过河，有电路巡线工过桥扔下工具就跑，他们用脚投票去对岸寻找幸福。

罗湖口岸，中国的南大门。从逃港到港人北上，这里发生的一切是这座城市和这个国家 30 年来沧海桑田巨变最真实的写照。

30 年前，深圳的经济总量仅有 1.96 亿元，人均 GDP606 元，而 30 年后，深圳的 GDP 已经达到了 8710 亿元，是当年的 4444 倍，年均增长 25.8%，人均 GDP 也达到了 9.3 万元，跃居全国第一。珠海和汕头亦是如此。

经济特区创造了无数个"中国第一"，新中国土地第一拍在深圳、第一张股票发行在深圳，新中国第一次重奖科技创新出现在珠海……经济特区无愧于"改革实验田"的称谓。

他们雄壮地证明了一个事实：特区是中国改革开放最美的缩影。

另一个奇迹是，经济特区的星星之火 30 年来已经燎原成改革开放的熊熊烈火，从东南沿海燃烧到最遥远的西北边疆。

30 年前，深圳、珠海、汕头打响了改革开放的第一炮，引进外资、租赁土地、买卖外汇，打开了封闭多年的国门。1984 年 1 月，小平同志南巡，并挥毫写下"深圳的发展和经验证明，我们建立经济特区的政策是正确的。"、"珠海经济特区好"的题词。

从特区回到北京，小平立即建议将对外开放城市增加到 14 个，沿海城市呈现全面开放姿态。随后，开放战线再拓展到内地省会城市，以至于中国全境。2010 年 3 月底，新疆喀什，一个新的经济特区在这里诞生。喀什打出的口号是建设"西部深圳"。

从点到线，再到面，从浅层次到全面开放，中国开放的脚步在经济特区的引领下一路向前。"经济特区是改革开放的产物，是改革开放的旗帜和风向标。"温家宝总理说。

（二）市场经济标杆和急先锋

"时间就是金钱，效率就是生命。"虽然过去了多年，历经了多次更

换，但这块巨大的牌子仍然矗立在深圳的蛇口。

在刚刚冲破计划经济体制禁锢的 1980 年代，这句口号如同一声春雷，炸响在所有中国人耳边。它用最朴素、最直白的语言向世人诠释了市场经济的基本准则。习惯了吃大锅饭、集体劳动的国人，突然意识到"谈钱"不再是件羞耻的事情。

振聋发聩，醍醐灌顶。市场经济的观念，就这样横扫中国，涤荡旧体制。

在深圳博物馆，有一把普普通通的锤子，看过他的人都会啧啧发出几声感叹。这就是当年落下"中国土地第一拍"的锤子。1987 年，这"石破天惊"的第一拍，拉开了改革开放以来中国土地使用制度改革的帷幕。

土地是可以有偿使用的！深圳的尝试教给了国人一个基本的规则。1988 年，在宪法修正中，土地使用权的商品属性正式确认。

正如土地使用一样，有许多游戏规则，是由"摸着石头过河"的特区人探索出来的。

1993～1994 年，深圳利用特区立法权相继出台了《股份有限公司条例》、《有限责任公司条例》、《股份合作公司条例》等一大批填补国内空白的公司法规。

在向市场经济的过度中，特区一次又一次勇吃螃蟹，深圳社科院院长乐正表示："深圳对中国最大的贡献，就是探索出了许多通行全国的市场经济运行规则。"

在特区的土地上，强大的市场力量迸发出来，并凝刻为华为、中兴、比亚迪、腾讯、格力、超声电子等这些响亮的名字。

市场观念、市场规则、市场力量……经济特区以市场之名引领着中国的变革，成为中国市场经济的"急先锋"和标杆。

（三）饱含创新因子

"创新是深圳的根，深圳的魂。鹏城造富的速度不会放慢。"一位深圳网民如是说。

走在特区的热土上，你会发现深圳的土壤中饱含着创新的因子。

20 世纪 90 年代初期，正是深圳的"三来一补"产业热火朝天的时代。1992 年，深圳市委市政府做出了一个果敢的决定：发展高新技术产业，主动进行产业结构调整，推动产业转型升级！

这是一个壮士断腕般的决策———它迫使大量企业外迁出深圳，也使得构成深圳各级政府重要收入来源的工缴费大大降低。在随后的几年中，深圳先后制定实施了 50 多个鼓励自主创新、发展高新技术产业的政策。

广东省委党校教授蔡兵评价说，深圳的决策者们已把提高自主创新能力、实现产业转型升级作为深圳的"生死之路、命运之途"。

无独有偶，1992 年的珠海也发生了一件令全国震惊不已的事：用汽车、住房、巨额奖金等重奖有突出贡献的科技人员，极少数科技人员凭科技劳动一夜间成为百万富翁。这在中国科技史上是空前的一次。

特区的探索证明，政府的自主创新与产业转型战略清晰而坚定，是支撑高新技术产业发展的基本前提。

2008 年，华为首次成为全球第一大国际专利申请公司，它和中兴的专利申请量占全国国际专利申请量的 40%。特区的实践宣告了，只有市场之手发挥作用，自主创新的浪潮才能波澜壮阔、鹰击长空。

（四）体制改革再杀出血路

这个城市里，曾经有一名叫呙中校的年轻人痛心疾首地写了一篇网文——《深圳，你被谁抛弃?》，引来了全社会的一场大讨论，并促使市长主动与他谈论城市的未来。

这个城市里，曾经有一批人，敏锐地发现了深港西部通道侧接线的尾气直排方案会产生极大环境污染，然后从深圳到北京，从环保局到市长，再到环保总局一级级反映诉求，最终迫使连接线从地上走入地下。

这个城市里，有一个叫吴君亮的人，他试图去了解"政府花钱的秘密"，接连向十几个地方政府和十几个中央部委发去申请，想查看预算案。几年的努力下来，深圳市财政局、广州市财政局、龙岗区政府等部门终于放下了身段，不同程度公开了财政预算。

这是一个参与的深圳，市民经常通过网络表达诉求，而这种诉求也经常得到官方的回应。

如果说这些事情都还太"草根"，这里也不乏自上而下的推动力量。

2001年，深圳开始了一场城市管理变革，将园林、绿化、环保、环卫等距离政府权力中心比较远的公共事务开始外包、委托给企业经营，将水、电、气等公用事业逐步推向市场，发展公共品市场化和社会化……

从"全能政府"转向"有限政府"，政府此前的职能由谁承担？答案是社会组织。然而，社会组织在中国是一个新兴的事物，到2002年时，深圳的社会组织还不到1200家。

怎么办？培育！

2004年，深圳分三步走开始给社会组织松绑：社会组织在深圳雨后春笋般成长起来，从2002年到2007年，年均增长20%以上，2007年底社会组织数目突破3000家。

2008年1月9日，深圳市6区和9家民间专业社工服务机构签订了一份意义重大的《社工服务购买意向书》，将司法、教育、残联等部门的政府服务交给社工去承担。这只是刚刚揭开了序幕。

政府退出公共服务领域，社会组织尽快接手，深圳的社会管理体制在政府主动与市场合力推动下，逐渐向"公民社会"的要求靠拢。

是年，民政部向全国推广深圳的经验。2009年，深圳和民政部签约，将在深圳推进社区体制、社会组织、社会工作、社会福利、社会救助和社会慈善等领域的民政事业综合配套改革。特区又一次走在了全国前列。

与经济体制改革相比，社会体制改革在特区的尝试只是刚刚开了个头，然而，其10年的磨砺已经足以计入特区对中国的贡献之一。从某种程度上说，其意义不亚于上世纪 80 年代初的"杀出一条血路"。

六、温州模式：突破姓资姓社的束缚

在改革开放 30 余年中，对温州模式的争论曾是浙江也是中国解放思想、突破姓资姓社束缚的一个焦点。正是由于对温州模式认识的重大突破性进展，促使浙江省加快形成了具有高度活力的微观经济基础，今天引以为豪的浙江经济社会发展的重大绩效，莫不以此为活力源泉。中国经济也不例外。

（一）"温州模式"脱颖而出

上个世纪 70 年代至 80 年代初期，对于温州个体和家庭经济，一直有人认为，温州是在"刮资本主义歪风"。相当长的一段时间内，温州被视为"资本主义复辟的典型"。即使在温州当地，围绕着是否允许家庭和个体及股份经济，也存在着严重分歧。一些支持发展家庭经济的干部和共产党员被说成是"与资本主义穿连裆裤"，而被撤职或被开除党籍。

对于温州经济最大的一次打击是在 1982 年。这年的 4 月 13 日，中共中央、国务院公布了《关于打击经济领域中严重犯罪活动的决定》，随后，省委工作组来到了乐清。工作组认为乐清县委、县政府在经济领导工作上出了重大偏差，并决定抓捕人称"八大王"的 8 个个体户，当时除"螺丝大王"刘大源成功逃脱外，其余 7 人全部入狱，最重的被判 7 年有期徒刑。当年，柳市镇工业总产值比 1981 年下降 53.8%，温州全市工业总产值则比 1981 年仅增长 2.5%。温州陷入万马齐喑、工业停滞增长的局面。"八大王"阴影挥之不去。

1984 年春，温州市委在全市乡镇书记以上干部会议上宣布给"八大王"平反，强调要大胆支持发展商品经济。温州各级领导干部主动和能人交朋友，共商加速发展经济的办法。

中国高层的一些智囊机构和研究人员也在思考实行农业生产责任制，解决了农民的温饱之后，如何进一步发展农村商品生产，安排剩余劳动力的问题。1983 年 12 月，《人民日报》发表了王小强和白南生对于温州的调查报告《农村商品生产发展的新动向》。报告指出，温州农村的一些做法，为农村商品生产的发展提供了"新情况和新鲜经验"。

1985 年 8 月，时任浙江省委书记王芳带领省级有关部门人员，用半个多月时间，到温州的乐清、永嘉、瑞安、平阳、苍南等县，实地考察了一些家庭工厂和专业商品市场。王芳高度评价了温州自 1978 年以来的巨大变化，认为温州农村商品经济发展的新路子，总的说来是符合社会主义方向的，它对于振兴农村经济，促使广大农民尽快地富裕起来，已经产生了显著作用。

温州模式终于在中国的商品经济大潮中脱颖而出。

（二）主要论敌是支持者头脑中的传统思想

伴随温州模式的出现，上个世纪 80 年代中期前后，国内形成了一个研究和讨论温州模式、展开姓资姓社争论的高峰。争论总体比较温和。

然而，透过那些支持者一边倒式的文章，不难发现其中暗潮汹涌。我们从一些学者满腔热情支持温州的论文中，看到了他们头脑深处传统理论的深深禁锢。

表现虽好，成分可疑。温州瑞安人金宪宽认为，私营经济已跃居温州农村经济主体，已与传统的社会主义概念不能相容。

针对当时多数论文对于温州模式"一边倒"的状况，金宪宽善意地提醒，温州模式的形成和发展具有偶然性，"公有经济在比重上重新恢复自己的主体地位，并不是不可能的"，"农村发展商品经济，应切实考虑到公有制在全国占居主体地位的客观要求"。

仍属补充，方向正确。1986 年 2 月中旬，中国社会科学院经济研究所组成了一个有 10 位学者的调查组深入温州调研。其长篇调研报告把个体私营经济当作公有制经济的补充，作出了温州模式符合社会主义方向的判断。这一判断的逻辑起点仍是社会主义的传统理论。

虽然"补充论"是就全国而言，但在温州当地却是站不住脚的。1986年，个体私营经济已经是温州农村经济的主体。"补充论"也没有深刻预见到个体私营经济强大的发展活力。当然，补充论也许是学者们的一种权宜之计——先把反对派的嘴堵起来，尽管这一目的事实上并没有达到。

限制雇工，引导联合。1986 年初，上海社会科学院经济研究所组成了一支同样有 10 位学者的调查组，在温州进行了为时一个月的调查研究，形成了题为《中国农村社会主义经济发展道路的有益探索——"温州模式"考察报告》。

上海媒体和学术界向来积极支持浙江改革开放，该报告也不例外。然而，报告作者也忧心忡忡地说，温州出现了家庭工业向雇工众多的经营大户发展的势头，这"是一个不能不予以重视的问题"，并提出了一个"堵"的药方，就是"引导家庭工业向经济联合体的方向发展，这就要求加强宏观控制和指导，包括限制雇工人数"。不过，他们的头脑还算冷静，对于他们自己提出的所谓联合体，强调要尊重自愿互利的原则，切不可有半点强制和勉强，更不可搞什么"运动"。

加强引导，促进规范。这是一种非常普遍的说法。任何经济现象总是需要引导和规范的，然而多数人是用传统理论、传统计划经济的要求，来提出引导规范的问题，这其实违反了温州模式的内在要求。

著名经济学家马洪发表于 1985 年的一篇文章，建议合并县工业局和工商局，组成乡镇经委。文章认为，这么做，一则是针对个体户、家庭经营业、万元户的情况，加强管理，使之符合社会主义的要求。二则是把供销

员等各类人才组织起来，作为乡镇经委组织生产、流通的力量。先不说如何管理各类个体户，而那种把分散于千家万户、各行各业供销员组织起来，就是一个典型的、高度集体偏好的乌托邦思路。中国改革至今，还没有把各类供销员组织起来的成功做法。

（三）温州模式争论的深层次思索

1988年4月通过的《宪法》修改方案在第十一条增加了"允许私营经济"的规定。这就在宪政层面上肯定了个体私营经济，是中国经济体制改革的一个重大进展。但在实际工作中，姓资姓社仍是一个焦点，尽管影响已越来越弱。

这一场温州模式的争论带给我们的思考：正确对待解放思想中的反复。

1989年春夏之交的那场风波之后，浙江以姓资姓社争论为主线的思想解放进程，再一次出现重大反复。这一状况累及当年全省工业生产总值仅增长6.9%，比上年大幅回落17.5个百分点，1990年全省工业总产值增长8.6%，是改革开放以来少有的低增长率。而以个体私营经济为主的温台经济则惨不忍睹。温州1990年工业仅增长5.8%，台州1990年GDP仅增长4.8%，都是自上个世纪80年代中期以来没有过的低增长。

就在1991年底，省内一家重要学术刊物发表了一篇反对资产阶级自由化的长篇论文，把姓资姓社问题上升到了"导致和平演变"的高度。文章指出，"对于改革开放中任何一项重大措施的出台，问一问姓'社'还是姓'资'，是完全必要的"；"坚持经济建设这个中心，也要用无产阶级的政治观点、阶级观点来处理有关的重大问题"。

这篇文章揭示了一个不得不正视的问题，这就是在浙江这块土地上，并不缺乏以"左"的眼光来看待改革开放的思潮，也不缺乏以传统社会主义理论来评判姓资姓社问题的市场。之所以在一个时期内难以见到公开强调必须问问"姓资姓社"的文章，就是因为支持改革开放、支持温州模式的力量太强了。

1992 年 2 月份，邓小平南方谈话发表，中国终于掀起一个新的改革高潮，浙江围绕温州模式展开的以姓资姓社为焦点的争论从此逐渐淡化，而浙江的思想解放也进入了以突破传统发展模式为主线的新阶段。这也告诉我们，不管在何种情况下，都必须倾听群众呼声，都必须善待群众实践，都必须以群众利益作为执政为民的准则。解放思想不能中断，政策和言论必须经得起历史的考验。

七、改革开放奠定中国现代社会基石

30 年的改革开放把中国特色社会主义置于现代社会基础之上。通常说的"中国特色社会主义"应当包括"中国特色社会主义理论"、"中国特色社会主义实践"、"中国特色社会主义社会形态"三层含义。作为理论，中国特色社会主义是指科学社会主义的基本原则与我国实际和时代特征相结合的社会主义；作为实践，中国特色社会主义是中国共产党领导全国各族人民建设和发展社会主义的行动和作为；作为社会形态，是植根于我国大地、朝着科学社会主义指引的方向前进的社会发展形式。其中，"我国实际"、"我国实践"、"我国大地"是不断发展变化的。1978 年十一届三中全会前后的变化是空前未有的历史转折。在十一届三中全会以前，我国社会是传统社会，社会主义是置于传统社会基础上的；十一届三中全会以来，我国才开始从传统社会向现代社会转型，从而开始把社会主义奠定在现代社会基础上。

初级阶段的社会主义是"不够格"的社会主义。"不够格"主要是因为没有实现现代化。因此，在整个社会主义初级阶段，建设和发展社会主

义的主题就是进行现代化建设。抓住了现代化建设这个根本任务，并且探索出中国现代化的正确道路，我国社会主义现代化建设理论与实践就能够顺利推进，否则，就会出现这样那样的失误和问题。半个多世纪以来，我们也一直强调进行社会主义现代化建设。但是，我们对"社会主义现代化"这个概念和"社会主义"与"现代化"两个方面的理解发生了种种偏差，曾经游移过"现代化"这个主旋律。

在毛泽东时期，我们基本上把"社会主义现代化"等同于"社会主义"，我们对社会主义的理解往往把科学社会主义基本原理教条化，把苏联的经验和模式神圣化。我们根据国家求生存求强的要求来理解现代化，并且提出了"四个现代化"目标任务和优先发展重工业的发展战略，还建立了一套与之相适应的"一大二公三纯四统"的高度集中的体制模式，取得过辉煌的历史成就。但是，这种被视为与资本主义对立、比资本主义具有无比优越性的现代化模式及其实践是不符合现代化的世界潮流和共同规律的，终未成功。在这个时期，我国不仅没有实现传统社会向现代社会的转型，而且使社会主义现代化建设遭受了严重挫折。

十一届三中全会标志着中国进入了现代化建设的新时期。我们对"现代化"与"社会主义"及其关系的认识越来越到位，不仅抓住了"现代化建设"这个根本任务，而且"现代化建设"越来越多地体现了世界现代化的共同规律。1978年开始的改革开放，使我国成功实现了从高度集中的计划经济体制到充满活力的社会主义市场经济体制、从封闭半封闭到全方位开放的伟大历史转折。市场化、工业化、城市化、社会化、国际化、多元化、民主化、法治化、思想文化多样化进程不断向纵深推进，我国正从传统农业社会向现代社会转型，传统社会主义模式逐渐被消解，现代性因素不断增进，中国特色社会主义社会形态开始从从传统向现代发展。

中国特色社会主义理论与实践是在我国现代化进程中逐步推进的。在我国实现现代化之前，中国特色社会主义社会形态还是"不够格"的社会主义；在我国实现现代化、完全进入现代社会时，中国特色社会主义就置于现代社会基础上，中国特色社会主义社会形态就是"够格"的社会主义。我国由市场化推动的现代化进程时间不长，中国特色社会主义仍然在实践中。随着我国现代化的推进，中国特色社会主义道路将越走越宽广，中国特色社会主义理论将不断创新，中国特色社会主义社会形态将在新的平台上不断彰显新貌。

当前我国正处在历史的新起点，出现了与过去不同的许多新问题，例如资源和环境问题，收入差距过大的问题，某些干部的贪污腐败问题等，这些问题有的是粗放的发展方式造成的，有的是市场经济的负作用的表现，有的是与我国的发展阶段有关，决不能把它简单地归罪于改革开放。

（一）只有改革开放才能使社会主义国家真正发展

原来我们的提法是，只有社会主义才能救中国，也只有社会主义才能发展中国。现在看来，只有社会主义才能救中国已为历史所证明，是确定不移的客观真理。但是只有社会主义才能发展中国，则需要进一步研究。社会主义国家的实践证明，要使国家发展起来，只有社会主义这个前提是不够的，社会主义国家如果不实行改革开放是发展不起来的，即便一时发展起来了也是不能持久和不能巩固的。

从国外情况来看，前苏联和东欧国家在建立社会主义制度以后，其发展速度有一段时间是比较快的，前苏联曾经成为仅次于美国的超级大国。但是由于不进行改革开放，形成了僵化封闭的体制，到了上个世纪60年代以后，普遍陷于经济社会发展停滞的状态，才不得不开始进行不同程度的改革，但在改革中又发生了方向性的错误，最后导致了苏东剧变。

从我国的情况来看，新中国成立后的最初几年，发展情况也是比较好的，但在1956年进入社会主义时期以后，由于没有找到改革开放这条发展之路，还在继续沿袭革命时期的许多做法，大搞群众运动和政治斗争，结果发展道路极为曲折，到"文化大革命"结束时，经济已经到了崩溃的边缘。

而在十一届三中全会以后，我们由于实行了改革开放，国家迅速地发展起来了，30 年来保持了年均 9.5% 的发展速度，现在已成为世界第二经济大国。越南、老挝等社会主义国家，继中国之后也走上了改革开放的道路，同样取得了令世界瞩目的发展。事实充分说明，在建立了社会主义制度之后，只有改革开放才能使社会主义国家真正的发展起来。

（二）为什么只有改革开放才能发展中国

为什么只有改革开放才能发展中国呢？这是因为，人类社会是在生产力与生产关系、经济基础与上层建筑的矛盾运动中向前发展的。只有生产关系适应生产力的要求、上层建筑适应经济基础的要求，才能促进经济和社会发展，否则就会阻碍经济社会的发展。

社会主义制度建立起来之后，由于是新生的社会制度，必然会显示其优越性，推动经济社会向前发展。但生产力是不会停顿的，社会是在不断前进的，必须随着实际情况的变化，不断地对社会主义制度进行改革，使其经常保持与生产力相适应的状况，与社会实际相符合的状况，才能促进经济社会持续不断地向前发展，否则就会出现停滞甚至倒退的现象。所以改革是发展中国的必由之路，只有社会主义才能发展中国。

邓小平把改革与开放联系在一起，构成我国的强国之路，说明开放对发展中国、发展社会主义同样具有十分重要的意义。开放是社会化生产和市场经济的共同特点，只有实行对外开放，我们才能利用国际国内两个市场、两种资源来发展经济，才能借鉴全人类的文明成果来建设社会主义。

而在当前世界已进入经济全球化的时代，对外开放的意义就更加重要了。过去解放和发展生产力是通过革命来实现的，在社会主义条件下是通过改革开放来实现的，所以邓小平称改革是中国的第二次革命。

我们还要看到，社会主义是新生的社会制度，它还是不完善和不成熟的，要使它完善和成熟起来，并且适应时代的发展和中国的基本国情，必须对它进行不断的改革和完善，所以它又是改革和完善社会主义的必由之路，只有通过改革，社会主义才能发展和成熟起来。

（三）决不能认为我国的改革开放已经差不多

这里特别需要强调坚持改革开放的问题。我国的改革开放在过去30年取得了巨大的成就，但决不能认为我国的改革开放已经差不多了。应当看到，我国的社会主义市场经济才初步建立，还需要进一步完善和发展，解决深层次的矛盾和问题；我们的政治体制改革现还处在关键时期，面临着艰巨复杂的改革任务；我们的文化改革刚刚破题，文化体制改革决定的贯彻落实任务十分艰巨；我们的社会改革刚刚提出，实施起来还任重道远。

我国的对外开放过去主要是实行"引进来"的战略，吸引外国的资金、技术、人才等进入我国，请外商到境内来投资办厂。现在我国经济已经发展起来，我们不仅要"引进来"，而且还要"走出去"，要发展我们的跨国公司，要到国外去投资办厂，参与国际经济竞争，从而使我国全面参与经济全球化的进程。这是我国对外开放的新阶段，任务更为艰巨复杂。所以我们必须继续坚持改革开放政策，并且要使改革不断向纵深发展，开放向更大的范围扩张。

八、中国经济改革的成功经验与启示

回顾改革开放的历程，总结改革开放的经验，无疑具有重要意义。以下就中国经济改革的经验与启示谈几点认识。

（一）把社会主义基本经济制度与市场经济相结合

我国经济体制改革确定什么样的目标模式，是关系社会主义现代化建设全局的重大问题。经过长期探索，我们党确立了建立社会主义市场经济体制的改革目标，为中国经济体制改革的成功指明了方向。中国经济改革的成功从根本上说，就是因为坚持了社会主义市场经济的改革方向，从中国实际出发形成了实现社会主义基本制度与市场经济相结合的一系列体制机制，其中包括：在所有制结构的改革上，既坚持公有制的主体地位，又发挥多种所有制经济的积极作用，既坚持国有企业的市场化，又坚持发挥国有经济的主导作用；在收入分配改革上，既坚持以按劳分配为主体，又坚持多种分配方式并存，既注重提高效率，又注重实现公平；在生产要素市场的发育上，既促进国有资本在市场上的自由流动，又保障国有资本的保值增值和发展壮大，既促进劳动力资源通过市场进行配置，又保障劳动者比较充分的就业和劳动关系的和谐；在对外经济关系上，既坚持对外开放的基本国策，又坚持独立自主、自力更生，既积极参与经济全球化的进程，又强调维护国家经济安全、走自主发展道路；在政府职能的改革上，既强调为发挥市场的基础作用创造条件，又强调加强和完善政府的宏观调控，既坚持中央政府在宏观调控中的权威性，又坚持发挥地方的积极性；在改革方式上，既坚持尊重群众的首创精神，鼓励一切从实际出发，大胆创新、大胆试验，又强调统筹兼顾、协调配套，有计划、有重点、有步骤地推进改革，等等。

在社会主义条件下发展市场经济，是前无古人的伟大创举，是中国共产党人在创造性地发展马克思主义理论的进程中作出的历史性贡献。把社会主义基本制度与市场经济结合起来，既发挥了社会主义制度的优越性，同时又发挥了市场机制的优点，赋予社会主义制度以新的内容和活力，推动了生产力的巨大发展和社会的全面进步。因此，中共十七大报告在总结我国改革开放的历史经验时，把"坚持社会主义基本制度同发展市场经济结合起来"当作了重要的经验之一。当前我国经济和社会发展中所面临的许多矛盾和挑战归根结底是因为社会主义基本制度与市场经济的结合还不够完善不够成熟，进一步深化经济改革要继续探索社会主义制度和市场经济有机结合的途径和方式，继续毫不动摇地巩固和发展公有制经济，毫不动摇地鼓励、支持和引导非公有制经济发展，在进一步发挥市场机制的基础性作用和全面提高对外开放水平的同时，更加关注公平正义，更加关注民生问题，更加关注自主创新，更加关注节约资源保护环境，更加关注社会建设，提高改革决策的科学性，增强改革措施的协调性，使改革始终得到广大人民群众的拥护和支持，把社会主义基本制度与市场经济更好地结合起来。

（二）把实现国有经济的市场化与发挥国有经济的主导作用相结合

增强企业的活力特别是国有企业的活力，是我国经济改革的中心环节。改革开放以来，我国国有企业的改革不断深入，取得了积极的进展和巨大的成绩：一方面，通过深化对国有企业的制度创新，使股份制成为了公有制的主要实现形式，建立起了适应市场经济要求的新型的产权制度和企业经营管理制度，国有企业的竞争力和活力大大增强；另一方面，坚持发挥国有经济在国民经济中的主导作用，通过调整国有经济的布局，把国有经济的重点放到关系国民经济命脉的重要行业和关键领域，提高了国有资产的整体质量，增强了国有经济的控制力、引导力和带动力。国有企业改革的成功实践告诉我们：

第一，国有企业与市场经济并不是对立的，而是可以很好地融合的。经过改革后的新型国有企业能够适应市场经济的要求并在市场竞争中得到生存和发展，那种认为国有经济只能存在于公共产品领域而不能存在于竞

争领域，只有彻底推进私有化才能建立所谓真正市场经济的观点是站不住脚的。

第二，国有企业是中国先进生产力的代表，是发展国民经济的主力军。坚持国有经济的主导作用，有利于保持宏观经济的稳定，有利于巩固和完善社会主义基本经济制度，有利于维护国家的经济安全，有利于提高国家自主创新的能力，有利于保障社会的公平正义，有利于增强国家的经济实力、国防实力、民族凝聚力以及应付各种突发事件和重大风险的能力。

第三，深化企业改革必须从中国实际出发，既要体现市场经济的一般规律，又要体现社会主义制度的要求，从实际出发进行理论创新和制度创新，发挥"经济民主"、"共同治理"、"效率与公平相结合"的社会主义精神，树立以人为本、和谐共赢的理念，兼顾各方面的利益，充分调动各方面的积极性。

（三）把国家的宏观调控与市场机制的基础作用相结合

建立社会主义市场经济体制，就是要使市场在国家宏观调控下对资源配置起基础性作用。在改革开放中，我们一方面坚持资源配置市场化的方向，从根本上改变了高度集中的计划经济体制，使市场在资源配置方面发挥了基础性的调节作用，带来了空前的经济繁荣。同时我们也充分认识到，市场机制存在着的弱点和不足以及它具有自发性、盲目性、滞后性的消极一面，因此，宏观调控与市场机制都是社会主义市场经济体制的本质要求，二者是统一的，是相辅相成、相互促进的。实现宏观调控与市场机制相结合既是社会主义制度的本质要求，也是作为一个处在转型与发展中的大国所具有的后发优势的重要表现。

在中国经济改革与经济发展的过程中，国家的作用既没有局限于维护秩序的"守夜人"，也没有局限于市场竞争的"裁判人"或宏观平衡的调节者，而是成为了经济和社会发展的主导性力量，发挥着特殊重要的作用，主要体现为：一是从社会全局和长远利益出发，制定国民经济和社会发展的总体规划；二是统筹兼顾国民经济和社会发展中的重大关系，促进社会的协调发展；三是提供充足的公共产品和公共服务，保障人民的基本利益；四是进行总量关系的调节，促进宏观经济的稳定和平衡；五是针对市场失灵进行微观管制，维护公平竞争的市场秩序；六是作为国有经济的所有者代表，监督和管理国有资产的有效经营；七是维护社会公平正义，促进社会和谐；八是领导改革开放，推动制度创新；九是保护资源和生态，实现持续发展。

（四）把提高效率与促进公平相结合

改革开放以来，我国逐步确立了以按劳分配为主、多种分配方式并存的分配原则，提出允许一部分人先富起来，最终实现共同富裕。十六大以来，针对我国经济生活中出现的收入差距不断扩大的问题，党中央提出了更加关注社会公平的方针，通过长期的探索和实践，我们逐步认识到，在社会主义市场经济中，效率与公平是统一的，应当努力使二者有机结合起来。邓小平指出："社会主义的本质是解放生产力，发展生产力，消灭剥削，消除两极分化，最终达到共同富裕。"江泽民指出："社会主义应当创造比资本主义更高的生产力，也应当实现资本主义难以达到的社会公正。从根本上说，高效率、社会公正和共同富裕是社会主义本质决定的。"胡锦涛在十七大报告中"把提高效率同促进社会公平结合起来"作为中国改革开放的一个重要经验，同时指出："要通过发展增加社会物质财富、不断改善人民生活，又要通过发展保障社会公平正义、不断促进社会和谐。"提高效率与促进公平相结合的原则深化和发展了人们对社会主义本质的认识，对于我国的改革与发展具有重大的指导意义。

首先，这一原则揭示了社会主义经济发展的目的。讲发展不能脱离发展的主体和目的，一定要弄清楚：发展是谁的发展？是为谁而发展？不能仅把眼光局限于物质财富的数量和 GDP 的高低，不能让少数人享受发展的成果而大多数人被排除在发展之外。社会主义的本质要求我们必须把人民群众的利益放在第一位，使全体人民共享改革发展的成果，使全体人民朝着共同富裕的方向稳步前进。

其次，这一原则揭示了社会主义经济发展的动力。消费是社会生产发展的根本动力，但在市场经济中，消费的形成在很大程度上取决于收入分配的结果。资本主义经济的一个基本矛盾就是生产的无限扩大和广大群众购买力相对狭小的矛盾，这一矛盾导致了收入分配的两极分化和生产过剩的经济危机。社会主义最大的优越性就是能够实现社会的共同富裕，解决资本主义制度的这一根本弊病，实现经济的持续稳定增长。

第三，这一原则揭示了实现社会和谐的根本保障。当前我们正在全面落实科学发展观和构建社会主义和谐社会。我们要构建的社会主义和谐社会，是在中国特色社会主义道路上，中国共产党领导全体人民共同建设、共同享有的社会，是全体人民学有所教、劳有所得、病有所医、老有所养、住有所居的社会，构建社会主义和谐社会从根本上来说就是要保障社会的公平与正义。

总之，提高效率与促进公平相结合的原则，是中国特色社会主义的本质要求，是社会主义市场经济的优越性的重要表现，必须努力加以贯彻落实。

（五）坚持独立自主同参与经济全球化相结合

对外开放是我国的基本国策，经过 30 多年的努力，我国逐步形成了全方位、宽领域、多层次的对外开放格局，中国的经济日益融入世界经济体系之中。对外开放有利于获得国外的资金尤其是跨国公司的直接投资，加快经济发展和结构调整；有利于更好地利用自身优势，开拓国际市场，发展对外经济贸易；有利于更快地得到先进技术、管理经验，发挥后发优势，实现技术跨越；有利于更好地学习国外先进经验和文明成果。

但也应看到，全球化是把双刃剑，它一方面有利于生产要素在全球范围内的优化配置，给我国的经济发展带来新的机遇，另一方面，当今世界的经济全球化是西方发达国家主导的资本主义生产关系的全球化，不可避免地会产生一系列新的矛盾和问题，如：世界范围内的两极分化；对全球生态系统的过度开发与破坏；全球性的经济混乱和金融危机的频繁暴发；发展中国家对发达国家依附的加深，等等。

同时，当今世界的全球化存在着明显的不对称性，一是发达国家强调商品交易和资本投资的自由化，但对来自发展中国家的劳动力流动却采取了严格的管制措施；二是发达国家要求发展中国家开放市场，但对于本国高技术产品的出口和高技术产业的投资采取多种形式的保护措施，全球化中的这种不对称性对发展中国家是不利的。

因此，我们必须正确处理对外开放与独立自主的关系，把坚持独立自主同参与经济全球化相结合。要坚定不移地实行对外开放政策，积极参与全球化的进程，同时要坚持独立自主、自力更生的方针，把立足点放在依靠自己力量的基础上。要大胆地学习和借鉴发达资本主义国家在经济、政治、科技、教育、文化和管理等方面所创造的先进的物质文明和精神文明成果，同时要坚决抵制资本主义社会中各种腐朽的东西和敌对势力对我进行"西化"和"分化"的图谋。

我们要引进先进技术，但必须把引进和开放、创新结合起来，大力进行自主创新，建设创新型国家，提高国际竞争能力。要积极扩大商品和服务的出口，不断提高我国出口商品的技术含量和附加值，同时要充分发挥我国市场广阔的优势，始终把扩大内需作为经济发展的基本立足点和长期战略。要利用国外资金，积极吸收国际投资和跨国公司的投资，同时更要重视自己的积累，在对外开放的过程中，注重维护国家经济安

全，正确处理开放、发展与安全的辩证关系，始终保持对关键行业和领域的控制力。我们要尊重和利用国际规则，学习和引进发达国家的政策和体制，同时坚持和完善社会主义基本制度，保护和发扬中华民族优秀的文化传统。

第三章　外资潮造就中国"世界工厂"

一、透视中国利用外资现状及发展趋势

（一）中国利用外资现状及特点

吸收外商直接投资，是中国对外开放和加快市场经济建设的重要组成部分，也是中国顺应经济全球化趋势、主动参与国际分工的重要举措。30年来，随着改革开放的不断深化，中国的投资环境和市场运行环境日益改善，吸引了越来越多的外商来华投资，使中国成为目前世界上吸收外商直接投资最多的国家之一。

截至 2005 年 7 月底，来自 192 个国家和地区的投资者在华累计设立外商投资企业 53 万多家，遍及第一、二、三产业的几乎所有行业，实际投入外资金额达 6000 亿美元。全球最大的 500 家跨国公司中近 450 家已在华投资，其中 30 多家设立了地区总部，外商投资设立的研发机构 600多个。

在累计批准的 53 万家外商投资企业中，目前仍在注册运营有 28 万多

家，大部分经营状况良好，效益不菲。

具体来讲，中国吸收外商直接投资有以下几个特点：

一是制造业为主要投资领域。截至 2004 年，企业数和合同金额分别占累计企业数和合同金额的 72.57% 和 64.76%；房地产业是第二大外商投资领域，企业数和合同金额分别占 83.9% 和 17.73%；批发和零售业，占 4.96% 和 2.86%；租赁和商业服务，占 3.56% 和 3.37%。

若从一、二、三产业来划分，外商投资企业分别占外商企业总数的 2.84%、75.0% 和 22.16%，合同利用外资金额分别占总额的 1.94%、68.27% 和 29.79%。

二是外商投资区域分布主要集中在东部地区。东部地区占全国实际利用外商直接投资总额的 86.25%，而中部和西部地区分别占 9.16% 和 4.59%。这与交通便利程度和基础设施建设有密切关系。

三是互利共赢。这主要表现在：中国已成为跨国公司获取利润的重要来源。据调查，目前在华外商投资企业 2/3 实现了盈利，约 2/5 的跨国公司在华业务的利润率高于其全球业务的平均利润率，1990 ~ 2004 年间，外商投资者汇出利润就有 2500 多亿美元。另据中国美国商会对 450 家作为其会员的美国公司所作的调查表明，68% 的在华美国公司 2004 年都实现了盈利或大幅盈利，86% 的公司表示收入高于上年。外商投资企业已成为中国经济的重要组成部分。据统计，2004 年外商投资企业实现工业增加值达 15240.5 亿元，同比增长 18.8%，高于同期全国工业增加值增幅 2.1 个百分点，占全国工业增加值的 27.8%；实际利用外资金额占全社会固定资产投资的比重，1993 ~ 2002 年十年间一直在 10%以上，近两年也在 8% 左右；进口额占全国进口总额的 57.8%，出口额占全国出口总额的 57.1%；缴纳的税收 5355 亿元，占全国税收总额的 20.8%；在外商投资企业直接就业人员近 3000 万人，约占城镇就业人口的 10%。

仅从这两组数据中就可以清楚看出，中国引进外资是互利共赢的，既促进了中国经济发展，也使外商在中国的投资获得了丰厚的利润回报。同时，这也解读了为什么中国已成为很多外商投资企业生产和销售的平台，而且吸引越来越多的跨国公司把中国作为其全球投资战略的重点。

（二）中国利用外商直接投资的基本走向

1. 新时期中国利用外资环境与潜力

所谓新时期，其重要标志主要有以下几个方面：

一是中国到 2010 年实现人均国内生产总值比 2000 年（7081 元/人）翻一番的目标，国民经济发展迈上一个新台阶，中国在世界经济增长中将发挥更加重要的作用。这一时期在全面建设小康社会进程中具有承前启后的历史地位。

二是加入世界贸易组织进入后过渡期，中国将进一步深化改革开放，开放型经济将达到新水平，与世界经济的融合更加紧密。

三是社会主义市场经济体制进一步完善，市场规则纪律更加规范、透明和可预见，中外企业将在良好的投资和运营环境中取得新发展。

四是经济结构、产业结构和产品结构处于一个进一步调整的新阶段，其中包括转变经济增长方式和外贸增长方式，这为世界产业结构调整和转移，尤其是高新技术产业继续向获利前景持续看好的中国市场转移，提供新的机会和巨大发展空间。

总之，未来几年是中国经济发展的新时期，也是外国投资者在这片投资热土上可以大展宏图的机遇期。希望有远见的企业家们和战略投资者，把握住机遇，积极参与和继续参与到持续、快速、稳定增长的中国经济建设与合作中来。商场上有一句比较流行的话，就是"有钱大家赚"。这也是中国利用外资所遵循的一个基本原则。

我们说，外商在中国投资的前景看好且潜力巨大，还基于以下几点理由：

第一，中国市场巨大，未来发展空间广阔。

2004 年，中国社会消费品零售额和生产资料销售额约 2 万亿美元，同时进口了 6000 亿美元的外国商品。2005 年上半年，中国经济增长 9.5%，消费需求快速增长，许多产品（如手机、电视、钢铁、水泥等）的生产和消费都在世界名列前茅。目前，中国国内居民储蓄已超过 15 万亿美元；全国中等收入人口每年新增两千多万；东部沿海地区人均 GDP 已经超过 2000 美元。住房、轿车、教育、旅游等已经开始成为新的消费热点。到 2020 年，中国市场总需求将是 2000 年的 4 倍。这样的市场规模和发展潜力，不能不使跨国公司为之心动。

实际上，外商投资企业落户中国，一方面是利用中国的低成本优势，另一方面，更重要的是瞄准中国的大市场。2004 年，外商投资企业在中国市场实现的产品价值达 4000 多亿美元的产品，而在国际市场上实现的产品价值为 3300 多亿美元产品，就是一个很好的例证。

第二，劳动力资源丰富，低成本仍将是中国在较长期内的竞争优势。

中国有 13 亿人口，劳动力资源供给充足，尤其是人才的高素质和低成本是其他国家所无法比拟的。除劳动密集型行业外，以知识和技术密集型的软件业其人才成本优势也十分明显，比如中国软件人才使用成本只相当于美国同等人才的 1/9，相当于印度的 1/2。因此，中国具有吸引更多跨国公司来华投资的优势。未来 10 年，中国至少有几千万大学毕业生加入到白领劳动大军，这是一个保证人才供应的巨大蓄水池，也是保持高素质人才成本具有竞争优势的调节器。

第三，日益完善的基础设施，创造了良好的投资硬环境。

目前，中国高速公路总里程已达到 3 万公里；铁路总营运里程 7.2 万公里，居世界第三；港口吞吐量 41 亿吨，居世界首位；电话用户总数已超过 6.5 亿户，居世界第一；互联网用户数超过 9400 万户，居世界第二。今后几年，中国的交通、通信基础设施还将进一步发展和完善，中外企业不仅在该领域有大量合作机会和潜力，同时日臻完善的基础设施也为投资者们提供了便利条件。

第四，不断完善法律体系，为投资者提供了稳定的、可预见的投资软环境。

加入 WTO 几年来，国务院近 30 个部门，根据 WTO 有关规则和中国改革开放的需要，清理和修订了近 3000 部法律法规和部门规章，其中废止 800 多件，涉及贸易、投资、知识产权等各方面，已经建立起完善、公开、透明的外商投资法律体系，为投资者提供了稳定的、可预见的投资软环境。

知识产权保护一直是人们，尤其是握有世界专利技术 80% ~ 90% 的跨国公司，比较关心的问题。确切地讲，中国政府十分重视知识产权的保护，从国家领导人到各政府部门，都在加强知识产权保护工作，而且加大对侵权行为的刑事处罚力度。如 2004 年，对近 2000 名违法人员追究了刑事责任。今后，中国将继续从法律制度建设和宣传教育两个方面进一步加强知识产权保护，常抓不懈，积极预防和严厉打击侵权犯罪。这不仅是保护外国知识产权所有者利益的需要，也是中国经济发展和自身利益的需要。据一份商业环境调查显示，93% 受访公司认为中国的经营环境得到了改善，92% 的公司对未来 5 年在中国的经营前景表示"乐观"。

2. 中国利用外资的未来走向

"继续积极有效利用外资"，作为"实施互利共赢的开放战略"的重要内容，已经写进了《中共中央关于制定国民经济和社会发展第十一个五年规划的建议》。这是中国政府发出的一个重要信息，表明中国将继续保持吸收外资政策的稳定性和连续性，欢迎外商来华投资，同时提高利用外资的质量，加强对外资的产业和区域投向引导，促进国内产业优化升级。外国投资者应把握住中国利用外资的这一基本取向，找准自己的定位和切入点，积极寻求投资合作机会。对此，以下几个方面应引起特别关注。

第一，服务业是新一轮对外开放的重点。

目前中国服务业发展水平还比较低，仅占 GDP 的 30%，因此，十六

155

届五中全会公报明确提出了要"加快发展服务业"，"有序承接国际现代服务业转移"。根据我国"入世"承诺，2005年开始允许外资在批发和零售企业控股，允许外资银行向本地企业提供人民币服务，允许外商设立独资建筑公司；2005年底，将允许外商设立独资速递、公路货运和货代企业；2006年底，将允许外资银行提供全面的银行服务，允许设立独资铁路货运企业。相信，随着中国服务领域的进一步对外开放，中国将是未来世界服务贸易增长最大、最快的市场，外商在该领域有很多合作机会。

第二，高新技术领域是利用外资着力推进的重点。

高新技术是提升产业结构和竞争力的关键，因此中国欢迎拥有先进技术的投资项目，尤其鼓励外商投资企业设立研发中心，这也是提高利用外资质量的要求所在。目前，中国正在制定一系列鼓励外商投资企业设立研发中心的政策。但是，对那些"高能耗、高污染、低效益"的投资项目将予以限制或禁止。目前已取消一些高能耗、高污染加工贸易的出口退税。

第三，我国中部、西部和东北地区将成为新一轮投资的热土。

一是这些地区地域广阔，资源丰富，基础设施有所改善，科技教育有相当的实力，经济发展深具潜力；二是我国实施的"中部崛起"、"西部大开发"和"振兴东北老工业基地"战略正在大力推进，国家已出台并将继续出台一系列支持其加快发展的政策措施，包括鼓励外商投资企业参与进来的政策措施，以及政府相关部门（包括商务部）为外商投资企业到这些区域去发展提供必要帮助。

第四，国企改革步伐加快，外资参与机会难得。

中国将加快国有大型企业股份制改革，深化垄断性行业改革，放宽市场准入，实现投资主体和产权多元化，鼓励和支持非公所有制经济参与国有企业改革，进入金融服务、公用事业、基础设施等领域。这为外商提供了难得的投资机遇。希望有实力的跨国公司不要错失良机，在中国经济发展中获得共赢。

156

二、引进外资是中国坚定不移的国策

以"投资与可持续发展"为主题的联合国贸发会议第二届世界投资论坛，2010年9月7日在厦门开幕。论坛吸引了116个国家的400多名投资领域的领导者与会。联合国贸易和发展会议秘书长素帕猜说，这充分显示了国际投资作为增长和发展引擎的重要性。

中国领导人在论坛开幕式上的主旨演讲以及中国官员在各场会议上的发言，透露出一个明确信号：引进外资，中国坚定不移。联合国贸发组织发布的相关报告也显示，中国仍是跨国公司首选的投资目的地，2009年的外国直接投资（FDI）流入量居世界第二位。

（一）中国依然最具吸引力

不管是在FDI大幅下降还是企稳回升的过程中，中国对外资的吸引力都得到彰显。据统计，在2009年全球跨国投资下降40%的情况下，中国实际吸收外资仅下降2.6%，达到900亿美元规模，仅次于美国，位居世界第二。2010年上半年，中国新批准设立外商投资企业1.2万家，实际使用外资514亿美元，同比分别增长了19%和21%。中国目前已经连续18年位居发展中国家吸收国际资本的第一位。

商务部部长陈德铭说，以上投资数字可以说明中国整体的投资环境在进一步改善。"跨国公司都很精明，它们不会明明知道中国不好，还非要来中国投资。"

联合国贸发组织编制的《2010～2012年世界投资前景调查报告》也指出，中国仍是跨国公司首选的投资目的地。素帕猜说："我并不认同中国

投资环境恶化的说法，相反，我认为中国的投资环境正越来越开放。"

跨国公司在中国的发展，增强了他们在中国的投资信心。阿尔卡特朗讯亚太区总裁辛睿杰说，朗讯确定的新发展战略中，已经将中国视为全球的创新基地之一。参加第十四届投洽会的华南美国商会投洽会代表团，由150家在华运营的跨国企业高层及60家来自美国马里兰州、加利福尼亚州和佐治亚州的美国企业代表组成。这210家企业有望在投洽会上签署总金额逾20亿美元的合作协议。

（二）坚持引进外资互利共赢

中国现在已经有了2万多亿美元的外汇储备，还需要引进外资吗？陈德铭说，我们改革开放和吸引外资的战略不是仅仅因为缺钱，而是希望在包容、多元的世界里，能把其他国家和民族的企业管理和产品方面的优势吸引进来，更好地学习别人的长处发展自己。

截至2010年7月，中国累计设立外商投资企业69.8万家，实际使用外资1.05万亿美元。目前中国22%的税收、28%的工业增加值、55%的进出口、50%的技术引进、约4500万人的就业，都来自外商投资企业的贡献。

这是一个互利共赢的过程。对中国来说，通过持续吸引外资为国家现代化建设提供了必要的资金、先进的技术和宝贵的管理经验以及众多国际化人才。对外商投资企业来说，则赢得了可观的投资回报，不少在华外商投资企业成为其母公司全球业务的增长亮点和利润中心。

外国投资者在享受可观利润、继续增加投资的同时，为何产生质疑？陈德铭分析说，一些外资企业一方面看到中国30多年改革开放积累的产业配套基础、优质的劳动力资源和比较完善的基础设施；另一方面又感觉到中国的民营企业和国有企业发展很快，在中国市场上竞争性加强。因此，跨国公司在更多地到中国投资的同时，也对在中国面临的复杂情况有不同的想法。

中国的制造业、农业的绝大部分领域和 100 个服务贸易部门都已对外开放。当前，中国继续积极致力于为广大外商投资企业营造更加开放、更加优化的投资环境，包括营造开放透明的法律环境，营造公平竞争的市场环境，营造稳定有序的经营环境。

（三）更加注重外资结构质量

针对中国投资环境的抱怨，还有一些诱因也许并不源于中国。《2010年世界投资报告》称，发达国家的高失业率引发了关于外向投资对母国就业影响的关切。

陈德铭分析说，现在对于中国投资环境的一些情绪并不完全是跨国公司的。一些发达国家目前仍处于高失业率的状态，其领导人提出产业回归、出口倍增，甚至鼓励在海外的企业通过政府的资助回到国内去。"这种博弈情况，一定程度上经媒体或中介机构而渲染扩大，并不完全符合中国吸引外资的事实。"于是，"中国投资环境恶化"的指责与全球 FDI 的实际流向呈现出"背道而驰"的状况，也不难理解。

包括中国在内的发展中经济体和转型期经济体，对 FDI 流入量的吸引力不断增加，需要得到发达国家的正视。

中国已经比以往更加关注引进外资的结构和质量状况。此外，中国引进外资的方式和形式也会发生变化，将从原先的大量集中于加工制造业转为向制造业两端，即设计研发和服务营销领域聚集。

与此同时，中国的角色也在发生变化。一方面，对于 FDI 的需求正在调整升级，另一方面中国自身也成为日益重要的 FDI 来源地，并且已是低收入邻国资本和技术的重要来源。2010 年上半年，中国境内投资者共对全球 111 个国家和地区进行了直接投资，实现非金融类对外直接投资 178 亿美元，同比增长 44%。

国务院研究室副主任江小涓称，中国利用外资已经进入了一个新阶段，对外资的需求开始从以追求数量为主转向以提高质量为主。

最近几年，中国将促进服务业对外开放特别是承接全球服务外包摆在了重要地位。数据显示，服务业已经成为中国利用外资增长最快的领域。

为了提高核心竞争力，越来越多的大公司将后勤办公、顾客服务、商务业务、研究开发、咨询分析等非核心的服务业务外包。

专家表示，大力发展服务外包业，特别是承接发达国家的服务外包，是中国加速发展现代服务业，提升产业结构的重要突破口，也是中国全面提升在全球产业链、价值链和创新链中的地位的战略选择，进一步增强国际竞争力的关键。

"未来相当时期，服务业对外开放和承接全球服务外包将成为中国利用外资的重要领域。"江小涓说。

商务部外资司副司长潘碧灵认为中国利用外资的新特点是：制造业平稳略有下降，服务业不断上升；跨国并购增加；大力发展服务外包产业。

目前跨国并购在中国只有 5% 左右。潘碧灵说，跨国并购的主体现在还是发达国家与发达国家之间的并购，中国作为发展中国家能够吸引跨国并购说明中国的投资环境在不断改善。外资采取跨国并购这种形式说明对中国投资环境的肯定，如果投资环境不是很好的话，往往采取立体投资的形式，即直接设一个厂。

另外，随着中国产业整体水平的提高和投资竞争的加剧，一些跨国公司也加快向中国转移新技术和研发能力，这也大大提高了中国利用外资的质量。

截止到 2007 年 7 月，外商在华设立的研发中心已近 1000 家。据联合国贸发会议的研究，中国已经成为全球跨国公司海外研发活动的首选地，有高达 61.8% 的跨国公司将中国作为其海外研发地点的首选。

而从政策面来讲，即将实施的以"两税合一"为主要内容的新的《企业所得税法》，成为中国创造吸收外资优势的新起点。

中国社会科学院财政与贸易经济研究所的裴长洪认为，从"两税合一"改革的内容来看，中国对待外资的态度已经转向"更重质量"的高级阶段，即鼓励外资重点投向高新技术产业、先进制造业、服务业、农业和环保产业，同时严格限制高污染、高能耗的项目进入。

三、中国引进外资过程存在的突出问题

1978 年经济改革以来，外商直接投资（FDI）取得了相当大的进展，成为中国经济得以高速增长的一个重要原因。但是，中国在引进外商直接投资的过程中也遇到了很多问题，尤其是在最近几年，由于国内国际经济形势发生了新的变化，这些问题有可能变得更加突出，因此需要加以关注。

（一）外商直接投资可能带来的国际收支风险

从融资的角度来看，外商直接投资的利润收益相当于对外借款的利息。由于外商直接投资的风险较高，其要求的利润回报率也大大高于商业银行的贷款利率。根据世界银行的报告，90 年代外商直接投资在发展中国家的年回报率为 16% ~ 18%。如果外商投资企业要求将利润汇出，将给东道国的国际收支平衡带来压力，如果东道国的经常项目顺差不足以支付这部分利润，甚至会导致国际收支危机。比如东南亚金融危机之前，马来西亚的投资收益汇出突然增加，但是新的外商直接投资流入不足以弥补投资收益的汇出，这是马来西亚爆发金融危机的重要原因之一。

中国是否会发生类似的情况，主要取决于新增的外商直接投资能否持续不断地流入，外商直接投资作为一个部门究竟创造的是贸易顺差还是贸

易逆差，外商投资企业的利润主要是汇出还是在中国进行再投资。

首先，中国加入 WTO、中国经济的持续增长等国内因素将带来外商直接投资的继续增长，但是，美联储不断加息将导致部分资金流向美国，从而减少流向新兴市场国家包括中国的资金，未来外商直接投资的增长趋势并不明朗。

其次，在整个 20 世纪 90 年代，中国的出口顺差主要是由中国的国有企业创造的。比如根据联合国贸易和发展会议（UNCTO）的报告，2000 年中国贸易顺差为 241 亿美元，其中仅有 22 亿美元是在华外资企业创造的。今后，随着人民币汇率实际升值、中国劳动力成本逐渐提高，到中国利用廉价劳动力建立出口基地的外资企业将逐渐减少，但是由于中国居民收入水平的提高，中国加入 WTO 之后对服务业开放并取消了对外资企业外汇平衡的要求，越来越多的外国跨国公司把占领国内市场作为目标，外资企业对贸易顺差的贡献将进一步减少。

最后，目前 80% 以上的外商直接投资利润并没有汇出国外，而是作为再投资留在了中国，最近几年外商直接投资利润汇出在逐渐增加。随着外商直接投资存量的不断扩大，外资企业累积的投资收益也逐渐膨胀。假定外商投资利润率保持在 10%～15%，当前 5000 多亿美元的外商直接投资存量就会产生 500 多亿的可汇出利润，为了保证经常项目平衡，中国的贸易顺差就必须相应地保持在 500 亿美元的水平上。以 5000 亿美元为基数，假设每年外国投资者把所有利润用于再投资（设利润率为 10%），即便没有新的资本流入，5 年之后外商直接投资的存量仍将达到 8000 亿美元。如果届时外国投资者把当年利润汇出，为了维持经常项目平衡，中国就必须获得 800 亿美元的贸易顺差。最终会有一天，中国赚取的贸易顺差不足以弥补外资企业的利润汇出，于是可能会出现国际收支危机。

当然，上述情况仅仅是一种可能性而不是必然性。如果外国直接投资具有足够大的进口替代作用和出口促进作用，这种投资就不一定会导致中国国际收支的不平衡。但是，做到这点是相当困难的。我们必须严密监控外资企业利润汇出的动向、外资企业贸易格局（出口导向还是国内市场导向）的变化，以防止发生国际收支危机的突然逆转。

（二）可能带来的资源错误配置

发展中国家引进外资的主要原因之一是弥补本国储蓄的不足，为经济增长所需的投资提供资金。从国际收支的一般规律来看，如果一国引进外资，其资本项目出现顺差，与此同时，其经常项目应该出现逆差，这样才能做到国际收支平衡。美国就是这样的情况。相反，如果一国是经常项目顺差，那么它应该是资本流出国，即资本项目应该是逆差。如日本就是这样的情况。

当前，中国出现了一种很奇特的情况，即贸易项目（经常项目）顺差和资本项目顺差并存。为了保持国际收支平衡，外汇储备不断增加。如果一国的出口大于进口，该国就没有必要向外国借钱。这说明，中国引进外资并非是由于缺钱，而是由于其他一些因素。

首先，可能是由于某些重大项目具有不可拆分性，或是由于外方控制着核心技术不愿意出售，中国无法直接从国外购买成套设备直接在国内建厂，而只能通过引进外资的方式对外方让渡更多的利润空间。其次，可能是因为中国金融体制改革相对落后，国内企业尤其是民营企业融资渠道不畅通，因此只能通过合资的方式间接融资，于是，外商并未进行实物投资，而只是注入了一笔外汇资金，中方把外汇换成人民币并未用所得外汇进口外国投资品。这便表现为外汇储备增长但并未影响贸易差额。最后，中国引进的外商直接投资中有相当一部分是属于"回流"，即原本是中国的资金，在流出国境之后改头换面为外资，重新流入国内。这部分"回流"资金主要是为了套取对外商直接投资的优惠政策，或是某些部门对外资开放而对国内企业不开放，或是对外资企业的产权保护优于对国内企业等。根据最新的估计，这部分"回流"资金可能占中国引进外资的40%左右。

持续双顺差的存在，说明中国的资源配置机制存在着严重缺陷。如果国内融资渠道畅通，中国原本可以利用国内储蓄直接转化为国内投资，也不需要担心引进外资对国际收支产生的负面影响。持续而被动增加的外汇储备已经超过了按照国际标准需要持有的最优规模。中国的外汇储备主要用于购买收益率极低的美国国库券，一方面带来了收益的损失，另外大量持有美国国库券也迫使中国不得不担心美元汇率的波动，如果美元贬值，中国将遭受外汇储备贬值的损失，这使得中国处于一个非常被动的局面。

（三）可能对完善市场机制带来的负面影响

外资企业进入中国，能够促进国内的竞争并由此带来效率的提高，但是，按照经济学中的"幼稚产业论"，如果在时机不成熟的时候允许外资企业进入那些国内企业刚刚起步的新兴产业，由于跨国公司在规模和技术上已经占有绝对优势，很可能会带来行业垄断，这样反而不利于市场竞争。比如在彩卷行业、洗涤用品行业等已经出现了原有品牌丢失、跨国公司垄断或控制全行业的局面。最近几年，外资开始对某些行业通过兼并等方式进行全行业收购，这尤其值得我们关注。产业丢失、企业倒闭之后，一般很难再重新进入和崛起。

与此相关的一个问题是外资和民营经济的国民待遇。随着 WTO 开放承诺的日期逼近，越来越多的领域即将对外资开放。但实际上很多领域并没对民营资本开放，这对中国民族产业的发展损害极大。再加上外资往往享有很多优惠，进一步加重了对民营资本的平等竞争压力。

（四）可能带来的社会成本

在衡量外商直接投资的收益时，必须充分考虑到外资企业可能会产生一些负面的外部性，这些问题均应被纳入外商直接投资的社会成本，这样我们才能准确地计算出引进外资的净收益。

首先，外商直接投资可能带来的财政成本。由于各地竞相引进外资，并展开了对外资提供优惠政策的竞赛。国家规定外资企业可以享受基本税15%以及"两免三减半"的优惠政策，但是很多地方均以各种方式突破了这一政策底线。由此造成的缺口最后不得不由财政补贴。各地为了吸引外资竞相压低土地价格甚至出现了"零地价"、"倒贴三通一平"，这也带来了国家财源的流失。

其次，外商直接投资可能会带来的环境成本。地方政府出于政绩考虑和 GDP 崇拜，往往为了更多地引进外资、增加当地的产值和 GDP 而不惜牺牲环境。某些外资企业利用中国产业政策的漏洞，向我国转移高污染对环境有极大破坏性的行业。比如印尼的金光集团，先在海南兴建 350 万亩速生林，最近又计划在云南思茅兴建上千万亩的速生林。这些地方原有森林覆盖率很高，为了兴建速生林必须砍伐大量原始森林，对当地的生态将产生颠覆性的影响，当地将出现一片"绿色沙漠"。

最后，外商直接投资可能加剧中国的地区差异。从"九五"计划期间（1996～2000 年）各省、自治区和直辖市利用的外商投资总额来看，东、中、西部地区所占比重分别为 85.6%、9.5% 和 4.9%。这种局面估计不会发生很大的改变，外商直接投资将成为加剧中国地区间差距的主要因素之一。

（五）改变引进外资的机制模式

1. 改变引进外资政策的战略目标

引进外资的目标应该是促进国内企业发展及竞争力的提高，而不应该把追求 GDP 的增长作为最终目标。引进外资的规模的档次应该以中国企业的竞争力水平为限度。在我国企业竞争力较强的行业可以通过引进外资鼓励进一步的竞争，在我国企业竞争力较弱的行业应该慎重引进外资，同时要鼓励本国企业加强自主研发能力，提高竞争力。在某些敏感行业如金融

部门应该限制外资企业的进入，同时加快国内企业的改革，加快对国内资本的开放。

2. 中央统一对外资的优惠政策

尽快清理整顿各地不规范的优惠政策，根据产业发展的需要重新设计优惠政策，如在鼓励外资出口的基础上加快产业结构升级，对于传统的劳动密集型行业、主要针对国内市场销售的行业，应该减少优惠政策。对于那些中国在国际市场上具备突出竞争优势的劳动密集型产业，补贴多数都在国际市场上的价格战中消化了，补贴的最大受益者是国外消费者，而不是企业本身或者企业内部的职工，这些补贴完全可以削减或者取消。对于那些在国际市场上占据绝对优势的劳动密集型产品，可以考虑适当征收出口税，同时还可以考虑把以往的补贴直接用于产业职工的人力资本投资，或者是产业内部技术升级。

3. 贯彻国民待遇原则，创造外资企业和国内企业的平等竞争机会

外资企业在和国内企业的竞争中享受着某些特权：一是对三资企业采取的优惠政策，比如对三资企业的税收减免以及对这些企业作为投资进口的设备的关税优惠；二是在对三资企业实行市场准入的同时却对国内企业闭紧大门；三是在外贸体制和资本管制方面也有利于外资企业，比如在进出口经营权上，国内绝大多数企业没有这种权限，而三资企业却有。国有企业创造了大量的贸易顺差却无法方便地利用自己赚取的外汇进口资本品，进行技术改造和设备更新。国内企业在对外投资方面也受到诸多限制。

4. 提高资本管制的效率

在逐步放松资本管制的同时要有针对性地提高资本管制的效率，某些项目仍然可以适当放宽，为国内企业"走出去"创造更有利的环境。但是要加强对外资企业利润汇出、短期资本流动和资本流动中的异常行为的监督。

5. 加强对外商直接投资的相关统计

由于当前统计中的缺陷，使得我们无法准确把握中国利用外商直接投

资的实际来源和真实规模。尤其是应该改进对国际收支平衡表中外资收益项的统计。目前仍然是按照估计的方法统计该项目，这种估计方法并不准确且存在明显的低估，这一缺陷使得国际收支平衡表无法真实地反映外资企业在中国的收益情况，也使得我们无法真实地了解到外商直接投资造成的收入流失状况。

四、围绕中国利用外资的实践与论争

在外商投资快速增长的背景下，我国关于利用外资的争论不断演绎，大约每隔七八年就会发生一场大规模的利用外资争论。20 世纪 80 年代初，围绕着中国是否应该利用外资、以市场换技术是否必要，展开了激烈争论；1988 年前后，在"治理整顿"中围绕着利用外资是否扰乱了经济秩序、外资给中国带来了什么、中国是否被外资利用等问题，展开了新的争论；1995 年前后，在"软着陆"期间，围绕着外商投资是否威胁了国家经济安全、垄断了中国市场、挤垮了民族经济和民族品牌等问题，掀起了又一轮大规模争论；2004 年，在压缩经济过热中，对利用外资的争论再次鹊起，争论集中在：外资对我国经济的影响到底是什么，中国是否还应该积极利用外资，中国是否过多地依赖外资，外商投资是否垄断了中国市场，我国利用外资是否存在"拉美化"危险，利用外资的优惠政策是否必要等六个方面。

（一）外资对我国经济的贡献到底多大

有学者指出：一些外商投资企业转移价格、偷逃税款；合资外方以技术、设备、品牌等投资时高估价格，造成外资实投资本金不足，侵害中方

167

利益；在技术转让中谨小慎微，制约对中国的技术扩散效应；向中国转移高污染产业或污染企业。外商投资对中国的经济技术进步贡献不大。

到底该如何评价外商投资对中国经济成长的贡献呢？

20世纪90年代以来，中国已经成为吸收外商直接投资（FDI）最多的发展中国家，外资经济早已成为中国经济极其重要的组成部分。有关专家经过纵向比较，概括出外资对我国的十大作用：推动经济增长、促进资本形成、提高工业产值和增加值、提升出口规模、创造外汇、缴纳税收、提供就业机会、促进技术转移和生产力提高、产生正向的外部效应以及提升中国企业竞争力。

其实，研究外资的作用不能离开中国特定的社会经济和制度条件。在经济转轨时期，利用外资产生的制度变迁效应和制度贡献是极其重要的。外商投资推动我国形成以公有制为主体、多种所有制经济共同发展的格局；中外合资、合作企业直接改变了企业的治理结构，在内资企业与外资企业的竞争中，间接加速了国内企业制度变迁、收入分配制度变迁；外资参与或推动着国有企业重组；创造一些产业部门，弥补国内市场的产业空白，增加市场供给，为迅速消除短缺经济作出了巨大贡献。以利用外资、对外开放促进改革和发展，成为中国奇迹的重要因素和独特的发展道路。考虑到外商投资产生的制度变迁效应，简单定量估算其对中国经济的贡献率是不可取的。

当然，也不可否认，窗口打开了，也会飞进一些苍蝇、蚊子，消灭掉就是了，在外商投资中会带来一些问题，指出这些问题是重要的，但它比起利用外资加速发展的积极效果，毕竟要小得多。外商转移价格是世界上普遍存在的，不光在中国才有，我国必须采取适当措施抑制跨国公司转移价格；外商虚报资产价值却得不到有效控制，与我国一些政府官员攀比引资规模和政绩，缺乏相应管理知识和经验等直接相关，需要努力治理；跨国公司是否进行技术转移是企业的竞争策略，取决于跨国公司自身利益和跨国公司在东道国市场的竞争状况，只要我国企业竞争力提高，跨国公司在我国市场上的竞争加剧，跨国公司就不得不把高新技术转移到中国市场，否则它就无法赢得竞争，我国企业也会获得更多的学习机会，扩大外商投资的技术扩散效应；外资企业将高污染产业或企业转移到我国，是在我国一些地方政府没有严格执行外商投资企业产业政策的情况下发生的，其实，我国内资企业总体污染程度比外商投资严重得多，解决环境污染问题，应该在国民待遇原则下对内外资企业适用同样的标准。

（二）中国是否应该继续积极利用外资

有学者认为，我国近几年利用外资的规模过大，对我国民族经济的发展带来了不利影响，而且中国的短缺现象已经不存在，资本缺口和外汇缺口已经消失，所以不需要更多的外资。

我们认为，在未来很长的一段时期内，我国还应该继续积极利用外资。

首先，解决资金缺口并不是中国引进外资的根本目的，外资对中国经济最大的贡献也不在于解决了资金缺口，而在于推动制度变革和体制创新。目前中国经济需要解决的主要问题仍然是体制转轨。经验证明，这仅仅靠内生力量是远远不够的，必须通过引进外资从而引进外部的改革推动力。

其次，我国资金短缺事实上还很严重。我国资金富裕只是表面现象。第一，我国居民个人储蓄存款规模庞大是在特殊的历史条件下形成的：经济体制转轨带来的结构性失业、国有企业改革带来的摩擦性失业以及社会保障制度改革和医疗制度改革等带来的居民支出增加，都使人们对未来的风险预期增加，从而导致大量预防性被动储蓄；第三轮财税体制改革打击"小金库"力度的加大使得地方政府"公款私存"的现象明显，从而给储蓄存款中增加大量非正常储蓄；我国商业企业、金融部门的统计数字浮夸严重，虚增了存款数额。第二，有些地区如温州出现的资本过剩并不是真

正的过剩，而是一种相对过剩，是与我国民间资本所有者有限的技术、知识、管理技能等相比而言显得过剩了。而也正因如此，中国才需要继续积极利用掌握着先进技术、管理知识的外资。

再次，积极利用外资是中国融入世界经济的需要。中国要不要积极利用外资，实质是中国要不要参加经济全球化。经济全球化作为一个趋势已经得到了世界各国的普遍认同和积极参与。在各个国家的资本、人员、服务、文化等相互融合的大背景下，再加上我国看到了参与经济全球化为发展中国家带来的种种好处，我国正确地选择了实行对外开放、参加经济全球化的战略和政策，而跨国公司和国际直接投资的增加是经济全球化的内容和表现，中国利用外商直接投资是参加经济全球化的内容之一。

（三）中国对外资的依赖程度到底有多高

国家发改委宏观经济研究院发表的一份报告中指出，中国利用外资过多，现今外资依存度（实际使用 FDI 总额占 GDP 的比重）已达 40% 以上，大大高于一些发达国家和亚洲国家与地区，对外资的依赖程度过高。我们认为，"对外资依赖程度过高"这种说法是一种虚幻的夸张。衡量一个国家是否过度依赖 FDI 以及 FDI 的规模是否合理，不能仅仅看绝对数量，还要看相对规模。虽然中国吸引 FDI 从绝对金额来说非常可观，但如果用 GDP 矫正后，中国吸引的 FDI 相对于其经济规模而言，并非特别突出，甚至略显过低。

所谓"外资依存度 40% 以上"只是反映了改革开放以来实际利用 FDI 的总和占某年 GDP 的比重，但把改革开放以来各年使用 FDI 简单相加没有意义。外商投资企业倒闭、撤离、资产折旧等影响外资存量的因素很多，至今在国家批准设立的 50 多万家外商投资企业中，实际在册运营的仅有约 25 万家，有超过一半的外商投资企业已经有名无实，把各年 FDI 相加得出存量 FDI 总量明显夸大了存量外资规模，夸大了外资依存度。外资依存度应该是当年实际使用 FDI 占当年 GDP 的比重，如 2003 年实际使用 FDI 占当年 GDP 的比重仅有 3.79%，把各年 FDI 相加与某年 GDP 相比，能够说明什么呢？

（四）外资企业是否已经垄断中国市场

随着外商投资的增长，一些领域的外资企业市场占有率提高，但有人由此便认定外资垄断中国市场则太过武断。根据中国商务部的统计，在制造业中，外商投资企业市场占有率较高的行业依次是：电子及通信设备制造业、仪器仪表文化办公用机械业、文教体育用品制造业、皮革毛皮羽绒及其制品业、家具制造业、服装及其他纤维制品业、塑料制品业、食品制造业、橡胶制品业和金属制品业。这些行业恰恰是市场准入门槛低、市场竞争较充分的行业，其中不仅都有大量的内资企业参加市场竞争，而且外商投资企业也较集中，在同一行业中有几百家甚至几千家的外资企业角逐，外资企业中有许多是中方控股或中方参股的，外资对中国不同行业的控制是非常有限的，并未出现外资垄断现象。

另外，"外资对内资产生了挤出效应"这一说法也是片面的。在买方市场上，企业之间的竞争是难免的，一些企业对另一些企业构成竞争压力，迫使其退出市场或不能进入市场。如果这叫做"挤出效应"，恰恰是市场经济中必然的现象。当然，为了避免内外资企业间的恶性竞争，可以利用产业政策，对于市场已经饱和的投资采取限制性措施。另一方面，外资与内资企业之间也可能产生"协同效应"。事实上，外资的协同效应更大，我国凡外资比较活跃的地方，民间投资和国内投资也非常活跃。如广东，包括民间资本在内的各方面投资都非常活跃；比如 IT 业，外资投资很多，国内投资也很多，并非外资挤出内资，而是共同发展。

当然，考虑到外商投资在加剧中国市场竞争的过程中，存在着跨国公司依靠强大的技术、管理、营销、人才、资金等优势取得市场领先地位，

171

外资企业市场占有率提高，具有产生垄断的可能性，我国必须加紧制定《反垄断法》，在《反垄断法》下对付跨国公司可能出现的市场垄断行为。

（五）"拉美化"是否正在渐趋渐近

跨国公司是国际上技术创新的主体，掌握着大量的先进技术，一旦外资大量购并本国企业，往往导致国内企业技术研发投入减少，甚至跨国公司主导了国内的技术发展。如巴西在外资购并国内汽车企业后就出现过这样的情况。有人担心中国利用外资会造成国内技术研发投入下降、技术控制在外商投资企业手中以及酿成金融动荡和金融危机的"拉美化"。

其实，我国与拉美国家利用外资的方式明显不同。一方面，拉美国家外商以购并方式的投资占有较高比重，而在我国吸收的 FDI 中，绿地投资占了 95%，并购投资仅占了 5%，而拉美国家恰好相反。众所周知，跨国购并投资会减少东道国竞争对手，从而可能会减少东道国企业技术研发投入；新建企业则不会出现这样的结果。另一方面，我们有大量的国有企业控制着关系国民经济命脉的关键行业和主要领域，在社会经济中发挥着主导作用；有鼓励、允许、限制或禁止外资投资的产业政策对外商投资加以引导。虽然在开放的条件下我们不能期待也不应该期待所有的技术和产业都控制在内资经济手中，但可以做到主要的经济领域由内资经济主导。事实上，中国在利用外资的过程中，跨国公司在加快研发本土化的同时，也产生了一定的技术外溢效应，一批内资企业在技术研发、市场营销等方面，已经与外资企业展开了全方位的竞争，中国经济并未形成外资主导的局面。至于少数并不关系国民经济命脉的非关键行业和主要领域由外资控制，是产业分工的发展和表现，也是中国参加国际分工和经济全球化的结果，无须大惊小怪。

而且，中国与拉美爆发危机的国家外资构成也存在明显差异。20 世纪 80 年代中期以来，外商直接投资一直是中国利用外资的主要形式，而发生金融危机的拉美国家以及东南亚国家和地区、俄罗斯的外商投资则是以外商间接投资为主。证券等外商间接投资稳定性较低、投机性和流动性强，一旦有风吹草动，就迅速抽逃，从而加剧一国的金融波动；而直接投资稳定性较高，资产不易转移。更何况中国人民币的资本项目还不能自由兑换、我国股市和汇市都没有放开以及利率仍未做到完全由市场调控，所以我国不存在利用外商投资方面"拉美化"危险的基础，所谓中国利用外资造成"拉美化"纯系危言耸听。

事实上，近些年来，在跨国公司咄咄逼人的竞争面前，内资企业也加大了技术研发的投入，国内技术研发投资规模不断扩大，占 GDP 的比重呈现先抑后扬的总体上升态势，目前已经超过 1%，虽然低于发达国家和地区平均 2% 以上的水平，但高于大多数发展中国家 1% 以下的水平，并没有因为跨国公司投资导致本国研发投入下降。当然，面对跨国公司咄咄逼人的竞争，中国企业还必须加大技术研究开发的投入，政府应该鼓励并支持企业为技术进步所做出的努力，支持企业自主研究开发技术提供相应的帮助。

（六）外资优惠政策是否应该马上取消

长期以来，我国在利用外资过程中，针对外商投资企业设置了以所得税为核心的优惠政策体系；同时，各地方政府为了吸引外资，还实行了多种多样的优惠待遇。所以，就有学者反对继续给与外资"超国民待遇"，因为这会导致外资与国内资本的不公平竞争，而且其导致的外资大规模涌入也会压抑民间资本和民族产业的发展。我们认为，我国外商投资的高速增长与优惠政策是分不开的。

首先，资本的逐利本性和我国经济体制转轨的现状使得对外资给与某些优惠政策成为必要。资本总是流向利润率高的地区。外商在世界范围内进行投资区位选择时，类似于消费者在市场上对产品的选择，他们都会做

出使得自身利润（或效用）最大化的决策。由于外商长期生存在市场经济体制下，熟悉市场经济下的运行规则，而我国在经济体制转轨过程中，经济体制尚不健全，外商无法获得正常的利润。得不到正常的利润，外商就不来投资。为了吸引外资，就要使外资获得较高的利润率。实行优惠政策，恰恰可以弥补我国的体制缺陷，保障外商投资获得较高利润率，吸引外商投资。

其次，我国的特殊国情使得外资在有些方面受到低国民待遇，给外商必要的优惠政策也是改善我国产业内部中、外资企业竞争环境的需要。比如我国国有企业仍然存在着政企不分的现象，行政机构对国有企业的不必要干预和过度保护同时并存，由此也造成了"预算软约束"问题没有得到根除，如国有企业投资的可行性报告要由政府计划管理当局审批，企业经营不善造成亏损则给予一定的政府补贴，为了维持国有企业生存，政府要求银行为资金周转困难的企业提供贷款，贷款不能偿还则剥离不良债权，实行"债转股"，甚至由国务院注资为其还债。总之，外商投资企业与国有企业并未能实现真正的平等竞争，贸然取消对外商投资企业的优惠政策必然影响外商投资的兴趣，影响外资流入。

再次，对外资的优惠政策是我国与世界其他国家进行博弈以争取优质外商投资的手段。据统计，过去10多年，世界各国的FDI政策主要集中于更多地吸引FDI。1991～2002年，有165个国家对本国FDI法规进行了1641项修订，其中，95%是以FDI政策更加自由化作为目标。2001年，在各国FDI的法规变革中，旨在创造更有利FDI流入的措施占有非常高的比例。2002年的比例更高，在全球248项外资法规修改中，有235项变革更有利于吸引FDI。可见，积极吸引外资并给外资必要优惠是世界各个国家正在努力推动的事情。如果我国断然拒绝给外资以优惠，必然在世界范围的大博弈中处于劣势，将不利于我国经济的持续发展。

此外，一些外商投资企业享受到的优惠照顾，并非都是优惠政策待遇所能够涵盖的，更多的是在操作的层面上，一些政府主管官员在外商的攻关攻势面前，利用行政权力掌控资源配置，迎合外资的需要，给予外商投资企业特殊照顾，内资企业得不到的投资条件，外资企业可以得到。既然如此，即便取消对外商投资企业的优惠政策待遇，也无法实现各类经济成分平等竞争。

从长计议，按照市场经济的要求，实行按照产业、区域设置投资优惠政策，而非按照经济成分实行不同的投资政策待遇，将是未来发展方向。但这样的政策调整应是一组政策，而非单一的政策调整。即把给予外商投资企业国民待遇和统一国有、私人、个体等内资企业的政策待遇，取消单独对外商投资企业的优惠政策待遇，硬化国有企业的预算约束，减少政府官员滥用行政权力左右资源配置的机会等有机结合起来，才是可行的，才具有可操作性。

在中国成功告别了短缺经济后，外资经济与内资经济之间的竞争关系日益突出，利用外资进入了新的阶段。我国必须重新审视外商投资的作用和政策，抛弃那些似是而非的错误观念，统筹内外资经济之间的关系，妥善处理外资经济高速增长中伴生的新问题，从而积极合理地有效利用外资。

五、中国正在成为新的"世界工厂"

或许中国是远近闻名的世界工厂，但随着制造业企业将生产线向成本更低廉的国家转移，一家香港内衣制造商发现泰国更具吸引力。

黛丽斯国际有限公司一直从该公司位于华南的工厂向沃尔玛等公司供货，但随着工人对工资的要求越来越高，这家公司开始被迫面对中国的新现实。

黛丽斯首席财务官迈克尔·奥斯汀坐在与广东省一界之隔的香港办公

室里说道，公司发现工资每年都要上涨 20%。"中国的政策是五年内工资翻番，我们估计速度会比那更快。"

毗邻香港的经济特区深圳 2011 年 4 月份将最低工资从 1100 元人民币（合 172 美元）提高到 1320 元，随后这家公司便加速了裁减缝纫工的计划，从几年前的 1000 人压缩至 400 人。电子产品代工制造商富士康发生连环自杀事件后，中国政府也在全国范围内提高了制造业的工资。

然而黛丽斯面临的更大挑战是中国人口结构的变化。每年加入劳动力大军的年轻工人越来越少。由于独生子女政策以及对男孩的普遍偏好，而将女性胎儿选择性堕胎的做法，产生了一个反常的现象——工厂中的女工越来越少。华南地区的企业主报告说，现在工厂工人的男女比例为 60：40，而过去女性曾占据主导。

瑞银（UBS）经济学家乔纳森·安德森分析计算了 2011 年上半年美国和欧盟的进口数据后，发布了一份报告。他发现中国轻工制造业的份额开始下滑，从曾经的 50% 强减少到了 48%。而受益者包括孟加拉国（对美国出口增加了 19%）和越南（16%）。

安德森谈及劳动密集型制造业向东南亚转移时说，2011 年上半年"似乎是一个很令人信服的转折点"。他表示，与此形成反差的是，本应成为劳动密集型投资"天然目的地"的印度和菲律宾，在这个过程中却成了旁观者。

对于中国工业化程度最高也最富裕的省份广东省而言，这种低收入工作岗位的迁出正好符合省政府领导多年来的倡议。广东省在十二五规划中，将经济增长目标降低到了每年 8%。广东省委书记汪洋曾反复强调必须将污染产业迁出，加强技术密集型产业的发展。

香港大学商学院教授迈克尔·恩莱特表示，一省政府积极寻求告别早期工业发展方式，这可能是历史上的第一次。内地政府的目标也大体相同，但要在全国层面实现这种转变更加困难，因为内陆省份的工人不像广东省的工人那样技术熟练。

176

要深入了解服装和鞋类等低端制造业在以多快的速度撤离华南地区，全球采购企业利丰发布的半年财报也提供了指引。利丰为沃尔玛和玩具反斗城等西方零售商采购商品，涵盖从 T 恤和风帽夹克到家具和美容用品等各种类别。

利丰首席执行官乐裕民披露的一组数据，实际上预示了服装、家具和鞋类制造业将迎来全新的世界秩序。这家市值高达 160 亿美元的企业在孟加拉国的采购额增长了 52%，同时来自土耳其和印尼的采购也增加了 20% 或更多。

李京璞拥有一家生产牛仔服装的公司熙福制衣。为了让公司在激烈的竞争中保持盈利，他将承接的订单规模削减到 2000 件左右。他还转战高端市场，增加了为客户定制产品的业务。李京璞表示，2010 年棉花价格上涨一倍多，加上工人薪资上涨，已经促使竞争对手将工厂搬到了印度。然而，印度生产服装的高废品率让他有些警惕。李京璞仍然将生产放在深圳，这里与香港之间有 24 小时通关关口。

同样，黛丽斯将继续在广东南海市生产高端内衣和胸罩，因为这里的工人生产率更高。在这个绰号"内衣之都"的地区，周围聚集着许多供应商。

中国日渐接近世界一流水平的基础设施、更高的生产率和巨大的人口规模意味着它将继续在牛仔服、服装和玩具制造业占据遥遥领先的份额，正如利丰的公告所揭示的那样。2011 年上半年利丰在华供应商的生产规模增长了 30%，同时有更多供应商转移到了成本更低的内陆省份。乐裕民调侃道，要问全球制造业的"下一个目的地"在哪里，答案还是中国。

2011 年秋季，香港新翼鞋业的老板梁日昌飞到了一些自己以前做梦也想不到会去的地方。梁日昌先后走访了孟加拉首都达卡和埃塞俄比亚首都亚的斯亚贝巴。他此行是为了物色新的生产基地。新翼鞋业是一家专门生产女鞋的公司，目前在中国南方的东莞设有一家工厂。然而，尽管跑了很远的地方，他还是失望而归。

迁移的压力显而易见。过去两三年，中国的劳动力成本以每年15%～20%的速度上涨，不断挤压企业的利润空间，而作为中国制造业发动机舱的广东省，也因此面临着考验。迫于成本上涨和人民币升值，梁日昌不得不把东莞的人手从3年前的8000人精简到3000人。

梁日昌表示，孟加拉的工资水平大约是中国的20%～30%，工人每周工作48小时，相比之下，中国的法定劳动时间是40小时。在孟加拉投资还可享受10年的免税期。然而，他的语气听起来非但没有兴高彩烈，反而显得忧心忡忡。"他们的交通拥堵得可怕，工厂里都在用发电机（因为电力供应不稳定），而物流更是导致生产效率低下。"

达卡之行数周后，他乘坐飞机前往亚的斯亚贝巴。那里的工资更低，但就是找不到配套产业，如鞋底厂和纸板厂。

"埃塞俄比亚的交通没那么拥堵，但那个地方太偏远。"去了一趟印度的钦奈之后，他被那里的极度贫困彻底打消了念头。他现在也拿不定主意，究竟要不要把生产迁移到中国以外的地方。

广东制造商当前所处的环境，已促使许多厂商把生产迁移到南亚和东南亚国家。研究机构龙洲经讯预测，2012年中国的出口增长率将放缓至9%。扣除2011年以来中国制造商转嫁给西方消费者的价格上涨因素，2011年前三个季度中国的出口额仅增长12%。

许多工厂老板都曾考虑过迁移到越南之类的国家，但还是选择了留在东莞，原因就在于这里的供货商网络更加完善，工人的劳动效率也更高。一家手提袋公司的刘老板就是其中之一。

刘老板到华中地区的湖南去过好几趟，考察在当地办厂的可行性，最后也是因为距离配套产业太远和技工不好找而作罢。

他转而加倍努力去留住东莞工厂里那些比较年长的熟练工人，比如为已婚员工家庭提供独立宿舍，并为他们安装空调。通常情况下，工人们都是六七个人住一间宿舍。

刘老板表示，他的利润率从10%降到了3%，但他卖给欧洲零售商的时尚手提袋（售价为 300～400 欧元）每年都要提价 8%。

刘老板的情况普遍存在，并非特例。2011 年 7—8 月期间，中国出口欧盟商品的单价平均上涨了 10%。根据龙洲经讯的数据，这个涨幅略高于土耳其，但远低于墨西哥（17%）和印度（23%）。

尽管如此，中国政府的一项计划将促使许多工厂萌生去意：即在未来几年内，逐年提高最低工资标准，以推动工人的薪资翻倍。

一些公司选择既保留中国的生产基地，同时又到海外扩张。香港上市公司天虹纺织财务总监许子慧表示，该公司从 2007 年起到 2011 年为止，分三阶段在越南开设了数家纱线厂，在那里增添了 2000 个人手。越南的工资水平相当于每月 1200 元人民币，而中国是 2000 元人民币。而且越南工厂的自动化程度更高，需要的工人数量也就更少。

天虹纺织目前在越南雇有 4000 名工人，在中国有 10000 名。该公司四分之三以上的产品在中国销售，这是该公司保留中国工厂的原因之一。

此外，许子慧表示，中国老板一般都不愿意把公司搬到异国他乡，因为"他们不熟悉要怎么管理不同文化背景的工人"。

2011 年以来，即使是在纺织、服装和玩具这些劳动密集型行业，中国制造商也还是能够把产品提价 10%～20%，尽管这些行业不时传出有工厂要搬到东南亚的新闻。"这表明他们获得了一定的定价能力。"

瑞士信贷经济学家陶冬表示，原因很简单。"没有哪个发展中国家能够比得上中国的一半效率。"

中国拥有数量庞大的劳动人口，与其他发展中国家相比具备更高的劳动生产率，港口道路设施也优越得多，这些因素导致企业很难找到可以代替中国的地方。陶冬表示："当中国不再具备这些优势时，也不会出现第二个中国。"

今天的中国，已经是世界上许多工业产品的销售市场，到了 2015 年，它将成为所有产品的最大销售市场。自然，最大市场所在地，也将是最大的工业生产落脚之处。今天的中国已经成为了最大的钢铁、肥料、自行

车、钟表、电冰箱、电视机以及电话通讯中转设备等的生产基地。而且，使中国成为最大生产基地的不仅仅是市场，而且还有大量的廉价而教育程度日益增加的劳动力以及不断增长的工程技术和研究开发人员。

劳动密集型工业早已经开始了大规模落户中国的动作。上个世纪80年代香港把他们的加工工业推向中国大陆，90年代台湾紧随其后，而今几乎全世界的加工业都转向了中国大陆。从世界上的经济报纸上天天都可以看到类似这样的消息：东芝关闭了它在日本的电视机厂，并把它们为国内生产的厂子迁往中国。NEC计划把它在中国为日本生产的计算机部分由10%提高到17%，以便与台湾计算机业基于在大陆生产而提高的竞争力进行抗衡，并制止自己在计算机领域的滑坡。美能达停止自己在日本的照相机生产，并以其在上海生产的照相机取代之。国际商用机器把自己生产和销售40个千兆字节的主板转让给中国的长城集团。摩托罗拉自1992年以来，在华投资100个亿的美金，从而中国成了它的美国之外的第二大生产基地，在手机生产的同时，还生产半导体元件。西门子把它在上海的工厂建成了世界上最大的手机生产厂，自2002年以来就由此向德国销售。爱普科斯考虑要关闭它在德国的工厂，并代之而在中国生产。

这股加工业迁往中国的潮流并没有冲击到东南亚和东亚。戴尔公司把它计算机生产的一部分从吉隆坡迁往中国。位于马来西亚的槟榔屿的雅达电子、电源公司关闭了它的两个电子工厂，而代之以在中国生产。作为最后的一个也许是最令人惊讶的生产线迁移当属印度的大型旅行箱生产企业，这是世界上第二大旅行箱生产商，印度1/3的工作位置出自于它，而它也把生产线向中国转移，因为即便这家公司向印度返销时要增加60%的进口税，但是它的产品成本依然要比在印度生产便宜。

随着加入世贸组织，中国对外国投资的条件从根本上有了改善，从而也就加速了世界各地的工业向中国大陆迁移的速度。中国将成为世界加工工业的中心，成为世界工厂。

尤其是中国将成为世界信息工业的加工厂，计算机硬件的绝大部分都

180

在中国生产。这一成就首先得归之于台湾地区投资者。现在，台湾信息工业产品的生产有半数以上是在大陆实现的。在2000年，台湾地区的显示器在世界市场的占有份额是58%，而其中60%是在大陆生产的。台湾地区的扫描仪在世界市场的占有量是91%，但是台湾扫描仪的85%来自于大陆工厂。1999年，台湾地区的计算机生产量还大于大陆，但是在2000年大陆的生产量就超过了台湾。大陆和台湾地区的生产量超过了日本，而且跃升为世界计算机硬件的生产中心。唯一领先于它们的也就只有美国，而这主要基于美国在软件市场方面的优势。

世界上的半导体加工业也开始了向中国的迁移。半导体生产在此分为两个部分，即从事芯片的设计部分和产品浇铸生产部分。芯片的浇铸生产企业所担负的任务是，根据客户所提供的设计完成芯片的生产。芯片的浇铸生产企业是在台湾地区发展起来的，而今它们在这个行业里依然是世界的领导者。现在，新的芯片浇铸生产企业在中国大陆建立起来了。英国大型的芯片浇铸生产企业需要数千名工程师，而中国大陆有这类工程师。当台湾高等院校每年以4000名电子技术工程师的数量向社会输送时，大陆却每年有15万名电子技术工程师走出高校大门。在上海，一名工程师的费用仅仅是一名工程师在台湾费用的1/4。这就是半导体工业何以从台湾地区转向大陆的原因。最近几年，两个大型芯片生产厂已经投入生产：注册资本12亿美金的上海华虹电子有限公司，而日本的NEC占有其中20%的股份；在天津投资19亿美金的摩托罗拉生产厂。另外的14家芯片生产厂家正在修建或者正在计划之中。仅仅在浦东的长江高技术开发区，上海就打算落户20~30家半导体生产厂和150家芯片设计企业。正在兴建之中的最大的生产厂家是上海宏力半导体制造有限公司，一个投资20亿美金的项目。

对于中国半导体企业发展的不利条件是，美国的禁运条例，它禁止把新一代的，即生产12英寸的晶片（硅片）的仪器仪表以及结构小于0.25微米的芯片向中国大陆出口。所以，现代的芯片浇铸生产就只能放在台湾

地区，这就意味着，至少在本世纪的第一个 10 年里，中国在半导体生产方面的规模不可能像它的市场那样大。但是，未来的半导体生产会像计算机零部件的生产一样，主要的生产基地将落户中国。美国的信息技术工业现在已经开始对中国在生产、配件方面正在形成和已经形成的独立性表示了忧虑。

六、中国成为"世界工厂"的道路与对策

目前，中国正在迅速成为世界工厂。不过，当前"中国世界工厂"乃是中国迅速成为跨国公司"世界性生产基地"的同意语，中国离真正的世界工厂还道路漫长。要建立真正意义上的世界工厂，必须以划时代的新技术革命为基础，把自身工业化和引进工业化结合起来，实现自身工业化和引进工业化的同步发展，这既是中国世界工厂的捷径，也是中国世界工厂的新发展道路。

（一）中国世界工厂的迅速发展及其原因

1. 中国世界工厂的迅速发展

中国国民经济一直保持着世界最快的增长速度，1986～1996 年 GDP 年均增长 10.1%，约相当于日本 20 世纪 50～60 年代高速增长时期的水平。在亚洲金融危机以后以及在当前世界经济增长减速的情况下，中国经济仍继续保持了 7%～8% 的增速，常被国内外誉为"一枝独秀"。在中国经济高速发展的过程中，工业发展尤为迅速。1981～1996 年和 1996～2000 年间，第二产业年均增长率各为 12.1% 和 9.8%，分别超过了同期 GDP 年均增长的 10.1% 和 8.3%。由此，中国主要工业晶产量及其国际地位都迅

速提高了。1978 年，中国世界第一的工业产品只有棉布一种，而 1996 年除棉布外，钢铁、煤炭、水泥、化肥和电视机的产量也跃居到了世界第一，发电量和化纤也跃居到了世界第二。新世纪伊始，中国又成为世界第四生产大国，2001 年家用电器、通信设备、纺织、医药、机械设备、化工等 10 多个行业有 100 多种制品的产量位居世界第一。目前，中国已是世界第一大手机生产国；在计算机及其相关产品方面，2000 年生产额为 255 亿美元，仅次于美国的 1034 亿美元和日本的 454 亿美元，居世界第三位。

在中国工业生产量迅速增加的同时，各种产品的质量也明显提高了。以往，"中国造"在国际市场是"一分价钱一分货"的廉价品，而现在则开始以"质优价廉"著称于世。由此中国工业制成品出口额迅速增加，国际地位也空前提高了。1980 年，中国出口额不足世界出口总额的 2%，而 2000 年则提高到了 4%。2001 年 1～7 月，中国产品占美国和日本进口的比重各为 8.10% 和 15.84%，前者接近亚洲"四小龙"总和的 8.15%，后者超过亚洲"四小龙"总和的 11.59%。号称世界工厂的日本，除服装、玩具和日用杂货等传统劳动密集型产品外，中国家用电器等工业产品的进口量正在迅速增加，其中彩电已占据了 1/4 以上的市场份额。

鉴于中国加入 WTO 以后面临了新的发展机遇，"中国造"工业产品全面进军和占领国际市场已成为不可逆转之势。今后，只要中国解决了资金、技术和管理方面的问题，那么不论是劳动密集型产品，还是资本、技术密集型产品，也不论是传统工业产品，还是高新技术和信息技术产品，"中国造"都将像当年"日本造"一样地席卷世界市场。

2. 中国世界工厂迅速发展的原因

（1）中国世界工厂迅速发展的主要原因首先是得益于改革开放的成功。1978 年以来，特别是 1992 年以来，中国坚持改革开放的方针并且坚持以直接投资为中心引进外资，外商对华直接投资从无到有、发展异常迅

速。1979～2001 年，中国共引进外商直接投资 3935 亿美元，其中 2001 年为 468.46 亿美元，2002 年还将超过 500 亿美元。由此，20 世纪 90 年代以后中国就成了吸收直接投资最多的发展中国家，其中 1993～1997 年仅次于美国，是世界第二吸收对外直接投资大国。外商直接投资不仅给中国带来了工业化所必要的资金，而且还给中国带来了先进的技术和先进的管理，从而使中国工业的生产规模、技术水平、产品结构和企业管理都有了飞跃性的提高。

（2）中国既是世界人口最多的国家，也是农村剩余劳动力最多的国家。在国有企业改革的过程中，城市出现了大量的下岗人员。由此，中国就成了世界上劳动力供给最丰富的国家。由于 1994 年前人民币大幅度贬值和近年来人民币稳定，中国工资不仅一直处于世界最低的水平，而且与发达国家的工资差距也未因经济高速发展和国内工资水平迅速提高而缩小。1980～2000 年，全国职工年均工资由 762 元提高到 9371 元，虽然提高了11.4 倍，但按美元计算由 509 美元提高到 1132 美元，按日元计算由 115724日元提高到 121917 日元，前者只提高了 1.2 倍，后者只提高了 5.4%。结果，中国工业长期保持了世界最低工资成本优势，在国际竞争中处于极为有利的地位。

（3）以 13 亿人口的巨大需求为基础，中国是世界上潜在规模最大的大市场。在改革开放过程中，随着经济高速发展和人民收入迅速增加，告别短缺经济进入小康阶段的中国人憧憬现代生活，产生了旺盛的超前的需求欲望。由此，中国潜在大市场就迅速转化为现实大市场，从而为工业化发展创造了最为有利的市场条件。家庭普及率很高的电视机、电冰箱、音响等家用电器姑且不论，就连高新技术产品，中国也正在迅速成为世界第一大市场。以信息产品为例，1999 年中国手机用户为 4330 万人，居美国（13455 万人）和日本（5685 万人）之后，列世界第三位。其后不到 2 年，2001 年手机用户就迅速增加到 15500 万人，一举成了世界第一手机消费大国。就计算机市场而言，1999 年中国计算机拥有量为 1550 万台，平均每百人1.2台，虽只分别相当于美国的1/9和1/43，但总量已跃居世界第五位。鉴于近年来中国计算机市场一直以年率20%以上的速度迅速增加，按这种势头，2006年市场销售量将达2000万台，将成为世界最大的市场。半导体市场也一样，2001年销售额为137亿美元，虽然只占世界的8.5%，但2005年将达400亿美元，2010年前后将超过1000亿美元，也将是世界第一大市场。

（二）现阶段中国世界工厂的基本特征及其意义

1. 现阶段中国世界工厂的基本特征

现阶段中国世界工厂的基本特征是中国迅速成为跨国公司的世界性生产基地。所谓世界性生产基地，就是越来越多的跨国公司特别是世界知名跨国公司根据其全球化经营战略的需要，在全球范围内重新配置经营资源和开展企业内、产业内国际分工时，根据其经营企划、研究开发、生产和销售等环节的客观需要，普遍把中国作为了最有利的生产场所，其原先在欧美和东南亚等地的生产工厂也出现了向中国转移的趋势。

目前，全球500强已有400多家企业来华投资，一些跨国公司不仅把其国内淘汰的产品和行将淘汰的产品部分或全部转移到了中国，有的还带来了最新的技术设备和生产工艺，在中国生产最新开发的新产品。与此同时，外商投资还高度集中在投资环境优越的沿海地区，并利用部分经济中心城市的区位优势，形成了一些迅速崛起的世界性生产基地。其中，最有名的是以深圳、广州为中心的珠江三角洲生产基地和以上海为中心、包括浙江、江苏的长江三角洲生产基地；另外还有以北京、天津为中心的京津生产基地和大连、青岛等生产基地。珠江三角洲、长江三角洲等世界性生产基地的形成，不仅大大提高了中国工业的生产能力和生产规模，而且由于产业集聚的规模效应，还大大改善了中国的投资环境，极大提高了中国工业的世界影响。

由于中国成为跨国公司的世界性生产基地，外资企业在中国工业特别是在对外贸易中已占据了举足轻重的地位。根据统计，2000年，在中国全部工业企业及规模以上非国有企业中，"三资"企业在企业数、资产总额和固定资产净值方面的比重分别为17.5%、20.4%和18.9%；在工业总产值、工业增加值、产品销售总额和利润总额方面的比重分别为27.4%、24.0%、26.8%和29.2%，都接近或超过了1/4以上。在对外贸易方面，外资企业已占中国进出口总额的半壁江山，其中2000年出口占47.9%，进口占52.1%。

2. 中国成为跨国公司世界性生产基地的意义

在当前世界经济全球化和发达国家产业结构大调整的过程中，发达国家重点发展知识经济和高新技术产业，传统工业向发展中国家转移乃是必然的趋势。在这种形势下，东南亚和中南美都有可能成为跨国公司的世界性生产基地即成为世界工厂。因此，抓住机遇，充分利用中国丰富廉价劳动力和潜在市场规模的优势，加快改革开放，大量吸引外资特别是世界知名跨国公司的大型投资，乃是中国紧迫而现实的选择。否则，一旦东南亚或中南美成为跨国公司的世界性生产基地或世界工厂，中国就只能等待下一轮世界经济结构的调整，从而贻误时机，被世界经济全球化的潮流所淘汰。从这个意义上说，中国迅速成为跨国公司的世界性生产基地，这既是当前世界经济全球化迅速发展和发达国家产业结构调整的必然结果，也是中国实现跨越式发展、迅速赶超世界工业强国的客观需要。

经济国际化、全球化的主要内容是生产国际化、全球化，而跨国公司海外生产的发展和扩大则是其重要表现。众所周知，发达国家经济国际化、全球化是从以资本输出为中心的对外经济扩张开始的，这就是所谓的外向性国际化、全球化。在发达国家普遍对外经济扩张的基础上，由于各发达国家相互投资、相互渗透，其经济国际化、全球化才开始呈现出外向性、内向性同时发展的局面。相比之下，发展中国家经济国际化、全球化乃是从接受发达国家资本输出即接受发达国家经济扩张开始的，这就是所谓的内向性国际化、全球化。从发展中国家经济国际化、全球化的发展道路看，发展中国家只有建立开放型经济，在首先发展内向性国际化、全球化的基础上，才能通过资本和技术的积累，逐步形成外向性国际化、全球化的能力，最后实现内向性国际化、全球化和外向性国际化、全球化的同步发展。由此可见，中国迅速成为跨国公司的世界性生产基地，这既是中国经济内向性国际化、全球化发展的表现，也是中国经济国际化、全球化起始阶段的客观需要和必然结果。

（三）　中国迅速成为跨国公司世界性生产基地存在的问题

1. 外资对中国工业的控制和垄断

在计划经济时代，为实现经济独立和保护国内产业的发展，中国一直对外国资本持警戒态度。改革开放以来，大量吸引外资特别是吸引世界知名跨国公司的大型投资已成了中国加快经济发展最重要的举措之一。1999 年和 2000 年，外商投资占中国全社会固定资产投资总额的比重分别为 8.9% 和 7.9%。在中国全部国有工业企业及规模以上非国有企业的实收资本中，"三资"企业所占比重 1995 年为 26.7%，2000 年提高到 29.8%。在中国制造业"三资"企业的注册资本中，外方出资比重 1996 年为 65.6%，2000 年提高到 69.7%。结果，随着中国迅速成为跨国公司的世界性生产基地，外资不仅在服装、皮革、家具等劳动密集型产业投资生产，而且在化妆品、饮料、家用电器、塑料制品、金属制品等资本、技术密集型产业，在汽车以及电子、通信设备、医药等影响中国未来发展的支柱产业和高新技术产业，也都占据了相当的生产比率和市场份额，其中在手机、化妆品、化学制剂药品和感光材料等一些部门甚至还获得了垄断优势。

从跨国公司的全球化经营战略看，世界知名跨国公司之所以迅速扩大

对华直接投资，在中国建立生产基地，其最主要的目的有以下四点：一是利用中国丰富廉价的劳动力资源，降低生产成本；二是控制和占领中国市场；三是通过控制和占领中国市场来控制和占领世界市场；四是通过企业内、产业内的国际分工，在全球范围内重新配置经营资源，实现企业经营的战略转移。由于上述目的，随着外资对中国工业控制和垄断程度的提高，跨国公司就以占领中国市场为目标展开了激烈的竞争，从而使中国企业不出国门，就同时面临了国际市场和国内市场的双重竞争。结果，在中国企业积极开辟国际市场的同时，跨国公司已率先把中国变成了其重要的国际市场。

2. 外方对企业经营权的控制

随着改革开放的深入发展，控制外方出资比率的政策措施已逐渐放宽或取消了。由此，外方在合资企业中的出资比率和外方独资企业的比重就迅速提高了。1986 年，在新建"三资"企业中，独资企业的比率只占1.2％，而1990 年则提高到25.6％，1999 年又提高到48.5％。在合资企业中，外方实际上也大都控制了企业经营权。例如，美国 P&G 从 1988 年起先后在广州、北京、上海等地建立了 13 家合资企业和 1 家独资企业，而现在部分合资企业已改为了独资企业，继续合资的美方出资比率也提高了，其中在广州的合资企业中方出资比已由 50％ 下降到了仅仅是象征性的 1％。1990 年后德国西门子公司在中国建立了 12 家独资企业和47 家合资企业，现在，除 12 家独资企业外，在 47 家合资企业中西门子已控制了 42 家企业的经营权。从现实情况看，在大多数合资企业中，中方由于在资金、技术、商标、市场和信息等方面的缺陷和不足，大都对继续控制企业经营权失去了信心和兴趣。即使在一些中方优势很强、曾经控制过经营权的企业中，随着时间的推移，只要外方有意控制经营权，中方就很难继续坚持原先的想法，最后大都不得不把经营权拱手让给了外方。通过增资的形式控制经营权，是近年来外商对华直接投资的一大特征。

188

由于外方控制了三资企业的经营权，国内企业在经营方面就面临了越来越大的压力和困难。20世纪90年代以前深受消费者信赖的国产品牌，在外资企业收购和竞争的双重打击下，现已所剩无几了。另外，外方控制企业经营权的结果，还必将对中国宏观经济政策产生越来越大的影响，这在中国努力改善投资环境方面已看得越来越清楚了。

3. 中国企业对外国企业的依赖

目前，中国企业在资金、技术、市场、信息以及企业经营管理方面严重地依赖外资，尤其在关键技术和关键零部件方面还远未摆脱外国企业的控制。目前，中国计算机工业以微机生产为主体，虽然基本上形成了整机、外设、应用产品、零部件机及消耗材料配套的生产体系，其中台式电脑的产量已跃居世界第一，但所需集成电路和芯片几乎全部依赖进口，电脑核心部件CPU国内厂商既没有研究开发能力，也没有生产能力，操作系统软件也完全是依赖Intel公司和微软公司等外国企业提供。家用电器和信息工业也一样，中国家用电器和部分信息产品虽然已基本站稳了国内市场并开始进军国际市场，但有自主知识产权的技术很少，关键技术和关键零部件仍然受制于人。目前，国产彩电、视盘机、PC、手机等产品的芯片一直为外国企业所垄断，集成电路的90%也一直是依赖进口。中国关键技术和关键零部件对日本的依赖尤为严重。例如彩电，不仅集成电路是由日本厂商提供的，而且显像管的27%也都是日资企业生产的。在其他家用电器以及计算机的生产方面，国内知名厂商的背后也都离不开日本企业的影子。

4. 研究开发和技术革新的能力削弱

迅速成为跨国公司的世界性生产基地，虽然大大提高了中国工业的技术水平和国际竞争力，但这种技术水平和国际竞争力主要体现于"三资"企业，至于国内其他企业，大多数仍然还处于技术落后、设备陈旧、产品老化、缺乏竞争力和生命力的状态。从总体情况来看，根据世界经济论坛（WEF）2000年9月发表的《2000年世界竞争力报告书》，中国竞争力在

59 个调查对象中列第 41 位，比 1998 年调查的 28 位后退了 13 位。根据瑞士洛桑国际管理学院（1MD）2002 年 4 月发表的世界竞争力最新排名，中国竞争力在 49 个调查对象中列第 31 位，比 1998 年调查的 24 位后退了 7 位。鉴于 WEF 和 IMD 评价各国竞争力的主要标准之一是技术革新力，并重点调查本国自身的技术革新力，而不是调查跨国公司投资企业的技术革新力，因此，国际竞争力排名后退，就表明中国技术革新力并没有随中国迅速成为跨国公司的世界性生产基地而同步提高。

技术革新的能力不能与中国迅速成为跨国公司的世界性生产基地同步提高，与中国研究开发投资比重低有很大的关系。1990~1992 年，中国研究开发费占 GDP 的比重为 0.7%，而 1993~1997 年则下降为 0.6%，1998 年回升到 0.7% 后，1999 和 2000 年才分别提高到了 0.8% 和 1.0%。相比之下，1997 年日本、美国和德国的上述比重分别为 3.08%、2.54% 和 2.30%，大多数发展中国家也都超过了 1%。从企业研究开发费占销售额的比重看，1998 中国大中型工业企业只为 1.28%，2000 年也只提高为 1.49%。如果包括几乎不进行研究开发的中小企业，则上述比重就更低了。相比之下，日本制造业企业平均的上述比重 1990 年为 3.52%，1997 年又提高为 3.67%，其中医药企业高达 8.06%，软件开发企业更高达 10% 以上。

由于研究开发投资不足，尽管中国在引进技术方面花费很大，但在引进技术的消化吸收方面却成效不多。热心于引进生产线和生产设备，对技术的消化吸收不感兴趣，这是中国企业的通病。从国际比较来看，每引进 1 美元的技术，至少要投入 2 美元以上的消化吸收资金。相比之下，1997 年中国技术引进额为 236.5 亿美元，而消化吸收方面的支出仅为 13.6 亿美元，只相当于前者的 5.8%。由于没有消化吸收就难以创新，因此在许多企业中，所谓的技术革新和技术进步就是从外国买技术、买设备，过几年买进的技术和设备过时了，就再从国外买技术、买设备。长此以往，就形成了"引进技术—引进技术过时—再重新引进技术"的恶性循环。

（四）中国成为世界工厂的道路与对策

1. 中国通往世界工厂的道路

根据昔日英国、德国、美国和日本先后成为世界工厂的经验，中国成为世界工厂并不是一件轻而易举的事情。英国、德国、美国和日本成为世界工厂，都是经过几十年乃至上百年的努力并且以划时代的科技革命为基础，既掌握了世界最先进的制造业生产技术，在世界工业生产和国际市场中占举足轻重的地位，又拥有新技术、新产品的研究开发能力，领导了世界工业的新潮流。以 20 世纪 70 年代后取代美国成为世界工厂的日本为例，其成功也是以全面确立产业技术优势为基础的。50～60 年代，日本通过大量引进技术以及对引进技术的消化吸收和创新，迅速缩小了与欧美各国间的技术差距，实现了重化学工业化。70～80 年代，在以微电子、新材料、新能源和生物技术为代表的第三次科技革命中，日本以科学技术立国战略为中心，在继续引进技术的基础上加强了自力开发研究。结果，日本以汽车、家用电器和半导体工业为中心，不仅在传统工业技术方面全面赶上或超过了美国，其中产业用机器人的开发和运用还处于绝对领先的地位，而且在高新技术的某些领域，也取得了相当的优势。根据日本通商产业省1989 年编《产业白皮书》的统计，在已经商业化的 40 个中高新技术产品中，日本赶上或超过美国的有 36 种。

从世界工厂的发展规律来看，中国要取代日本成为世界工厂，也必须通过新的科技革命，在全面确立产业技术优势的基础上，既靠物美价廉的产品在世界工业生产和国际市场中占有相当的比重，又凭借一流的科技水平和产业创新力，领导世界工业发展的新潮流。这应该是中国在本世纪内的奋斗目标。不过，与昔日的英国、德国、美国和日本相比，中国世界工厂也具有他们所不具备的有利环境。这就是在当时世界经济国际化、全球化尚未或不可能像今天这样广泛而迅速发展的情况下，上述国家成为世界

工厂都只能依靠本国自身工业化的迅速发展。日本在发展为世界工厂的过程中，虽然通过技术引进走了一条捷径，但由于当时并没有出现世界性产业结构大调整、生产大转移的局面，日本引进工业化基本上没有什么发展，直到现在，日本仍然是发达国家中引进外国直接投资最少的国家。2000 年末，日本外国直接投资累计额只为 503 亿美元，只相当于中国一年引进外资的规模。相比之下，以中国迅速成为跨国公司的世界性生产基地为标志，中国却具备了引进工业化迅速发展的有利环境。这预示着中国世界工厂可以通过自身工业化和引进工业化两方面的发展来实现。因此，如何把自身工业化和引进工业化结合起来，实现自身工业化和引进工业化的同时发展，就成为中国世界工厂的捷径和新发展道路。

2. 中国成为世界工厂的对策

（1）实施大国战略。中国世界工厂意味着中国将取代日本成为世界第一工业大国或工业强国。这一振兴中华的梦想，将很可能在本世纪内成为现实。鉴于英国、德国、美国和日本成为世界工厂后都同时成为了世界经济大国，所以，中国成为世界工厂之后也必然同时成为世界经济大国。与东亚和中南美各发展中国家相比，无论从现实经济规模看，还是从发展趋势看，中国都最有希望成为世界经济大国。诚然，目前中国还不是经济大国，但中国经济始终是大国经济而不是小国经济。所以，在成为世界工厂和世界经济大国之前，根据大国经济的特点，实施大国战略，对中国世界工厂的发展至关重要。

作为全球性的经济大国即世界经济大国，不仅是一个经济上的富国，更重要的是一个经济上的强国。相比之下，小国没有成为经济大国和经济强国的奢望，其经济发展的主要目标就是在经济上富裕起来。如果拿体育做比喻，小国只要能在奥运会的一两个项目上拿到金牌就满足了。大国则不仅要在大多数项目上拿金牌，而且还必须在世界最热门的田径、游泳和三大球项目上拿金牌。中国多年来在发展体育方面一直是实行大国战略。与体育发展战略形成鲜明对照的是，中国在经济发展方面却一直津津乐道于小国战略。根据中国钢铁工业、石油化学工业、汽车工业以及高新技术产业迅速发展的情况，中国经济实际上一直是在沿着大国经济的规律发展。尽管如此，但以出口导向战略为标志，中国却一直在实行小国战略。由于这种小国战略的局限，举国上下普遍认为只要产品出口就是外向型，只要引进外资就是外向型。正是这种片面追求以扩大出口为中心而引进外资的外向型经济发展战略，才导致了前述因主观因素所导致的各种问题。出口导向战略的形成，一是由于我们借鉴了一些发展中小国在进口替代战略中碰壁的经验教训，二是由于国内外学术界对英国、德国、美国和日本发展经验的片面总结所至。就日本而言，不少人只是从表面上看到了其加工贸易立国战略，忽视了其实际上实行的进口替代战略。从前述英国、德国、美国和日本以产业技术优势为基础发展成为世界工厂的经验看，不难看出他们在经济赶超过程中所实行的都是以进口替代为主要特征的大国战略。诚然，中国现又提出了跨越式发展战略（跨越式战略在实质上是进口替代战略的延伸而不是出口导向战略的延伸），开放型经济的概念也正在代替外向型经济的说法，尽管如此，中国至今没有明确制定符合大国经济发展规律的大国经济战略，这却是一个令人遗憾的事实。

（2）适当调整外资政策，开辟利用外资的新途径。由于担心金融风险和债务危机，在利用外资方面，我们一直把外商直接投资视为最好最安全的投资。然而，一方面，国际投资一直是以间接投资为中心而展开的；另一方面，一些成功实现经济赶超和跨越式发展的国家，包括日本和韩国，其利用外资的基本经验都是以利用外国间接投资为主的。所以，随着中国市场机制的完善和企业利用外资能力的提高，在继续扩大外商直接投资的同时，也应该适度地利用外商间接投资。中国在计划经济时代和改革开放初期也曾利用国外的资金和技术建立了宝钢、辽化等一批大型骨干企业。然而，迄今为止，我们既没有认真学习过日本和韩国这方面的经验，也没有认真总结过宝钢和辽化道路的利弊得失。自大力引进外商直接投资以后，中国基本上就放弃了建立宝钢和辽化的做法。之所以如此，固然是由

于计划经济体制和国有企业弊端的影响，但我们缺少日本和韩国那种民族精神和风险意识，没有长期战略眼光，也无疑是重要的原因之一。日本和韩国当初利用外资的基本经验和做法是：没有钱借钱，没有技术引进技术、开发技术，没有市场开辟市场，没有人才培养人才，没有信息收集信息"正是这种以我为主利用外资的做法，日本和韩国才都成功地实现了自身工业化的发展，实现了经济赶超。其中，日本还取代美国成了世界工厂，韩国也完成了从发展中国家向发达国家的飞跃。日本和韩国的经验说明：利用外资只是发展经济的手段而不是发展经济的目的，只要方法得当，无论是直接投资还是间接投资，都可以为我所用；否则，即使是在形式上是利用外资，而实际上却有可能为外资所利用。

由此可见，尽管利用外资是中国发展经济的必须，但如何利用外资，其中却有很多值得探讨的问题。如果把利用外资不是作为手段而是作为目的，为利用外资而利用外资，就会本末倒置，到头来反而被外资所利用。更应该注意的是，如果只强调引进外国的资金和技术而忽视了自身的技术革新，不抓紧培育技术创新的能力和机制，就会永远跟在别人的后面，受他国的控制和摆布。如果"拿来的"技术和工厂不能为我所用，不能与中国的产业进步和国际竞争力相联系，那就很难实现经济赶超的目标。诚然，现在时代不同了，直接投资已受到了越来越多的国家特别是发展中国家的青睐，但是，要说国民经济和民族工业的概念已不怎么重要了，尚还为时过早。所以，如何在新形势下学习日本和韩国的经验，总结宝钢和辽化的道路，探讨利用外商间接投资的新途径，已应该摆上中国外资政策的议事日程了。

关于中国2000多亿美元的外汇储备，在中国急需提高产业技术水平和引进外资的情况下，与其作为外汇存款和证券投资在国外吃利息，不如学习日本财政投融资的做法，拿出一部分作为产业发展的投资贷款。如果安排得好，每年利用贸易赢余拿出200亿美元左右，就相当于一年外商直接投资的一半；10年拿出2000亿美元左右，就可以大手笔地建立200个资本规模超 10 亿美元的大型企业，或建立 20 个资本规模超 100 亿美元的超大型企业。如此坚持干上 30 年、50 年，就不仅能从根本上改变中国工业的面貌和格局，而且其投资的乘数效果，还会在很大程度上拉动国民经济增长，这对进一步引进外资也是非常有利的。中国现在与外商谈成一个 10 亿美元以上的大型项目，要费很大的周折，答应很多的条件。而如果我们自主选择，那就运筹帷幄、得心应手多了。我们总说要跨越式发展，要打造世界 500 强的大型工业企业或航空母舰，可为什么却总盯着外国资本打主意，而不想利用我们自己口袋里的钱呢？

（3）以全面确立产业技术优势为目标，实现自身工业化与引进工业化的同步发展。鉴于中国成为跨国公司世界性生产基地的势头正在发展之中，今后引进工业化还必将取得进一步的发展。然而，中国自身工业化的前景如何？这却是一个越来越令人担忧的问题。诚然，以钢铁、煤炭、化肥、石化等基础工业、电力工业以及家电工业、汽车工业、半导体工业、信息工业等的迅速发展为标志，中国自身工业化确已取得了令人瞩目的成果。尽管如此，但包括各行业的骨干龙头企业在内，大多数企业设备落后、产品和技术老化的问题并没有从根本上得到解决。更为重要的是，中国企业的研究开发水平与发达国家差距太大，远未形成自我创新、自我前进的内在机制和内在动力。因此，在信息化革命迅速发展和知识爆炸的时代，大多数企业不仅现在没有国际竞争的产业技术优势，而且今后也很难确立这种优势。近年来，中国确实涌现出了一批以海尔为代表的富有竞争力的大型企业或希望之星，但是，在改革开放继续扩大的趋势中，各行业中能与外企抗衡到底的企业到底有多少，却还是一个未知数。当然，实现自身工业化发展还需要经济制度和经济体制的改革，需要企业制度和经营管理的创新，但是，如果经济制度和经济体制的改革不能形成技术进步的宏观机制，企业制度和经营管理的创新不能形成技术进步的微观机制，那么其改革和创新的成效就都是靠不住的。从这个意义上来说，经过 20 多年的努力，尽管我们在形式上建立起

了市场经济体制和现代企业制度，但在建立促进技术进步的内在机制方面，却还是任重而道远。

（4）中国世界工厂要靠中国人自己去建立。昔日英国世界工厂、德国世界工厂、美国世界工厂和日本世界工厂，都是由英国人、德国人、美国人和日本人自己建立的。现在中国世界工厂虽然有了引进工业化发展的有利环境，但中国人自己的努力依然是至关重要的。中国人自己建立世界工厂，关键是在引进工业化的基础上，充分利用中华民族的聪明才智和奋斗精神，奋发图强、后来居上，使自身工业化达到或超过引进工业化的水平，从而真正在技术上确立中国工业的技术优势和国际竞争力，领导世界的新潮流。否则，如果我们努力的结果只是拿来现成的世界工厂，那中国世界工厂还有什么意义呢？中国人自己建立世界工厂，这句话说起来容易，做起来却并非容易。中国迅速成为跨国公司世界性生产基地而中国国际竞争力排名后退，已经充分说明了这一点。因此，如何认识真正意义上的世界工厂，把自己建立世界工厂的思想贯穿始终，落实在实际行动中，乃是一个长期而艰巨的任务。

七、中国"世界工厂"将成世界实验室

西方跨国公司在进军中国制造业之后，正将目光投向中国科研市场，增加对中国的科研投资。分析人士认为，继世界工厂之后，中国正逐渐变成世界实验室。

西方传媒在介绍中国经济崛起的相关报导中，一直习惯于将中国形容为世界工厂，这一定位使人们首先联想到中国的廉价劳动力市场对西方工业大国制造业的吸引，纷纷将企业迁往中国，使发达国家制造业就业市场受到威胁。

然而近几年来，另一种发展趋势正越来越引起西方舆论的关注，即中国正不可逆转地朝着世界实验室的方向发展，逐渐成为国际跨国公司科研开发投资的首选地。

（一）外国投资科研机构迅速增长

波士顿顾问公司驻上海代表大卫·麦克说，目前估计在中国的外国投资研究机构有 300 来家，这个数字在美国为 700 家。麦克表示，目前国际跨国公司在谈到科研开发时只有一个念头，那就是投资中国。

事实上，根据经济情报研究所的统计数字，中国已经成为继美国和日本之后，全球第 3 大科研投资吸引国，每年吸引外国科研投资 480 亿欧元。

（二）具备成为世界实验室条件

麦克就外国科研投资大量涌向中国的现象做出几点分析。他表示，经济全速增长的中国具备几张王牌。首先，中国的市场规模吸引跨国公司将其科研中心设立在中国，以确保研究成果迅速进入中国消费市场，而这些外国科研机构的新产品首先是面向中国市场的产品。

另外，中国国内中产阶层的扩大以及该阶层消费者对新潮产品的追求，正不断刺激产品创新，许多外国企业的产品开发主要是为了满足中国消费者的需求。

许多跨国公司首先考虑的是怎样使研究成果进入中国销售网，然后才考虑如何进入国际销售网。

再有，中国大陆科研人才市场庞大，价格低廉。中国国内拥有 74.3 万名科研人员，从人数来讲仅次于美国，领先于日本。目前美国微软在北京设立的研究中心雇佣了 180 名工程师。

分析人士认为，外国跨国公司在中国雇的研究人员数量到 2008 年后将

增长35％。这一增长趋势涉及范围广大，而主要集中于新技术领域。

（三）跨国公司纷纷进军中国

近期，美国英特尔半导体公司在上海开设了一家新科研中心，并准备增设一家，公司在两个月前已派猎头四处猎取新雇员。

美国摩托罗拉公司不久前宣布将为其第三代移动电话技术开发成立一所新科研中心。此前，该公司已经在中国投资4.5亿美元，开设了16家研究中心。

欧洲方面也正在急起直追。瑞典爱立信公司宣布在未来5年内，将为其第三代移动电话研发项目向中国投资10亿美元。

法国多家跨国公司也相继宣布将在中国开设科研发展中心。法国制药业的塞维叶公司刚刚宣布与一家上海研究中心签署了一项联合开发项目。法国阿尔卡特电信公司不久前也宣布将在成都高科技园内新开设一家研究中心，中心将雇佣300名研究人员，负责公司在电信领域的新技术开发。

欧洲空中客车集团宣布将在中期内将其研究开发部5％的业务和A350长途运输机的研究项目转移到中国。

八、做“世界工厂”也做“中国标准”

如今，中国标准走出去了，在国际上应用开了，我们的话语权也增加了。十几年前，中石油的代表团到世界各国访问时，许多西方公司争着展示高新技术和设备。如今，中石油的代表团想再联系访问这些公司就不如以前容易了。原来，过去给你展示高科技，是为了进入中国市场把你作为客户；现在既然已成为强劲的竞争对手，自然就会有所保留。

198

（一）与美国高科技企业成就跨国"婚姻"

在物探领域，中石油旗下的东方物探公司 15 年前还才刚起步，至今却已连续 8 年占据国际物探陆上市场份额首位。以往在国际物探市场采购设备，西方公司对东方物探十分慷慨大方，而现在全球排名第一的 CGG 已经好多年不向东方物探出售设备了，出高价也不卖。"有钱买不到导弹，有钱买不到直升机"。东方物探也处于类似被"武器禁售"的境地。

正因为如此，2010 年 3 月 23 日在北京签署的一份协议引起了各方的关注。这份协议是中石油东方物探公司跟美国高科技企业艾昂公司的联姻协议。这次"联姻"的具体内容：双方合资成立英洛瓦公司，落户天津，从事高端物探装备技术研发。艾昂公司将包括技术、产品、资产和知识产权在内的全部陆上装备制造和研发业务注入英洛瓦公司，中方拥有 51% 的股权。另外，艾昂公司还定向增发股份，使东方物探持有 19.99% 的艾昂公司普通股，成为最大股东。东方物探提名一位艾昂公司董事，参与公司管理。

长期以来，艾昂公司为东方物探提供陆地和海洋装备、技术。东方物探的优势在于强大的市场占有率和工程技术服务能力。如果把东方物探比喻成开疆拓土的军队，那艾昂公司就是军火供应商，新成立的英洛瓦公司就如同这支军队的兵工厂。两家公司强强联合，打通了产业链，既拥有傲视全球的先进装备、前沿技术和高端人才，也拥有了广阔的市场。按中石油高层的话说："这次合作使中石油在物探领域多了一个重要的技术杠杆，使艾昂多了一个重要的市场平台。"

虽然这次联姻实现了双赢，各方皆大欢喜，但是，中国收购美国的高科技公司，当时而言还鲜有成功的案例。例如，2010 年 7 月，华为竞购美国私有宽带互联网软件提供商 2Wire，尽管出价高于对手，还是被美国外国投资委员会以威胁国家安全为由制止了。同年，华为竞购摩托罗拉移动

网络基础设施部门，也同样被这个委员会"安检"掉了。

看来，和美国高科技企业成就跨国"婚姻"太难了。那么，中石油旗下的东方物探又是如何"求爱"成功的呢？

首先还是实力。艾昂公司有着40多年的发展历史，拥有国际一流的装备研发资源和技术产品，但最近这家企业流年不利。它先是在国际油价高涨的时候，以全现金方式并购了美国的另一家物探公司，后国际油价大幅降低，物探市场萎缩，艾昂被深度套牢。另外，艾昂的高科技路线由于成本和产品稳定性问题，影响到市场销售。国际金融危机更是让艾昂公司雪上加霜，资金链濒于断裂，艾昂负债率近60%，遭遇破产危机。2009年3月，艾昂公司股价由历史最高的每股18美元跌至历史最低的每股0.83美元，面临被迫退出市场的危险。在艾昂极端困难的时候，中石油伸出援手，决定以过桥贷款名义先拿出4000万美元给艾昂公司，帮助艾昂渡过资金链濒临断裂的难关。

其次是时机的选择。收购艾昂，东方物探早有此意，但何时收购，不仅要考虑到代价，而且还要考虑到能否成功。在金融危机面前，美国外国投资委员会也不得不网开一面，经过半年审核之后最终许可。最后，就是方式的选择了。"你不能把我吃了，我也不把你吃了。"艾昂希望自己的企业能够生存下来。在双方精心设计和不断努力下，"秦晋之好"的方案终于形成。西方国家对我们收购高科技公司的限制非常多，中国企业鲜有成功的案例。从这一意义上来说，收购艾昂不单纯是国际能源界的一次影响深远的并购，也是中国企业走出去历程中具有里程碑意义的大事件。

（二）标准之争

石油行业有三个标准：美国标准、苏联标准、中国标准。标准是什么？标准就是游戏规则，尤其在经济全球化时代，标准之争就是利益之争、国家之争。

著有《中国震撼》一书的日内瓦外交与国际关系学院教授张维为曾说，当今世界最激烈的竞争是标准的竞争，无论是经济、科技还是政治标准，都是如此。标准竞争有三种战略。一是追随者战略：采用别人的标准，跟在后面生产，这是价值链中最低端的；二是参与者战略，即参与国际标准制定，这明显优于前者；三是领导者战略，就是在国际标准竞争中成为领导者，让人家按你的标准走，这是利益最大化的办法。一个"文明型国家"的最大特征之一就是它具有标准原创能力。在国际政治中，西方国家一贯奉行领导者战略，在全球范围内推动"西方政治标准"，为自己的战略利益服务。因为西方有话语权，即使把别的国家弄得民不聊生，它也不用道歉。因为它推动的是所谓"普世价值"。

2008 年，中国在上网技术方面制定了 WAPI 标准。尽管这一标准在安全性能等方面优于美国标准，但在国际标准认证组织的会议中，由于美国的全力打压导致对该标准的认证被无限期推迟。因为一旦执行这一标准，在中国销售的所有无线局域网的上网产品都必须按中国要求来做。人们熟悉的 DVD 核心技术标准，就是由美国公司开发的。中国尽管是最大的 DVD 生产国，却每台 DVD 要交十几美元的"标准专利费"，而一台 DVD 才卖几十美元。可以说，中国 DVD 行业的命脉就掌握在拥有该标准的美国公司手中。

当时，中亚天然气管道的建设也面临着标准之争。中亚国家一直沿用前苏联标准，但如果按照前苏联标准，想 28 个月建成管道根本不可能。仅直缝管一项，因中国国内没有那么大的生产量，以致供管都是一个问题。中石油请相关专家到中国来考察，让他们调研后肯定了中国的这个标准是可行的，从而在中亚管道建设中推行。标准看起来只是一个规定，实际上却事关企业利益、国家利益。

如今，中国标准走出去了，在国际上应用开了，我们的话语权也增加了。中石油在苏丹建的炼油厂，就是按中国标准建的，工艺流程、阀门、管线、图纸也按照中国标准的要求，后期扩建也顺理成章地继续使用中国

标准。通过项目培养起来的外国石油工程师，也是中国标准的遵守者，因为他们更认同、更熟悉中国标准。东方物探也已经参与到了国际规则的制定当中。

中国标准能够走出去，才是真正的走出去。中亚管道建设的一个很重要的成果，是改变了中亚地区沿用苏联标准的惯例。中国企业应该多在这方面做文章。中国企业真正的走出去，不是说非要在国外拿多少大单，做成多大的规模，而应该努力成为国际市场中制定游戏规则的参与者甚至主导者。

九、中国"世界工厂"地位遭遇挑战

最近，菲律宾贸工部长格雷戈里·多明戈说，中国南方沿海地区劳工成本上涨促使大型外国制造厂商搬迁到菲律宾，另外也包括一些即将在中国关闭的制衣工厂。

种种迹象表明，中国的世界工厂地位在动摇之中。然而，部分业界人士对此有不同的声音，据英国《经济学人》杂志撰文指出，众所周知，中国是世界制造工厂。其输出的电视，智能手机，钢管等许多种产品在2011年，某些产品的生产甚至超越了美国。目前，中国的制造业占全球制造业的五分之一。中国国内工厂数量多，劳动力相对便宜。他们许多贸易伙伴的通货膨胀得到遏制。然而，中国廉价劳动力的时代似乎即将结束。

对于外资企业而言，在目前中国沿海的几个最早引进外资企业的省份，比如，环渤海经济圈、山东省、湖北省、重庆市、江苏省、广东省等，产品生产成本已经大幅提升，土地价格也持续上涨，另外，环保、安全法规和税收方面的支出也有所增加，然而，最重要的因素，是劳动力成本的增加。

2012 年 3 月 5 日，投行渣打银行发布了针对 200 多个以香港为基地并在珠江三角洲经营的制造商的调查。调查结果显示，今年工人的工资已经上涨了 10%。地处深圳的台湾合同制企业富士康，作为苹果公司的配件组装供应商，在上个月，已经把工人的工资提高了 16%~25%。

"劳工的工资再也不像从前那样便宜了。"一家以生产童车为主的，在中国南部的合同制美资企业的经理抱怨说。据他介绍，该企业中国劳工成本在过去四年里每年激增 20%。中国的沿海省份作为曾经吸引农民工务工的宝地，正在失去他们的魅力。这些农民工往往在每年的春节期间回家过年。去年，节后返回工厂的人有 95%，然而今年迅速下降到 85%。

该企业的经历是许多外资企业遇到的问题的缩影。当位于上海的美国商会征询其会员在最近经营中遇到的最大问题的时候，91% 的企业提到了"劳工成本上升"。企业内部的腐败和版权争端则是被远远抛在后面。广东省的劳工成本（包括福利），也就是蓝领工人的工资，一年内上涨了 12%，以美元计算，从 2002~2009 年，在上海，每年是上涨 14%。据罗兰·贝格咨询公司估计，同样的内容进行比较，在菲律宾是 8%，在墨西哥仅为 1%。

中国欧盟商会资深实业家约尔格·伍德克预测，到 2020 年，中国制造业成本要翻两番，甚至三番。某顾问公司提供了一个有趣的推断：如果人民币币值以及运输费用分别以每年 5% 的水平上升，劳工工资一年上涨 30%。那么，到 2015 年，在中国制造产品并运回美国与在美国本土制造的支出是同等的。尽管在现实中，这些数字可能会变化的很慢，但趋势是明确的。

如果一旦中国的世界工厂地位动摇，那么，谁来替代它呢？工厂们要被搬到拥有更廉价劳动力的贫困国家么？这可能是一时的聪明，然而终究是错误的。

来自电视连接线生产企业 PPC 的布赖恩·诺尔说，他的公司曾认真考

虑过向越南转移业务。尽管越南的劳工工资低廉，但当地缺乏可靠的供应商服务，比如镀镍、热处理和特殊的冲压技术。PPC 决定不离开中国。与其相反，它加快了位于上海附近工厂的自动化改造进程，用机器来代替部分工人进行工作。

"其他劳动力输出国家的劳工成本往往比中国低 30%"，GE 公司副董事长约翰·赖斯说，但是其他问题会抵消掉这部分相差的成本，特别是很多国家缺乏一个可靠的供应链。GE 的确在越南开设了一家生产风力发电机的企业，但赖斯却坚持认为，人才才具有诱惑力，而不是廉价劳动力本身。"能力将永远胜过成本"，他说。

在过去的四年里，为英国哈罗德百货公司和其他零售商提供饼干包装盒的香港注册公司，其广东分厂的工人工资已经翻了一倍，占其总成本的三分之一。尽管斯里兰卡的工人会便宜 35% ~ 40%，但是厂长苏尼尔说，他发现他们的效率较低。因此，他会保留在中国的小工厂，为美国和中国的国内市场提供产品。只有发往欧洲的罐子是在斯里兰卡制造的，因为运输成本比中国低。

来自于智库机构—丰全球研究院的专家指出，一些技术含量较低的劳动密集型产业，如 T 恤衫和廉价的培训机构，已经离开中国。另外一些公司则采用了"中国 + 1"战略，除了在中国建厂生产的同时，还会在另一个国家建厂，以此来进行对比测试，选择最终盈利较多的一面。

《经济学人》则指出，尽管生产成本上涨，中国沿海地区具有持久的优势。首先，它接近蓬勃发展的中国国内市场。这是一个巨大的优势。没有其他国家有这么多潜在消费者。

第二，中国劳工的工资可能会迅速上升，但中国工人的生产力较其他劳动输出型国家而言是相对较高的。

第三，中国的劳动力资源多而且足够灵活，很适应季节性产业，例如圣诞节灯饰或者玩具的制造生产。在应对突发需求，需要紧急出货时，为了制造 iPhone，苹果中国代工工厂的 8000 名工人，能够在午夜 12 点从宿舍里走出来，直接到装配线上开始生产。没有一个劳动力输出型国家能做到这一点。

第四，中国的供应链是复杂且适应力强的。长江商学院工商管理学院教授郑裕盛认为衡量制造业的竞争力的正确方式，不单靠劳动力成本的比较，还要看整个供应链。劳动力成本，即使在中国达到了总成本的四分之一，也要比不符合经济原则的，生产于其他国家的质量不过关的产品更有竞争力。

据亚太资源国际的制造顾问怀特·诺思通估计，"中国的电子产品制造商的供应链很出色，以至于连续10到20年没有中断服务。"与此相同的优势，也适用于低技术产业。恒瑞的保罗·斯托克，签约数十家中国沿海合同工厂的制鞋出口商表示，中国的位置不容易被替代。

据目前流行的预测，中国内陆地区的工厂将会取代目前沿海的工厂。官方对于外国直接投资的调查数字支持此种观点：一些内陆省份如重庆，吸引外资的钱数与上海几乎持平。这也就是为什么很多农民工春节返乡后不再回到沿海地区的原因，因为他们在离家较近的地区同样能找到工作。

但制造商不是简单地转向内陆寻找廉价劳动力。一方面，这不会便宜很多。中国一家大型电信公司华为表示，在内陆地区，具有硕士学位的工程师的工资不低于在深圳的10%。一家跨国企业本考虑转移到湖北，却发现总成本最终只比沿海地区低5%～10%。

恒瑞曾期望向内陆地区发展，但他发现这将花费巨大的额外费用，而且，内陆地区出口的基础设施仍然是劣质和缓慢的（由内河航运增加了一个星期），另外，还存在物流没有得到充分的开发以及恒瑞的整个供应链仍然在沿海地带等问题。所以，他决定留在原地。

企业迁址到内地，会遇到很多意想不到的收费项目。新版劳动法使得像深圳这种比较发达的地区，关闭工厂的代价是高昂的。从中国内陆到沿海港口的运费甚至会超过从上海到纽约的运费。于此同时，把公司从先进

的沿海城市搬到偏僻地区，经理和其他高素质的员工往往需要高薪酬作为补助。

在中国内地投资的公司主要是服务行业的公司，他们看重的是当地巨大的潜在消费市场。但是，像经营 Ipad 或是智能手机的出口，很多公司将继续留在中国的沿海省份。

当然，随着时间的推移，其他国家或地区将建立更好的道路、港口和供应链。最终，他们将挑战中国沿海的基础制造力。所以，如果制造商们想继续利用中国巨大的消费潜力，在中国发展，就必须提升产业链的价值。而不是纠结于产品的配件设计应该分散或者聚集发展这件事本身，他们需要做更多的是设计工作本身。引用德国人的话说就是，他们需要使产品具有较高的利润率和良好的配套服务。

一些中国公司已经开始这样去做了。华为在深圳庞大的生产园区就是一个例子。该公司的创立者任正非曾是一名军官，在政府的扶持下发展壮大了企业。而现在，似乎华为更像是一个民营的庞大的西方高科技公司。它的经理们都是一流水平的。其领导人均是在美国 IBM 或是其他一些知名企业参加过多年的培训学习的。它已成为非常专业化，令人印象深刻的创新公司。

在 2008 年，华为公司获得的国际专利比其他公司更多。早些时候，华为推出了世界上最薄的、最快的智能手机。这里向世界发出了一个信号，至少中国的民营企业已经开始重视知识产权的问题。

中国目前还没有足够多的像华为一样出色的公司，但很多新兴企业吸引了大批有为青年为之努力。另外，在每年留学归国的"海归"中，有许多麻省理工学院和斯坦福大学的工程师，他们中的许多人亲眼看到过硅谷的成长历程。

中国的变化速度如此惊人，以至于很难跟得上。关于低工资的血汗工厂的陈旧观念已经过时了。下一阶段将会很有趣：中国必须创新或慢速平稳发展。

206

十、中国离真正的"世界工厂"很遥远

所谓世界工厂，不单是世界主要的制造基地和出口基地，还要有领导世界制造业潮流的创新产品。如果按照这个标准，中国还远远不是。由于缺乏核心竞争力和自主创新能力，中国还远不是"世界工厂"，至多算是"世界工厂的一个车间"。

中国制造业近年来得到了长足发展，总量已升至世界第四位。很多人认为中国已经是世界制造业中心了。但是我们觉得还远远不是。如今中国给人造成世界工厂印象的一个主要原因就是中国的低端产品数量已经相当庞大，高科技产品只占其总产值的8%，远低于发达国家40%的水平，而且中国制造的数字化设备80%需要进口，90%合资生产的产品为外国品牌。

在全球制造业的生产链上，中国企业只处在中低端，从中国的综合国力、制造业的素质和竞争能力，特别是拥有的自主核心技术来看，与世界经济史上被称为"世界工厂"的英国、美国和日本相比，还有很大的差距。

世界制造强国已经掌握了核心技术，而且加强了对华的技术控制。在这种情况下，中国要建成为制造强国是一个庞大的系统工程，各地各行业需要重新调整自己的工业布局和定位，包括正确处理发展高科技与制造业的关系，大力发展高科技制造业，提升自主创新能力。

据了解，中国目前已形成珠江三角洲、长江三角洲、环渤海湾三大世界级制造基地，但从总量上来看，中国的制造业产值仅占全球市场的5%，而日本所占的比重是15%，美国则高达20%。技术含量高的"中国制造"产品在全球市场上还远未形成主流。

近年来中国制造业增长迅速，工业品出口贸易额飙升，一些国外经济学家和部分国内学者认为，中国目前已成为世界上最大的制造中心。中国社科院工业经济研究所所长吕政指出，用这种说法来描述中国制造业的生产规模和能力是不确切的，也是不负责的，中国离"世界工厂"的称号还有较大差距。

吕政认为，所谓世界制造工厂，是指这个国家的工业生产总量必须排在世界市场份额的前列；国内有大批企业成为世界同类行业的排头兵，并对世界制造业产生最大的影响；整个国家的工业品的生产总量不但要高，而且结构要合理。目前中国虽然有100多个产业的生产总量占居世界首位，但中国有13亿庞大的人口基数，人均产量远低于世界平均水平。

与制造业发达国家相比，中国制造业的差距还表现在：一是产业结构上的差距。虽然近年来中国机械、电子等产品的出口总量逐年攀升，但这些产品单价低、附加值小。比如，从美国进口一架波音民航飞机，就需要中国出口20～30万台彩电。二是生产规模差距大。全球500强工业企业中，美国占30%，日本占25%，而中国没有一家。2002年全世界汽车生产总量为5400万辆，美国为1300万辆，占24%，日本990万辆，占18.5%，中国为325万辆，约占6%。中国一汽公司2002年销售总额为250亿元人民币，只相当于美国通用汽车公司年销售额的2.5%。三是新技术新产品研发能力方面的差距。2002年中国用于新产品研发方面的投入为143亿美元，仅占GDP的1.2%，这说明中国只在劳动密集型产品的加工、组装等技术含量较低的行业比较有优势。

中国制造业在世界分工体系中的地位来看，我国目前仍以劳动密集型产品为主导，处于垂直体系中的低端。中国同大多数发展中国家一样，由于受到资本积累和技术创新能力的限制，许多跨国公司把发展中国家作为原材料供应基地和原材料加工基地；发展中国家通过跨国公司实现大量劳动力就业，利用廉价的劳动力，从中赚取加工费，实现利润的最大化.

"虽然中国的制造业已经取得了非常大的成就，但是现在面临的挑战也要比过去大得多。到目前为止中国的制造业至多是一个世界车间。"长江商学院院长项兵说，"没有核心技术，没有研发能力，同时我们也没有强大的国际品牌，没有国际的分销渠道，这些都是我们的民族制造业面临的问题和短板。"

"国际竞争给我们留下的时间太少，没有时间一步一步练出来，中国的民族企业要想真正起来的话，一定要改变心态。一个伟大的民族必定是外向型的民族，一个伟大的民族必须能够在全球更有效的整合资源，培养一批企业，使得企业在全球资源整合之中，占据更有利的地位。"项兵说。

但专家们同时认为，"世界工厂"的概念与以往已大不相同，不再是一个国家孤军奋战，而是许多国家一起共同打造"世界工厂"。并且，信息化时代的"世界工厂"，其主要特征与工业化时代已有所区别：它是信息技术革命引起的，与工业化时代的世界工厂的延伸和扩展相互关联，与工业化时代的"世界工厂"不同，信息化时代的"世界工厂"并不意味着其一个国家整体制造能力的全面提高，而是更多充当"世界工厂车间"的角色。在信息化时代，"世界工厂"不完全是基于国内市场的培育，而是以全球性的网络化生产、网络化采购为特征，是委托加工的制造基地。

基于信息化时代的新理解，专家认为，中国在向"世界工厂"迈进的过程中，有条件成为"二元世界工厂"：一方面，在传统的制造行业方面中国表现突出，另一方面，在信息技术等高科技产品制造方面也发展迅速。

专家们同时认为，服务业对未来中国的发展至关重要。制造业的强大不等同于经济整体实力的强大，因为现代经济的核心部分已经从制造业转向了服务业，包括金融、保险、证券、物流、财会、专业咨询等。像美国，每年货物贸易逆差都在3000亿美元以上，按照传统理论会认为这个国家不行了，但是美国为什么还这么强大？因为它经济的重心在服务业，它的服务贸易有巨大的顺差。所以，中国就算是制造业做到了世界第一，如果服务业上不去的话，离真正的经济强国还是很远。

　　现在，世界工厂正在向中国转移，这个过程从1992年开始，到现在不过20年的时间。而这20年是全球化、信息化加速的20年，服务业变得越来越重要。日本虽然制造业领先了，但是服务业滞后，所以在这一轮世界经济竞争中处于劣势。如果中国也仅仅是把制造业搞上去了而服务业不能开放、不能现代化，那么中国就仍然不能在世界经济中占据主导地位，仍然会受到别人的制约。

第四章 与世界共赢——中国加入世贸组织

一、中国加入世贸：一次双赢的选择

2001年12月11日，我国正式加入世界贸易组织（WTO），成为其第143个成员。

2001年11月20日，世贸组织总干事迈克尔·穆尔致函世贸组织成员，宣布中国政府已于2001年11月11日接受《中国加入世贸组织议定书》，这个议定书将于12月11日生效，中国也将于同日正式成为世贸组织成员。

外经贸部有关负责人就此表示，正式成为世贸组织成员后，我国将全面参与世贸组织的各项工作。不久，我国将向世贸组织总部所在地——瑞士日内瓦派出中华人民共和国常驻世界贸易组织代表团，并派出大使。我国将全面享受世贸组织赋予其成员的各项权利，并将遵守世贸组织规则，认真履行义务。"多哈发展议程"已经启动，作为世贸组织成员，我国将认真积极参加世贸组织新一轮多边贸易谈判，并在其中与其他成员一道发挥积极和建设性的作用。

世界贸易组织（简称 WTO）成立于 1995 年 1 月 1 日，总部设在日内瓦。其宗旨是促进经济和贸易发展，以提高生活水平、保证充分就业、保障实际收入和有效需求的增长；根据可持续发展的目标合理利用世界资源、扩大货物和服务的生产；达成互惠互利的协议，大幅度削减和取消关税及其他贸易壁垒并消除国际贸易中的歧视待遇。截至 1999 年 10 月底，该组织有成员 134 个。

WTO 作为正式的国际贸易组织在法律上与联合国等国际组织处于平等地位。它的职责范围除了关贸总协定原有的组织实施多边贸易协议以及提供多边贸易谈判场所和作为一个论坛之外，还负责定期审议其成员的贸易政策和统一处理成员之间产生的贸易争端，并负责加强同国际货币基金组织和世界银行的合作，以实现全球经济决策的一致性。WTO 协议的范围包括从农业到纺织品与服装，从服务业到政府采购，从原产地规则到知识产权等多项内容。

WTO 的最高决策权力机构是部长会议，至少每两年召开一次会议。下设总理事会和秘书处，负责世贸组织日常会议和工作。总理事会设有货物贸易、非货物贸易（服务贸易）、知识产权三个理事会和贸易与发展、预算两个委员会。总理事会还下设贸易政策核查机构，它监督着各个委员会并负责起草国家政策评估报告。对美国、欧盟、日本、加拿大每两年起草一份政策评估报告，对最发达的 16 个国家每四年一次，对发展中国家每六年一次。上诉法庭负责对成员间发生的分歧进行仲裁。

一身得体的黑色西装、鲜红的领带、梳得一丝不苟的头发。这就是龙永图——中国加入世贸组织首席谈判代表、外经贸部原副部长、博鳌亚洲论坛原秘书长。离开谈判桌 10 年，这位中国昔日的"入世"首席代表依然显得冷峻、硬朗。他不苟言笑，坦诚率真的风格不减当年，言谈举止中弥漫着一股强大的气场。

在不久前举行的 APEC 会议上，一个颇为生疏的词"TPP"喧宾夺主，成为舆论的焦点。TPP 指跨太平洋伙伴关系协议，由新西兰、新加坡、智利和文莱四国最先发起，美、日相继加入使其名声大噪。中国却没有被邀请参与 TPP 谈判，因此 TPP 被外界认为是中美贸易的新博弈。

"TPP 没什么了不起"，龙永图脱口而出道："中国不参加，他们搞不出什么大名堂。因为，中国现在在亚洲、在全球贸易中都占有巨大的份额，缺少中国的 TPP 将难以实施。现在看来，TPP 被政治化了，中国应该继续致力于加紧与 APEC、东盟自由贸易区成员的合作。"

欧盟、美国为何到 2016 年才可能认可中国的市场经济地位？中国企业在缺乏市场经济地位的前提下，这 10 年生存如何？这些问题，在加入WTO10 年的节点上，尤为受到关注。

说起 10 年前的谈判，这位亲历者好像记得任何细节："那是 1999 年11 月 15 日，最困难的中美协议最后达成，最后拍板的是时任总理的朱镕基。朱总理放弃了一些东西，比如我国市场经济地位的认定问题，允许特别反倾销措施可适用到 2016 年。这是因为中国出口企业的确存在价格战、内耗问题，我们也想利用世贸条约来倒逼中国企业改革。更重要的是，通过舍弃这一条，我们守住了对中国最重要的三条底线：音像制品、书籍等文化产业；电信、保险业等基础服务业；化肥、粮棉油等基础农产品。"

事实证明，10 年来中国企业取得了巨大进步。"加入世贸 10 年来，中国崛起的速度，甚至超过我的想象"，龙永图说："10 年前，中国人不敢想象我们的经济总量会超过日本，成为全球第二位；不敢想象对外贸易总额会从 5000 亿美元上涨到 3 万亿美元；不敢想象外汇储备从 2000 亿美元提升到 3.2 万亿美元。"因此，加入世贸对中国来说是一次双赢的选择。

10 年来，中国已成为全球最开放的市场之一。中国加入世贸承诺全部履行完毕，关税总水平由 15.3% 降至 9.8%，远低于发展中国家平均水平；服务贸易开放部门达到 100 个，接近发达国家水平。

10 年来，在融入世界经济的进程中，中国改写了世界经济版图。中国国内生产总值从 2001 年的 11 万亿元人民币增至 2010 年的近 40 万亿元人民币，增长了两倍多；出口增长了 4.9 倍，进口增长了 4.7 倍，世界排名

由第六位跃升到了第二位。

10 年来，中国成为全球经济复苏和发展的重要引擎。中国年均进口7500 亿美元的商品，相当于为贸易伙伴创造了 1400 多万个就业岗位；中国物美价廉的商品也为国外消费者带来了巨大实惠，美国消费者过去 10 年节省开支 6000 多亿美元，欧盟每个家庭每年可节省开支 300 欧元。

（一）中国经历"黄金十年"

"中国在过去十年里发生了举世无双、史无前例的变化。"美国前贸易代表巴尔舍夫斯基评价道。

"加入世贸组织十年来，对于汽车行业来说，的确是狼来了。但是这个行业实现了'与狼共舞'。"福田汽车党委副书记赵景光说，特别是在商用车领域，中国的自主品牌占据了 95% 以上份额，汽车业从"最令人担心"到"最出乎意料"，获得了井喷式发展。

10 年来，中国的经济生态发生了深刻的变化。企业在竞争中没有被冲垮，反而更活跃，人们原本担心的弱势产业在外来的竞争压力下没有变小，反而变大：

——粮食总产"八连增"，农产品贸易额 3.4 倍，成为世界第三大农产品贸易国；

——汽车产销量从 200 万辆增至 1800 万辆，跃居世界第一，出品额增长了近 10 倍；

——内资零售业在与外资巨头的竞争中愈战愈勇，从小羊羔长成了"喜羊羊"，和外资的"灰太狼"有竞争，有互补，形成了共生的生态环境……

10 年来，中国人的生活状态，也因加入世贸组织发生了深刻变化：汽车越来越便宜，手机越来越智能，人民币越来越值钱，出国旅游的中国人越来越多，旅游目的地从 17 个增加到现在的 130 多个国家和地区——中国人的精神因开放而更加自信，也因自信而更加开放……

中国常驻世贸组织代表团大使易小准表示，加入世贸组织 10 年对中国来说是经济发展最好、最快的"黄金十年"，中国对外贸易最为活跃，成为跻身世界前列的贸易大国，在世界经济中的地位已经不容忽视。

（二）中国赢了，世界也赢了

"没有中国的世贸组织不是世界性的贸易组织，只有半个世界。"世贸组织前总干事迈克·穆尔表示。

加入世贸 10 年，是中国融入全球贸易，积极推动全球贸易发展的 10 年。

10 年来，中国政府持续付出艰辛努力，从世贸组织"新成员"向"参与方"和"推动者"角色转换，正在成为一个被各方认可的"成熟"、"负责任"的世贸组织成员。

不仅如此，世贸组织所倡导的非歧视、透明度、公平竞争等基本原则已经融入中国法律法规和有关制度。市场意识、开放意识、公平竞争意识、法治精神和知识产权观念等在中国更加深入人心，推动了中国经济进一步开放和市场经济体制进一步完善。

中国经贸发展取得跨越式的成就，让中国和其他国家拥有共同的"经济语言"，成为中国加深与世界各国关系的纽带，而中国的发展对于国际经贸格局的结构性变化也有着重要意义。

"2009 年，中国的进口量增长 2.9%，是世界各主要经济体中唯一进口保持增长的国家。"据商务部国际贸易谈判副代表崇泉介绍，在全球贸易量下降 12.8% 的情况下，中国进口值仍然超过 1 万亿美元，成为世界第二大进口国，极大地提振了世界经济，成为全球经济复苏的重要引擎。2010 年，在世界经济复苏乏力、全球贸易趋缓的形势下，中国货物贸易进口额超过 1.4 万亿美元，占全球的十分之一。

联合国工业发展组织总干事坎德赫·尤姆凯拉指出，中国的贸易驱动型增长对其他发展中国家产生了一种"涓滴效应"。中国高效的生产系统也使得消费者能够以承受得起的价格获得各种消费品，间接提高了发展中国家消费者的购买力，从而产生了减轻贫困的效应。

同时，跨国公司也"与龙共舞"，凭借在华投资获取丰厚回报。10年来，在华外商投资企业累计汇出利润2617亿美元，年均增长30%。

尤姆凯拉说："中国加入世贸组织，受益方绝不仅仅是中国，还包括发达国家、新兴工业体和非洲一些最不发达国家。10年来，中国赢了，世界也赢了！"

（三）未来将一如既往地推进对外开放

商务部部长陈德铭表示，未来十年，中国将积极推进全球投资贸易自由化进程，一如既往地积极推进对外开放。

加入世贸组织十年来的实践证明，只有开放，才能发展，只有分享，才能共赢。而一个更加公平、高效的多边贸易体制，符合世界各国的共同利益。

"如果说10年前我们对中国加入世贸组织谈论最多的是担心的话，那么现在，我们更需要冷静。"商务部原副部长张志刚认为，下一步，中国应积极推进世贸进程，成为继续支持世贸组织健康发展的"优等生"。

我们应冷静地看到，尽管中国的经济总量居全球第二，但是人均GDP仍位列世界百位左右，中国仍是一个发展中国家。

我们应客观地分析，接连不断的贸易摩擦是中国贸易迅猛发展过程中难以避免的现象，从中长期来说，会成为伴随中国贸易发展的一种常态。

我们应清醒地认识，过去中国经济的发展很大程度上是靠大量的资源消耗和牺牲环境为代价的，加快经济发展方式转变和深化结构调整与转型升级从没有如此迫切过。

改革不能回头，开放不能止步。只有以开放促改革、促发展、促创新，才能真正实现富国强民，实现可持续发展。

陈德铭表示，未来十年，中国将坚定不移地沿着这条道路走下去，坚持更加积极主动的开放战略，更加积极主动地参与经济全球化，实现互利共赢。

二、踏上新航程——中国"入世"成就

十年前的 12 月 11 日，中国正式成为世界贸易组织成员。

十年后的今天，中国向全球展示怎样的一份入世答卷？

这是中国发展最好最快的十年，是改革开放全面推进的十年，是与世界各国分享繁荣、实现共赢的十年。

十年来，中国按规则办事，市场经济体制进一步完善，市场化进程明显加快，非歧视、透明度、国民待遇、公平竞争等世贸原则逐渐渗入体制机制。

十年来，中国的全球经济排名由第六跃升至第二，财政收入年均增幅近 20%，外汇储备增长近 13 倍，人均 GDP 突破 4000 美元，"全面小康"迈出了一大步。

加入 WTO，意味着中国拥抱整个世界，与其他国家使用相同的"经济语言"，在更大范围、更高水平参与国际竞争与合作。十年来，在党中央、国务院的正确领导下，以加入 WTO 为新起点，中国认真履行承诺，充分享受权利，锐意深化改革，坚持扩大开放，发展成就举世瞩目，是各方认可的、成熟的、负责任的世贸组织成员，世贸总干事拉米对中国在加入WTO 过渡期的表现打了"A +"高分。

加入 WTO 十年，意义深远，启示深刻。

（一）履行诺言，加入 WTO 承诺全部兑现

中国加入 WTO 之初，国际舆论多有疑忧：以中国的发展水平，能兑现那么多的承诺吗？

"2006、2008 和 2010 年，世贸组织曾先后三次审议中国贸易政策。成员们的看法是，中国政府是严肃认真的，作出了非同寻常的努力，认真回答和澄清了成员提出的 3500 个问题。"世贸总裁拉米对中国予以高度评价。

十年来，中国逐步扩大农业、制造业和服务业的市场准入，下调进口产品的关税税率，取消所有进口配额、许可证等非关税措施，全面放开外贸经营权，大幅降低外资准入门槛。比如，关税总水平由 15.3% 降至 9.8%，远低于发展中国家平均水平；服务贸易开放部门达到 100 个，接近发达国家水平。

中国致力于提高对外开放政策的稳定性、透明度和可预见性。十年间，中央政府 30 个部门清理各种法律法规和部门规章 2300 多件，地方政府共清理地方性政策和法规 19 万多件，使涉外经济法律法规与加入 WTO 承诺相一致；开展了大规模知识产权立法修改工作，目前已完全符合世贸组织的要求。

中国还主动承担与自身水平相称的国际责任。加入 WTO 后，中方在多哈回合谈判中发挥建设性作用，提交了 100 多项提案。在世贸组织、国际货币基金组织、世界银行等三大国际机构内，中国扮演的角色越来越重要。中国积极参与国际宏观政策协调、二十国集团等全球经济治理机制建设，力促国际金融体系改革，以实际行动反对贸易保护主义，也是近年来节能减排力度最大的国家。

作为世贸组织第 143 个成员，中国实现了从"新面孔"到"参与方"

再到"推动者"的身份转换，加入世界贸易组织承诺全部履行完毕，进入全方位、多层次、宽领域的对外开放新阶段，堪称一个信守世贸规则的市场经济国家。事实证明，中国说话算数。

（二）享受权利，发展迎来"黄金十年"

按照世贸规则，权利与义务是对等的。在履行承诺的同时，中国全面享受世贸组织成员权利，成功融入世界经济主流，有力地推促了现代化建设，开放型经济高歌向前。

十年来，中国在美日等主要贸易伙伴中获得永久最惠国待遇，货物贸易额增长4.8倍，由世界第六升至第二，增速是同期全球最快的，其中出口已跃居第一，对国民经济增长的年均贡献率达20%，服务贸易也增长了4倍多；累计吸收外商直接投资7595亿美元，连续稳居发展中国家首位，全球500强有490多家来华落户，在华设立研发中心累计超过1400家，比2001年增加近1倍；对外直接投资年均增长40%以上，2010年逾688亿美元，占全球当年流量的5.2%，居世界第五，超过日本、英国等传统对外投资大国。

开放型经济的大发展，为中国经济快车注入了强劲动力。就在这"黄金十年"，中国的全球经济排名由第六跃升第二，财政收入年均增幅近20%，外汇储备增长近13倍，全社会消费品零售总额增长了4倍多，人均GDP迈过4000美元大关，跻身于中等收入国家行列，"全面小康"又跨出了一大步。

对此，中国加入WTO代表团团长、原外经贸部部长石广生说："这些变化和好处不能完全归功于加入WTO，但加入WTO确实起到了重大作用。"

过去，中国只能被动地看别人玩规则，如今，中国积极行使世贸成员权利，不仅参与制定规则，而且进入谈判核心圈。十年来，中方用足用好

219

世贸规则，坚决维护国家和产业利益。截至2010年底，已发起反倾销、反补贴、保障措施调查共186起，构建了贸易救济法律体系和维护产业安全工作机制，保护国内产业的合法权益。同时，妥善应对贸易摩擦，有效遏制了一些国家对我滥设壁垒的势头。比如，我诉美国禽肉限制措施案、诉欧盟紧固件反倾销措施案等，都打了漂亮的胜仗，美国甚至被迫修改相关立法。

加入世贸前，每当遇到"洋官司"，国内企业就不知所措，甚至无人应诉。加入世贸后，越来越多的企业从怕规则、不熟悉规则，转为学规则、掌握规则、善用规则，应诉率已上升到90%，对来自欧美等发达国家、重点市场的反倾销应诉率达到了100%。中国机电商会副会长王贵清说："假如没有加入世贸，企业哪来这样的底气！"

更重要的是，以开放促改革，加入世贸作用深巨。

世贸组织倡导的基本原则与社会主义市场经济目标是一致的。这十年，中国按规则办事，市场经济体制进一步完善，市场化进程明显加快，迅速而彻底地清理修订了相关市场经济的基本法律制度，这么大的动作在世贸各成员中是空前的。非歧视、透明度、国民待遇、公平竞争等世贸原则逐渐渗入体制机制。2007年，全国人大常委会审议通过《反垄断法》，这部重磅的"市场经济宪法"，是中国践行法治经济的一个标志。"加入世贸效应"从单纯的贸易领域向其他领域扩展，推动了各项改革，包括行政管理体制改革，如2003年的《行政许可法》等对政府行为的透明度提出更加严格具体的要求。"政府加入世贸"，转变职能，创新管理方式，减少对经济不必要的干预，有助于市场化改革的持续深入。

伴随加入世贸，人们不仅得到了实惠，也打开了视野，更新了思想观念，加深了对全球化和市场经济的理解，全社会的法治意识、规则意识、竞争意识、平等意识等开始增强。这笔无形财富弥足珍贵，并将使中国的发展受益久远。

（三）与"狼"共舞，产业经受住了大考

十年前，对于加入世贸组织，国内很多人的反应是：狼真的来了！农业怎么办？企业会不会垮？银行业会被外资挤占吗？我们的经济体系能否扛得住冲击？

十年的发展，逐渐化解了这些问号。

农业——中国充分利用加入世贸组织获得的农业支持手段，夯实农业基础地位，扩大优势农产品出口，农业没有遭受严重冲击。十年来，农业综合生产能力不断提高，结构继续优化，粮食产量"八连增"，农民人均纯收入年均增长9.6%以上，2010年全国农产品贸易额达1219.6亿美元，比2001年增长3.4倍，成为全球第三大农产品贸易国。中国还适度增加资源性农产品进口，弥补了供需缺口，缓解了国内农业资源紧张的压力。

制造业——以汽车业为例，加入世贸组织后，进口汽车逐年增加，但并未造成冲击。国产轿车2001年产销量仅70万辆，2010年国内基本型乘用车销售达949万辆，其中自主品牌轿车占轿车市场的30.9%；轿车出口18万辆，同比增长76%。国内汽车业重组浪潮迭起，2010年上汽集团等4家年产销规模逾200万辆的企业占据汽车总销量的62.1%。所有的跨国汽车巨头都向国内企业伸出橄榄枝，中国汽车市场得到全面培育。吉利、奇瑞、比亚迪等一批自主品牌企业异军突起，吉利收购沃尔沃公司，成为国内汽车业迈出国门的重要标志。目前中国已是全球最大的汽车产销国。

汽车业从"最令人揪心"到"最令人振奋"，映射了中国制造业十年来直面挑战、固本强身的不凡路程。2010年全国工业实现增加值16万亿元，比2001年增长近2.7倍，规模以上工业企业数十年间由18万家发展到30多万家。全球500强榜单里，中国内地企业已占61席，比2001年增加50家，其中有3家进入前十名。

服务业——加入世贸组织之初，中国银行业曾被断言"技术上破产"，

实际上，开放后国内金融业在做大的"蛋糕"中吃到了更多份额，至2010年底，银行业资产总量为95.3万亿元，资产利润率达到国际良好银行水平，抗风险能力显著提升，是全球十大银行榜的"常客"，中国工商银行荣膺"最赚钱的银行"；中国保险业现有总资产比2001年增加了10倍，中国人寿、中国平安等变身"大鳄"。而同期，外资银行和外资保险公司的市场份额仅各占2%和4.4%。外资的涌入也促进了国有银行改革和金融创新。这一积极效应同样出现在电信、零售、旅游、中介、证券等领域。

开放带来竞争，但竞争并不可怕，只要应对得当，竞争就不是压力而是动力。十年来，加入世贸组织的"鲶鱼效应"倒逼着国内产业奋起搏击，在国际化的征程中大步挺进，凝聚成世人惊羡的"中国力量"。

中国加入世贸组织首席谈判代表龙永图说："加入世贸组织之初，面对可能的外部冲击，国内担忧的是如何'与狼共舞'；而今，面对中国产业的整体实力，国际上热议的是如何'与龙共舞'了。"

十年来，中国全面参与国际分工与合作，成为全球产业链不可或缺的一环，"中国制造"畅行天下，出口商品逐年优化。比如，机电产品出口从世界第六升至第一，高新技术产品出口占到30%以上，自主知识产权产品成为出口的新增长点，促进了结构调整和产业升级。加工贸易十年增长了近5倍。不仅如此，很多企业牵手大跨国公司，在"与巨头同行"时，自己得到了提高和壮大，"通过跟可口可乐、三菱商社等一流跨国企业建立投资合作关系，中粮的国际视野和核心竞争力上了一个大台阶。"中粮集团负责人说。

加入世贸组织催生了各种所有制经济蓬勃发展。在公平开放的市场竞争环境中，国有、外资和民营企业百舸争流，各显身手。特别是民营经济活力迸发，至2010年底，我国登记注册的私营企业逾840万户，占全国实有企业总数的74%，成为吸纳就业的主渠道和对外贸易的一大主体。在海外并购潮中，也活跃着一大批优秀民企的身影，商务部新闻发言人沈丹阳说："以前，中国对外投资的主角是国有企业；现在，许多民营企业'走

222

出去'的步伐大大加快。"

　　没有因为让出一部分"蛋糕"就丢掉市场，发展的空间变得更大；没有在加入世贸组织后的开放中不堪一击，产业竞争力变得更强。十年大考，中国经受住了；十年答卷，比预期还要好。

　　加入世贸组织十年，也是中国与世界共赢的十年。美国前贸易代表巴舍夫斯基评价道："中国使世贸组织成为更完整的体系，成为推动全球经济复苏和发展的重要引擎。"

　　加入世贸组织以来，中国年均进口增速约20%，2001～2010年货物进口总额扩大了约5倍，占全球比重从3.8%增至9.1%。十年来，中国每年平均进口7500亿美元的商品，相当于为贸易伙伴创造约1400万个就业岗位。另一方面，物美价廉的中国商品也使国外消费者普遍受益，据统计，由于进口中国商品，美国消费者过去10年共节省开支6000多亿美元，欧盟每个家庭每年可节省开支300欧元。在"最困难的"2009年，全球贸易下降12.9%，而中国进口增长2.8%，是主要经济体中唯一进口呈现正增长的国家，成为世界第二大进口国。

　　中国按照加入世贸组织承诺，完善外资产业政策，不断优化投资环境。十年间在华外商投资企业累计汇出利润2617亿美元，年均增长30%。在全国外贸总额中，外企占比55%。2007年以来联合国贸发会议每年进行的"最受欢迎的投资目的地"调查中，中国连年被跨国公司列为首选。国际金融危机爆发后，跨国公司仍对中国信心不减，继续增资扩厂，有的正是凭借在华投资的丰厚回报而渡过了难关。

　　在"走出去"过程中，中国也切实履行社会责任。截至2010年，中国对外投资企业聘用当地员工近80万人，每年在当地纳税超过100亿美元。

　　国际金融危机蔓延时，中国政府及时实施强有力的内需刺激政策，保持经济持续健康发展，对世界经济复苏起到极大的提振作用。同时，组织30多个大型采购团奔赴海外，进口和对外投资加快增长，被外电赞为"最闪亮的稳定器"。据世界银行计算，2002～2010年，中国占世界GDP比重

从 4.4% 增至 9.3%，是对世界 GDP 增量的第一大贡献国。据高盛公司研究，近十年来中国对全球经济的累计贡献率已逾 20%，超过了美国。

加入世贸组织后，中国积极在南南合作框架下帮助其他发展中国家提升贸易水平，增强自主发展能力，促进共同繁荣。2007～2010 年，中国从最不发达国家的进口额由 238 亿美元升至 432 亿美元，且 2008 年以来一直是最不发达国家第一大出口市场。近十年累计对外提供各类援款 1700 多亿元人民币，免除 50 个重灾穷国近 300 亿元人民币的到期债务，承诺对已建交的最不发达国家 97% 税目的输华产品实行零关税。

联合国工业发展组织总干事尤姆凯拉说："中国加入世贸组织，受益方绝不仅仅是中国，还包括发达国家、新兴工业体以及非洲一些最不发达的国家。十年，中国赢了，世界也赢了！"

加入世贸组织谈判的主要参与者之一、商务部政研室主任张向晨认为："十年应对，积累了丰富经验，而最重要的经验就是坚持'五个并举'，即扩大开放与提高国内产业竞争力并举，履行义务与充分运用规则发展保护自己并举，积极参与多边贸易体制与开展双边和区域经贸合作并举，寻求自身发展与为世界经济稳定发展做贡献并举，对外开放与国内改革发展并举。"

十年来的辉煌成就再次说明，以开放促改革促发展，才能真正实现国强民富，实现互利共赢。改革不能回头，开放不可止步，加入世贸组织十年的成功实践，进一步坚定了我们深化改革扩大开放的信心和决心。中国的发展离不开世界，世界的发展需要中国。

三、中国加入世贸组织十大新闻事件

1. 中国成为全球第一大出口国第二大进口国

2010 年 1 月 10 日，海关总署宣布，在国际金融危机背景下，2009 年中国进出口额仍比肩增长，成为全球第一大出口国、第二大进口国。加入世贸组织以来，我国货物贸易进出口规模从 2001 年的 5098 亿美元增长到 2010 年的近 3 万亿美元，其中出口增长近 5 倍、进口增长 4.7 倍。加入世贸组织后对外贸易的迅猛发展，有力支撑了中国国民经济增长，同时也给世界经济发展增添了动力，实现了中国与世界的"共赢"。

2. 中国成为世界多边贸易体制核心成员

2008 年 7 月，商务部部长陈德铭率中国代表团在日内瓦参加多哈回合的各种形式谈判。这是中国加入世贸组织以来首次参与核心层谈判，标志着中国已经成为世界多边贸易体制核心成员之一。同年 11 月，中国领导人首次出席 20 国集团领导人金融和经济峰会。中国国力的不断增强，特别是在应对国际金融危机中的突出表现，使得中国在世界经济舞台上的核心作用进一步显现。

3. 放开外贸经营权助推民企开拓国际市场

4. 履行关税和非关税承诺企业国民受益

2005 年 1 月 1 日，按照加入世贸组织承诺，我国全面取消了不符合世贸规则的进口配额和许可证等非关税措施，这标志着中国加入世贸组织过渡期基本结束。与此同时，中国按照加入世贸组织承诺，不断降低关税总水平，从 1986 年申请"复关"时的 43.2%，逐步下降到 2001 年加加入世贸组织组织时的 15.3%，再到 2011 年的 9.8%。中国全部关税税率约束在现行水平，不再升高，与发达国家相仿。中国按照承诺降低关税总水平，取消非关税措施，极大改善了对外贸易环境，有利于居民和企业降低生产生活成本，保护资源和环境。

5. 建立符合世贸规则的市场经济法律体系

2004 年 4 月 6 日，《中华人民共和国对外贸易法》由十届全国人大常委会第八次会议修订通过，7 月 1 日起施行。这部对外贸易领域中的基本法律的修订，是中国履行加入世贸组织承诺全面清理有关法律、法规的重要标志。10 年来，中央政府共清理各种法律法规和部门规章 2300 多件，

地方政府共清理地方性政策和法规 19 万多件，逐步建立起符合世贸规则的贸易体制，社会主义市场经济法律体系进一步完善。

6. 政府职能加快转变世贸理念深入人心

2003 年 8 月 27 日，《中华人民共和国行政许可法》由十届全国人大常委会第四次会议审议通过，自 2004 年 7 月 1 日起施行。这部法律对行政许可的设定范围、权限、程序以及行政许可的检查监督等作出了明确规定，是转变政府职能的一个里程碑。2006 年元旦零时，中国政府网正式开通。我国根据世贸组织规则采取的一系列措施，结束了过去长达几十年执行内部红头文件的惯例，世贸组织倡导的"非歧视"、"透明度"、"公平竞争"、法制精神等原则理念日益深入人心。

7. 内外资企业统一所得税税率结束"分制"时代

2007 年 3 月 16 日，《中华人民共和国企业所得税法》由十届全国人大第五次会议表决通过，自 2008 年 1 月 1 日起施行，从而结束了中国长达 20 多年的内、外资企业税率差异化的做法。对内、外资企业实行统一的所得税税率，有利于各类企业在平等的基础上开展公平竞争，不仅可以使国内企业得到实惠，而且有利于提高利用外商投资质量，改善外商投资结构。

8. 传统优势产业能量得以释放

2011 年 10 月 21 日，世贸组织公布的数据显示，2010 年中国纺织品出口额为 770 亿美元，占世界市场份额的 30.7%；服装出口额为 1300 亿美元，占世界市场份额 36.9%。中国是当之无愧的世界头号纺织品和服装出口大国。加入世贸组织 10 年来，中国的纺织品服装、家用电器和电子信息等比较优势产业潜能得以极大释放，不仅满足国内需求，而且使"中国制造"蜚声世界。

9. 中国步入汽车社会产销量升至全球第一

2011 年 1 月 10 日，中国汽车工业协会宣布，2010 年中国汽车产销量双双突破 1800 万辆，蝉联世界第一，创全球历史新高。2009 年，中国首次超过美国成为全球汽车产销第一大国。从 2001 年中国汽车产量仅 246.7

万辆，到 2010 年产销分别为 1826.47 万辆和 1806.19 万辆，中国汽车产业的产销规模、自主品牌建设、对外贸易、产业结构调整等取得了世界汽车产业瞩目的成就。

2011 年 7 月 5 日，国务院发展研究中心副主任刘世锦在《2011 年中国汽车产业蓝皮书》发布会上指出，加入世界贸易组织 10 年来，中国汽车产业经历了历史上发展最好、最快的十年，在开放中逐步确立了大国竞争优势。展望下一个十年，中国汽车产业仍处在大有可为的时期。

刘世锦表示，自 2001 年底中国加入世贸组织后，中国汽车产业抓住机遇，通过对外开放促进对内放开和改革，初步形成了汽车产业竞争性的市场环境。竞争降低了成本和价格，扩大了市场消费，消费扩大进而促进了生产的规模经济效应，从而使中国汽车产业进入生产消费相互促进、增长加速的路径。

从 2002～2010 年，中国汽车产量从 246 万辆激增到 1800 余万辆。成为世界第一汽车生产大国和消费国。刘世锦认为，在数量扩张的同时，中国汽车产业的生产能力建设、配套体系发展、研发能力和生产管理水平提升、自主品牌培育都取得长足进步，成为国民经济的主导产业，在国民经济全局中起到了引领和支撑作用。

刘世锦指出，中国汽车产业仍面临诸多矛盾，问题和挑战。如能源消耗、环境污染、交通安全和城市拥堵等。在诸多矛盾和问题中，如何处理好政府与企业、市场的关系，仍是最具挑战性的难题。

《2011 中国汽车产业发展报告》即《2011 年中国汽车产业蓝皮书》，由国务院发展研究中心产业经济研究部、中国汽车工程学会和大众汽车集团（中国）联合编著。这是三方自 2008 年以来第四次联合推出年度报告。报告借助大量翔实、权威的统计数据和市场调研结果，全面论述了加入世贸 10 年来中国汽车产业的发展历程、成就和经验，并结合当前国内外市场形势，对中国汽车产业未来十年的发展趋势进行展望。

10. 运用争端解决机制捍卫经济权益渐成常态

2009 年 9 月 11 日，美国总统奥巴马决定，对从中国进口的轮胎实施

惩罚性关税。这一特保措施已于当年9月26日正式生效。10年间，随着我国对外贸易规模迅猛发展，贸易摩擦也随之增加，运用争端解决机制，捍卫经济权益逐渐成为一种常态。自加入世贸组织以来，我国已累计遭受反倾销、反补贴、保障措施等国外贸易救济调查690余起，涉案金额约400亿美元，中国连续多年成为全球遭遇反倾销和反补贴最多的国家。反对保护主义，维护多边贸易制度成为长期的任务。

中国加入世界贸易组织近十年来，主动向世贸组织起诉8起案件，被诉13起案件。有防有攻，标志着中国掌握、运用世贸组织规则保护自身合法权益的能力明显提高，相关专业法律人才队伍正在形成。

在举行的纪念中国加入世界贸易组织十周年研讨会上，商务部条约法律司司长李成钢在回顾商务法律近十年发展进程时介绍了中国经世贸组织开展的8起主动起诉案件和13起被诉案件。

在8起主动起诉案件中，3起已结案，包括诉美钢铁保障措施案、诉美铜版纸双反案、诉美727条款案；5起仍在法律程序中的案件分别是：诉美双反措施案、诉美轮胎特保案、诉欧紧固件反倾销案、诉欧皮鞋反倾销案、诉美反倾销归零案。

李成钢举例说，半个多月前，世贸组织上诉机构发布报告最终裁定中国在与欧盟关于紧固件的贸易争端中胜诉，裁决报告认定欧盟《反倾销基本条例》第9（5）条关于单独税率的法律规定违反世贸规则。此案中方胜诉具有重大意义，将有助于改善中国企业在包括欧盟在内的国际市场的竞争环境，也将增强世贸成员对世贸规则和多边贸易体制的信心。

在中国13起被诉案件中，7起已结案，包括美诉集成电路增值税案、美欧加诉汽车零部件案、美墨诉税收补贴案、美诉知识产权案、美欧加诉金融信息案、美墨危诉出口补贴案、美诉风能设备进口替代补贴案。

目前，中国有6起被诉案件尚在法律程序中，包括美诉出版物案、美欧墨诉出口限制案、欧诉紧固件案、美诉电子支付案、美诉取向电工钢双反案、欧诉X射线安检设备反倾销案。

228

为了应对中国加入世贸组织后日趋增多的贸易摩擦和争端，商务部专门设立了两个处负责争端解决案件的应对处理，并向世贸组织推荐了17名专家组成员，积极反映广大新兴经济体和发展中国家的贸易诉求。

据商务部统计，中国加入世贸组织后，全国31个省区市和49个较大城市根据国家统一要求，共修改、废止了19万多件地方性法规、地方政府规章和其他政策措施。目前，中国地方性法规、地方政府规章已经与世贸组织相关规定要求基本一致。

四、拿市场经济地位苛求中国没道理

据中国商务部统计，到目前为止，全球已有包括俄罗斯、巴西、新西兰、瑞士、澳大利亚在内的81个国家承认中国市场经济地位，而美国、欧盟及其成员国、日本等仍未予以承认。事实上，按照世界贸易组织（WTO）规则，中国加入WTO15年后，即2016年将自动获得完全市场经济地位。但是，早一点承认中国的市场经济地位，"是在向中国表示一种友好"，新加坡国立大学李光耀公共政策学院顾清扬博士如此表示。

（一）早一点承认是务实之举

同南非一起，俄罗斯在金砖国家中较早认可中国市场经济地位。俄罗斯远东研究所中国经济与社会研究中心高级研究员伊万·弗拉基米罗维奇·瓦赫鲁申认为，中国的市场经济已经发展到了很高水平，经济环境与投资环境良好，外来投资大量涌入，这源于中国拥有对外资和外企很好的保障体系，中国吸收外资额持续位居世界前列，进而推动了中国经济的高速增长。

在东盟国家中，新加坡 2004 年率先承认了中国的市场经济地位。随后，其他 9 个东盟国家也相继宣布承认。顾清扬博士表示，东盟和中国地理位置近，产业结构互补性强，产业分工联系紧密。新加坡和东盟其他国家都很重视中国的"市场经济火车头"作用，认识到中国市场化走向非常明显。东盟国家尽早承认中国的市场经济地位，是在向中国表示一种友好。早一点承认中国的市场经济地位，是一种务实的选择，对东盟国家自身也是有好处的。

亚洲开发银行副首席经济学家庄巨忠也表示，东盟国家欢迎中国被更多国家纳入市场经济地位国家的行列。不可否认，中国和东盟国家的产品在国际市场上存在一定的竞争关系，但是，东盟国家和中国的贸易关系紧密，进行的贸易方式主要是加工贸易，即东盟国家为中国制造业提供原材料和加工零配件。中国的需求增加了，同时也会增加从东盟国家的原材料进口。因此，总体上来讲这将是一个双赢的局面。

（二）不承认是为限制中国找借口

在给予中国市场经济地位的问题上，经过中欧双方长期不懈的沟通，欧盟立场逐步缓和。1998 年 4 月，欧盟通过决议，将中国从完全非市场经济国家的名单中除去，给予中国"转轨经济国家"待遇，介于完全非市场经济国家与完全市场经济国家之间。面临欧盟反倾销时，中国企业可以享受市场经济地位的个案处理。但欧盟一直不承认中国完全市场经济地位，成为中欧经贸关系中的一道障碍。有专家分析说，欧盟及其成员国坚持不承认中国的市场经济地位，并不是没有看到中国的经济发展趋势，而是想以此作为对中国做出某种限制的借口。

近年来，欧盟有许多成员国，如德国、法国的官员纷纷公开表态，呼吁欧盟尽快承认中国完全市场经济地位。专家认为，欧洲很可能在 2016 年的最后期限前承认中国的市场经济地位，因为中国毕竟是欧盟的最主要贸易伙伴之一，双方相互依存，谁也离不开谁。

美国是另一个对中国完全市场经济地位迟迟不承认的主要发达国家。早在 2004 年，中美就开始了关于承认中国市场经济地位的谈判。7 年间，美国多次承诺要尽快承认中国的市场经济地位，然而在具体操作中，却迟迟未采取行动。2011 年 6 月，美国商务部公布实施《战略贸易许可例外规定》，甚至将中国排除在 44 个可享受贸易便利措施的国家和地区之外。

是否承认中国的市场经济地位，已成为美国在对华贸易谈判中一张重要的牌。分析人士指出，对美国来说，承认中国的市场经济地位与中美贸易直接相关，担忧利益受损的美国企业和议员对美国政府不断施压，使这一承诺迟迟难以兑现。美国政府也将其作为筹码，在人民币汇率、美国国债等问题上向中国施压，逼迫中国让步。

中国的完全市场经济地位不被承认，直接导致反倾销领域内中国企业屡屡受挫，一些国家在评估中国产品是否属倾销时便可采用第三国数据，高估中国出口产品的倾销幅度，为其反倾销行为寻找借口。中国社会科学院世界经济与政治研究所研究员宋泓指出，承认中国市场经济地位，意味着对中国产品采取贸易限制的法律依据和政策手段削弱了、减少了，从而降低了针对中国产品展开反倾销反补贴案件的发生率和危害性。

（三）中国市场化改革进展巨大

判断一个国家是否应该享有市场经济地位，不能完全根据历史和现实，还应根据未来市场发展趋势来判断。自加入 WTO 之后，中国经济发生了根本性变化。在市场化程度以及与国际经济的联系方面，中国都表现出了自由市场经济的特征，比如中国的商品价格在国际市场上和对外贸易中都有极高的自由度。此外，中国在对外贸易中的角色也越来越重要。

国务院发展研究中心研究员胡江云说，一直以来，中国为获得完全市场经济地位的认可做出了巨大努力。一是深化改革，特别是垄断领域的改

革。支持和鼓励民营经济和外资进入，将石油、航空、铁路、电信等部门的生产经营与行政管理逐步分开。在价格改革方面，除少数国计民生产品外，98%以上产品的价格已完全由市场决定。此外，还进行了金融改革，实施利率和汇率制度改革等。二是进一步完善对外开放体系，并根据加入WTO协议，降低货物贸易的关税壁垒，削减非关税措施。近年来，中国进一步开放服务贸易，实施促进贸易便利化、投资便利化的举措。在某些服务业领域，中国的对外开放程度甚至已超过一些西方发达国家。中国基本全方位开放汽车领域，不仅开放汽车整车、零部件的加工制造，而且开放了汽车服务。在分销服务、计算机服务等领域，中国的市场化程度普遍高于一般国家。三是降低市场准入门槛，减少市场壁垒，规范市场秩序，建设国内统一市场。

胡江云认为，倒是一些西方国家，既是市场经济规则的制定者，又是其最大破坏者。例如美国2003年实施的钢铁保障措施就有意违反WTO规则，实质是推行贸易保护主义。中国市场化改革已经取得巨大成就，对于这一点，欧美日等国家应当看到，不能熟视无睹并进行无理指责和过分苛求。

五、中国完全市场经济地位并不遥远

（一）四个阶段——交流沟通、零的突破、飞速发展、艰难攻坚

不论是加入世贸组织之前还是之后，中国政府、行业协会和企业等一直努力争取世界各国承认中国的完全市场经济地位，以利于中国对外贸易的健康发展。中国获得完全市场经济地位的历程可以分为以下四个阶段：

1. 交流沟通阶段

中国政府、行业协会、企业等与欧盟及欧盟国家等进行多次交流、沟通和协商，欧盟对中国非市场经济地位的立场开始有所松动。1998 年 4 月，欧盟通过了 905/98 号决议，修订了反倾销法，将中国和俄罗斯从"非市场经济国家"名单中撤消，没有加入"市场经济国家"名单，而是列入新设立的"特殊市场经济国家"名单中，该名单介于前两个名单之间，反倾销个案中对中国应诉企业给予市场经济地位。2002 年，欧盟和美国先后承认俄罗斯为市场经济国家，确定今后与俄罗斯有关的倾销个案时，将依据俄罗斯企业自身的成本和价格进行计算。但是，始终没有承认中国的完全市场经济地位。2004 年，北京师范大学经济与资源管理所发布了《中国市场经济发展报告（2003）》，认为中国市场经济程度达到 69%，高于俄罗斯等经济转型国家，超过了完全市场经济地位 60% 的临界标准，引起世界广泛关注。

2. 零的突破阶段

2004 年 4 月，新西兰正式承认中国完全市场经济地位。新西兰是第一个与中国就加入世贸组织谈判达成双边协议的发达国家，也是第一个承认中国完全市场经济地位的国家和第一个发达国家。这不仅是中国获得完全市场经济地位的零的突破，也为其他贸易伙伴和世贸组织成员承认中国完全市场经济地位奠定了基础。

3. 飞速发展阶段

从新西兰承认中国完全市场经济地位开始，新加坡等国也相继承认中国完全市场经济地位，中国获得完全市场经济地位呈现飞速发展态势。2004 年、2005 年、2006 年，分别有 36 个、15 个、15 个国家和地区承认中国完全市场经济地位。其中，2004 年 5 月 19 日，刚果（布）宣布承认中国完全市场经济地位，成为继新西兰、新加坡之后第三个承认中国完全市场经济地位的国家，也是非洲大陆第一个承认中国完全市场经济地位的国家；2004 年 9 月 4 日，在雅加达举行的东盟和中日韩经济贸易部长会议

结束后，东盟10国（新加坡、马来西亚、泰国、菲律宾先已承认，印尼、文莱、越南、老挝、柬埔寨、缅甸）正式承认中国的完全市场经济地位；2005年11月17日，韩国签署《中韩联合公报》，承认中国完全市场经济地位。

4. 艰难攻坚阶段

到2010年5月份，全球已经有近150个国家承认中国完全市场经济地位，只有美国、日本及欧盟等大约30个、即全球3/4的高收入国家及地区和印度不承认中国完全市场经济地位。获得这些国家承认中国完全市场经济地位，要经历一个艰难攻坚过程。

（二）前景展望——欧美承认中国完全市场经济地位是必然的，也是指日可待的

总体来看，要获得这些国家承认中国完全市场经济地位，主要看中国政府是否干预了市场经济，是否制定了符合国际标准的会计准则，是否有完善的市场退出机制，是否有自由的外汇市场。实际上，中国企业产品价格95%以上由企业自主决定，政府很少通过价格等手段对企业进行干预，企业的其他决策也不再受到政府的直接影响，中国正在不断改革和完善人民币汇率制度。当前，欧美日加等发达国家不承认中国完全市场经济地位，主要有两个原因：一是在针对中国出口产品反倾销案件中，有利于保护进口国产品，也有利于遏制中国对外贸易快速发展和国际地位的提升；二是中国实施宏观调控中，担心中国政府过于依赖行政手段，缺乏普遍的、公正的调控规则，而且调控政策不可预期。

欧盟、美国承认中国完全市场经济地位是必然的，也是指日可待的。一是根据中国加入世界组织的议定书，加入世贸组织的15年后即2016年，世贸组织成员应承认中国完全市场经济地位。二是经过中国政府与欧盟、美国的交流和沟通等努力，特别是国际金融危机后中国与美国进行了战略

与经济对话，中美商贸联委会将以一种合作的方式，迅速承认中国的完全市场经济地位，欧盟许多成员也支持承认中国完全市场经济地位。三是中国与欧盟、美国等均是世贸组织的重要成员，国际贸易位居世界前3位，而且互为重要的贸易伙伴，双边贸易和相互投资规模不断扩大，三者之间贸易关系密切，你中有我、我中有你，承认中国完全市场经济地位更加有利于中国进一步融入全球经济和促进多边贸易体系稳定，也更加有利于中国、欧盟、美国等均主要世贸组织成员的互利共赢。四是国际贸易、国际投资和国际金融等新秩序建设以及全球治理的进一步完善离不开中国、欧盟、美国，合则共赢、斗则俱损，二十国集团峰会就是一个明显的例子。

（三）与其等待不如现在就谈判

根据加入世贸组织协议，中国将在加入世贸组织15年后、即最迟于2016年自动获得完全市场经济地位。既然离中国自动获得完全市场经济地位的最后时间只有5年，美国与其坐等那一时刻到来，什么也得不到，为什么不现在就开始认真谈判呢？

完全市场经济地位既是一个涉及法律的技术问题，也是一个政治问题，由于美国国会存在对华不利的氛围，短期内美国给予中国完全市场经济地位并不乐观。由于没有完全市场经济地位，中国出口企业在美国很容易受到反倾销调查，被征收反倾销税，成为引发双边贸易争端的一个源泉。当今世界两个最大的经济体之间，贸易争端不可避免，是经贸关系中的正常组成部分，双方应在世贸组织框架内以专业化的方式解决争端，而不要让其成为双边经贸关系的焦点。

美国前贸易代表巴尔舍夫斯基表示，根据中国加入世贸组织的协议，中国作为经济转型国家，将在加入世贸组织15年后，即2016年自动获得完全市场经济地位。现在看来，美欧完全应该在这一期限到来前与中国就完全市场经济地位问题达成协议。当时之所以以15年为期，与美国国内政

治因素有关，但更主要的是因为 10 年前的中国经济和今天无法相提并论，没有想到中国变化如此之快。尽管在一定程度上中国经济仍然处于转型中，但中国绝大多数经济部门的运作已相当市场化，把中国作为完全市场经济地位国家对待的时刻可能已经到来。

瑞典贸易大臣爱娃·比约林表示，完全市场经济地位是一个技术问题。世贸成员自然拥有完全市场经济地位，但中国需要一个过渡期来获得该地位。我很愿意看到中国获得该地位，希望欧盟能积极做好准备，在不久的将来与中国达成有关协议，但中国仍然需要在市场经济法律体系、知识产权保护体系和金融业运行机制等方面做出改善。我相信，欧盟如能最终与中国达成有关协议，将有力推进欧中双方的贸易和金融合作，进而推进双方在政治领域的合作，而这对瑞中两国的经贸合作也会带来积极影响。

（四）中美未就中国市场经济地位问题完全达成一致

2010 年 5 月 24 日，中国商务部部长陈德铭表示，中美双方未就中国市场经济地位问题完全达成一致意见，中美将在于美国举行的第 21 届中美商贸联委会上继续讨论该问题。

陈德铭说，在中国加入世贸组织的时候，所有世贸组织成员皆一致同意最迟不得晚于 2016 年承认中国的市场经济地位。他指出，现在三分之二以上的国家已经承认中国的市场经济地位。中方认为看一个国家是不是市场经济，应该看其资源配置用不用市场的办法，市场经济应是有多种形式的，不是唯一的。

陈德铭称，一些不承认中国市场经济地位的国家，在应对经济危机中也采取了政府担保、银行向企业注资等国有化行为来帮助企业走出困境，这充分说明市场经济的标准是可变的、多元的，也是与时俱进的，中国将会继续坚定地走有中国特色的社会主义市场经济道路。

中国加入 WTO 已经 10 年，但美国一直没有承认中国市场经济地位，该问题也是美国可以频繁对中国发起贸易限制措施之根源。

（五）默克尔许诺欧盟 2016 年承认中国经济地位

2010 年 10 月 5 日，德国总理默克尔与中国国务院总理温家宝在德国举行了会晤，会晤期间，默克尔声称支持欧盟在 2016 年承认中国的完全市场经济地位。如果欧盟承认中国的完全市场经济地位，将会促进中国经济的发展以及中欧经贸关系的进一步加深，同时，也有利于保护中国在进行反倾销诉讼时的完全市场经济主体的地位。作为回报，温总理也称中国将会为外国在华企业提供更加公平的投资和竞争环境。

苏格兰皇家银行的一位中国专家称，中国经济发展的最大受益者是德国，中国与德国的竞争虽然日益激烈，但是德国是中国最重要的贸易伙伴之一，现在中国的经济发展如此之快，德国也将从中获益不少，因为中国从美国进口的更多的是原料，这些原料中国在世界其他地方也能买到，而中国从德国进口的则是德国的先进的机械设备和汽车零部件。

批评人士指出，获得完全市场经济地位必须符合的 5 项条件，中国只符合一项。但另一方面，欧盟早就许诺，中国在加入世贸组织 15 年之后，也就是最迟 2016 年，无论如何会获得市场经济地位，对此没有人质疑过。

六、中国市场经济急需解决垄断问题

风雨 20 载，中国沿着社会主义市场经济的道路高速发展了 20 年。1992 年，中共十四大明确提出建立社会主义市场经济体制，一个前无古人的伟大创举就此诞生，标志着"摸着石头过河"的中国经济改革终于

摆脱了计划经济的羁绊，步入了正轨。从建立框架到逐步完善，中国经济体制改革走过艰难而辉煌的20年。20年过去了，今天站在历史的起点上，回顾过去，市场经济的提出和实践对我国20年来经济腾飞发展的意义何在？

如果说1978年是我国改革开放的元年，那么1992年就是中国走市场经济道路的元年。1978年是我国面对僵化的体制改革，必须改革，不改革中国要被世界淘汰；1992年是经过了十多年的改革开放，我们找到了或者明确了改革开放长期道路的最终目标、或者基本原则，这就是要建立社会主义市场经济体制机制。为此，一方面在经济运行机制上走市场经济道路，在经济运行的主体上发展多种经济成份，让民营经济广泛兴起；另外在对外开放上加速全球化进程将中国经济完全融入世界经济之中，这三个方面是使中国经济迅速崛起成为世界第二经济大国的主要原因。

如果与上个世纪80年代、90年代的西方市场经济国家相比，中国现在的市场化程度已经明显超过了它们，但是现在的美国和一些西方国家仍然不承认中国的市场经济地位，这主要基于两个方面的原因：一个是中国的经济中在一些重要的方面国有经济处于垄断地位、政府的行政干预仍然比较严重的存在；另外，从欧美这方面来看，他们也想通过否认中国经济国际地位上限制中国经济影响扩大，所以对中国采取了一些特殊的标准。

未来中国市场经济出路何在？重点是在三个方面，第一是深化垄断行业改革，让民营经济在这些领域真正发挥平等竞争的作用；第二要深化政府的行政管理体制改革，进一步减少行政干预；第三是带有更长远更基础的东西，即推动政治与社会体制改革，真正建立起为中国人民和世界人民认可的以民主为基础、以法制为保证的政治体制。我们国家现在由市场决定的商品和服务的比重已经比一些发达国家还要高，当然如果是以西方专门针对中国体制的条件来看我们还有一定的差距，主要是垄断问题和行政干预的问题，就这两个问题我们国家正在加快得以解决。

（一）完全市场经济地位概述

完全市场竞争有几个特征：其一，买卖双方无限多，产品同质性很强；厂商对价格没有控制力；其二，市场没有准入和准出障碍；其三，市场信息很完全。在完全竞争的市场下，交易成本相对很小，市场很规范，因此我们可以得出这样的假设：越是接近完全竞争市场，市场越是饱和，从而交易成本很小，而且谋取暴利几乎不会成为可能。因此反过来说，谁要是想赚钱或者说谋取暴利，一定要反其道而行之，那就是说要么成为垄断寡头，要么生产高差异化产品，要么利用通信信息不对称来赚钱，利用地区价格差异来赚钱，投机倒把和国际贸易就是这一种方式。

完全市场经济地位的含义：市场经济地位是反倾销调查确定倾销幅度时使用的一个重要概念。反倾销案发起国如果认定被调查商品的出口国为"市场经济"国家，那么在进行反倾销调查时，就必须根据该产品在生产国的实际成本和价格来计算其正常价格；如果认定被调查商品的出口国为"非市场经济"国家，将引用与出口国经济发展水平大致相当的市场经济国家（即替代国）的成本数据来计算所谓的正常价值，并进而确定倾销幅度，而不使用出口国的原始数据。如20世纪90年代，欧盟对中国的彩电反倾销，就是将新加坡作为替代国来计算我国彩电的生产成本。当时，新加坡劳动力成本高出中国20多倍，中国的产品自然很容易被计算成倾销了。

过去20多年来，我国在建立市场经济体制方面取得了重要进展。但是，包括美国、欧盟在内的许多西方国家至今仍没有正式承认中国为市场经济国家。自加入世贸组织以来，我国政府一直在努力争取国际贸易各国承认中国的完全市场经济地位，获得市场经济地位将有利于我国外贸进出口的发展。

（二）完全市场经济地位决定外贸环境

承认中国完全市场经济地位，是对中国二十多年改革开放的承认，也是对中国社会主义市场经济体制的认可，对于改善中国的外贸环境，保障中国正常的外贸出口也有着相当大的影响。

中国一直是遭受反倾销调查最多的国家，据商务部统计，自1979年8月欧盟对中国出口的糖精和盐类进行反倾销调查以来，共有34个国家和地区发起了673起针对或涉及中国产品的反倾销、反补贴、保障措施及特保措施调查案件。一些国家频繁启动各种调查，严重限制了中国产品的出口，减损了中国产品在当地的市场竞争力，影响了中国与这些国家和地区之间的正常贸易关系。

在反倾销调查中，一些世贸组织成员滥用贸易救济措施搞贸易保护主义，他们采用最多的手段就是不承认中国的完全市场经济地位。他们不是看中国的企业在生产、销售中有无政府补贴，而是选一个参照国来比较，这种做法使中国企业在应诉部分国家反倾销调查中遭受到不公平待遇，拿这种不公正的做法去裁决中国企业进行了倾销，然后处以高关税或其他方面的保护措施，使中国产品不得不退出当地市场。

第五章 经济全球化与中国大国崛起

中国崛起是指中华人民共和国近年来，在全球经济、政治、军事及科技等方面势力的增长。由于中国拥有稳定而众多的人口以及快速增长的经济和军事支出，因此经常被视为是一个潜在的超级大国。做为经济发展最快的发展中国家之一，中国在国际事务中扮演着重要的角色，并且在联合国安理会常任理事国中占有一席。中国虽然被认为是一个潜在的超级大国，但是仍然有许多经济、社会、环境与政治等方面的不利因素有待克服。此外，目前中国在联合国与世界上的影响力，还远没有达到美国与前苏联的程度。

一、解读中国经济持续崛起的秘密

以本世纪初的"北京共识"为开端、逐步发展成型的"中国模式"论，提出了一个无论对于总结过去还是规划未来都极其重要的问题，值得认真地加以研究和讨论。"中国模式"的话题，起源于改革开放 30 多年来中国经济总量的爆发式增长。特别是经过三年徘徊，在 1992 年邓小平的南方讲话以后，中国经济改革重新回到市场化的道路。

241

随着改革的推进，中国经济真正起飞了。经过将近 20 年的高速增长，中国的经济总量在 2010 年超过日本，成为全球第二大经济体。与此同时，中国超过德国成为世界第一大出口国。

于是，就出现了如何解读中国经济崛起秘密的问题。

"中国模式"论倡导者对这个问题给出的回答是：中国能够创造如此优异成绩的根本原因，在于中国独特的经济和政治体制：它有一个强势政府和有着强大控制力的国有经济，因此能够正确制定和成功执行符合国家利益的战略，"集中力量办大事"，从而创造了北京奥运、高铁建设等种种奇迹，并且能够在全球金融危机的狂潮中屹立不倒，继续保持超过 9% 的 GDP 年增长率，为发达国家所争羡，足以充当世界各国的楷模。

不过，这种解释虽然能够燃起某种民族主义的自豪感，却也留下了不少的疑问。

在强势政府掌握的"举国体制"下，中国的确取得了一系列辉煌的成就。然而为赢得这些成就而付出的成本也大得惊人。

近年来政府启动巨量投资和海量贷款造成的消极后果正在开始显现。短期收益和长期损失之间如何权衡，恐怕也非一眼就能看穿。

在实事求是地分析人民共和国的历史时，不能回避的事实是：取得了巨大进步的后 30 年和始终未能改变贫困落后面貌的前 30 年之间的最大区别，在于我们进行了市场化的改革和国内市场与国际市场的对接。

所以，这一切还要从 20 世纪 70 年代末期以来的改革开放讲起。特别是 1992 年 10 月的中共十四大确立了建立"社会主义市场经济"的目标。接着，从 1994 年初开始，中国根据早些时候确定的市场化改革总体规划和对企业、市场体系、政府的宏观经济管理等方面改革的方案设计，进行了整体推进市场化改革。

上世纪 90 年代后期，中国政府同意对当时仍然在国民经济中占有绝对优势的国有经济进行"有进有退"的调整，为民间进行创业活动提供了机会。

虽然在各个领域内的推进程度并不相同，而原有的政府和国有经济的主导地位还在一些重要领域保持未动，但这一轮改革毕竟使一个对世界市场开放的市场经济制度框架初步建立起来。

市场制度的建立解放了久为落后制度所约束的生产力，促使90年代中国经济实现了持续的高速增长，具体地表现为：

第一，为平民创业开拓了一定的空间。在毛泽东的"全面专政"体制下，私人从事工商业经营被视为"资本主义复辟"活动，遭到无情的镇压。

从上世纪80年代中期开始，政府逐步松动了对私人创业的准入限制。特别是1997年中国党政领导认可"非公有制企业是社会主义市场经济的重要组成部分"，给予了民营经济一定的活动空间。

随着中国民间长期被压抑的企业家精神和创业积极性喷薄而出，到20世纪末，中国已经涌现了3000多万户的民间企业。它们乃是中国出人意料的发展最基础的推动力。

第二，大量原来没有得到充分利用的人力、物力资源得到了更有效的利用。

在计划经济的条件下，国家工业化是在城乡隔绝的状态下通过国家动员资源和强制投资的手段进行的，这大大限制了工业化、城市化的进度和经济的整体效率。当市场经济制度的建立和民间创业活动活跃起来，生产要素开始从效率较低的产业向效率较高的产业流动。

在改革开放后的年代中，中国有高达2.5亿左右的处于低就业状态的农村剩余劳动力转移到城市中从事工商业。

与此同时，也有相当于爱尔兰国土面积的约7万平方公里的农用土地转为城市用地。生产要素大量向相对高效部门的转移导致的全要素生产率（TFP）提高，有力地支持了中国经济的高速度增长。

第三，对外开放政策的成功执行弥补了消费需求不足的缺陷，从需求方面支持了中国经济的高速增长。

靠投资驱动的经济增长模式的一个重大缺陷，是最终需求不足。由于投资报酬率递减规律的作用，为保持一定的增长速度，投资率必须不断提高；与此相对应，消费需求会相对萎缩，造成最终消费需求不足的严重问题。

20世纪90年代，出口导向战略的成功实施，利用了发达国家储蓄率偏低造成的机会，扩大出口，用净出口的需求来弥补国内需求的不足，拉动了产出的高速度增长。

第四，实行对外开放的另一个重要作用，是通过引进外国的先进装备和先进技术，在大规模人力资源投资还没有发挥作用的条件下，迅速缩小了中国与先进国家之间在过去200多年间积累起来的巨大技术水平差距，使高速度增长得到了技术进步的有力支撑。

这一切足以说明，改革开放才是中国经济能够保持30年高速度增长的真正秘密所在。

二、中国崛起：机遇与挑战将共存

21世纪的前30年毫无疑问将是中国崛起的最佳时机。根据国民账户来衡量中国已经是全球第二大经济体，相信中国会在不久的将来成为全球最大的经济体，其意义不言而喻。我们不应该把中国崛起看成是一个新的现象，而应该从一个历史的角度来考量。

（一）制度决定了历史上的兴衰

根据安格斯·麦迪森的研究，中国在19世纪的下半叶之前一直就是世界第一大经济体。如果再往前追溯的话，中国在经济与社会发展上有着更为辉煌的历史。我们可以看看千年前的唐朝和宋朝的情况。唐朝和宋朝在其高峰时的城市化率就已经分别达到了 20% ~ 21%，而中国在改革初期的城市化率不过是 19% 左右。如果把这个思想再展开一点，可以很清楚地看到体制因素在里面所发挥的作用。北宋的国都开封当时有 70 万的城市人口，70 万是一个什么概念呢？ 70 万人口的城市在当时是全球最大的城市。整整 1000 年以前，开封铸铁的年产量是 15 万吨。15 万吨同中国目前的 6 亿多吨的年产量相比是一个不值一提的数量，但要知道 19 世纪欧洲工业革命的前夜，所有欧洲国家的钢铁加起来也不过 15 万吨。这个例子说明了中国在近代的历史上同国际上的差距。人们不禁要问，中国为什么在近代落伍了？

中国在近代历史上的衰落主要是因为体制原因所造成的，中国近 30 年的高速发展是体制在起作用，中国未来 30 年甚至更长时间的稳定发展和增长仍然是个体制问题。亚当·斯密在《国富论》里面几次提到中国，其中有一点让人印象非常深刻。他讲到马可·波罗所描述的中国和亚当·斯密写《国富论》时的中国，尽管相隔几百年但农业技术基本上没有变化。亚当·斯密为什么讲这种东西？亚当·斯密反映的这种不变的农业耕种技术从一个方面揭示了中国在近代的衰退进程。有很多学者去探究缘由，影响因素很多，但最终还是概括为一个体制的因素。这种体制约束决定了中国历史上的衰落，也决定了中国近代以来的衰落。

体制是一个最根本的东西。中国在过去几十年所取得的成功，是因为把体制给搞对了。对于未来二十年、三十年的改革与发展，核心的问题还是在体制。好的体制无疑为经济增长与国家的发展奠定了一个坚实的基础。

（二）为中国的崛起早做准备

讲到中国的崛起，尽管有多种估计，但一致的看法是中国在经济上的

崛起绝不是很遥远的事情。学界通常使用购买力平价而非国民收入估算一个国家的经济总量。按照购买力评价来衡量的话，麦迪森的说法是中国会在2015年实际购买力水平超过美国。罗伯特·C·芬斯卓在2011年说，按照购买力平价计算中国在2013年有可能超过美国成为最大的经济体。

这意味着什么呢？这意味着我们要早做准备。有人认为中国人均收入非常低，地区差距也非常大，所以讨论中国崛起有点过早并且太超前。官方和学界先后组织过很多会议，都认为还不到那个时候，那不是我们的事情。这种想法不妥，中国要有准备，而且是越早越好。这是因为一个大国的崛起，其对体制的要求不是一个短期需求，体制的完善需要一个长期的过程。学术界要讨论，企业界要做调整，国家要在政策和战略上做出调整，整个社会实际上也应该做适度的调整。如果有一天你发现自己已经变成了世界的老大，但你在体制上的调整还没到位，民间准备也不足，那个时候摩擦就会非常大。

一个简单的道理是说，中国过去做除法多，但是很少做乘法。任何东西都按照13亿人口来除，除法做多了以后，我们就变得越来越小。但任何东西乘上13亿人口，那规模一下子就大的不得了。

中国改革初期主要靠出口稻米、原材料和石油等物资，以换取少量的外汇，然后再用外汇购买国外的制造业产品。虽然经济结构在过去几十年出现了重大变化，但宏观层面的调整出现了很大的滞后。最新的数据显示，中国目前有3.3万亿美元的外汇储备，说实话这种情况真有点骑虎难下。很多调整要是早做的话，就不至于出现今天这种困局了。上个世纪90年代就是很好的机会，进入新世纪还有一次调整的机会，但之后就稍微晚了点。如果学术界和政府密切配合，现在的情况可能会好一些。未来30年中国同世界关系上的改变对学术界也提出了非常大的挑战，未来的这种情形是我们这几代人都没有见过和经历过的，甚至还没有来得及从思想上去把握这一进程，现在似乎只是跟着这个趋势走。但中国很快就会发现，做不做调整同中国自己的切身利益紧密相关。从这个角度来讲，把中国崛起这个题目提出来进行讨论是适宜的。

（三）全球化彻底改变了中国

1986 年中国开始了恢复关贸总协定成员国地位的谈判进程，2001 年中国正式加入世界贸易组织。在这个过程中，中国利用对外开放和全球贸易体制的要求来推动国内的改革做得非常出色。资源在全球范围内的配置，导致中国经济和贸易的全方位发展。

中国经济在改革开放中融入世界经济体系是近代全球经济发展史上的重大事件。目前一个十分迫切的问题是，世界经济能否继续承受中国这么大规模的国际分工和贸易发展？如果自由贸易会给各贸易国带来好处，那么为什么中国的贸易会产生这么大的贸易摩擦？这是因为，从动态角度看，中国与国际经济的一体化，是对原有国际经济体制的冲击。这需要中国和国际社会都必须作出相应的调整，目前的情况是，一方面是这种调整不到位，另外政策上的导向也存在问题。中国有一部分出口是靠别国通过借贷而不是靠贸易伙伴国的实际收入来维持。因此被动式地接受中国在贸易上的扩大只能导致贸易摩擦的出现，甚至是危机的出现。

全球化彻底改变了中国，与此同时也改变了世界。

对中国来说，经济一体化的好处是帮助中国进行内部结构的调整。最新的数据显示，中国有 1.5 亿流动农民工，再加上 9000 万在本地就业的民工。假如没有全球化和资源配置的这种调整，怎么可能解决这 2.5 亿人口的就业呢？

因此中国自上个世纪 70 年代末开始的改革开放，是赶上了机会。如果中国再晚十年开放，整个进程甚至再晚的时间长一点，对于中华民族的复兴会是一件难度非常大的事情。假如当时工业化的浪潮一下子把中国跨过去，跑到东南亚和其他国家那里去，所以改革开放的战略确实非常正确，如果我们当时失去了参与全球化浪潮的机会，今天还谈何崛起？

从这方面给我们的一个启示是：中国的改革开放沾到了国际化和全球化的边。全球化的边沾在什么地方呢？还是在体制上。战后关贸总协定和WTO提供了一个体制，有这个体制中国就可以有序地改进国内的体制，使中国逐步完成向市场经济的转型过渡。

作为战后体制所导致的全球化进程，我们是不是应该把它看成想当然的？中国无疑是搭了全球化的便车。但糟糕的是，全球化现在已经陷入了一个僵局。现存的布雷顿森林体系已经是不行了，一是因为体制僵化，另外作为这一体制的驱动力美国开始衰退了。在这种情况下，需要一种新的力量来改变现存体制，使之更加充分地照顾到或满足新兴国家的需要。

为什么我们不能把全球化看做一个想当然的事情呢？芬德雷和奥茹科在合著的一本书中说，不要把全球化看成一个想当然的事情，如果历史会给我们一些教训的话，全球化是个非常脆弱而且是一个可以逆转的进程。全球化对我们来说是一个很强大的东西，但为什么又是脆弱的呢？从关贸总协定到WTO这是一件不得了的事情，在战后贸易谈判中如果没有关贸总协定的话，怎么会有战后几十年的繁荣呢？这似乎都是一种非常理想的发展，但现在看来这一进程出现了僵局。

研究全球化的学者都非常熟悉，战后的全球化不是第一次全球化。如果我们回顾历史，就会发现历史上有很多全球化的踪迹，最著名的全球化浪潮发生在 1870~1913 年。1870 年英国的产出第一次超过中国，这一年也是中国和欧洲力量对比的一个交叉点，之后中国一路下滑，欧洲的新兴资本主义却蓬勃发展。在这段时间，资本、劳动和要素的流动都是相对自由的，所以也有人把它称作黄金时间。但是很可惜，那段繁荣被一战给阻止了。

二战后建立了布雷顿森林体系，但这个体制到 1971 年就出现问题了。1971 年尼克松将美元和黄金脱钩，布雷顿森林体系就开始走下坡路。尽管随后浮动汇率维持了几十年，但还是缺一个东西。中国的 3.3 万亿外汇储备，按照 1971 年前的体制来计算，那中国就富了。中国为什么会富了呢？3.3 万亿，可以到美国储备银行换成黄金。现在换的回来吗？不可能了，现在连储备的保值都成了问题。

现在国际社会就是缺少一个东西，一个可以稳定货币与金融体制的东西。美元疲软，欧元区陷入危机，日元走国际化没走通，现在看来只有人民币了。中国把人民币国际化进程加速了，对于稳定经济，降低金融风险是至关重要的。从目前的发展可以看出中国政府的这一思路和战略。

1776年之前的300多年是重商主义时期。重商主义时期积累财富的主要办法是鼓励出口，只出不进，或者出多进少，追求贸易的顺差。因为这种贸易的顺差可以换回来更多的黄金或其他贵金属。但每一个国家都想这样做的时候，每一个国家都去保护自己的贸易，结果是全球经济受损。所以说当时亚当·斯密提出靠自由贸易和市场的扩大来提高经济效率和改善福利的思想非常伟大。

假如这次全球化受阻，大家又会开始怀疑自由贸易了。1776年到现在是不是又是一个大的转型？支持贸易发展和全球化的理论基础是不是动摇了？已有人开始提出这种挑战了。

我们前面讲到的第一次全球化，布雷顿森林体系，以及战后的贸易体系，它后面的基础都是自由贸易。如果我们假定全球化出现了问题，是不是意味着它背后所支撑的观念和理念也开始动摇了？这是个大问题，决定着中国未来的贸易格局和对外发展战略。

最糟糕的是，一个大国的贸易格局没有一个理论在后面做支撑。只能人云亦云，跟着形势走，走着走着就迷路了。中国很快就会成为最大的贸易国。因此，不仅仅要把自己的贸易平衡调整好，更重要的是应把理念把握好。

未来中国的崛起，一定会在全球范围内定位。全球化是靠贸易，如果按照这个逻辑的话，中国的崛起要依靠全球的贸易。历史上从来没有出现过一个大国是独立地依靠它的内部市场兴盛起来的。19世纪下半叶的美国跟20世纪最后几十年的中国差不多。独立战争以后，美国开始搞对外贸易，对外依赖程度非常高。但到了20世纪初期，有了很大的调整。美国仍然搞国际

贸易，但是更注重国内市场。国内市场的规模经济带动了要素的配置和市场优势。100年以后，中国开始走对外依赖性的道路。如果有这个历史观的话，中国的调整也是在向内需型发展方式过渡。但中国的崛起不是走向一个封闭的内部市场，也不是过度依赖外部市场，而是对外开放和国内需求二者相辅相成。

如果制定政策和战略，一定要有坚实的理论基础。没有坚实的理论基础的战略是一个非常脆弱的战略。从长期来讲，这会造成很大程度上的扭曲。我们知道外部和内部的这种扭曲形成后会非常麻烦，因为未来调整的代价会更高。

所以，在全球化的进程中还应该有一个紧迫感。这种紧迫感不光是中国要做政策层面的调整，而且还应该从理论上做准备。这是跟中国长期的切身利益相关的，怎么能不做呢？

从长期的对外经济战略上来看，中国一个非常明确的目标仍然是经济的国际化与全球化。这同国家所实施的新的内需型发展战略是不相矛盾的。目前一个现实的问题是，在全球化进程陷入僵局的情况下，中国作为一个崛起的大国来说，应当如何应对？中国在推动全球贸易与投资发展上应起到怎样的作用？也就是说，在目前这种复杂和多变的国际环境下，短期和中期应如何作出调整，以便更有力地实现中国的对外发展以及综合发展的长期目标。

三、中国现代化崛起之路任重道远

（一）中国是否真的已经崛起

改革开放以来，中国经济取得了巨大的成就，这一点有目共睹。西方发达国家政府、媒体和学者不管出于何种动机提出的"中国崛起论"、"中国崩溃论"和"中国威胁论",都不约而同地说明了一个问题,即中国经济的发展已经开始对世界和国际政治经济体系产生巨大影响,但事实上,中国仍属发展中的大国,中国的崛起还有很长的路要走,离真正的大国崛起还有很长一段距离。我们仍没有任何理由让自己沾沾自喜,例如 GDP 总值的提高并不等同于国家实力的全面增强,出口 1 亿件衬衣的国家与出口 100 架宽体喷气客机的国家尚不可同日而语,

很多人认为"崛起"就是经济上有力量,这是失之偏颇的。"崛起",不但包括经济上有力量,还包括政治上有力量,甚至更包括文化上有力量。

当"日本制造"的产品横扫全球时,我们听到的是大和民族那种苛责自己的声音:日本没有资源,日本如一叶扁舟飘荡在太平洋上,日本只有阳光和空气,日本的出路只有奋斗。居安思危,永远置自己于"不进则退"的境地,这种思维方式也应该融入到当今中国人的血液之中。

中国内地的大城市,有多少跨国公司的总部? 有多少世界知名的品牌? 世界 500 强企业的总部大约分布在全世界 20 多个城市。中国内地有几个? 全球那么多的跨国企业,总部设在中国内地城市的有没有? 现在一些城市,对外说引进了多少世界 500 强企业,实际上引来的只不过是一两条生产线而已,人家的全球经营体系不在你这里,总部也不在你这里。

仅仅看北京、上海、广州和深圳的高楼大厦,中国与西方的差距似乎并不大。但如果到中西部的农村去看看,你就会发现,还有近 9 亿农民,在使用几千年前老祖宗发明的镰刀和锄头在耕种并不丰腴的土地。

(二) 不容乐观的现实

1. 中国全球竞争力在下降

2006 年 2 月,中科院中国现代化战略研究课题组发布了《中国现代化报告 2006》。这份报告指出,中国等 61 个国家仍属于欠发达国家,中国的

综合现代化水平指数为 33 点，排世界 108 个国家的第 62 位。

世界经济论坛（WEF）发布的 2005～2006 年全球竞争力显示，在全球竞争力大排名中，中国名列第 49 位，较 2004 年下降了 3 位。另一份权威的瑞士洛桑国际管理研究院发布的 2005 年 IMD 全球竞争力排名中，中国在全球 60 个经济体排名中从 2004 年的 24 位降至 31 位。

中国与发达国家的经济差距约为 100 年，要赶上发达国家约需 100 年。

2. 自主创新能力薄弱

美国、日本、德国等发达国家的科技创新研究和开发投入占 GDP 的比重一般都在 2% 以上，科技进步对经济的贡献率多在 70% 以上，而对外技术的依存度均在 30% 左右。

中国的高速经济增长严重依赖资金的高投入、能源和资源的高消耗、环境和生态的损害、对廉价劳动力的过度使用。目前中国对外技术依存度高达 50% 以上，设备投资 60% 以上靠进口。科技进步贡献率只有 39% 左右。

世界大公司纷纷在中国办厂，中国已被称为"世界工厂"，中国不能以此沾沾自喜。就像"宝马"、"奔驰"汽车在中国生产，但整套技术、特别是核心技术并未让你掌握。中国不得不将每部国产手机售价的 20%、计算机售价的 30%、数控机床售价的 20%～40% 拿出来，向国外支付专利使用费。

（三）科技教育有待奋起直追

在 2000～2002 年三年间，北京大学、清华大学等六所全国科研力量最强的学校在《自然》和《科学》杂志上总共发表了 27 篇论文，仅及哈佛大学的 6%，剑桥大学的 15%，东京大学的 20%。考虑到这六所大学的规模和师生人数都至少在哈佛大学的两倍以上，因此可以说，一所哈佛大学的科学产出相当于大约 200 所中国一流大学。这就是中国大学与世界一流大学的明显差距。当前，中国科技发展实力仍然不强，创新能力低下，许多重要核心技术都掌握在外国人手里。

2003 年的一次公民科学素质调查表明，中国达到公民科学素质标准的人口比例不到 2%，而美国在两年前已达 17%。据近期一项同日本、美国、欧盟 15 国的比较调查，中国公众对"科学知识"、"科学方法"的了解程度均为倒数第一，主要原因是教育普及不够。到 2005 年，中国 15 岁及以上人口中受过高等教育的人口比例仅为 4.6%，而世界平均水平为 12.6%，发展中国家平均为 6.5%，发达国家平均为 28.1%，转型国家为 13.9%，我国比发达国家滞后至少约 50 年。

研究发现，一个国家通常建国 20 年就能获得诺贝尔科学奖，可是我们建国都已经 60 年了，不但没有人获奖，目前尚无获奖迹象。

（四）对外贸易的巨大差距

中国人均外贸额还不到 850 美元，大大低于世界人均近 2400 美元的水平，与其他贸易强国相比，中国还有明显差距：第一，贸易增长方式相对粗放，质量和效益有待进一步提高。第二，核心竞争力不强，缺乏自有品牌和营销网络，具有自主知识产权和核心技术的产品还很少。第三，出口产品层次偏低，不少产品仍处于国际分工价值链的低端环节，附加值不高。第四，尚未形成一大批管理水平高，综合实力强，能够深度参与国际竞争与合作的企业。中国要想成为贸易强国，还有很长一段路要走。

根据统计资料，在世界市场上，中国低技术劳动密集型产品占了 11%，如温州鞋、纺织品、服装、玩具、打火机等等，而高技术产品只占 2%~3%。自主创新能力低下已成了中国追赶世界先进国家的一大障碍。

中国人口占世界的 20%，但经济总量只占全球的 5%，而美国为 25%，欧洲为 20%，中国经济总量只相当于美国的 1/7，日本的 1/3，按人均计算中国排在世界第 100 位之后，仍属于人均收入较低的发展中国家，

还远没有跻身于富国的行列。

中国外贸规模虽然已经超过 1 万亿美元，但人均只有 850 多美元，而美国人均是 8427 美元，日本是人均 7136 美元，德国是人均 7920 美元。中国是世界农产品第一生产大国，而农产品出口占世界贸易的比重不到3.3%，而美国却达到 11.3%，这里的差距显而易见。

（五）中国工业化尚未完成

美国人口不足世界的 1/25，而石油、天然气、煤炭的消费量却超过了世界总消费量的 1/4。美国现在年人均石油消费量为 3.17 吨，名列世界第一，是世界人均消费水平的 5.4 倍。日本人均钢消费量接近世界人均消费量的 5 倍，德国、美国分别为 3.7 倍和 3.2 倍。

从累计消费总量来看，20 世纪美国消费了 350 亿吨石油、73 亿吨钢、1.4 亿吨铜和 2 亿吨铝。日本在 1945—2000 年的 55 年间，消费了 385 亿吨石油、28 亿吨钢、4000 多吨铜和 6000 多万吨铝。

而迄今为止，中国累计消费了石油 40 多亿吨、钢 28 亿吨、铜 3000 万吨和铝 5000 多万吨。中国尚处在工业化阶段，而工业化的任务尚未完成。

四、中国崛起最大挑战来自现有成功

按传统国际关系理论，制约崛起中大国的最大因素，往往来自现有国际体系的霸权国及其盟友。但如果从现有全球化新时代背景去看中国崛起，会发现其所面临最大挑战，可能来自自身的急速发展所产生的资源短缺与环境压力。换句话说，中国发展现有的成功，可能正是未来其所面临最大挑战的源头所在。

（一）中国崛起缘于积极融入全球化

现在讨论中国崛起是一个热门话题，但人们更多关注这一进程对世界的影响，较少探究中国为什么能够崛起以及为什么大多数观察家没能准确预测到中国崛起的速度与力度。

这里面当然原因很多也很复杂，但是引发中国崛起的两个重要变量，其实就是冷战结束后不断加快的经济全球化进程以及中国的积极主动融入策略。在东亚人眼里，中国经济的高速发展并不奇怪，只不过基本遵循了日本和四小龙的出口导向、政府干预和高储蓄、高投资的发展模式而已。

但与东亚诸强当年崛起不同的是，中国发展所处的新环境，是后冷战时期日益形成的全球性市场（东亚诸强当年面临的国际市场或多或少被冷战所割裂），而其自身的庞大人口基数和辽阔的疆土，也决定了其在全球化进程中拥有更大的规模优势。

或者说，中国可能是经济全球化的宠儿。回望过去20年，可以清晰地发现，中国是如何迅速地从一个商品短缺型的经济，变成一个巨大的世界工厂。如今几乎世界的任何角落，都可以轻松地发现中国制造的鞋帽、衣服、玩具和电器，有人甚至预测未来多数的汽车和商用飞机，也可能在中国生产、装配。

（二）融入全球化加大资源与环境压力

凡事"兴一利，必生一弊"，中国在从全球化进程中不断获得经济型收益的同时，也在忍受着全球化所带来的诸多负面效应。

经济全球化由于更为强调消费主义，并要求在全球范围内进行压低成本的竞争和鼓励规模的最大化，必然带来世界范围内的产能过剩、局部地区的环境和劳工权益恶化以及各种不可再生资源的巨大消耗。

关于经济全球化和与之相关的新自由主义意识形态盛行，所可能带来的环境、资源、社会和文化上的巨大成本，早有许多专家学者和社会团体进行过讨论，但这些声音一直未成为舆论主流。但当以中国为首的"金砖四国"（巴西、俄罗斯、印度、中国）以及其他新兴市场，积极融入全球化进程并加快崛起的时候，全球化所带来的资源和环境压力将迅速凸显。

中国一国所拥有的人口超过美、日和欧盟的总和，而"金砖四国"的人口约占全球人口数的一半。当这些国家在产能与消费上不断赶上发达国家，目前现有的资源储备能够维持多久，非常值得怀疑。2008 年，全世界消耗了 23 亿吨铁矿石，中国消费了大约一半，而全球铁矿石的储量仅有1600 亿吨，据估算，铁矿石储量仅够用 70 年，而世界原油储量只仅够维持 40 年，铜矿储量可维持 30 年，铝矿储量可维持 22 年。

全球化不仅意味着生产的全球化，也必然带来消费方式的全球化。全球性不可再生资源的短缺和价格的暴涨，将会给世界各国（包括发达国家）的可持续发展带来严峻的挑战。中国的既有成功模式能否在未来持续，将被打上一个大大的问号。

（三）技术革新能否赶上崛起速度成关键

许多分析人士认为，技术革新能够改变全球化背景下资源日益短缺的状况，而这一点在过去也部分被事实证明。但现在的问题是，新兴经济体的人口基数过大，崛起速度过快，技术进步在多大程度上能够赶上这一进度。

5 年前，中国汽车产量还没能进入世界前三，而在 2009 年，中国汽车产量不仅成为世界第一，而且刚好超过日本和美国的产量总和。

最近，奥巴马不顾众多反对，打破长达 20 年的沿海石油勘探禁令，允许在美国沿海钻探石油，这其实也可看作是资源短缺形势下的无奈之举。

当越来越多的新兴经济体，通过全球化实现经济腾飞并效仿发达国家的生活方式的时候，世界还有多少资源可供消费呢？

五、中国崛起的最大难题是贫富差距

2011 年 9 月，88 岁高龄的新加坡"国父"李光耀在该国圣淘沙圆桌论坛上，在回答主持人提出的"您认为在中国崛起过程中将会面临的最大挑战是什么？"时表示，"我想中国最大的问题就是贫富差距，特别是沿海地区与内陆地区的差异，这种差距正越来越大。很多外出的工人没有户口、教育、医疗保险等福利，他们的收入依然没有得到很大提高，所以我认为这是最大的挑战。"

李光耀的话切中要害。其实，中国贫富差距并不是什么新鲜话题，但不管是国际政要，还是著名机构发表对中国贫富差距相关的谈话或数据，常常引起坊间的广泛关注。李光耀作为国际政坛活跃的老政治家，对中国政经、社会问题发表了不少看法，虽然我们对他的观点不可能全盘接受，但他把影响中国崛起的最大挑战归结为贫富差距，却是颇有道理的。

从改革开放之初的"允许一部分人先富起来，以先富带后富"，到近期"十二五"规划中提出的"坚持共同富裕"——当今中国的主流贫富观经历了戏剧性的演变。给人印象最深的是，一个富豪阶层已经在中国出现，其扩张趋势已十分明显。换个角度看，官商结合、权钱交易的趋势就会愈加明显，社会天平进一步倾斜，致使中国今天的贫富差距之大已成世界之最。

"为富不仁"和"均贫富"的观念一样根深蒂固，上个世纪 80 年代，万元户就已经是人们艳羡或另眼看待的富人了。近些年来，中国地区、城乡、行业、群体间的收入差距越来越大，分配格局失衡导致部分社会财富向少数人集中，收入差距已经超过基尼系数标志的警戒"红线"，由此带

来的诸多问题正日益成为社会各界关注的焦点。

以前，国家统计局每年都要公布中国的基尼系数，1978 年的基尼系数为 0.317，自 2000 年越过 0.4 的警戒线，并逐年上升，2004 年超过了 0.465。至此，国家统计局不再公布这一系数。之后的基尼系数大都是由经济学者或研究机构做出的估计。中国社科院一份报告称，2006 年中国的基尼系数已经达到了 0.496，2010 年，更判断中国的基尼系数实际上已超过了 0.5。据世界银行的测算，欧洲与日本的基尼系数也不过在 0.24 ~ 0.36 之间。

不过，国内也有专家持不同看法，称应正确认识基尼系数，最好的办法是给基尼系数打一个"国情折扣"。他们认为，用"购买力"计算的中国基尼系数，要比用"名义收入"计算的数值小很多，中国的贫富差距实际上被夸大了。更有人则干脆表示，中国的基尼系数超越国际警戒线，是在危言耸听地制造并不存在的危机感，给"劫富济贫"的再分配政策寻找理论依据。

然而，绝大多数的人感觉贫富差距比十年前变得更大了，80% 以上的人表示这种贫富差距已经让人不能接受，而一些专家却说没问题、不可怕，不用过于担心，不要任意夸大。公众与部分专家感觉差别这样大，看法向背这样远，是多数公众感觉错了，还是少数专家闭门造车、自我乐观和陶醉呢？

2010 年 12 月，国际知名的波士顿咨询公司发布的《中国财富管理市场：机遇无限挑战犹存》报告，称 2009 年中国百万美元资产家庭的数量达到 670 000 户，位列全球第三，仅次于美国和日本。同时，中国财富市场从 2008 年底到 2009 年底增长了约 28%，达到 5.4 万亿美元。社会财富迅速流向富人的同时，中国的贫富差距也在日益扩大，迫在眉睫的收入分配改革正在艰难中谋求破局。

虽然中国人均 GDP 只有 4628 美元（2010 年统计），与欧洲、美国、日本等国相比存在着巨大差距，似乎不在同一个层次上，但在富豪增长的数量上，中国似乎优势明显。虽然美国百万富翁占人口比例 1% 超过中国的 0.2%，但中国 0.2% 的人口却掌握了国内 70% 的财富，而美国是 5% 的人口只掌握着 60% 的财富。很显然中国财富集中度已超过美国，位居世界第一。

尽管有李光耀的判断，或一些机构的数据支撑，但谁又在乎愈演愈烈的中国贫富差距问题呢？当今的中国，一个突出的现象是，富者愈富，穷者愈穷。富人阶层往往占有大量的社会、政治、文化和自然资源，同时，金钱和权力的结合给他们创造了"穷人们"无法想象和触碰的机会和保障，更使他们有机会以最低的成本和风险获取最大的财富，同时，一定程度上剥夺了低收入阶层的生存资源和重新分配财富的机会。

改革开放以来，中国逐渐走上了国富民强之路，但不容否定的是，百姓收入差距也日渐扩大。国际上，通常把 0.4（用来测定社会居民收入分配差异程度的基尼系数的一个数值）作为收入分配差距的"警戒线"，基尼系数应保持在 0.2 ~ 0.4 之间，低于 0.2 说明社会动力不足，高于 0.4 表明社会不安定。有统计显示，目前我国差距呈现逐步扩大趋势，造成我国收入差距的原因是什么？该如何解决这一问题呢？

（一）居民收入低于 GDP 增速

对于基尼系数的发布，中国国家统计局从 2000 年起只发布农村居民的基尼系数。国家统计局局长马建堂解释说，靠现在的城镇住户调查计算出来的城镇居民的基尼系数偏低，主要是难以获取高收入阶层居民真实的收入信息。仅看农村居民基尼系数，已逼近国际警戒线。华中师范大学中国农村研究院发布的《中国农民经济状况报告》称，中国农村居民基尼系数在 2011 年已达到 0.3949。

无论基尼系数是否突破警戒线，居民实际收入增长低于 GDP 和财政收入增长，收入差距拉大已是不争的事实。人社部劳动工资研究所最近发布的《2011 中国薪酬报告》显示，2011 年，我国居民收入增长远远低于财

政收入和企业收入增长，使得居民收入占国民收入相对比重不升反降。该《报告》引用统计局数据测算，2010年我国公共财政收入10.37万亿元，增长24.8%，增幅分别是城镇居民人均可支配收入名义增幅的1.76倍和农村居民人均纯收入名义增幅的1.39倍，而同期企业收入增长幅度为20%左右，也远高于居民收入。

虽然十六大以来，我国持续推动分配改革并取得新进展，居民收入水平整体快速提高，但整体上不合理的收入差距仍然明显偏大。《报告》认为，过去一年收入分配不合理、不均衡状况并没有根本扭转，在一定程度上已经成为制约我国经济社会发展的瓶颈，也将影响到经济进一步升级和社会转型，因而应加快工资制度改革和收入分配改革。

（二）资本收入高于工资收入

"居民收入差距扩大是事实"，中国国际经济交流中心信息部副部长徐洪才分析说，究其原因：一是在工资性收入和资本性收入的一次性分配结构中，资本收入比重大，工资性收入偏低。二是在二次性分配中，转移支付和税收政策调节做得不够，通俗来说，就是"杀富济贫"做得不够，对低收入群体和弱势群体的社会保障和转移支付还需要加强。三是在经济转轨中，有些人抓住机会先富了起来，拉开了收入差距。四是长期以来城镇居民、农村居民收入增长速度低于经济增长，更低于税收增长，政府收入增长过快，居民收入增长较慢。五是我国金融体系不够发达，老百姓投资理财的机会较少，而资本市场，比如股市也没给股民带来更多回报，老百姓大多只能进行储蓄，可是银行存款实际利率又偏低，这也造成了收入差距拉大。六是社会保障体系不完善，历史欠账多，账户也做得不实，影响了老百姓收入。

收入差距的形成还与国有企业和农村土地制度有关。我国国有企业长期不分红，而国有资产规模又一直在壮大，普通老百姓从中却得不到实惠，政策在这方面也没什么突破。还有就是农村土地制度改革没有突破。农民的自留地、小产权土地没进入商品流通，农民因此就没得到级差地租带来的增值收益。如果农民富了，消费也就火了。

（三）"提低控高"提高百姓收入

如何遏制收入差距扩大？中国劳动学会副会长兼薪酬专业委员会会长苏海南认为，下一步收入分配改革的主攻方向是"尽快扭转收入差距扩大趋势"，为此，要下大力气"提低控高"。其中，"提低"尤其具有紧迫性，同时也具有可行性；而调节高收入虽然具有必要性，但受客观条件制约较大，需要从长计议多方创造条件稳步推进。因此，当前合理调整收入分配关系的重点是"提低"，同时创造条件"控高"。做好上述收入分配改革工作，必须同时"治本"：在一次分配领域，其侧重点应该放在更好地营造市场机制发挥基础性作用上。此外，二次分配一定要解决当前存在的某些逆向分配的状况，切实保证二次分配发挥调节初次分配不合理收入差距的功能，让全体人民共享经济发展和社会进步的成果，促进社会和谐和稳定。

徐洪才建议，随着经济发展，应该把普通百姓收入适当领先经济增长2~3个百分点作为目标。老百姓收入提高后能拉动内需，也能转变过去依靠出口的经济增长模式。

诚然，对于中国这样一个被誉为超级新兴经济体的社会主义大国来说，得益于改革开放以来长达30余年的高速增长，经济规模跃居世界第二，在诸多重要经济指标方面，中国不仅把所有欧洲老牌工业强国抛在脑后，和日本之间的经济竞争态势也正发生根本性逆转；或许不到十年，中国就将超越美国登上世界第一经济大国的宝座。

不过，中国经济取得的诸多炫目成就并不能掩盖我们在财富分配领域的怪相。假如美国波士顿咨询公司发布的《全球财富报告》提供的信息比较准确，则人均 GDP 只有 4500 美元的中国目前拥有的亿万美元富豪已达

648 个，位居全球第五；至于百万美元级的富豪繁殖速度更是快得惊人，2009 年这一数据还只有 67 万，2010 年已达 129.3 万，2010 年的增幅高达 15%。难怪《福布斯》杂志针对中国亿万富豪的爆炸式增长有点不解地感叹：没有一个国家实现过这样的跳跃！

（四）富豪成中国经济新符号

笔者相信波士顿咨询胡编乱造中国富豪情况的可能性不大，因为在一个非常强调声誉的市场环境中，如果市场最终证明市场主体发布虚假报告，则其将很难获得持续信任，终将淘汰。因此，即便波士顿提供的信息不完全，至少也是一个重要的参照系。而且中国人一向还有不愿露富的传统，这样来推断，中国真实的亿万富豪数量可能比业已披露的还要多。

财富增长与经济增长呈现正相关是真实经济世界里的常态。根据国家统计局的数据，2003~2011 年，中国经济年均增长 10.7%，而同期世界经济的平均增速为 3.9%。中国经济总量占世界经济总量的份额从 2002 年的 4.4% 提高到 2011 年的 10% 左右；中国经济总量在世界的排序，从 2002 年的第六位上升至 2010 年的第二位，2011 年依然保持着这一位置。相应地，中国以私营企业家为代表的亿万富豪在过去几年快速增长也应是一种正常现象，只是笔者没有想到快得实在离谱，实在非理性。

众所周知，以新兴加转轨为重要特征的当下中国，富豪赖以发家的手段就那么几种。我们当然应该对主要依靠自身经营能力与精准把握市场机会的企业家表示敬意，当然应该对那些初具国际市场资源配置能力且能够在发达国家赚取利润的民营企业家表示尊重；但对那些主要依靠国内体制与政策漏洞并经由低成本俘获政府与政策资源谋取巨额财富的现象，理应表示强烈的质疑！事实上，前几年出现的所谓财富榜"见光死"现象，本应是正本清源梳理富豪发家路径的最好切入点，只是这几年由于既得利益者的干扰，国家在这方面似乎成效并不显著。

当富豪成为中国经济新符号时，显然不是中国经济的喜人景象，而是中国经济的新悲哀。

（五）中国必须追求共同富裕

人均 GDP 只有 4500 美元的中国，其私人财富在过去三年里的非理性暴涨，不仅说明中国经济快速增长的福利效应严重失衡，同时亦凸显基于既有经济增长路径的财富积累与分配存在巨大的不公。

尽管有专家认为，目前无数据表明中国收入分配状况在恶化。但国家正在启动且备受百姓期待的收入分配改革的一个基本前提，是中国贫富差距已经到了必须高度重视的程度。根据世界银行的相关报告，美国 5% 的人口掌握了 60% 的财富。而中国则是 0.2% 的人口掌握了全国 70% 的财富。中国的财富集中度远远超过了美国，已经成为全球两极分化最严重的国家之一。以综合衡量居民收入分配差异状况的重要分析指标——基尼系数来看，过去 30 年里，中国的基尼系数由 0.28 上升到危险的 0.50，如果得不到有效控制还有可能继续上升。

因此，唯有有效经济增长成为中国经济发展的常态，唯有财富积累能够有序转化为民生福利，中国经济"超日赶美"才具有实质性意义。

中国目前正处于人均 GDP 在 900～11000 美元的中等收入阶段的中低端。这是中国经济迈向更高阶段的新起点，也可能是跌入"中等收入陷阱"的临界点。业已出现的部分领域突出问题使得我们必须格外警惕可能遭遇的"中等收入陷阱"。如果不能有效制止收入分配格局向政府和企业特别是少数富人的倾斜和集中，不能改变可供民众分配的最终财富较少以及民众消费的产品高度市场化的格局，继续放任在制造业基础不很巩固且金融体系并不健全的情况下，就将经济发展的着力点放在风险极大的房地产领域，则不仅难以实现经济发展方式的真正转型，亦很难承受得起一场大规模的金融危机的冲击。

世人皆知，日本在泡沫经济破灭之前就已经建立了比较完善的社保体系，且在 1990 年资产泡沫破灭后的长达 20 年中，日本始终保持着贸易顺差，丰田、日立、松下等超级企业的出口利润为日本银行业消化不良债权提供了来源，为日本经济走出长期衰退创造了条件。而且日本高达数万亿美元的海外资产可观的年收益又大大增强了日本金融体系自身修复的动力。而当今中国，经济不仅存在着严重的内部失衡，外部失衡亦很严重，在这种约束条件下，必须格外小心资产泡沫膨胀之后引致的系统性经济风险。如若不引起足够的重视，局部风险的扩散和累积将有可能演变成系统的经济与金融风险，而民生福利和财富增长的不协调问题已经不再局限于经济领域，如若不能找到有效的对策，很有可能成为激化社会矛盾的定时炸弹。

中国也许能在十年内将经济规模做大到 10 万亿美元。但部分领域业已出现的突出问题使得我们必须格外警惕可能遭遇的"中等收入陷阱"。正是由于担忧日渐扩大的收入差距可能会使中国跌入南美国家深陷的"中等收入陷阱"，近年来最高决策层在制定国民经济和社会发展规划时格外重视治理经济领域里的突出问题。不过，最高决策层也知道，今日中国面临的诸多经济和社会领域里的难题，决非见招拆招式的简单疗法所能奏效。

未来一段时期，中国能否成功越过这个陷阱，进而保持经济和社会的协调健康发展，取决于我们能否拿出一套优化的国家发展战略，真正让权力与资源配置在阳光下运行，以确保经济成功转型，实现微观个体的福利水平与国力和财力的同步提高。

六、中国经济转型必须跨越五座大山

中国经济经过 30 多年的高速发展，既取得了前所未有的成就，也积累了日渐尖锐的矛盾。随着这些矛盾的逐渐显露，中国经济的发展模式与发展机制都在遭遇前所未有的重大挑战。这些挑战主要来自三个方面：

一是中国经济在长达 30 多年的增长中，始终也未能有效地建立起内需拉动型的经济发展方式，投资拉动一直是经济增长的最主要驱动力。在"政绩 GDP"为主导的经济发展方式下，过度依靠投资拉动的结果就必然是不断累积的重复建设与产能过剩，经济无效增长的部分占整个增长中的比重不断扩大的问题也变得越来越突出。

二是由于市场化改革出现了明显的延缓趋势，因此以市场为导向的经济运行机制与经济发展模式始终也未能有效地建立起来，相反，国进民退的现象却日益突出，社会资源越来越大规模地向政府手里集中，行政配置资源的特征愈加明显，市场配置资源的功能在不断弱化，除了依靠日复一日的宏观调控外，靠市场自身来解决经济问题的环境与机制都基本缺失。

三是中国经济在资源配置上与现代市场经济的差别越来越明显。现代市场经济中的资源配置，其主渠道与主机制都是资本市场，在发达的市场经济国家如美国，资源配置的主角都是股市而不是银行，而中国经济在最近 10 年的发展中，却大大强化了银行功能并同时弱化了市场功能，股市在相当大程度上成了"圈钱"的工具，其本身与生俱来的资源配置机制与资源配置功能都被不同程度地扭曲，使得资本市场在运行中缺乏应有的功能与效率。目前中国银行业的总资产已经达到了 80 . 5 万亿元，相当于目前沪深股市总市值的 4 . 33 倍。银行业的地位越来越重要，银行在资源配置中的作用越来越突出，表明我们的资源配置机制离现代市场经济正越来越远，中国经济改革与经济发展的任务都同样任重道远。

在一个体制、机制与运行模式都发生不同程度变形的环境下来调整经济结构，其难度与复杂程度都会远远地高出人们的想象。因此，中国经济要有效地完成结构转型，必须跨越五座山。

（一）第一座山是弃速度

30 多年来，中国经济的发展一直是速度第一质量第二，当速度与效率

发生矛盾时，我们都往往是优先考虑速度。在 2008 年底，中国经济中的深层次矛盾就已经开始显露，结构性矛盾也已经相当突出。但由于美国的次贷危机爆发，中国政府为防止中国经济的急剧下滑，推出了大规模的救市计划，这个救市计划当时对于稳定中国经济起到了重要作用，但这其中有大量救市资金流向了本来就应该淘汰的过剩产能与企业，这就使本来已经十分严重的结构性矛盾更加严重。眼下我们开始把调结构作为宏观经济政策的首要任务，但当欧洲主权债务危机爆发后，我们的宏观调控又开始变得举棋不定，不但调结构的目标在一定程度上发生了动摇，甚至还在一定程度上出现了重蹈往年覆辙的征兆。如果我们的宏观经济政策不能有效地越过"保增长"这座山，那么调整经济结构的目标不但会落空，经济转型的任务也很难有效推进并顺利实现。时间拖得越久，积累的矛盾就会越多，对经济的转型就越不利，经济的长远发展就会越困难。

（二）第二座山是转理念

经济增长到底是为了什么？这个似乎早就解决了的问题有必要重新进行研究。必须看到，中国经济的转型不仅仅是经济增长模式的转变，而且是发展理念、发展机制、发展方式与发展动力的全面转换。经济的发展不能以 GDP 作为主要衡量指标，而必须把人民福祉的提升和幸福指数的提高作为目标。比如前几年为了实现"保8"而把大量的信贷资金投入了房地产市场，不但催生了巨大的房地产泡沫，而且也大大激化了本来就十分严重的社会矛盾。如果经济增长的结果是人民群众连房子都买不起，并且以牺牲整整一代人为代价——大多数的 80 后和 90 后都既付不出首付又付不起月供因此连"房奴"都当不起而只能做"蜗奴"，那么这样的经济发展与经济增长就不能说是成功的。经济转型并不只是要扶植几个企业与几个产业，而是发展机制、发展方式与发展动力的全面转换。现代经济体制与传统经济体制的最主要区别就在于：传统经济体制下的经济发展是靠行政权力拨动的，现代经济体制下的经济发展则是涌动的。没有市场的全面发育、没有竞争的充分展开、没有残酷的优胜劣汰，不但产业的升级换代难以形成，而且新的经济增长点也难以在竞争中产生与扩散，这就会使经济转型缺乏应有的机制与动力，转型的时间就会被大大拖延，转型的难度也会成倍地增加。

（三）第三座山是创机制

结构转型主要有两种方式：一种是在发展中转型。发展中转型的基本前提是要有一个完善的市场和充分的竞争，并通过竞争的优胜劣汰来淘汰落后产能并发展先进产能，这种转型方式虽然残酷但社会的代价最小，经济的波动也最小。由于中国的市场经济是国有垄断加行政控制的市场经济，因此中国的经济转型要想在发展中完成，其可能性可以说是微乎其微。另一种是在危机中转型。危机中转型的社会成本最高，经济的代价最大，但在整个经济的全面转型已经刻不容缓并且通过发展转型已无可能的时候，危机中转型就是不得不接受的方式和途径了。货币政策与财政政策只能解决总量问题而不可能解决结构问题，结构问题的解决必须主要靠市场机制与市场竞争来实现。前几年的全球金融危机给中国提供了一个千载难逢的在危机中转型的重大机遇，但由于种种原因，我们没有有效抓住这样的机遇，而且还加重了本来已经十分严重的结构性矛盾，使得中国经济的转型之路变得更加艰难，包袱也更加沉重。眼下的宏观调控把调结构作为主题和主线，这本来是要矫正过去的决策失误，但在欧洲主权债务危机爆发、全球经济面临二次探底的危险出现之后，我们的宏观政策又变得举棋不定了。可以说，当前的宏观经济政策就是在走钢丝，不在别人的危机中调结构，就只能在自己的危机中调结构。在流动性已经泛滥成灾的严峻形势下，再继续实施宽松的货币政策与财政政策，就会招来"滞涨"的重大隐患，甚至可能给经济带来严重危机。

（四）第四座山是调收入

结构调整的目的是为了保持经济的又好又快发展，而这种发展的出发点与落脚点又都是为了增加人民群众的劳动收入与财产收入。因此，经济结构的转型必然伴随收入分配结构的调整，或者可以反过来说，没有收入分配结构的全面调整，结构转型也将很难获得成功。从这个意义上来说，这次的结构转型可以说是中国经济的第二次变革，正因为其意义如此重大，因此其难度也会无比之高，甚至会遇到来自既得利益集团的顽强阻击与反抗。国进民退的现象必须改变，国有企业垄断国家主要资源的局面必须调整，资本市场单纯"圈钱"不讲回报的"造富机制"必须抛弃，整个社会的合理与有效的分配机制应该在转型的过程中不断地加以调整和完善。眼下中国的贫富分化问题已经发展到了临界点，再分化下去就将酿成大患。在结构转型的所有方面，调整收入分配制度可能最为复杂也最难实现，但这是一个关乎子孙万代的宏伟基业，在这方面无论如何也不能再有丝毫的松懈与怠慢了。

（五）第五座山是变环境

无论是国有企业还是民营企业，无论是大企业还是小企业，都应该在一个共同的、公平的环境下展开竞争，否则，民营企业就永远也无法与国有企业竞争，中小企业也就永远无法做大做强。现阶段中国经济的最主要问题是国有垄断，这种垄断既妨碍了竞争也降低了效率。国有企业不仅垄断了资源，而且还垄断了上游产品的价格；更为重要的是，国有企业还垄断了金融机构配置的绝大部分金融资产。无论货币政策紧还是松，国有企业都可以毫不费力地得到银行贷款，而中小企业特别是第三产业大都既是民营企业又是中小企业，因而都很难得到必要的信贷支持，这也是最近几年第三产业迟迟得不到较快发展的主要根源。从这个意义上来说，调整经济结构与其说是调整经济发展方式，不如说是调整经济体制模式，是要建立一个全新的市场体制、市场机制与市场环境，以便让所有企业都能够在这样一个公平、公正、公开的市场环境中展开充分和有效的竞争。

五座大山就是五道门槛，每一座高山的跨越都会充满艰难和坎坷。在这个过程中，新经济增长点的形成和新兴产业群的建立必须给予格外关注，不如此，即使解决了中国经济结构扭曲和产能过剩的问题，中国经济发展潜力与发展后劲的问题也仍然难以解决。这既是中国经济新征程的开端，也是全新经济增长模式的开始。在这个过程中必然伴随着曲折和阵痛，但却代表着中国经济的方向、希望和未来。

七、中国经济崛起：万里长征第一步

按照国际货币基金组织的统计，从 1980～2011 年，中国名义 GDP 的全球占比从 1.89% 上升到 9.98%，与此同时，美国从 26.03% 下降到21.52%，德国从 7.71% 下降到 5.18%，日本从 10% 下降到 8.36%。按照购买力平价计算，同期中国占比的变化更加显著，从 2.19% 上升到14.35%，美国从 24.64% 下降到 19.1%，德国从 6.74% 下降到 3.92%，日本从 8.65% 下降到 5.57%。如果从横向比较来看，从 1980～2011 年，美国的实际 GDP 增长了 2.28 倍，德国增长了 4.39 倍，日本增长了5.47 倍，而中国则增长了 34.52 倍！中国经济的增长在全球范围内引人注目。

上面的一系列数据表明，在过去的 30 年中，中国在世界经济中的地位有了显著的提升，而发达国家则相对衰落了。中国的 GDP 总量在 2007 年超过了德国，在 2010 年又超越了日本，中国经济的崛起已经是一个不容忽

视的现象。

由于中国经济的快速崛起伴随着西方发达国家的缓慢衰落，对世界经济的原有格局产生了极大的冲击，加之意识形态的差别和对中国发展战略的误读，"中国威胁论"也应运而生。

那么，中国的实际情况究竟是怎样的呢？中国在未来会不会成为一个具有世界影响力的大国呢？

（一）经济规模与经济实力：对中国经济的重新认识

毫无疑问，GDP是一个最常用、最简单、最明确的经济指标，但也是一个最容易引起歧义和误解的指标。只看GDP总量就判断中国经济已经崛起的观点可能有失偏颇。

首先，我们一般在进行国际比较时最常使用的是GDP总量指标，它衡量的是一个国家的总体经济规模。显然，国家的大小及人口数量对经济规模具有明显的影响。只要中国经济的发展水平达到或接近世界平均水平，那么中国的经济规模位居世界前列本来就应该是非常正常的现象。尽管这可以是一个非常不错的新闻标题，但是完全没有必要为此感到惊讶，因为这最多说明中国经济在过去太落后，而绝不可以因此断定中国经济从此变得强大了。

其次，如果我们一定要找到标志一国经济实力的指标，则可以使用人均GDP。显然，如果两个国家的GDP规模相当，但一个国家幅员辽阔，人口众多，而另一个国家则相反，那么很明显，两者的劳动生产率、居民的生活水平以及由此带来的教育差距、科研和科技发展水平，生产和生活过程中的资本和技术密集度等等差距都是不可同日而语的，经济实力的差距也就显而易见了。虽然1980～2011年期间，中国的人均GDP增长了25倍，同期上述发达国家仅增长4倍左右，但是美国、德国和日本的人均GDP水平到2011年依然分别是我们的3.93倍、4.14倍和4.99倍之多。

270

也就是说，至少在人均 GDP 方面，中国与世界发达国家的差距远比 GDP 总量要大得多，需要花费更长的时间才可能实现赶超。我们使用了 30 年的时间实现了中国经济的本应具有的规模优势，那么要将这种优势转变为人均 GDP 代表的经济实力优势，至少可能还要花 30 年的时间才可能实现。

最后，如果从更宽泛意义上的经济实力角度来看，我们不难发现，与世界发达国家相比，中国目前的科技竞争力还是非常有限的。造成这种情况的原因很复杂，但是最主要的还是受到自改革开放以来的发展战略的影响。中国改革开放首先要面对和解决的问题是解决经济发展水平，摆脱人均 GDP 世界最低的贫穷状态。因此，我们在经济发展战略上的选择就很简单，只要能快速摆脱贫困，其他的相对都可以暂缓。从 1978 年改革开始，直到 1992 年，开放才真正变成了改革的一个重要内容。也正是从那时开始，中国吸引外资和对外贸易才出现了迅猛的增长。而依靠"三来一补"发展经济的本质就在于利用国内的劳动力优势，为全世界提供廉价的组装产品。而在亚洲金融危机以后，随着东亚生产网络的形成，中国更深地融入其中，与东亚国家的产业内贸易得到了迅速发展，进口原料和中间产品，然后加工出口制成品，中国也因此被称为"世界工厂"。

由于这种发展模式是以适用技术的应用作为基础的，也就在一定程度上暂时忽略了科技创新对经济增长的作用。计量经济学研究显示，在过去 30 年中，中国的经济增长最初主要是依靠劳动投入，之后又依靠资本投入，靠科技支撑的劳动生产率对经济增长的贡献相对较低。尽管中国早就掌握了"两弹一星"等保障国家安全的关键技术，近年来也有一些国防科技接近世界先进水平，但是按照迈克尔·波特的定义，中国还没有形成自己在国际经济竞争中的核心竞争力。那些已经接近世界先进水平的国防科技，暂时还没有给我们带来经济利益，而我们目前的经济增长还主要是依靠劳动力的优势，处于国际产业链的低端，没有形成稳定的、短期内难以被竞争对手超越的优势。这种情况主要表现为两个方面：首先，当一些劳动力更加低廉的国家进入国际产业链，则中国立即面临被挤占和替代的风

险，近期富士康向越南的转移就是一个典型的例子；其次，同样面对金融危机的冲击，德国由于产品技术含量高，竞争优势明显，在世界市场上不容易被替代，因而遭受的影响也明显小于中国，尽管德国的贸易依存度比我们更高。如果从研究和开发开支在 GDP 中的比重、教育在 GDP 中的比重以及基础科研在财政支出中所占的比重等指标来看，与世界发达国家相比，中国还处于相对落后的状态。这就意味着甚至在未来一段时间内，中国科技竞争力的提高很可能是有限的。在这个意义上，转变经济增长方式、实现科学发展就绝对不是一句空话，而是一项极具紧迫性和现实意义的任务。

（二）中国经济面临的挑战

在中国经济崛起现象的背后，中国真正的优势是增长速度。在发达国家看来，不论是 GDP 总量还是人均 GDP 水平，中国的增长速度无疑是惊人的。尽管中国经济实力还相差甚远，但西方国家还是难免心生不安和恐慌。在笔者接触的不少外国友人中，每当谈起中国经济的前景，他们总是相当乐观。对于我的担心，他们常常一笑置之，认为从他们的发展经验来看，所有的问题最终都会得到解决的，完全没有必要担心。问题是这个速度还可以维持多久呢？

关于中国的经济增长前景，我们有必要关注两个问题：第一，1978 年以来，中国经济一直保持了年均 9% 左右的实际增长率，但是经过 30 年的改革开放，改革红利开始下降，中国已经进入到迫切需要转变生产方式，依靠劳动生产率实现可持续的科学发展的关键阶段，能否实现这个目标关系到中国经济增长能否持续；第二，随着中国经济逐渐融入世界经济，全球化程度不断提高，中国已经成为全球贸易大国，在世界主要经济体中，中国的贸易依存度已经仅次于德国，再依靠出口来带动经济增长的空间已经变得非常有限。

仅就 GDP 总量来说，当前和美国相近的是欧盟，至少在短期内中国也还无法与他们比肩，欧美主导世界经济的格局没有变化。而且，同样根据 IMF 和高盛的预测，中国超出日本以后又会面临印度追赶的挑战。

由于在过去 30 年的改革中我们积累下的很多风险都需要通过经济增长来逐渐化解，因此经济增长对中国经济乃至社会的稳定有着至关重要的作用，以至于每当面临外部经济冲击或经济增长下滑的风险，中国政府都不得不把保持经济增长率放在压倒一切的首要任务。但是，中国要长期维持稳定的经济增长，还要克服一系列的困难，进行很多艰难的经济结构调整。

首先，从 1978 年开始，随着投资在 GDP 中的比重不断上升，消费在 GDP 中所占的比重却持续下降。特别是在 2008 年金融危机以后，随着力度空前的刺激政策的推出，投资比重上升和消费比重下降的局面变得更加明显，以至于到 2009 年两者几乎相等。这意味着在过去 30 多年中，中国经济的增长在很大程度上是依靠投资、创造更大的产能，而不是通过最终消费来实现的，因此这种靠投资支撑的经济增长模式能够维持多久，还具有多大的发展空间都是值得怀疑的。

从发达国家的经验来看，尽管在工业化高速发展的阶段也出现过投资比重上升的情况，但是持续时间一般不长。从二战以后的数据看，美、日、欧国内消费在 GDP 中的比重一直保持在 70% ~ 80% 的水平上，而投资大体维持在 20% 以下，而且基本保持稳定，与中国的情况形成鲜明对照。另外，在银行融资为主的金融体制下，支持这些回收期很长的巨额投资背后的大量银行贷款可能给整个金融体系带来巨大的不稳定性。

其次，中国经济的增长在很大程度上是建立在外需基础上的。一旦国际经济环境出现动荡，中国经济的稳定增长也必然受到影响。在国内消费不足的情况下，伴随投资形成的巨额产能必然向海外寻找市场，对外开放使得中国的对外贸易依存度也在不断上升，到 2007 年已经接近 70%。相比之下，号称贸易立国的日本，其对外贸易依存度也大体仅为 20% ~ 30%，比美国略高。而就全球范围内的大型经济体而言，只有德国的对外贸易依

存度比中国略高。然而中德在出口产品结构、技术含量以及价格弹性方面的差距是十分明显的。因此，当同样面临金融危机冲击的时候，德国的出口尽管也受到影响，但是下降程度明显比中国要小，从而凸显出中国对外贸易的脆弱性。从统计数据上看，中国的总出口与美国的货物进口高度相关，这种情况在危机前后表现得非常明显。

另外，从近年来诸如铁矿石谈判可以看出，中国的贸易条件在过去20年中持续处于不利地位，因此中国以进口资源和出口制成品的增长模式也存在可持续性的疑问。在未来世界经济，特别是美国经济持续不振的情况下，中国所面临的贸易保护主义也会变得越来越严重。2012年3月6日，美国众议院通过关税法案，授权美国商务部对中国征收反补贴税就是一个明显的标志。

经济结构的失衡威胁到了中国经济增长的可持续性，而对出口的高度依赖则增加了中国经济稳定增长的不确定性。在金融危机以后，这两个问题都得到了充分的体现，加剧了中国所面临的长期挑战。

从短期来看，中国经济面临着新的挑战。在金融危机中，为了配合刺激政策的出台，银行贷款明显增加。在2009年全年，整个商业银行系统的新增贷款量明显超过了正常水平，通货膨胀压力的积累迟早要得到显现的。从2010年初到2011年中，通货膨胀水平就开始一路飙升，给中国经济政策带来了新的挑战。

首先，不断恶化的通货膨胀形势迫使中国的货币政策出现紧缩的趋势，造成民间金融市场的紧张，不可避免地导致经济增长放缓。在美国始终维持低利率的情况下，还出现了由于中美利差的上升而造成国际资本流入，通货膨胀压力叠加，并且推高人民币币值的局面。尽管到2012年2月，通货膨胀已经得到抑制，但是依然不能掉以轻心。

其次，在中国经济已经融入世界经济，而国际经济政策的协调和国际经济治理的机制还没有健全的情况下，如何在国内经济政策与国际经济政策之间进行取舍，如何判断国际经济形势和开放经济变量对中国经济的影响（如国际资本流动给中国经济、物价水平和汇率水平带来的冲击），如何面对国内经济政策所造成的国际经济影响和国际社会压力（如国内出口对全球失衡的影响及 G20 参考性指南的压力）就成了亟待解决的课题。

再次，从贷款的部门流向看，增加的银行信贷也经历了从最先流向实体经济部门到流向居民房地产的转变。尽管最初的新增信贷直接投入到了实体经济部门中，但是出于对贷款安全的担心，从 2010 年开始，银行体系对实体经济部门的贷款增速出现迅速下降，并开始转向依赖相对安全的住房贷款。但是这直接推动了房地产市场价格的上涨，引起了全社会的关注并最终成为宏观经济调控的重点行业。

最后，从统计数据看，房地产价格在近年的确比较明显地成为通货膨胀的先导指标，因此抑制房价的上涨的确可以起到抑制整个物价水平的作用。但是打压了房地产市场，也就等于扼住了经济增长的龙头。本来这是近期宏观调控的目的，但是问题在于从 2011 年以来，美国经济增长又出现了减速，而欧洲的主权债务危机愈演愈烈，甚至在 2011 年底全球资本已经出现了流出新兴市场的苗头，中国的经济政策再次面临挑战。

所以，如果真的出现了二次探底，如果中国经济再次面临减速的压力，需要推出新的刺激政策的时候，我们还有多少可供选择的政策？还有多少政策空间呢？如果说在 2008 年的时候我们还可以说有钱可花，有事可做，有人可用，那么金融危机过后，从钱的方面来看，为应对危机推出的刺激政策留下的负担还没有被经济增长所化解，银行系统的超贷还需要控制，贷款需要跟踪，地方债也需要偿付；从事的方面来看，上一次正确地选择了基础设施建设，投入了大量回收期长的项目，那么近期如果真的再需要一轮新的刺激政策，这次的着力点又在什么领域呢？服务行业的发展是当前中国经济发展中的短板，但是服务行业的发展对投资的需求却远远比不上基础设施；从人的角度来看，随着中国人口结构的快速转变，刘易斯拐点即将到来，事实上，在近年中国劳动力短缺问题已经开始显现了。

即使我们找到了短期对策，也不能因此忘记对中国经济具有更长远、

更深刻影响，且需要耗时更久才可能得到解决的长期性结构问题。如何有效地扩大内需，改变中国经济过度依赖投资和外需的增长模式，真正实现可持续的科学发展方式，不仅是我们不能忘记，时刻需要努力的目标，更是需要我们进行更深刻改革才能实现的。

此外，面对美元在长期内不可避免的贬值趋势，如何保证我们巨额外汇储备的安全，并且实现增值和保值也是我们不可回避的问题。随着中国老龄社会的到来，或许有一天我们需要动用外汇储备来填充养老金空账，而那时如果我们发现这些外汇储备的实际购买力已经大幅度下降，那时的问题可就不是账面亏损那么简单了。

调整与增长是一对矛盾，但是从2012年两会的政府工作报告上看，经济增长目标被调低传达出来的正是一种加快经济结构调整的正面信息。

从更宽广的视野看，在未来的20~30年，要维持中国的经济增长，使中国真正成为世界经济大国，还需要处理好下面五个方面的问题。第一，中国需要稳定的国际环境，以保障资源、能源供给顺畅。第二，出口市场安全要得到保障，大量的贸易保护主义对中国肯定不利。"十二五"规划强调内需，强调经济增长方式的转变，强调创新，但是外部市场对于中国经济依然非常重要。第三，要保证领土的完整，这是传统安全的内容，其中国家统一是很重要的目标。要实现伟大的复兴就不能出现分裂，也要尽量避免出现领土争端导致战争，进而打断复兴的进程。第四，推动国际货币体系的多元化，其中包括人民币的国际化，以保证中国海外资产的安全。第五，在全球规则确立过程中，中国不仅要逐渐提高发言权、话语权，而且在规则的制定上能够有一席之地。中国要从一个简单说"不"的参与者，向建言献策、最终成为规则制定者和国际秩序建设者身份转变。

（三）中国的国际地位显著上升，但是短期内不会从根本上改变国际格局

我们必须理智地看到，IMF和高盛关于2050年中国超过美国的GDP

预测仅仅代表的是 GDP 总量，如同中国 GDP 总量超过日本，不代表中国成为发达国家一样。中国不仅在人均 GDP 方面依然明显落后于世界平均水平，而且中国 GDP 的质量与发达国家和与 GDP 水平相当的国家差距也非常明显，而在出口产品结构背后所代表的核心竞争力和技术水平的差距就更明显。

事实上，在中国因为贸易依存度过高而在危机冲击下表现出经济增长高度不稳定性的背后是我们没有完整的产业链，或者由于在技术上依赖发达国家，或者由于市场定价能力不足，造成了我们不论是处于生产网络的前端还是末端，我们总是处在低附加价值的一端，并且贸易条件不断恶化。

另外，中国的崛起应该是一个综合概念，经济是基础，文化是形式，国际影响和号召力是核心。从经济角度来说，高端或主流产品品牌的国际知名度是一个国家国际经济地位的一个具体体现。显然，青岛啤酒不是，日本大米也不是，可口可乐虽然是一个美国符号，但是不代表现代美国经济。按照里昂惕夫的分析逻辑，美国农产品算，苹果产品、Intel（英特尔公司）、大型客机都算。在这方面，中国几乎没有标志性的具有国际地位的自主品牌。海尔是一个国际品牌，但是产业层次不高；联想也勉强是，华为比联想或许要好一点。目前，中国不缺大公司，但是缺伟大的公司，缺乏能够代表中国在当代世界经济中的地位、技术领先、有社会责任、治理结构合理，并且在国际市场上占有一定份额和影响的大公司，缺的是拥有核心竞争力，能够在国际市场上运作的公司，而不是依靠垄断国内市场的大公司。

国际金融市场地位是一个国家国际经济地位的集中表现。尽管各国看好中国国内巨大的市场潜力和经济增长前景，中国也因此吸引了大量的直接投资，但是中国的金融市场却很难吸引战略投资者。国有银行改革引进的战略投资者到期即撤出的事实值得我们深刻反思。金融过程本质上是一种财产信托，金融市场的落后说明我们在市场制度、公司治理和投资者保

护方面可能还不具备长期吸引外国战略投资者的能力，这一点不是我们简单地通过开放国内市场就可以实现的。

在国际议题中要占领道德制高点和领导技术发展方向，特别是在诸如碳排放、碳关税，企业社会责任等中国可能面临的新贸易壁垒问题上要继续发挥哥本哈根的优势，利用美国的失分，同时争取欧洲，引导全球舆论和理念。在这方面，中国还要抓住机会。

从文化影响力来看，本来中国的文化比美国历史悠久，但是却并没有通过小说和电影等传媒手段形成对中国有利的国际传播效应，在现实题材上不如美国，历史题材上不如欧洲和日本，没有发挥出应有的优势。

（四）中国经济的崛起不代表中国已成为一个世界大国

中国经济在过去30年中的高速发展打破了旧有的世界经济格局，欧美一时难以适应这些变化，心理上难以接受，甚至产生敌意也是正常的。关键是我们自己要保持清醒，不能因此过度膨胀，要冷静应对，要比以前更加谨慎地制定对外政策，不要在刚起步的阶段就招致不必要的阻力。

不可否认，伴随着经济高速增长，中国的国际地位得到了提高，但是还远不能和美国比，最多还只是一个发展中大国。因此，目前首先要避免承担超出中国承受能力的国际责任。而在中期要避免"日本化"，即在世界上的经济地位和国际地位不对称。中国应该努力塑造一个负责任、守规则的国际形象，做一个积极的国际规则建设者而不是破坏者。

要成为一个真正的大国，一般需要具备如下几个条件：一是经济实力，这既包括GDP的规模，又包括GDP的质量和人均GDP水平；二是领导世界经济发展和产业升级的科技实力；三是资源、人口、国土面积等因素；四是军事威慑能力；五是货币的国际地位；六是国际经济规则的制定权和国际市场的定价权；七是软实力，即不是靠威胁和恐吓，而是靠道德的力量和国际号召力。在上述几个方面，中国是完全有潜力成为一个世界大国的。

在明确了中美国际地位以后，为了保证中国经济的增长从量的扩张到质的提高的转变，就需要一个和平与发展的大环境。但是全球秩序的维持是一个公共产品，在没有世界政府的情况下，只能靠大国来提供。因此，一个稳定的、相对强大的、对中国友好的、开放的、真正负责任的美国，是符合中国利益的。从根本上说，中国需要比较稳定的美国。也就是说，中国不仅不能挑战美国，而且要更富于合作，与美国共同维持世界的稳定。

基于当前中美关系的现状及对未来中国的发展判断、面临的问题和挑战，我们认为主要有如下几个方面：

第一，中国和美国在能源、贸易等具体问题上没有根本的矛盾，也没有不能解决的问题。现在中美之间最重要的障碍就是政治上的潜在冲突和猜忌。虽然美国在口头上表示欢迎中国崛起，但是，美国怀疑中国就是要赶超美国，不相信中国不想成为一个世界大国，依靠自己的实力来界定自己的利益，只是现在中国还不具备这个能力。中国应该反复强调，我们不想、也不会去称霸，不会挑战美国，也不会把美国作为军事上的假想敌。

第二，与不少国家一样，中国认为美国事实上太霸道，而美国等西方国家则认为要让中国参与世界治理，发挥影响力结果更加可怕。目前中国仍然在"多极化"的理想框架中探讨全球治理问题。中国应该关注如何维持世界稳定。

第三，中国应该警惕狭隘的民族主义。狭隘民族主义的危险在于将合法性主要建立在中国越来越高的国际地位上，将道义标准建立在是否符合自己的利益和意愿上，人为地将中国和西方、中国和外国对立起来，这种对立使得我们失去了很多观察和学习外部世界、促进自己进步的机会。

第四，改革开放不能停滞，中国现代化建设仍需谦虚谨慎。在中国改革初期的一些人看起来，最高纲领是向美国看齐，最低纲领是先学亚洲四小龙、然后学日本。随着改革的深入进行，四小龙模式不行了，转向学日本后日本又衰落了，于是就出现了所谓"北京共识"，并觉得自己快要成功了，没有再改革的必要了。中国未来的发展需要特别警惕这种骄傲自大

的思维方式，必须看到与时俱进的必要性和紧迫性。

从目前的国际形势看，中国还需要等待机会。如果中国具备了提高国际地位的能力，世界经济又出现了新的危机，那可能就是中国提高国际地位、和平发展的机会。中国和日本不同，不用长期依赖美国。美国取代英国靠的是战争的机会，中国国际地位的真正上升可能要等下一次的危机机会。而重要的前提是首先解决好自己的问题，做好准备才能抓住机会。当然，我们也必须明确意识到，中国的崛起需要比战争崛起更漫长的过渡。

中国经济在过去30年中超常的增长和未来可能面临的挑战等相互纠结的事实表明，中国正在处于角色定位的关键时点，而作为发展中大国与世界大国这两种定位决定了中国不得不面对着两种不同的行为逻辑与结果。作为发展中大国，中国需要继续专注于国内经济发展；而作为世界大国，则不得不受到既有秩序的挑战，大国政治进程也会不可避免地启动。而中国一旦被卷入大国政治竞争，就必然会在一定程度上改变战略重心，有可能偏离国内经济发展的首要任务，而且可能因此卷入日益增多的冲突而失去和平发展的国际环境。

因此，我们的最终结论是：过去30年来中国经济的崛起使得中国变成了发展中大国，但是中国经济的崛起绝不意味着中国已经成为了一个世界大国。中国经济的崛起最多是中国崛起万里长征的第一步。

八、中国经济的未来决不会一帆风顺

2011年3月5日，中国总理温家宝对外公布了上一年度的《政府工作报告》。在政府眼中，过去的五年对中国来说无疑是辉煌的五年。2010年中国GDP达39.8万亿元人民币，2006~2010年GDP年均增长11.2%，城镇居民人均可支配收入和农村居民人均纯收入年均分别实际增长9.7%

和 8.9%，2005 年政府财政收入为 3.16 万亿元，2010 年这一数字已增至 8.31 万亿元。

另外，这五年间，"载人航天、探月工程、超级计算机等前沿科技实现重大突破，国防和军队现代化建设取得重大成就"，而且中国还在 2008 年和 2010 年分别举办了北京奥运会和上海世博会，"实现了中华民族的百年梦想"。

这里需要说明的是，中国过去五年的高增长是在国际金融危机的大背景下实现的。2008 年 9 月，全球发生了大萧条之后最严重的金融危机，中国经济在当年第四季度曾受严重冲击，并出现了增长率的大幅下滑，但中国政府随后推出的大规模经济刺激计划使经济增速迅速出现 V 字型反弹。

事实上，自从 1978 年推行改革开放以来，除了极少数短暂衰退之外，中国经济的高速增长已经持续了超过 30 年。根据世界银行的世界发展指标数据库显示，从 1978~2009 年，按照 2000 年美元（官方汇率）计算，中国 31 年的平均经济增长率接近 10%。高速的经济增长使得中国的经济规模迅速膨胀，根据国际货币基金组织（IMF）旗下世界经济展望数据库的资料，以现价美元（官方汇率）计算，中国 GDP 在 2005、2006 和 2007 年分别超越了法、英、德三国。2011 年 2 月 14 日，日本政府公布的数据显示 2010 年日本 GDP 为 5.47 万亿美元，而按照中国公布的数据，2010 年中国 GDP 为 5.88 万亿美元，中国经济规模正式超过日本。

然而，持续的经济繁荣并不代表当前的中国经济不存在重大风险，相反，中国经济至少在缺乏准确数据、内外经济失衡和坏的市场经济这三个方面存在相当严重的风险，假如不能及时应对，那么中国经济的未来可能远不会是一帆风顺。

（一）缺乏准确数据

目前中国已经成为了一个体量庞大且结构复杂的开放型经济体，决策

者要管理这样一个国家，就必须依赖于及时准确的数据，但也正是在这一点上，决策者面临着巨大的挑战。以 GDP 为例，这是衡量中国经济发展程度的最基本指标，但这一指标却是造假的重灾区，例如 2010 年，全国 31 个省市 GDP 加总之和为 43.0038 万亿元人民币，而国家统计局公布的全国 GDP 为 39.7983 万亿元，高达 3.2 万亿元的差距占全国 GDP 数值的比重 8.05%。这样的情况不是个例，而是普遍存在。

发生这种现象的原因主要有两个，一是地方官员政绩考核的首要标准是 GDP，二是统计系统不独立。先来看第一个原因，之前已经谈及，中央政府考核地方官员的首要标准就是 GDP，这导致地方官员一方面会竭尽全力发展地方经济，另一方面也会积极想办法去影响地方 GDP 的数据。

再来看第二个原因，政绩考核标准意味着地方官员有动力去影响地方 GDP 的核算，而统计体系的不独立则给予了地方官员这么做的现实能力。中国统计部门实行的是"统一领导、分级负责"的管理体制，即统计业务由国家统计局统一领导，各级统计机构、编制、干部、经费由同级地方政府负责。地方统计机构的干部任用和经费由地方政府决定，这使得后者对前者拥有了巨大的影响力。

为了解决 GDP 数据造假的问题，全国人大财经委副主任吴晓灵曾经建议，"由于统计科学性和地方干部扭曲的政绩观，应该取消地方政府 GDP 的统计"。而经济学家许小年认为不但要取消地方政府的 GDP 制度，还要把包括国家统计局在内的各级统计部门，从各级政府部门中独立出来，以排除各级政府对统计工作的干扰。但中央政府在"十二五"期间和 2011 年的 GDP 增长目标分别为 7% 和 8%，"如果地方都说不要求 GDP，那么中央目标怎么实现"？

GDP 数据存在的问题只是统计数据不确实的一个典型代表，这样的问题广泛存在于统计系统中。房价、收入和通胀等方面的数据屡屡受到外界质疑，就连中国政府的债务规模到底有多大，各方也是莫衷一是。

（二）内外经济失衡

虽然中国经济自 2003 年以来进入了新一轮的高速增长时期，但温家宝总理却屡屡强调中国经济存在"不稳定、不平衡、不协调、不可持续的结构性"问题，而这些结构性问题最主要的表现就是严重的内外经济失衡。从内部来说，经济失衡主要表现为储蓄率和投资率过高，消费率过低；从外部来说，经济失衡主要表现为出口和经常账户顺差过高，外汇储备增长迅速。

实际上，中国经济的内外失衡是一个硬币的两面。从经济学理论上来说，国内储蓄等于国内投资和净资本流出之和，净资本流出本身是本国对外国的投资，而中国对外国的投资主要是以外汇储备的形式来实现的。

对中国来说，当前的局面是投资率很高，但储蓄率更高，同时存在庞大的经常账户顺差，这种状况意味着中国的经济增长过于依赖投资和外部需求。随着投资率的高企，投资效率不断下降，而随着中国成为世界第一大出口国，外部世界对中国出口的容纳也日益逼近极限，因此国内外普遍认为中国当前的经济增长模式是无法长期维持的。这种内外经济失衡给中国造成了一系列问题，并通过人民币汇率问题而演变成了一个重大的国际经济政治争端。

人民币汇率是近年来国际社会最热门的经济问题之一，但汇率只是中国经济结构调整的一个组成部分，其他调整同样非常重要，只不过并未引起国际社会的广泛关注，例如利率问题。内外经济失衡本质上是在要求中国经济进行重大的结构调整，而且调整的急迫性近年来日益增强。实际上政府早就意识到了这些问题的存在，并在很多场合中强调结构调整的重要性，例如"十二五"规划提出要"确保转变经济发展方式取得实质性进展"。但北京大学经济学教授黄益平认为在制定经济政策过程中，政府存在至少三个政策目标，即经济增长、防止通胀和结构调整。在现实中，这三个目标最多只能实现两个，GDP 是中央考核地方官员政绩的核心指标，通胀会威胁到社会稳定，结构调整可以提高经济效率和未来增长潜力，但可能不利于短期的经济增长，因此在制定政策时，结构调整往往是被牺牲掉的目标。

针对当前的局面，黄益平认为"调结构已经成为当务之急"，而要实现这一目标，政府有两个解决方案可选。一是在经济增长和防止通胀中选一个放弃，由于通胀不但会扰乱经济发展，还会威胁社会安定，因此黄益平认为"政府应该接受相对比较低的增长速度"；二是三个目标都放弃一部分，但关键是改变结构调整和经济增长之间的相对重要性。很明显，无论是哪种解决方案，最后都会涉及改变对地方官员的政绩考核标准。

与黄益平的观点不同，许小年认为现有经济增长模式无法转换的根本原因在于政府主导了资源配置。在他看来，政府配置资源的目标函数不是效率，而是别的指标，因此只要政府配置资源，经济就会追求速度和规模，而忽视效益。反过来说，只有民间办企业、建工程才会追求效率的最大化。因此，许小年给结构调整开的药方是弱化政府配置资源的功能，让市场和民间发挥更大的作用。

（三）"坏"的市场经济

在改革开放初期，不少支持市场经济的人都认为只要放开了市场，就能保证经济的昌盛和人民的幸福，但这些人在 1990 年代发现现实并非如此。当时中国经济在市场化程度不断提高的同时，腐败和无序的现象也愈演愈烈，这让支持市场经济的人感到迷惑不解。

2000 年 5 月，美国伯克利加州大学经济系教授钱颖一撰文区分了好的市场经济和坏的市场经济。在钱颖一看来，计划经济注定是坏的经济，但市场经济不一定是好的经济。世界上实行市场经济的国家很多，这其中既有好的市场经济，也有坏的市场经济，而且后者多于前者。好的市场经济和坏的市场经济之间的区别主要在于有没有较完善的法治基础。

具体来说，产生坏的市场经济的原因有两个，首要的原因是政府的权力没有有效地受到法律的约束，由此带来了一系列窒息经济活力的问题，比如当政府行为不受法律约束时，政府部门和官员便会侵犯产权，乱收税、费，搞摊派，任意干预和限制企业和个人的经济活动。政府的这些行为有时候是出于善意，但很多时候则是为了寻租和创造腐败机会。无论出于何种动机，政府对经济任意干预的结果都是增加市场交易成本，阻碍经济发展。

另外一个原因是政府未能较好地履行其约束企业和个人的职责，例如政府未能维护经济和社会的稳定，结果产权受强盗或"黑手党"的掠夺；个人和企业产权不明晰使得经济效率低下；合同无法有效执行和纠纷不能得到公正解决；政府管制不力导致金融危机甚至崩溃；中央与地方政府责权利划分不明确陷入财政困境；中央政府不能打破地方保护主义造成市场分割。

钱颖一认为，法治是现代市场经济体制的基础，在法治环境中，政府是有限的（Limited）和有效的（Effective），有这样的政府才会有一个好的现代市场经济，没有这样的政府就会导致一个坏的市场经济。中国多年来所推动的"转变政府职能"，实际上就是把原来一个无限的和无效的政府转变为一个有限的和有效的政府。

中国经济学家吴敬琏受到钱颖一的启发，进一步分析了中国的情况。在吴敬琏看来，那些从计划经济转向市场经济的转轨国家，很容易陷入坏的市场经济中，原因在于改革是在保持原有行政权力体系的条件下从上到下推进的，在利益结构大调整的过程中，某些拥有行政权力的人往往有方便的条件利用手中的权力谋取私利。在行政权力的主导下，一个国家虽然也能够在一段时间内取得经济成就，但终究会因为法治不行而落入坏的市场经济中。吴敬琏甚至还给这种坏的市场经济起了另外一个名字，即权贵资本主义（Crony Capitalism）。

吴敬琏认为权贵资本主义至少存在三个问题，一是政策的随意性增大了经济活动的不确定性，导致经济活动缺乏效率；二是政府官员的行为缺乏约束，导致权力的滥用、腐败和社会不公；三是公民的基本权益缺乏保障，公民缺乏安全感和从事经济活动的积极性，使经济缺乏长期的活力。

为了建设法治的市场经济，即好的市场经济，中国的政府体制改革有三个迫切需要解决的问题。一是政府要跟微观经济活动保持一定的距离；二是除极少数需要由国家垄断经营的企业外，从国有企业改制而来的公司都要实行股权多元化，而且政府作为国有资本所有者的职能和政府的公共管理职能必须分离，不然政企分离很难实现；三是建立法治，法治首先要约束政府和政府官员的权力，其次才是一般人的行为。

对于经济学家所谈的这些问题，执政者早就有所认识，但现实的局面却并不乐观。在政府跟微观经济活动保持距离的问题上，当前中国的大部分生产活动已经实现了市场化，尤其是在制造业，但政府仍然控制着很多生产要素的供给，例如土地、信贷和能源等。虽然政府宣称自己对经济进行的是宏观调控，但政府仍保留着广泛的行政审批权，例如许多投资项目需要国家发改委审批，公司首次公开发行股票（IPO）需要中国证券业监督管理委员会（简称中国证监会）批准，央行依然保持着严格的资本管制措施，等等。

另外，政府还大量直接从事经济活动，例如铁道部作为国务院的一个部级单位，控制着高速铁路建设，进行了上万亿人民币的相关投资，而各地政府则纷纷成立地方融资平台来推动地方经济建设。

广泛的对微观经济的干预权力给予了政府官员相当大的寻租空间，这就创造了大量腐败机会。根据 2011 年 3 月公布的《最高人民法院工作报告》披露，2010 年各级法院审结贪污、贿赂、渎职犯罪案件 27751 件，判处罪犯 28652 人，同比分别上升 7.10% 和 9.25%。

在国有企业改革的问题上，1978 年之后中国经济总体上呈现出"国退民进"的局面，但近年来这一趋势有所变化。2006 年底国务院办公厅转发了国有资产监督管理委员会（简称国资委）《关于推进国有资本调整和国有企业重组的指导意见》，这份文件提出要"推进国有资本向重要行业和关键领域集中，增强国有经济控制力，发挥主导作用"，而当时的国资委主任李荣融更明确表示，今后国有经济将在电力、石油、电信等七大行业保持绝对控制力，并提出到 2010 年在军工、电网电力、石油石化、电信、煤炭、航运等七大行业培育 30 ~ 50 家具有国际竞争力的大企业集团。

此后虽然决策者屡次强调要对国有企业和私营企业平等对待，但政策偏向国企、私营企业受到歧视的报道却屡见媒体，因此社会各界开始热议"国进民退"。对此，国家统计局局长马建堂认为总体上不存在"国进民退"的问题，但确实存在一些"国进民退"的现象。

在中国民（私）营经济研究会会长保育钧眼中，进退问题在本质上是一个资源配置问题，即是权力配置资源还是市场配置资源。转变经济发展方式说到底就是转变资源配置方式，改变计划经济条件下权力配置资源的传统方式，让各类市场主体在竞争中实现优胜劣汰，让资源向优势企业集中。但"现在的国有企业不是凭借自己的竞争优势，而是靠权力配置资源的优势"。在这种情况下，"国有垄断行业凭借强大的政治优势和资源优势，挤占（了）私企发展空间"。

为了破解当前的困局，经济学家许成钢强调了土地私有制的意义。他认为中国体制改革的目标是最终建立民主政体和市场经济，而体制改革最基本的内容是逐渐建立宪政和市场，以削弱政府在政治、经济、社会中的作用。在改革的早期，政府在政治、经济中的作用被明显削弱，这是"相当大的成就"。当前中国经济的主体已经是私有部门了，而且除土地之外的私有财产在 2004 年的宪法修正案中得到了正式的承认和保护。但随着城市化的发展和土地价值的显现，由于中国公民没有私有土地产权，因此巨大的利益使各级政府产生了不可抑制的占有动机，这导致了各级政府权力的重新扩张，实际上这是在侵吞公民的权利。由于相关利益巨大，因此政府不会像早期改革那样，静悄悄地自行削弱其力量。

　　许成钢认为"土地所有权是任何经济体制里最基本的产权"，而且其他经济实体只能存在于土地之上，这意味着土地的所有权最终决定一切其他经济实体的所有权。反过来说，不保护土地私有产权的经济体，最终会侵犯存在于土地之上的其他私有产权。

　　同时，许成钢还认为土地私有制是建立宪政的必要条件。在他看来，宪政的核心是限制政府权力，保护公民自由，而"保证宪政最基本的体制就是民主制度"。土地不是私有制意味着政府的权力大到了不可限制的程度，这时候宪政是不可能的。因此要推动宪政和民主，土地私有制将是前提条件。

　　另外，许成钢认为用 GDP 去考核地方官员的方法激发了地方政府发展经济的积极性，这在改革开放早期是有利于经济增长的。但这一制度也导致地方政府没有动力去提供民众最需要的公共服务，因此要改变这种局面就"需要将地方官员由上级任命改为由地方民众直选"。

　　而对于国有企业的问题，耶鲁大学金融学教授陈志武呼吁对其进行民有化改革，具体建议是仿照美国阿拉斯加州的阿拉斯加永久基金来创设"国民权益基金"，将国有资产注入"国民权益基金"中，然后再把这些基金的股份分给公众，同时最好允许那些获得基金股份的人可以相互交易他们手中的股份。这样一来，普通民众既可以享受到国有资产的直接红利，也可以获得国有资产升值的好处，这会给居民带来新的收入，从而推动居民消费的增长和中国经济的转型。与此同时，国有资产的所有人也从"虚"落实到了每个中国公民的身上。

第六章 中国模式铸就中华文明复兴

一、解读究竟什么才是"中国模式"

"中国模式"（或曰"中国道路"、"北京共识"等），一般特指中国经济模式。改革开放以来，中国经济总量在世界上的排位由第 10 位上升到 2010 年的第 2 位，农村贫困人口减少到不足 3000 万，取得的成就引起全球的关注。"中国模式"、"北京共识"的说法在国际上开始流行。"中国模式"是指在向市场经济过渡过程中，市场经济制度主要不是依靠从外部（西方）"引进的"政策和规则，而是根据自己国家的国情和改革进程中形成的政策、规则、路径和方式，逐步实现国家的新制度安排。也可以指走中国特有的社会主义道路。如果从制度变迁的视角审读"中国模式"的意义，它意味着中国开创了一条中国式的制度创新道路，这就是："中国模式"在改革开放进程中逐渐形成的制度内生性，即中国转型的"内生性制度安排"。中国模式丰富和发展了世界发展模式，也必将为人类文明不断地走向繁荣与发展作出自己的贡献。

改革开放以前，中国旧的经济模式基本上是"斯大林模式"，国营经济处于绝对优势地位，政府实行高度集中统一管理的计划经济体制，形成

较先进的工业和城市与极为落后的农业和农村并存的典型的二元经济结构。这种模式存在严重的缺陷，带来的是消耗高、浪费大、质量差、效益低，形成的是短缺经济，广大人民群众的生活水平得不到应有的提高，加上"文革"的政治动乱，使中国经济走到崩溃的边缘。正是在这样的背景下，1978 年"文革"结束、改革开放的主要政治障碍基本清除后，中国走上了探索新的经济模式的道路。值得指出的是，中国旧的经济模式虽然问题很多、弊端突出，但也不是一无是处，一个重要的成就是，形成了比较完整的工业和国民经济体系，打下了比较好的重工业基础，为改革开放后轻工业和农业的快速发展创造了有利的条件。否则，以乡镇企业为主体的农村工业难以得到那么快的发展。

中国经济模式是在改革"斯大林模式"的过程中逐步形成的，"中国模式"也可以说是中国改革和发展的模式。从基本经济制度上看，中国由过去追求"一大二公、三纯四统"的单一公有制转变为以公有制为主体的多种所有制经济共同发展的基本经济制度，形成了多种所有制并存交融的混合经济；由过去分配方式单一、平均主义倾向严重的分配制度转变为多种分配方式并存、公平与效率并重、既有差别而差别又不能过大、既鼓励部分人先富又强调最终要达到共同富裕的分配制度。

从经济体制上看，中国已经根本改变传统的计划经济体制，初步建立起社会主义市场经济体制，这种体制不同于自由放任的市场经济体制，在主要以市场机制配置资源的基础上，更多地发挥市场、价格、竞争作用的同时，也特别注重合理地发挥政府宏观调控和战略指导的作用，没有完全放弃必要的国家管理经济的作用。

从经济结构上看，改革开放以来，中国经济结构根据国情和国际环境，在不断的调整中趋向合理化。在轻工业快速发展、农业得到加强之后，重工业太重、轻工业太轻、农业落后的畸形产业结构已经改变，目前重点发展的是装备制造业、高技术产业和服务业；工业化与城市化不协调、城市化严重滞后的局面已经改观，在城市化加速发展的同时，并没有出现部分拉美国家和印度等国那样的过度城市化；正在实施西部大开发战略、东北老工业基地振兴战略、中部崛起战略，以缩小地区差距，实现地区平衡协调发展。

从经济增长方式上看，中国的经济增长方式长期以来都是以粗放型为主，主要依靠高投入、高消耗来发展经济，这种情况现在已经开始改变，新模式强调要依靠技术进步、加强管理，以低投入、高产出、高效益的集约型增长方式为主。

从经济发展战略上看，中国已经成功实现战略转换，由重工业优先发展的赶超战略转变成现代化战略；由重速度、重数量、轻效益、轻质量的倾向转变成以经济效益为中心，注重效益、质量、合理实在的速度；由片面强调自力更生、闭关锁国转变成对外开放，掌握两套本领，利用两个市场、两种资源；实施科教兴国战略、可持续发展战略。

中国现行的模式虽然还在发展、完善中，但已经取得了巨大的成功，积累了不少有价值的成功经验。发展中国家的首要任务是发展经济，持续有效的发展又需要完善的制度保证、稳定的政治和社会环境，如果制度极不合理、政治上动荡不定，就谈不上发展。"中国模式"的一个重要的成功经验，就是正确处理了改革、发展、稳定的关系。中国的经验是：发展是目的，是硬道理，是第一要务；改革是手段，是动力；稳定是前提，是必备条件，三者相互依存，互为条件；改革和稳定为发展服务，发展能够促进改革和稳定，改革必须带来发展，使尽可能多的人受益。

"中国模式"没有走极端、搞单一化，而是实行多元化、多样化、混合化。既否定了单一公有化，又没有搞全盘私有化，从而能够发挥多种所有制的优势和作用；既改变了方式单一的平均主义倾向严重的分配制度，扩大收入差距，鼓励部分人先富，又强调缩小过大的收入差距，防止贫富高低悬殊、两极分化，最终要达到共同富裕，公平效率并重，更有利于发展和稳定；既改变了传统的计划经济体制，又没有一切市场化、完全自由放任化，注重发挥了政府宏观管理的作用，更有利于纠正市场失灵和政府

失灵，特别是致力于公共基础设施的大规模建设，为中国经济发展创造了极为有利的条件。在实行对外开放的同时，并没有放弃对本国企业、产业、经济的必要的合理的保护；既充分利用国外的资本、资源、先进技术和管理方法，又减少对外国的依赖，促进本国企业和产业的发展，维护本国的经济安全。中国的模式转换也没有采取激进式的"休克疗法"，而是渐进式的"摸着石头过河"，先易后难，先试验后推广，重点突破与整体推进相结合，"双轨"过渡，积极稳妥，循序渐进，这样阻力更小，成本更低，至少到目前为止的实践证明是更成功的方式。

中国现行的模式，虽然取得了显著的成效，但还不成熟、不完善。其不足之处主要表现在以下方面：创新动力不足，技术进步不快；资源短缺，环境污染，压力加大；贸易摩擦不断、出口受阻、国际竞争激烈、外贸条件恶化、外贸顺差过大、外贸依存度太高；工业、城市、东部地区发展快，农业、农村、中西部发展滞后，"三农"问题严重，城乡、地区发展差距扩大；收入差距扩大，发展成果分享不均；公共品供给不足，看病难、买房难、上学难、就业难，生产安全和社会治安问题比较严重；农民、农民工、下岗职工等弱势群体问题比较突出；民主、法制不健全，诚信缺失、道德失范明显，政府有些不该管的事仍然还在管，有些该管的事又没有管好，腐败现象也比较严重。正是针对这些问题和不足，中国政府现在提出一系列新的理念、提出树立和落实科学发展观，构建社会主义和谐社会，以充实和完善现行的经济发展模式。

二、"中国模式"是转型中的发展模式

（一）中国模式是客观存在的

目前学界对于中国模式的研究太政治化和审美化，模式论述充满价值判断，阻碍人们对中国模式的客观认识。从西方对于中国的研究来看，对中国模式的认识在不同阶段是不同的。改革开放以前他们认为中国仿照苏联模式。和苏联决裂之后，尽管中国的发展具有了自己的一些特色，但中国还处于计划经济的苏联模式之中。改革开放以后，从 1980 年代的文献资料来看，很多西方观察家认为中国不会有自己的模式，因为当时有"政治民主化"和"经济市场化"两个口号，很多人认为中国所进行的改革开放最终会使得中国变成另外一个西方式国家，即使不是西方模式，也会成为东亚模式的一部分。1997 年亚洲金融危机发生，保罗·克鲁格曼发表文章，他认为靠投资启动的东亚模式失败了。中国成功应付了亚洲金融危机之后，西方有一部分人对中国发展经验的讨论和思考开始严肃起来。2004年，美国人雷默提出了"北京共识"。这个概念在西方学术界并没有产生任何影响，但被媒体炒得很火，现在还有人把它抬得很高。实际上这个概念对于学术界和政策圈意义不大。

"北京共识"是相对"华盛顿共识"提出的概念。"共识"的意思是好的经验，可以向外推广。这个概念一出来就非常政治化，炒作起来更政治化。一些人想把中国经验拔高，向外推广，而另一些人则夸大中国负面的东西，认为不存在所谓的模式。从研究的角度看，这些都是不正确的。模式是一个客观存在，它不一定十全十美。任何模式都包含两个方面，有正面，也有反面；有成功，也有失败；有积极的一面，也有消极的一面。从学术研究的角度来讲，要先承认它是一个客观存在，然后来看它的优缺点，观察它的发展。但如果仅从政治的角度来看，就变成审美了，反而不能认识它到底怎么回事。

目前中国国内关于中国模式应该叫什么，有很多争议。比如有人叫中国模式，有人叫中国道路，还有人叫中国案例、中国经验或者中华体系。叫什么其实不重要，名称的争议背后实质是过于政治化的话语权的争夺。中国模式是客观存在的，中国模式是什么也是客观的，需要踏踏实实地研究它，观察它，认识它的优缺点，然后对它进行改进和完善。

（二）看中国模式要从架构来看，零碎的政策措施不是模式

实际上从改革开放以来就一直有学者跟踪中国发展经验，分析和总结它和苏联模式、东欧模式以及东亚模式有什么不一样。中国经济如何起飞？政治稳定如何造就？有什么优势和劣势？所有这些都是人们观察的对象。但是具体问题的研究和模式研究又有区别。模式研究强调的是宏观的架构性东西，所谓的"万变不离其宗"，强调的是模式内在的延续性和稳定性。这就需要人们用大历史的眼光，从文明的角度去看。好多人把一些零碎的政策性措施作为模式，这是不对的。模式怎么改变，它的主体和构架都是稳定的。除非像苏联模式那样，构架倒塌了，结构性的东西才会发生根本改变。

改革开放以后，很多人看到的是外来的影响和挑战，比如市场经济、民主等等对中国传统文明的冲击。他们觉得这些冲击会改变中国传统文明，一些人天真地认为中国会变成西方式国家。但实际上，中国文明再怎么变还是中国文明。那么，何不换个角度去观察它呢？不是看外来的因素对中国的影响和冲击，而是看中国文明如何适应新变化，迎接新挑战，看中国文明的消化、吸收能力。举个例子，佛教在唐朝传入中国时，对于中国文明也形成了很大冲击，但是中国文明消化了佛教，它没有变成印度佛教，而是形成了有自己特色的佛教文化。改革开放也是一样，中国文明迎接了外来挑战，对外部冲击进行吸收消化，自己也实现了转型，但它还是中国文明。在这个过程中，中国传统文明的一些具体内容发生了变化，但并没有断裂，它的主体架构还在。

（三）要用宏观和微观两个视角来认识中国模式

从文明的角度来探讨中国模式并不抽象，比如中国模式的核心是中国特有的政治经济模式。从宏观的角度来看，中国的政治模式、经济模式是客观存在的。比如经济方面，中国有混合经济体制，几千年来都是既有国有部门，又有非国有部门，既有市场作用，也有政府作用。国有和非国有部门，政府和市场要保持平衡，国家总是垄断一些行业，但是不能扩张得太厉害。这方面的内容汉朝的《盐铁论》有大量讨论。晚清的"官督商办"，也不完全是按西方的方法来的，其实就是汉朝《盐铁论》所讲的混合经济的演变。

看中国历史要分清常态中国和非常态中国。王莽变法、王安石变法等，是几个极端历史时期，国家和政府的作用被推向极端，属于非常态中国。常态的中国，国家不会允许所有的部门都私有化，一定会有选择地控制几个部门。但并不是说没有市场，中国一直有市场经济和非国有经济部门的存在。国家的作用是什么呢？《盐铁论》中也有讲，政府负责基础设施建设，负责对付危机和调节市场，这就是中国模式。有人提倡私有化，但中国会像西方一些国家一样完全私有化吗？不可能的。当然有人觉得，应当完全私有化，但是应当和实际是两码事。这次全球金融危机后，有人讲美国开始向社会主义道路迈进，但是美国真的会成为中国式的社会主义国家吗？也是不可能的。美国再怎么变，也不会建立类似中国一样庞大的国有系统，只是政府干预市场会多一点而已。

有人说研究中国模式要强调其整体性和宏观性，否则容易"只见树木不见森林"，我觉得宏观研究和分领域研究是一体的。中国有些学者看问题太抽象，只强调宏观性，但是宏观里面没有政治、经济、文化，那宏观是什么？当然也不能只看微观，不能把一些具体的政策和做法视为是中国模式。可是没有微观，宏观和整体在哪里？所以，要认识事物，必须同时有这两个层面的眼光，可以从社会的角度切入去看它的架构，也可以从政治、文化角度切入，但是不能局限在具体的政治、经济、文化问题上。不仅如此，看中国模式还要和外国的模式相比较，要有比较的眼光，如果没有这种比较，不知道什么是别人的，什么是自己的，就说不清中国模式是

什么。所以中国模式是区别于外国模式的，是由中国政治模式、经济模式和文化模式有机组成的大系统，政治、经济模式等是一体的，不是完全分裂和不相关的。

（四）中国模式是转型中的模式

世上没有完美和固定的模式。西方的模式也有不完美的地方，也在变化，但它的精神不变，它只是在修正，而且这种修正不一定就是进步。中国模式处于转型期，转型的意思是，中国文明怎么样去适应和消化新的形势，并不是要把自己变成别人，把橘子变成苹果。从晚清到孙中山，到国民党，再到共产党，都是在处理怎么样去迎接外来挑战的问题。我觉得中国文明完全能够消化外来的冲击。

中国模式处于转型期，还在探索中，但探索不是没有方向，而这个方向取决于中国文明的进程。模式是一个发展的过程，至于说成熟不成熟，是进步了，还是退步了，都是价值判断，我反对用审美的眼光看中国模式，也反对用这样的价值判断去探讨它，我觉得更应该关注的，是它实际是怎么运作的。

三、"中国模式"为何成了世界话题

存在一个所谓的"中国模式"吗？如果有，什么是"中国模式"？"中国模式"对中国和世界的意义是什么？一个崛起的中国将在多大程度上改变现有的世界？

西方对"中国模式"的价值低判或误判，与我国对外介绍中国特色社会主义理论与实践的力度不够、针对性和有效性不强不无关系。我们要下大气力做好中国特色社会主义理论和实践的对外阐释、介绍。

　　国内外各界对"中国模式"难有统一看法，这说明有很多人都在思考转型期的中国向何处去的问题。最要不得的恐怕是那种以为"中国模式"已然成型，可以与所谓别的一些模式相抗衡的看法。

　　近几年，国际舆论言必称"中国模式"。通过北京奥运会、国庆60周年和上海世博会三大盛典，中国更令人刮目相看，"中国模式"备受关注。

　　所谓"中国模式"，概而言之就是新中国成立60多年来，尤其是改革开放30多年来逐渐发展起来的一整套战略和治理模式，是中国特色社会主义具体实践的代名词，内涵丰富。其实，关于"中国模式"的讨论早已受到海内外舆论界和学术界的关注，呈现出"世界上到处都在说着'中国故事'"的局面。

（一）海外学者眼中的"中国模式"

　　针对"中国模式"，当今世界主要流行三大观点：一是大加赞扬，认为"30年内中国将超过美国成世界第一"，尤其是外国工商界人士很看好中国，主张学习"中国模式"。二是认为"中国模式"与"西方模式"背道而驰，必将是对西方世界的严重威胁，极力把"中国模式"政治化、妖魔化。三是认为"中国体制内还存在问题，是否成为大家学习的'中国模式'，还有待观察"。这三种观点有一个共同之处，即承认"中国模式已是客观存在，它不以任何人的意志而转移"。

　　事实上，金融危机的爆发，更让"中国模式"这个概念变得炙手可热。而当这个承载着西方人复杂态度的概念撞上国人的眼球和心坎，激起的是更加复杂难言的波澜。但"热闹"是一回事，对问题的"澄清"是另一回事。如同一切的喧嚣，大多数的言论烘托出的只是少数人的清醒和明智。在新加坡国立大学教授、中国问题专家郑永年看来，"模式"是一种客观存在的东西，新中国60多年的发展是一个客观事实，不能否认中国改

革开放 30 多年的成功之处，但"中国模式"的确存在困局，重要的不是定性，而是从学理上深入、理性地来思考这个"模式"是如何而来，它的成功之处在哪里，又陷入了何种困局，如何才能改进它使它朝好的方向发展。

在有关"世界末日"的电影《2012》中，好莱坞影人把"拯救全世界"的荣耀给了中国。与电影《2012》画面不同的是：一个哈佛商学院的学生指着地图上的中国上海说："这里，我的理想在这里。"在非母语国家旅行的游客拦住一位当地人问："请问您会讲普通话吗？"周边国家围绕着复兴的中国，深深折服于中华文化的博大精深；孔子的学说、秦朝的建立、四大发明、新中国的建立变得众所周知；人民币成为世界货币……这是英国的中国问题研究专家马丁·雅克在他的《当中国统治世界：中国的崛起和西方世界的终结》一书中为我们描绘的"可能的未来景象"。

"如果说英国曾是海上霸主，美国是空中和经济霸主，那么中国将成为文化霸主"，相信马丁·雅克的这本书在中国出版之后，国内读者对这一问题的思考和争辩会呈现一个新的热潮。存在一个所谓的"中国模式"吗？如果有，什么是"中国模式"？"中国模式"对中国和世界的意义是什么？一个崛起的中国将会多大程度上改变现有的世界？对现代性的反思、对中华文明的认识、对未来中国发展的预测，不同的人会有不同的看法。结论不重要，而对这些问题的重视和思考，对处于社会转型时期的中国来说具有深远意义。

（二）国内学者眼中的"中国模式"

在国内，由潘维主编的《中国模式——解读人民共和国的 60 年》主要收集了国内多名学者总结"中国模式"的文章。

一段时间以来，海外专家学者和媒体频繁抛出"G2"（中美两个超级大国）论，美国经济史学家尼尔·弗格森还提出了"Chinamerica"（中美国战略共同体）的概念。《中国模式——解读人民共和国的 60 年》一书中，我国学者首次"自信地"回应西方热捧的"中国模式"，并肯定了"中国模式"的存在。该书以中国人的视角，从政治、经济体制到社会结构，从医疗、减贫到人力资本培养等方面提出自己的立场和观点，进而解读"中国模式"。

姜奕在《论中国模式》一文中表示，中国不能用一个固定的发展模式来概括。如果一定要概括的话，这个模式就是务实的模式，其中容纳了世界各种经济模式中能够适用于中国的成分，并且与时俱进、不断创新。"中国模式"的主要特点在于强有力的政府主导、渐进式改革以及对内改革与对外开放同时进行。实行政府主导下的改革是"中国模式"与"美国模式"、"日本模式"的最大区别。正是在中国共产党的领导下，在政府的主导下，中国的现代化进程具有了社会主义国家现代化转型的特色。

"与时代潮流相随，与世界文明相伴，注意借鉴文明成果，是中国革命和建设、改革和开放不断发展进步的重要经验。"王兆铮在《远离"模式"崇拜，强化探索意识》一文中认为，如果"把某个方面、某个阶段的成果'模式化'来照葫芦画瓢，则从来都是不成功的。中国特色社会主义事业是有待进一步探索的伟大事业。远离'模式'崇拜就是要弘扬探索精神，强化探索意识"。

朱相远在《"中国特色"比"中国模式"的提法好》一文中也提出，特色论与模式论是截然不同的两种发展战略思维方式。模式论就是确定事物的标准形态，一味模仿、照搬，守成不变；特色论则是从本国实际出发，因地制宜、自我创新、不断发展。前者为形而上学，后者才合乎辩证法。

施雪华在《提"中国模式"为时尚早》一文中则指出，就目前的情况来看，关于中国特色发展经验和道路，简称"中国经验"、"中国道路"比提"中国模式"更加科学、合理，也给未来"中国经验"、"中国道路"有可能上升为"中国模式"留下了余地和空间。

对于世界上许多国家都在谈论的"中国经验"、"中国做法"、"中国道路"、"中国模式"等，我们如何应对？沾沾自喜？置之不理？谢良红和林良旗在《国际舆论中的"中国模式"及我们的传播策略》一文中认为这都是不正确的做法。西方对"中国模式"的价值低判或误判，固然与其价值取向深度关联，也与我国对外介绍中国特色社会主义理论与实践的力度不够，针对性、有效性不强不无关系。他们认为，今后一个相当长的时期里，我国各级对外宣传机构要下大气力做好中国特色社会主义理论和实践的对外阐释、介绍，包括中国特色社会主义理论体系的精髓和价值理念，及其指导下取得的各方面的重大进展。

由张玉和武玉坤共同撰写的《论制度变迁与"中国模式"的逻辑路径》一文，用对比的方式看待"中国模式"问题。认为"中国模式"的制度变迁过程，既不同于苏联模式，也不同于西方发达国家的社会发展模式，而是有着自身鲜明的制度特色。这一模式的实质就是，中国特色的社会主义道路——它是中国在经济全球化背景下，为实现社会现代化所作出的一系列自主选择的集中体现。对此道路最精辟的概括，就是中国共产党在其第十七次全国代表大会中所提出的：一面旗帜、一条道路、一个体系，即高举中国特色社会主义的旗帜、坚持走中国特色社会主义的道路、确立中国特色社会主义的理论体系。中国制度变迁的发展模式，不仅适合中国，也是致力于追求经济增长和改善人民生活的诸多发展中国家效仿的榜样。

（三）海内外学者共同解读"中国模式"

提到海内外学者共同解读"中国模式"，全国政协发言人赵启正的《对话：中国模式》一书最具有代表性。《对话：中国模式》是赵启正与畅销书《大趋势》作者约翰·奈斯比特进行的对话。赵启正提出东西方世界不同的价值观带来的认知差异，而正是这种观念的差异，导致了西方不能理解中国人的发展模式，因此"中国模式"在发展的时候导致西方的误解是难以避免的。"对话"力求站在全球的高度，就中国崛起、经济持久高速发展的现象进行分析，探讨中国的教育、科技、经济各个方面是否存在"中国模式"以及这种模式是否存在一定的普遍性。"对话"就世界在认识中国过程中存在的看法、舆论和偏差，从"中国崩溃论"到"中国威胁论"，再到"中国机遇论"、"中国责任论"，一一予以回应，还原世界一个客观的事实，"向世界说明中国"。

几年前高盛公司高级顾问、清华大学教授雷默撰写的研究报告《北京共识》发表以来，引起海内外学者的广泛关注和讨论，学者黄平、崔之元主编的《中国与全球化：华盛顿共识还是北京共识》及戴维·赫尔德的《全球盟约》引起了中国学者的注意。为此，相关单位还联合举办了"中国发展道路国际学术研讨会"，国内外近50名专家就中国发展道路等一系列问题进行了热烈探讨，《中国模式与"北京共识"：超越"华盛顿共识"》就是这次会议论文的结集。

从上述著作和文章来看，很难说现在国内外各界对"中国模式"已有统一看法。就是在国内理论界，对这一提法也还是见仁见智。这是个好现象，说明有很多人都在思考转型期的中国向何处去的问题。而最要不得的恐怕是那种以为"中国模式"已然成型，可以与所谓别的一些模式相抗衡的看法。因为这种看法暴露出的只是一种器小易盈的心态，忘了邓小平当年"韬光养晦"的殷切嘱咐。毕竟，中国的现代化道路还远未完成，正需要我们继续努力。

（四）西方对中国模式研究热兴起的主要原因

西方国家对中国发展道路或"中国模式"的关注早已有之，为何近几年加大了关注力度？苏东剧变后，西方国家对中国的发展态势先后抛出"中国威胁论"和"中国崩溃论"，2001年以来，针对中国经济的新的论

调又在国外盛行。然而，中国历经 1998 年亚洲金融危机及其后的全球经济危机之后，依然能保持比较稳定和快速的发展趋势，使得这些言论不攻自破，也使得他们不得不重新审视中国的发展战略和发展模式，乃至于美国和欧洲最近对金融市场的干预都被认为是在学习中国。

此外，以"华盛顿共识"为主要内容的新自由主义造成重灾区和"中国奇迹"的出现所形成的鲜明对比使得人们开始关注中国模式。

随着人类已经进入全球化时代，全球化并非属于某一种道路或单一模式。目前，全球化表现出了多样性特征，而全球化的多样性催生了世界的和谐共存。中国模式丰富和发展了世界发展模式，也必将为人类文明不断地走向繁荣与发展作出自己的贡献。

四、世界发展多样性中的"中国模式"

人类在通往现代化的道路上，发展模式是可以多样化的，这是一种"历史的多样性"。有中国特色的发展模式是人类文明多样性中的一种。以下就中国经济发展模式的几个特点、内在主要支撑及其影响谈一些看法。

（一）中国经济发展模式的五个特点

一个国家发展模式之优劣、成败，关键看其是否适合于这个国家的国情，是否给这个国家的公民带来福祉。"中国发展模式"是指从中国同时兼有"发展中国家＋转型国家＋社会主义国家"的三重属性出发，立足中国特殊国情，以建设一个富强民主文明和谐的现代化国家为目标，在实践中逐步形成的一种有特点的发展模式。中国发展模式有以下五个特点：

1. 以增进世界第一人口大国公民的福祉为核心

中国是全世界人口最多的国家，增进公民福祉是中国发展的核心。目前中国的人口存量已超过13亿，人口年自然增长率千分之5.3左右。按此计算，年人口净增量近700万，十年净增人口近7000万。目前英国人口总规模6000多万，中国十年来仅新增人口数就超过了英国现有人口的总规模。中国的发展以13亿人的价值和13亿人的潜力的发挥为中心，旨在满足13亿人的基本需要，并促进每位成员的全面发展，这是举世无双的。

2. 充分挖掘社会主义基本制度和现代市场经济体制相结合的巨大潜力

中国实行的社会主义基本制度有若干质的规定性，在所有制、调节机制等方面又有着自己的特色，其中最显著的就是社会主义基本制度与现代市场经济体制的内在结合。中国是逐步由计划经济体制向社会主义市场经济体制转变的，这种新的体制模式，在全世界190多个国家和经济体中只有三个，中国、越南和老挝。在探索社会主义基本制度和现代市场经济体制的内在结合方面，中国是做的最早的国家。这种"内在结合"的巨大制度潜力对中国的经济发展产生了巨大的影响。

3. 努力发挥劳动力丰富、市场广阔和后发国家三大优势

一是劳动力资源丰富。目前中国16岁以上、60岁以下且已就业的劳动者约为7.6亿多人，劳动力队伍庞大且成本较低。二是拥有广阔的市场。从商品市场来看，中国一年的社会商品零售额七八万亿元人民币，进口货物8000亿美元（2006年）。从资本市场来看，近30年来，中国引进外资7000亿美元，相当多的国外境外企业到中国大陆投资，就是因为看中了中国大陆的市场。三是后发优势。欧美工业化国家在其几百年的发展过程中，有很多经验和教训值得中国借鉴。此外，随着信息革命、生物技术革命的到来，无论新、老工业化国家，都处在了同一起点上。作为新兴工业化国家，中国正在发挥并利用这种后发优势。

4. 着力实行有中国特色的"四轮推动"

即有中国特色的工业化、城镇化、市场化和国际化。这是中国经济发展模式的四大支撑。

5. 在更大范围内推进有中国特色的"五位一体"建设

"五位一体"建设是指有中国特色的经济、政治、文化、社会和生态

文明建设。经济建设重在建设社会主义市场经济，政治建设重在建设社会主义民主政治，文化建设重在建设社会主义先进文化，社会建设重在建设社会主义和谐社会，生态文明建设重在建设资源节约型和环境友好型社会。推进"五位一体"建设，基本宗旨是为人类文明发展做出中国自己的贡献。

综上，紧扣一个核心，整合两种制度（体制），发挥三大优势，实行"四轮推动"，推进"五位一体"建设——这是对中国经济发展模式特点的主要概括。

（二）中国经济发展模式中的"四轮推动"

有中国特色的工业化、城镇化、市场化和国际化，是中国经济发展模式的四大支撑力量。

1. 有中国特色的新型工业化

工业化是中国实现现代化最重要的支点。它不仅表现为工业在国民收入和就业结构中比重上升的过程，更重要的，它也是现代文明渗透到经济社会领域的过程。改革开放以来，中国经济迅猛发展的主要推动力就是工业化。按照发展中国家工业化中期工业产值应超过40%、制造业产值应超过60%的经验，中国现在正处于工业化中期，而且处于工业化加速期，中国已成为世界最大的工业生产国。

中国已建立起了较为完备的工业体系，但由于特殊的国情以及拒绝复制前工业化国家"危机转嫁"等传统模式，中国的工业化必须探索新路。这个"新路"有两层含义：一是要有别于传统的工业化模式，真正走出一条"新型工业化"道路；二是要有别于其它国家的工业化，真正走出一条"中国特色"的道路。"新型工业化"与"中国特色工业化"交叉结合，即是"有中国特色的新型工业化"道路，可概括为下列"五个结合"：

（1）提高科技含量与充分发挥人力资源优势紧密结合。中国在推进新

304

型工业化的过程中，着力把工业化建立在科技创新的基础上，重在提高技术进步对工业经济增长的贡献率，这是区别于以要素（主要是资本）大规模投入为特征的旧式工业化的标志之一。同时，根据劳动力资源丰富的特点，努力寻求提高科技含量与充分利用劳动力资源优势的结合点，形成技术密集、资本密集和劳动密集型产业相结合的多层次工业发展格局。

（2）发展城市工业与发展乡镇工业紧密结合。中国有 600 多个大中小城市，这是中国工业的重要增长地。同时，中国有 3.5 万多个乡镇，这也是中国工业增长的"沃土"。20 世纪 80 年代，中国乡镇工业的数量、就业人数和总产值分别以年均 26.6%、11.2% 和 29.6% 的速度增长。到 20 世纪 90 年代，中国乡镇工业的产出占到工业总产出的 1/3 左右。近年来，乡镇工业的技术、装备水平迅速升级，新型乡镇工业已成为中国工业化的一支重要生力军。

（3）推进工业化进程与资源节约利用和环境保护紧密结合。传统工业化的"辉煌"是以资源的过度消耗和环境生态的破坏为代价的，不少发达国家走的是"先污染，后治理"的道路。传统工业化道路不符合中国人均资源相对不足、环境承载能力相对薄弱的国情。为此，我们提出了可持续的发展观，走节约资源、保护环境之路，节能减排已成为中国特色新型工业化的明显特征。

（4）工业结构转型与经济体制转型紧密结合。一般来说，发达国家在推进工业化的过程中，是以基本稳定的体制结构为基础的，虽然也有生产关系的局部调整，但全面的体制转型及社会转型并不突出。中国是一个不发达且处于转型中的国家，工业结构转型与体制转型这"两个转型"是扭在一起的，无论微观领域的企业体制模式，还是宏观领域的政府管理模式，都对工业化产生了巨大的影响。中国工业化的步伐是在摆脱旧的体制束缚中前进的。

（5）利用外资与独立自主紧密结合。中国的工业化是在对外开放中不断推进的，通过利用全球化和"后发优势"，有效吸收发达国家的资本和

技术，中国在较短时间内造就了发达国家用很长时间才造就的工业化格局。同时，中国在推进工业化的进程中注重保持自己的独立自主地位，在存在投资、技术、贸易、环境等壁垒的情况下，中国始终在寻求利用外资与独立自主的最佳结合点。

在世界新技术革命特别是信息革命迅猛发展的条件下，推进有中国特色的新型工业化面临一个与信息化的关系问题，这是世界各国共同面临的新挑战。为此，中国紧紧抓住工业社会向信息化社会转化的历史机遇，一方面以信息化带动工业化，注重发挥信息化在工业发展中产生的"倍增效应"和"催化效应"，另一方面以工业化促进信息化，为信息基础设施的建设和信息技术的研发提供产业支撑，着力将信息化与工业化融为一体，推动整个社会的现代化。

2. 有中国特色的城镇化

美国经济学家约瑟夫·斯蒂格利茨将中国的城镇化和美国的科技革命相提并论，认为是当今世界经济发展中值得重视的两股潮流。中国有自己独特的城市化发展道路，其中有以下几点值得关注：

（1）中国的城市化走的是一条"城镇化"道路。中国的城市化是将镇纳入其中的，故称为"城镇化"。改革开放以来，中国城镇化率迅速提高，1978～2006年28年间提高了25.98个百分点。未来几年城镇化率将可能以每年提高1～1.2个百分点的速度来推进。这意味着，到2015年前后，中国的城镇化水平可能达到55%左右。

（2）中国的城镇化走的是"立体网络型"的协调发展之路。即以大城市为中心，中等城市为骨干，小城市及小城镇为基础，以大带小，协调并举，构筑了一个容纳农村剩余劳动力的立体网络。

（3）中国的城镇化采取的是区域布局"差别化"推进战略。这表现在，东部地区的重点是丰富城镇内涵、提高城镇化质量，形成有生命力的城镇带、都市圈、大城市连绵区；中部地区重点发展中等城市和大城市，扶持区域性中心城市；西部地区优先发展大城市，有重点发展中等城市，控制小城镇无序发展。这是基于国情做出的现实选择。

（4）中国的城镇化与体制转型紧密结合。数以亿计的农民进入城镇，这是一个巨大的社会变迁，它相应地提出体制转型的要求。中国为实现城镇化目标，应着力打破城乡分割的格局。一是打破城乡人口管理的二元体制，改革户籍和社会保障制度，引导农村富余劳动力向城镇有序转移；二是改革城乡管理体制，为简政放权、改进政府管理方式创造条件。

3. 中国经济的市场化

中国曾是一个计划经济体制根深蒂固的国家，需要紧紧抓住体制转型这一链条，由外围到核心，逐步"攻坚"。现在，市场调节在国内社会商品零售总额中已达到 95.6%、生产资料达 91.9%、农副产品收购达 97.7%。从国际上看，中国市场已成为世界竞争激烈的特大市场。中国已成为全球最大的新兴市场国家。

中国的市场化进程目前也遇到了如何继续深化的难题：国内方面，要素市场的市场化程度还较低，企业、政府及其他相关方面适应市场化的程度还有待加强，影响市场在资源配置中发挥基础性作用的体制性机制性障碍依然存在，行业垄断、地区封锁、行政壁垒等仍在妨碍公平竞争和商品要素的自由流动。下一步的重点是要素市场的市场化。国际方面，应破除进入全球市场过程中"国际既得利益集团"的阻碍，实现国内市场与全球市场的对接。

4. 以全球思维推进国际化，以独立自主的大国姿态参与全球化

中国原是一个封闭的国家，实行开放政策，特别是加入 WTO 以后，对外开放发展迅猛，中国的现代化进程已与世界相联系。在中国的经济运行机制与国际规则相"磨合"的过程中，会对国内的相关改革形成倒逼机制，促进改革的向前推进。目前中国需要进一步提高对外开放水平，以此促进国内产业结构升级，提高竞争力。在全球化视野下，中国应更加主动地吸纳和整合全球资源，既要"融入"全球化，又不能消极对待游戏规则，要参与到国际规则的制定过程中，共同发展中国和外部世界的关系。

五、中国发展模式对世界产生的影响

"中国模式"受到举世关注的四大原因：

其一，"拉美模式"、"东亚模式"的局限性。

20世纪晚期，拉美的经济危机、东亚的金融危机和俄罗斯"休克疗法"的失败，都与"新自由主义"的经济政策直接相关，而"新自由主义"正是"华盛顿共识"的基础，它们表明了建立在"华盛顿共识"基础上的"拉美模式"、"东亚模式"的局限性。

其二，改革开放促成了中国经济高速增长的奇迹。

与此形成鲜明的对照，中国奉行自己独特的现代化战略和改革开放政策，改革开放以来国内生产总值年均增长率一直在9.5%以上，创造了经济高速增长的奇迹。中国成功的发展战略必然会引起人们的关注，也必然会有人从理论上加以概括和总结。

其三，发展中国家的现代化需要借鉴中国经验。

在全球化背景下实现现代化对发展中国家来说是一个新课题，它们都在努力探索新的发展模式。所谓"东亚模式"和"拉美模式"在近年失效，使它们加倍关注中国的成功经验，希望从中找到适合它们自己的东西。

其四，中国崛起对世界历史发展进程产生的深刻影响。

在经济全球化背景下，中国作为一个大国，其强大和崛起，势必会对全球的政治经济格局甚至对世界历史的发展进程产生深刻的影响，因而中国的发展战略和发展模式也必然会引起西方发达国家的深切关注。

当代中国是一个处在转型时期的发展中社会主义大国。与此相对应，中国模式是快速发展的模式，是有效转型的模式，是大国崛起的模式，是社会主义的模式。中国模式作为一个多方面的集合体，从不同的角度，有不同的看法；对不同的国家，有不同的借鉴意义。

一些发展中国家看重中国高速发展的经验。中国是最大的发展中国家，自新中国成立以来在革命和建设中的重大举措，都对一些发展中国家产生了这样或那样的影响。当今大部分发展中国家的首要任务是消除贫困。中国模式回应了发展中国家有没有能力消除贫困的疑问。现在对中国模式感兴趣的发展中国家，主要是那些发展水平低于或接近于中国的国家，那些与中国保持良好政治经济关系的国家。近些年来，中国模式在非洲就有较大的影响，包括埃及在内的一些国家都在使用中国模式的概念。历经动荡和经济落后的非洲，希望走上一条稳定发展的道路，如何处理稳定与发展的问题，如何在参与经济全球化中受益，中国模式无疑值得参考和借鉴。

一些转型国家看重中国有效转型的经验。在20世纪末期的全球化和市场化的进程之中，不少国家经历了经济体制等方面的转轨。然而在这个过程中，很多国家经历了磨难甚至失败。比如俄罗斯，转轨中采用理论上"看上去很美"的休克式激进疗法。然而这导致一段时期俄罗斯经济连续多年的严重衰退，社会失业和人民贫困现象严重，私有化导致了社会财产和收入的两极分化，国民收入和工业生产已下降了一半。冷战结束后世界先后发生了拉美经济危机、东亚金融危机和俄罗斯经济危机。这些危机有诸多原因，但或多或少都是由于在转轨中采取新自由主义政策、休克疗法等。中国的市场经济和渐进改革则提供了另一条成功转型经验，引起了一些国家的反思。

一些大国看重中国和平崛起的经验。以前的"亚洲四小龙"曾是新兴工业化国家或地区的发展典范，这引起很多类似国家的学习和模仿。但它们毕竟是小国或地区，对大国的影响有限。在冷战后世界格局分化重组之时，世界上一些重要的地区大国都在寻求提升国家实力和国际影响，在新的国际格局中占有一席之地。以素有"金砖四国"之称的巴西、俄罗斯、印度和中国来说，中国和俄罗斯是安理会常任理事国，印度和巴西正寻求成为安理会常任理事国。与"四小龙"相比，这些大国的崛起影响更加广

泛、深远。中国的和平发展，不仅仅是一种经济发展，而且是一个饱经灾难大国的复兴。俄罗斯、印度、巴西以及埃及等具有远大志向的发展中大国，都对中国模式给予了赞许，对中国崛起之路倍加关注。

一些社会主义国家受到中国模式的启发。苏东剧变后世界社会主义处于低潮，社会主义各国在艰难中探索。由于中国综合国力的巨大提升，为这些国家坚持社会主义提供了力量支持。而中国模式的兴起，对这些国家既是鼓舞，也提供了一些经验。越南在很多方面就借鉴了中国的做法。古巴和朝鲜开始的一些改革，也注意到中国的经验。不少古巴经济专家认为，古巴与改革前的中国有很多相似之处。古巴和中国在国情、人口、经济力量等诸多方面也有许多差别，古巴不能完全照搬中国模式，而是应该在积极学习中国经验的基础之上，根据国情有选择地借鉴和吸收。

中国模式对世界各国产生这样或那样的影响，这是客观的，也是积极的，是中国对世界发展的贡献。当然，中国模式还在发展之中。一方面，中国模式自身还不成熟，还在完善和发展之中。另一方面，在某种意义上，中国模式的精髓是依照国情走自己的路。各国如何借鉴中国模式，在一定意义上最重要的不是看中国怎么做，而是应破除世界发展单一道路的迷信，积极依照独特的国情探索自身的发展道路。当今世界是丰富多彩的，各国在发展模式上应当百花齐放，并且互相学习和借鉴。

六、中国广大民众认可"中国模式"

民众究竟如何看待"中国模式"？是否认同？他们心目中的"中国模式"的基本特征是什么？"中国模式"还有哪些需要完善的地方？等等。这些问题的探讨和意见收集将有利于对"中国模式"认识的进一步深入。为此，2008年12月，人民论坛杂志社联合人民网进行了"你如何看待中国模式?"的专题调查,该问卷调查共有 4970 人参与。此外,人民论坛记者还随机调查了 192 位社会人士,共计 5162 人。

(一) 74.55% 的受调查者认可"中国模式"

"中国模式"的六个关键词:改革、发展、渐进、开放、试验、稳定。

"中国模式"是理论界对改革开放 30 年来中国经验的一种概括,那么民众是否认可"中国模式"的提法呢? 本次问卷调查结果显示,74.55% 的受调查者认为有"中国模式",其中认为"'中国模式'还是在探索中的发展模式"占受调查者的 60.25% (3110 票),认为"'中国模式'已经成型"的占受调查者的 14.3% (738 票)。同时,调查显示,认为没有"中国模式"的理由主要集中在,一是认为中国的发展路径还不能形成一种模式,二是认为"中国模式"的提法还没有得到世界公认。

有网友认为,"中国模式就在我们身边。深圳模式、浦东模式、苏南模式、温州模式、义乌模式、华西村模式,等等,这不就是中国模式的缩影吗?""中国模式与美国模式、苏联模式、东亚模式都不同,我们是结合自身的实际探索出来的,当然有!""30 年来已经形成了独具特色的发展道路,中国模式可以说已经成型。"

专家表示,之所以对"中国模式"的认同还存在一定的问题,关键在于人们对"模式"一词的认识有所不同,实际上,"模式"并不是一个僵化的概念,它也有一个随着实践的发展不断演化变迁的过程,这个过程是长期的、渐进的和独特的。

如果用几个词来表述"中国模式"的话,民众最为认同哪些描述词呢? 本次问卷调查在征求相关专家的意见基础上,备选了十二个关键词:创新、试验、兼容、渐进、改革、公平、效率、稳定、发展、自主、开放、共享。调查结果显示,排在前六位的分别为:改革、发展、渐进、试验、开放、稳定。专家认为,改革、发展排在最靠前的位置,这表明民众

的认知与 30 年来的发展历程是基本吻合的，30 年来我们就是一个不断改革、不断发展的过程。至于渐进、试验为何如此靠前，主要原因在于中国改革所采取的策略就是渐进式的以及通过试验点、试验区的形式逐步推进的一个过程。此外，开放总是与改革相对，稳定却常常与改革、发展一起，都是我们讲得较多的方面。

（二）63.7% 的受调查者认为，"中国模式"主要是指中国特色的市场化

"中国模式"的主要特点在于强有力的政府主导、渐进式改革以及对内改革与对外开放同时进行。

"中国模式"也是中国特色社会主义现代化的过程。调查结果显示，民众认为"中国模式"的指向，排在前三位的是"中国特色的市场化"（3172 票，63.7%）、"中国特色的民主化"（1984 票，39.84%）、"中国特色的工业化"（1609 票，32.31%）。

"你认为中国模式的主要特点是什么？"问卷调查结果显示，排在前三位的分别是："强有力的政府主导"（2918 票，占总 57.46%）、"以渐进式改革为主的发展战略"（2424 票，占总 47.74%）、"对内改革与对外开放同时进行"（2276 票，占总 44.82%）。那么，"中国模式与美国模式、日本模式的最大区别在哪些方面？"结果显示，排在前四位的是："中国共产党坚强有力的领导"（2525 票，50.3%）、"既注重中国社会实际，又兼收并蓄"（2228 票，44.39%）、"社会主义基本制度与市场经济原则相结合"（2131 票，42.45%）、"以中国特色社会主义理论体系为指导"（2040 票，40.64%）。

由此可见，实行政府主导下的改革是受调查者认为"中国模式"的最大特点，也是"中国模式"有别于"美国模式"、"日本模式"的最大区别。正是在中国共产党的领导下，在政府的主导下，才使得中国的现代化

进程具有了社会主义国家现代化转型的特色。有专家认为，把市场经济写在社会主义的旗帜上，实现社会主义制度的自我完善和转型，就是"中国模式"的最大特色。

中国人民大学教授张宇认为，中国的改革方式的鲜明特点主要体现在"渐进"——增量先行，双轨过渡，分步推进，循序渐进，先试验后推广，由点到面，实现经济体制的整体转换。这也是"中国模式"的重要特点。"中国改革都是务实的、渐进式的，如农村家庭联产承包责任制从安徽凤阳开始突破、四川成为中国基层民主改革的试验田，等等。""开放是中国模式的重要特色。中国从上世纪70年代末期开始走向开放，由与世界经济完全切断联系的发展模式过渡到全面开放的发展模式。"有网友如此表示。

（三）56.28%的受调查者认为，"成为世界上经济增长最快的国家"是"中国模式"所取得的最大成就

"中国模式"成功的原因排在前三位的是：保持了长期政治稳定、从经济领域突破改革和强调一切从实际出发。

"在过去的30年中，你认为'中国模式'所取得的最大成就是什么？"问卷调查结果显示，排在前两位的，一是"成为了世界上经济增长最快的国家"（2749票，56.28%），一是"形成了中国特色社会主义理论和中国特色社会主义道路"（2258票，46.22%）。

改革开放推动我国以世界上少有的速度持续快速发展起来，经济从一度濒于崩溃的边缘发展到总量跃至世界第四、进出口总额位居世界第三。统计数据显示，中国的国民生产总值从1978年的2119亿美元增长到2007年的34637.5亿美元，增长了16倍，年均增长速度达到9.95%，世界排名由第10位跃居到第4位。在此过程中，人民生活水平大幅提升，从温饱不足发展到总体小康。1978年至2007年，城镇居民人均可支配收入从343元增长到13786元，农村居民人均纯收入从134元增长到4140元。

调查结果显示，"中国模式"取得成功的主要原因，排在前四位的分别是："保持了长期政治稳定"（2865票，58.71%）、"强调发展是硬道理，从经济领域突破"（2545票，52.15%）、"始终坚持了中国特色，强调一切从实际出发"（2390票，48.98%）、"采取了渐进式改革的战略"（1918票，39.3%）。中国社会科学院江春泽教授认为，我国的改革是自上而下的改革，这是最好不过的。正因为在中国共产党的领导下进行，保证了社会改革环境的基本稳定，中国通过渐进的改革过程培育了市场各要素，包括企业家、资金，等等。

在党的十七大报告中，胡锦涛强调，改革开放以来我们取得一切成绩和进步的根本原因，归结起来就是：开辟了中国特色社会主义道路，形成了中国特色社会主义理论体系。有专家认为，这实际上就是中国共产党用自己的特有的理论和话语对中国模式的含义和意义所作的最为明确的阐述。

（四）74.56%的受调查者认为，金融危机将是对"中国模式"的一次检验，也是一次转型的机会

"中国模式"完善的重点集中在缩小贫富差距、加快推进民生改革以及注重城乡协调发展等方面。

"有观点认为，中国能否成功应对此次金融危机，将是对'中国模式'的一次检验，你是否认同？"调查结果显示，74.56%的受调查者表示认同，认为"这是一次转变中国粗放式发展模式的机会"，仅有24.54%的受调查者表示"不认同，能否应对金融危机与发展模式无关"。

专家表示，"中国模式"所面临的挑战主要有三个方面：一是中国模式本身能否持续？二是西方模式能否振兴？如果西方世界再次崛起，中国模式会不会失去反衬的参照系基础？三是是否会受到其他模式的挑战？发展中国家中能否产生另一种模式，并且使中国模式黯然失色？为此，我们应当重点着眼于"中国模式"的自我完善。

　　"'中国模式'要进一步完善，你认为应当重点解决哪些方面的问题？"问卷调查结果显示，排在前四位的分别为："完善社会分配体制，缩小社会贫富差距"（3945票，81.34%）；"加快推进医疗、教育、住房等方面的改革"（3820票，78.76%）；"完善公共财政，加强政府的公共服务"（2992票，61.69%）；"改变城乡二元结构发展模式，注重城乡一体化协调发展"（2836票，58.47%）。由此可见，"中国模式"要实现可持续性，必须更加关注公平，更加关注民生领域，更加关注社会的协调发展，而要做到这些，又必须加强政府公共财政建设，进一步强化政府的公共职能，完善公共服务。

　　同时，调查结果显示，认为"中国模式"具有世界意义的，占受调查者的59.57%，其中47.75%的受调查者认为"中国的成功探索将为世界各国提供经验借鉴"，11.82%的受调查者表示"只对发展中国家特别是社会主义国家具有借鉴意义"。正如世界银行中国局的局长杜大伟所说——中国实行的改革开放称得上是全球经济中最重要的事件，为发展中国家提供了宝贵经验。

七、"中国模式"还是"中国道路"

　　近来，中共中央文献研究室五位学者高调宣讲"中国道路"，但他们不主张提"中国模式"。现阶段的中国道路，就是中共立足中国国情，走出中国特色社会主义道路，也就是科学发展的道路。科学发展是破解当今中国一切难题的一个关键。

（一）不主张提"中国模式"

　　针对国内外关于"中国道路"、"中国模式"的讨论，中共中央文献研究室副主任张宏志指出，国际上提出"中国模式"、"北京共识"等一系列

说法，我们主张讲"中国道路"，而不主张提模式。"模式"的概念容易使人联想到过去出现的苏联模式，"模式"这个词带有固定化色彩，又好像可以到处搬用，而中共主张任何一个国家都要根据自身情况独立探索发展道路，各种道路之间可以借鉴，但不能照搬。

张宏志说，到底什么是中国道路？这条道路是指中共以马克思主义的科学思想为指导，独立自主地探索中国革命、建设、改革等一系列问题，最终解决中国现代化问题的道路。现阶段就是中国特色社会主义道路，也就是科学发展之路。克服发展不平衡、不可持续，解决民生困难、建设和谐社会，战胜外部挑战、赢得发展机遇，都必须坚持科学发展。科学发展是破解当今中国一切难题的关键，必须长期坚持下去。

据悉，2011年，中央文献研究室专门成立了"中国道路"课题组。中央文献研究室室务委员兼秘书长阎建琪表示，下一步准备推出《中国道路》丛书，分别从经济、政治、文化、社会、党的建设等方面，对中国道路的形成和发展作出更加细致的研究和阐述。

课题组主要成员、中央文献研究室第一编研部主任陈扬勇说，2007年胡锦涛讲过一句话："道路问题是关系党的事业兴衰成败的第一个问题，道路就是党的生命，道路就是党的事业的命脉。"中国道路就是中共根据中国的国情，引导中国人民为建立一个富强、民主、文明、和谐的社会主义现代国家，实现中华民族伟大复兴所走过的这样一条路。

陈扬勇认为，十八大将是一个历史关键点，能不能解决前进道路上的各种矛盾和问题，真正实现经济发展方式的转变，推动科学发展，促进社会和谐；能不能应对当今世界日益激烈的国际竞争，适应世界发展大势，掌握发展主动权，事关"中国道路"能否更加广阔，事关社会主义现代化建设目标能否实现。在当今中国，绝不能动摇走"中国道路"的决心。

（二）理论创新形成七大战略思想

中央文献研究室第五编研部原主任张宁指出，十六大以来，全面建设小康社会的实践推动了中共理论创新，出现了一个新的活跃期和旺盛期。在这些理论创新成果中，科学发展观是核心和主体。

张宁指出，在理论创新中，除了科学发展观，还形成了七个重大的战略思想。从经济方面来说主要是三个：一是建设社会主义新农村；二是建设创新型国家；三是加快转变经济发展方式。在文化建设上形成了建设社会主义核心价值体系的战略思想。在社会建设方面，提出了构建社会主义和谐社会的战略思想。在国际战略方面，提出了推动建设持久、和平、共同繁荣的和谐世界的战略思想。在党的建设方面，形成了以加强先进性建设为主线，全面推进党的建设的思想。

张宁说，除了这七大战略思想，在政治建设、环境建设、祖国统一、国防和军队建设方面，也都提出了许多新思路和举措。这些新战略思想与科学发展观是统一整体，都贯穿着以人为本、全面协调、可持续发展的科学发展观核心理念。

科学发展观不是一蹴而就的，从十六大以来至今都是科学发展观形成和发展的过程，大体上划分为三个阶段。第一阶段是从十六大到2004年5月，十六届三中全会上科学发展观理论初步形成。第二阶段，从2004年5月到十七大，科学发展观在加强和改善宏观调控的实践基础之上，逐步地走向成熟。第三阶段，十七大以后。十七大以后科学发展观深入发展、继续发展，主要特点不再是一个抽象的理论，而是在新的历史时期指导现代化建设、推进中国社会主义事业的实践理论。

（三）科学发展观的七大突破

中央文献研究室室务委员兼第五编研部主任孙业礼指出，科学发展观是中国经济社会发展的重要指导方针，是发展中国特色社会主义必须坚持和贯彻的重大战略思想，实现了七大突破：

一是提出坚持以人为本，把发展观的视角从"物"转向"人"，推进

经济社会发展的目的，是要促进人的自由而全面的发展。

二是提出积极构建社会主义和谐社会，解决现代化过程中人与人的关系，为中国的现代化进程提供稳定的社会环境。

三是提出建设生态文明，解决了现代化过程中人与自然的关系，使中国的现代化走上可持续发展的道路。

四是提出推动建设和谐世界，强调中国的发展是和平的发展、开放的发展、合作的发展。

五是提出加快转变发展方式的重大战略思想，强调把增强自主创新能力作为国家战略。

六是提出建设社会主义新农村，解决现代化过程中的城乡关系，使中国的现代化走上工业化、城镇化、农村现代化同步发展的道路。

七是强调加强宏观调控，解决现代化过程中"看得见的手"和"看不见的手"的关系，走出一条中国特色的社会主义市场经济的发展道路。